La Rivière du Chagrin

Du même auteur
chez le même éditeur

Lady jazz
Les Quatre Coins de la nuit
La Fille de Narcisse

Graig Holden

La Rivière du Chagrin

Traduit de l'anglais (États-Unis)
par Gilles Lergen

Collection dirigée par
François Guérif

Rivages/noir

Retrouvez l'ensemble des parutions
des Éditions Payot & Rivages sur

www.payot-rivages.fr

Ce livre a paru aux Éditions Plon
en 1996 sous le même titre

Titre original : *The River Sorrow*

106, boulevard Saint-Germain – 75006 Paris

ISBN : 978-2-7436-1802-5

Pour Lisa, qui a enduré,
et
Pour Alex, qui y est arrivé.

Ce que j'ai, tu dois te le prendre et te le mettre en toi.

Red Hot Chili Peppers.

Je vois cet homme redescendre d'un pas lourd mais égal vers le tourment dont il ne connaîtra pas la fin. Cette heure qui est comme une respiration et qui revient aussi sûrement que son malheur, cette heure est celle de la conscience.

Albert Camus.

LE PREMIER WEEK-END

1

Comme un dragon de légende, l'hélicoptère déchire la nuit de son grondement, et le feu de ses phares, illuminant la croix blanche tracée sur l'asphalte de la piste, éblouit ceux qui le guettaient. Le docteur Adrian Lancaster et trois membres de son équipe l'observent depuis le bout d'une allée couverte qui mène au cœur des Urgences. L'énorme engin se stabilise à l'approche du sol, étincelant sur le fond noir du ciel nocturne. Même à l'intérieur du tunnel, le bruit les assourdit, le souffle glacé leur fouette le visage et leur pique les yeux.

Bardé de fanaux rouges et bleus, l'hélico s'immobilise à un mètre du sol, puis se pose. Tête baissée, l'équipe de traumato s'élance, poussant un brancard.

– Il est en train de flancher ! crie Ann Palicki, le médecin volant, dans la crépitation des pales.

Sur ce vol elle n'a qu'un patient, un brûlé, sanglé sur la couchette du bas.

– Troisième degré sur le visage, le torse et tout le bras gauche. Pouls, dix par minute, en chute libre.

Normalement, un cas de ce genre serait dirigé immédiatement vers l'un des centres régionaux pour grands brûlés, à Toledo ou Ann Arbor. Mais avec un souffle si faible, un pouls si lent, et sans tubage, celui-ci n'aurait pas tenu.

Dès qu'il a enjambé la marche pour pénétrer dans l'appareil, Lancaster constate l'étendue des dégâts. La moitié gauche du visage est détruite, mosaïque de muscle explosé, sanguinolent, de tissu conjonctif et de peau noircie en lambeaux. L'œil gauche est recouvert par une compresse de gaze imprégnée de solution saline. L'oreille gauche est en partie carbonisée ; les lèvres et le nez ont gonflé, se sont fendus sous l'action des flammes.

L'ennemi numéro un, c'est l'obstruction des voies respiratoires. Le trauma ne vient qu'en second.

– J'ai tenté un tubage, mais la gorge est tuméfiée, dit Ann. Il s'est débrouillé pour respirer quand même, alors j'ai juste maintenu l'ouverture comme je pouvais, en me servant du sac d'oxygène. Je ne voulais pas risquer de l'inciser en vol. On a été secoués, ce soir.

– Qu'est-ce qui s'est passé ?

– Sa voiture a heurté un arbre, mais elle n'avait pas grand-chose. Je ne sais pas ce qui a pu mettre le feu. Lui seul a été atteint, pratiquement. Ah, il y a aussi une contusion assez moche à l'arrière du crâne, qu'il faudra examiner.

Soudain, Lancaster remarque un relent de quelque chose, d'essence peut-être.

– Le moteur n'a pas pris feu ? demande-t-il.

– Non.

– Membres inférieurs ?

– Des traces de sang au genou gauche.

– Pas de brûlures ?

– Non.

– Bizarre, dit-il.

Il se tourne vers un interne en première année de

traumato qui se balance nerveusement d'un pied sur l'autre.

– On va avoir besoin d'une équipe des grands brûlés sur place. Dès qu'on est à l'intérieur, tu prends le téléphone. Moi, il faut que je lui fasse tout de suite une intubation. Pour l'instant, c'est une sacrée boucherie.

Il se tourne vers Ann.

– Tu as un nom à me donner ?

– Pas de papiers sur lui.

– On l'appellera monsieur X, déclare Lancaster.

Ann et le pilote soulèvent la civière en bois et la tendent à l'interne et aux deux infirmières en contrebas sur la piste. Puis, ils leur passent les deux sacs et le tube de la perfusion piqué dans le bras du blessé. L'équipe repart, l'un poussant le brancard, l'autre s'occupant de l'oxygène, le troisième maintenant les sacs en hauteur pour ne pas interrompre la perfusion. Lancaster et Ann les suivent au pas de course.

L'heure d'atterrissage officielle était 23 h 55, le samedi 12 janvier 1991. À minuit, il ne reste plus que le pilote, ex-lieutenant de l'Armée de l'air qui naguère conduisait d'énormes Sikorski à double propulsion pour les transports de troupes au Viêt-nam. Il fait le ménage.

À l'intérieur, sous les arcs halogènes du bloc opératoire, ce ne sont que bilans échangés en criant, demandes incessantes de compresses, de produits, de matériel, de radios, la communication s'établissant comme par miracle dans un concert dissonant de voix forcées et de bruits mécaniques. Le docteur Lancaster peste et envoie une pince hémostatique contre le mur de brique avant de terminer la trachéotomie et d'introduire une canule pour que le ventilateur prenne en charge la respiration du patient.

– Et maintenant ? demande-t-il à l'interne.

L'interne le regarde, les yeux écarquillés.

– C'est un brûlé, dit Lancaster.

– Plasma.

– Bravo. On a déjà une ligne périphérique dans le bras droit. Maintenant on va en installer une sous la clavicule, là où on peut vraiment lui envoyer du jus.

Pendant que Lancaster s'est occupé du tubage, d'autres ont découpé ce qui reste du manteau et de la chemise en flanelle carbonisés. Mis à part sa compresse sur l'œil, sa chaînette et son médaillon au cou, on le voit maintenant nu jusqu'à la taille.

Lancaster a la surprise de constater que la brûlure unilatérale du visage se prolonge sur le corps. Le bras et l'épaule gauches sont encore plus endommagés que le visage, avec, au-dessous du coude, des tissus grillés charbonneux. Le haut du torse, à gauche, et la moitié gauche de l'abdomen sont aussi sévèrement brûlés. Mais les tissus avoisinants – la moitié droite du torse et même celle du cou – sont presque sans traces de brûlure.

– Regardez ce contour, dit-il. On a une ligne claire et nette.

Tout en parlant, Lancaster coupe la chaînette et la jette sur la pile de vêtements. Puis, il pique dans la dépression sous la clavicule droite avec une longue seringue intraveineuse que prolonge un tube en latex. Quand il voit le sang refluer, il retire l'aiguille et laisse en place le tubage. Sans perdre une seconde, avec l'aide de l'interne, il connecte le tube et le scotche sur la peau, tandis que l'une des infirmières ouvre la valve en *Y* qui relie le tube aux deux sacs de solution saline et de plasma.

– Déjà vu un cas de ce genre ?

L'interne lève les yeux et fait non de la tête.

– Brûlure chimique, dit Lancaster. Un liquide répandu. Vous voyez la tache ?

L'interne regarde à nouveau.

– Je la vois, dit-il. Mais ça peut pas être ça. Il y a eu de vraies flammes. Regardez la cendre. Regardez ses vêtements.

L'interne donne un coup de pied dans la pile de tissu noirci par terre. Lancaster acquiesce, mais il y a quelque chose qui cloche.

Grâce à la perfusion, la pression sanguine de M. X se stabilise petit à petit et commence même à remonter légèrement.

Le premier renfort du service des grands brûlés est déjà en train d'arriver par hélico.

Ann suture la blessure de la tête.

Les infirmières de traumato s'affairent à détacher la peau brûlée à l'aide de pinces et d'eau stérile. Maintenant que la pression et le taux sanguin d'oxygène sont stables, les principaux ennemis deviennent l'infection et les dommages subis par les tissus dans la trachée ou les poumons. La victoire est loin d'être acquise.

Comme toute l'équipe est occupée, c'est à l'interne que Lancaster tend une paire de gros ciseaux à couper les bandages ; d'un signe de la tête, il désigne les jambes.

– Commencez par la ceinture, de haut en bas. Enlevez tout. Et ouvrez l'œil, surtout sur cette jambe gauche.

L'interne commence à découper.

Véritable état-major du service, la grande cage de verre du bureau central, aux Urgences du Morgantown County General Hospital, a été conçue sur le modèle des centres de traumatologie les plus modernes des grandes villes. Contre un des murs de ce bureau rectangulaire, le mur qui fait face au bloc où monsieur X est en train de se faire dépiauter, se trouve un long plan de travail en Formica blanc. Une rangée de lumières fluorescentes l'éclaire sur toute la longueur. Des tabourets attendent les membres de l'équipe qui voudraient se tenir au courant des bilans ou des diagrammes. Juste en face du plan de travail, deux écrans pour radiographies sont disposés à hauteur d'homme. Ils sont flanqués d'une double machine à café automatique qui fume et chuinte en permanence. L'une des extrémités de la pièce, près de l'entrée, est occupée par le bureau de la secrétaire, le standard téléphonique et la radio à ondes courtes qui relie les Urgences aux équipes de sauvetage et à l'hélico. À l'autre extrémité, on trouve un placard à dossiers et un vieux canapé en Vinyle tout craquelé dont les bras sont grêlés de brûlures de cigarettes, et sur quoi se trouve maintenant assis un adjoint du shérif tout maigre, aux longues jambes, encore transi par le froid de la nuit, serrant des deux mains une tasse de café brûlant dont il hume la vapeur.

Le bureau et l'aménagement d'ensemble avaient un tout autre aspect lorsque Lancaster, maintenant âgé de trente-quatre ans, débarqua ici pour essayer de faire entrer ce service d'urgence – une sorte d'avant-poste pour le centre-sud rural du Michigan – dans l'ère de la médecine moderne des traumas.

Il s'assied sur l'un des tabourets, arrache son masque et son bonnet stériles. Ses cheveux noirs et raides sont longs, ils tombent sur ses épaules. Cette crinière est un vestige, un rappel d'un endroit et d'une période plus durs. Au début, cela en dérangeait certains, ici, mais aujourd'hui, à part les jeunes avec qui il travaille au Dispensaire, personne n'y fait plus attention.

Lancaster surveille sa ligne et sa forme. Il a dans sa cave une paire d'haltères dont il se sert deux fois par semaine, et il fait du jogging chaque fois qu'il en a le temps.

Il tire ses cheveux en arrière, les noue avec un élastique, les yeux fixant ceux de l'adjoint.

– C'est vous qui avez appelé l'hélico ?

– Affirmatif. J'étais le premier sur les lieux.

– Qu'est-ce qui s'est passé ?

L'adjoint sort un paquet de Kent de la poche de sa chemise, en allume une. Lancaster prend un cendrier sur la table, le lui tend.

– Le poste m'a prévenu.

– Mais qui a appelé le poste ?

– Sais pas. Un badaud. Mais j'étais juste dans les parages. J'y suis allé, j'ai vu les flammes. Quand je me suis approché, j'ai vu que c'était un homme qui cramait. Nom de Dieu !

Lancaster remarque le tremblement de ses mains ; ce n'est plus le froid, maintenant, mais le choc, le fait d'avoir contemplé une torche vivante, chose que même les flics voient rarement.

– Personne d'autre sur place, quand vous êtes arrivé ?

– Non.

– Ça faisait combien de temps, depuis l'appel ?

– Trois, quatre minutes.

– C'est vous qui l'avez sorti ?

– J'ai toujours une couverture dans le coffre, vous voyez. Je l'ai couverte de neige, puis je l'ai jetée sur lui. Ensuite, j'ai lancé un appel radio.

– Fallait du cran pour se pencher dans la voiture et étouffer ces flammes. Vous auriez pu prendre feu avec.

L'adjoint fixe sa cigarette en la roulant entre ses doigts.

– Alors, c'est quoi, votre idée ? Vous étiez le premier sur place.

– Sur ce qui s'est passé ?

L'adjoint tire une bouffée rapide et souffle la fumée.

– C'est pas si rare. Surtout avec les camionneurs. Le type se gare sur le bas-côté, crevé, ou fin soûl, ou camé. Il allume une cigarette, puis il s'endort. Le mégot tombe dans ses vêtements, se consume lentement – pas assez d'oxygène pour vraiment brûler, quoi. Plus tard, il se réveille. Ça fume. Il brise la fenêtre pour faire entrer un peu d'air frais…

– Et pouf.

– Ça prend. Les flammes lui montent direct au visage. J'ai vu ça une fois sur la route 80. Un camion à l'arrêt. Le type était déjà mort. Plus de visage du tout.

– C'est une hypothèse, dit Lancaster.

Il traverse le bureau et plaque l'une des radios crâniennes de monsieur X sur l'écran lumineux.

– Donc personne ne s'est inquiété de ce truc-là ?

– Vous pensez pas que c'est ça ?

Lancaster s'approche de l'écran, il cligne les yeux.

– Vous voulez revoir le type ?

Le flic fait non de la tête.

– La forme colle pas. La brûlure suggère un carburant liquide. Dans l'hélico j'ai cru sentir de l'essence.

– Peut-être qu'il s'était renversé quelque chose

dessus, avant. Du gaz à briquet, de l'alcool, est-ce que je sais ?

– Peut-être. Mais expliquez-moi ça. Quelqu'un l'a vu brûler, puis il a trouvé une cabine et il a appelé, puis le poste vous a mis la main dessus, puis il vous a fallu trois ou quatre minutes pour arriver sur les lieux. Combien de temps en tout, entre la découverte du type et l'extinction des flammes ?

Il plisse la bouche.

– Au moins dix, quinze minutes. Plus, peut-être.

– Ce type serait en cendres s'il avait brûlé dix minutes.

– Où vous voulez en venir ?

– Il brûlait pas avant que l'appel soit lancé et que vous soyez déjà en route. Je dirais trente secondes, une minute maximum avant que vous arriviez. Et ça veut dire que quelqu'un lui a mis le feu. En plus, il a pris un mauvais coup à l'*arrière* du crâne.

Lancaster pointe un doigt sur la radio illuminée par l'écran.

– Expliquez-moi ça !

– Je sais pas.

– Qui est de garde pour les meurtres, ce soir ?

– Les meurtres ? Le type est pas mort.

– Pas encore.

L'adjoint prend une bouffée de cigarette, puis une gorgée de café, et il réfléchit une minute.

– J'ai aucune envie de déplacer un supérieur pour un accident de la route au milieu de la nuit. Si vous vous trompez, je vais en prendre pour mon grade.

– Vous préférez qu'on appelle l'équipe des incendies criminels ?

Lancaster rit de sa plaisanterie. Au bureau du shérif,

il n'y a qu'un homme rompu aux enquêtes criminelles, et dans la police municipale, deux inspecteurs à plein temps. Qu'il s'agisse d'homicide, d'incendie criminel, de vol ou d'attentat à la pudeur, on retombe donc sur eux. Pour les heures de garde, il font les trois huit.

– J'en prends toute la responsabilité, dit-il. Qui est de garde ?

– La municipale. Frank Brandon, je crois.

– C'est pas notre jour de chance.

Appeler Brandon à trois heures du matin, c'est un peu comme de farfouiller avec un bâton dans l'antre d'un ours qui hiberne.

– Docteur Lancaster ?

C'est l'interne.

– Je crois que vous devriez venir voir, vous et monsieur l'agent. L'adjoint suit Lancaster jusqu'au rideau qui marque l'entrée du bloc où se trouve le brûlé. Il ne regarde pas à l'intérieur.

L'interne a découpé le jean, mais il s'est arrêté aux bottes et aux chaussettes. Le genou gauche révèle des écorchures et des contusions sévères, mais rien n'est brûlé au-dessous de la ceinture.

– Je coupais en descendant le long de sa braguette, à travers la poche. Mes ciseaux ont rencontré un obstacle. Regardez.

L'interne tend à Lancaster un paquet de poudre brune, plus fine et légère que du sucre roux, mais aussi granuleuse. Lancaster se penche de l'autre côté du rideau et le passe à l'adjoint, qui tâte le paquet et hoche la tête. C'est une image que Lancaster repassera dans son esprit, à des moments bizarres, jusqu'à la fin de ses jours.

– Autre chose ! dit l'interne.

Il est en train de couper, non sans mal, les gros lacets des hautes bottes de travail que porte le patient. Enfoncé dans la botte, sous la chaussette, se trouve un fin portefeuille de cuir contenant quelques cartes de crédit et un permis de conduire du Michigan.

Cette fois, la curiosité a donné à l'adjoint le courage de regarder derrière le rideau.

– Michael Straw, dit l'interne. De Detroit.

– Je ferais bien de passer ce coup de fil, dit l'adjoint.

C'est aussi de Detroit que Lancaster est revenu à Morgantown, où il avait passé ses dernières années d'études. Il y fuyait certaines choses, loin du cœur de ce qui fut jadis l'un des centres industriels du monde, loin d'une série d'emplois dans des services d'urgence où il ne se passait pas un quart d'heure sans alerte grave, où chaque tour de garde voyait au moins un de ces traumas dont la seule description fait se dresser les cheveux sur la tête de toute personne normale. Normal, après trois ans d'internat en traumato et deux autres années de service comme spécialiste aux Urgences, il ne l'était plus. Il s'était fait une carapace en latex insensible et un cœur en acier stérile inoxydable ; la violence, la détresse étaient devenues sa drogue. Le soir, son travail terminé, il pensait aux toxicos et aux accidentés de la route comme on pense à ses amis, à sa famille.

À cette époque, il s'est aussi retrouvé du côté des patients, sorti qu'il était d'une cure de désintoxication dans une clinique de Royal Oak, après qu'on l'avait arrêté pour vol de morphine à l'hôpital. C'est seulement grâce aux efforts d'un juge d'instruction inventif et de médecins qui, sans comprendre ni excuser sa toxicomanie, croyaient en ses capacités, en son avenir, qu'il s'en est tiré. Après une période probatoire sous surveillance légale, une année de travaux d'utilité publique étroitement contrôlée, un traitement volontaire complet et des certificats de bonne conduite délivrés par ses collègues, il s'est finalement racheté aux yeux de l'État et il a évité qu'on lui retire son diplôme.

C'est à Detroit, encore, ou faut-il dire surtout, qu'il a vu la fin de sa liaison avec une femme nommée Denise Richards. Il lui arrive de penser qu'elle lui a dérobé sa vie en partant. D'autres fois, qu'elle la lui a rendue. Dans les moments de faiblesse, même s'il reprend toujours conscience du fait que la faiblesse se cachait en lui-même, il impute à Denise sa propre chute dans la drogue et la dépression. Mais, la plupart du temps, quand il pense à elle, c'est pour souhaiter qu'elle soit encore là, pour lui parler. Seulement, la drogue qui lui a fait tant de mal, à lui, en a fait encore davantage à Denise ; elle l'a emportée.

Toujours est-il qu'un jour est venu, il y a trois ans, où il a su qu'il fallait s'en aller et réapprendre à vivre en être humain. Il a donc mis le cap sur l'ouest, suivant l'instinct qui l'attirait vers l'endroit le moins éloigné d'un hypothétique chez-soi, et il a de nouveau atterri là, où le rythme est un peu plus lent, l'horreur un peu plus rare ou un peu moins extrême, là où il s'est pourtant juré, à l'âge de dix-sept ans, qu'il ne remettrait plus les pieds.

À la cafétéria Lancaster commande un double café, et il s'assied quelques minutes près de la baie vitrée qui donne sur la cour centrale. L'équipe des grands brûlés et les chirurgiens font un bilan pour Straw ; bientôt ils l'installeront dans l'unité de soins intensifs. Lancaster aperçoit l'adjoint du shérif qui vient faire un tour et regarde de-ci de-là, ne sachant trop que faire ; il lui fait signe de la main.

– Café chaud au comptoir, dit Lancaster.

– Vaut mieux pas, dit l'adjoint. Je vais encore pisser des litres si je fais pas attention. Reins détraqués.

– Le bon vieux syndrome rénal.

– Quelque chose comme ça, dit l'adjoint en s'affalant sur la chaise qui lui fait face.

– Faudrait que vous jetiez un œil, un de ces jours.

Ce qu'il y a de drôle, avec son histoire de drogue, d'arrestation et de cure, c'est que les gens au courant – à savoir toute la police locale, compte tenu du bouche à oreille – semblent en avoir conçu une certaine admiration. Lancaster se l'est souvent dit : c'est comme s'il y avait gagné des galons.

L'une des conditions de sa réintégration était que son casier judiciaire le suive partout. Mais ce n'est pas une chose qu'il a voulu dissimuler ; au contraire, il s'est servi de son image pour asseoir son autorité en la matière. Après un an à Morgantown passé à voir les clochards, les ivrognes et autres paumés venir aux Urgences faire soigner leurs symptômes chroniques, il a aidé un groupe de médecins de la région à soutirer un peu d'argent public pour ouvrir le Dispensaire du quartier nord, où l'on s'occuperait non seulement de problèmes cliniques, mais de désintoxication. Encore maintenant, il y travaille en bénévole huit heures par semaine ; et il n'est toujours pas revenu, trois ans après, de voir que, toute proportion gardée, la misère n'a ici rien à envier aux grandes villes.

Une heure plus tard, peu après quatre heures du matin, de retour au bureau central des Urgences, Lancaster est assis sur un tabouret contre le plan de travail ; l'adjoint se tient près de la machine à café ; le lieutenant Frank Brandon, de la police municipale de Morgantown, inspecteur chef du département, se balance sur la chaise de la secrétaire. Elle a pris son quart d'heure de pause.

Lancaster a les yeux fixés sur le bloc opératoire vide où M. X, alias Michael Straw, a été soigné. La pièce est plongée dans le silence ; du sang et d'autres liquides sont répandus sur le sol ; seringues, tubes, flacons et sacs jonchent les tables et les plateaux à instruments. Les arcs halogènes illuminent un espace maintenant vide. Un employé du nettoyage passe la serpillière, tandis qu'un manutentionnaire remplace le matériel dans les casiers du meuble de rangement, le long du mur du fond.

– Alors comme ça vous avez lu un truc qui vous a tourné la tête ? dit Brandon. Un bon polar ? Vous avez vu trop de films ?

Brandon, sans conteste l'homme le plus mal habillé de la police locale, a opté ce soir pour un accoutrement discret : chemise en polyester marron, cravate club orange et veste sport bleue à carreaux.

– Vous croyez vraiment que le type s'est fait tomber une cigarette dessus ?

– Moi ? J'en sais rien. Peut-être pas. Et vous, vous pensez sérieusement qu'un bras brûlé et un sachet de drogue, c'est suffisant pour affirmer qu'on lui a mis le feu ? Que quelqu'un a voulu le tuer ? Si ça vous suffit, vous êtes un sacré détective, docteur. Je vous tire mon chapeau.

Brandon est plutôt corpulent, pas très grand, et sa chevelure s'est dégarnie jusqu'au milieu du crâne. Les cheveux qui lui restent sur les côtés sont roux, frisés, et, comme il ne se les coupe pas souvent, en broussaille. Avec son visage d'Irlandais rougeaud, Lancaster lui trouve un petit air clownesque, mais il a aussi l'impression que Brandon en rajoute délibérément dans l'apparence et l'habillement pour tenir les autres à distance.

– D'abord, dit Lancaster, vous recevez un appel anonyme…

– Pas anonyme, dit Brandon. Le poste m'a donné le nom du témoin. Ils l'ont dans leur registre. Alan quelque chose…

Il tourne une page de son bloc-notes pour vérifier.

– Non, Arnie. Le correspondant s'est présenté comme Arnie Holt. Ça fait s'écrouler votre belle théorie, non ?

– Qu'est-ce que ça prouve ? Vous ne voyez rien de suspect, dans tout ça ?

– Peut-être bien que si. On peut y aller voir de plus près. Mais ça peut attendre demain matin.

– Et voilà, dit Lancaster. La seule chose qui vous énerve vraiment. D'avoir été tiré du lit.

– Lâchez-moi.

– Écoutez, on est déjà demain matin, lieutenant. Moi aussi, je suis crevé, et j'ai une demi-journée de service qui m'attend au Dispensaire à partir de neuf heures.

Brandon fait mine de jouer du violon en l'air.

– Et à qui la faute ? dit-il.

Il n'était pas très partisan d'un Dispensaire financé par des fonds publics. Son raisonnement était que non seulement cela encouragerait les zonards à traîner dans le coin, mais en attirerait de nouveaux.

– Passons, dit Lancaster. J'avais entendu dire que la plupart des meurtres étaient résolus dans les six heures qui suivaient le crime.

Brandon renifle.

– Qui vous dit le contraire ? dit-il. Les meurtres, oui. Mais les brûlures accidentelles chez les poivrots assommés au volant qui sortent de la route au milieu de la nuit, c'est une autre histoire.

Ann Palicki est venue faire un tour dans la pièce ; elle écoute l'inspecteur. Son regard se pose maintenant sur Lancaster, puis sur l'adjoint, puis de nouveau sur Brandon.

– Et cette histoire de temps qui ne colle pas ? dit l'adjoint.

– Vous faites entrer en ligne de compte des douzaines de variables, dit Brandon. Vous additionnez les délais au pifomètre. Sur la rapidité des flammes et l'identité du témoin, vous avez que des hypothèses. Parce que le type était quand mêmc gravement brûlé ! Il a bien dû flamber un bon moment !

– Pas dix minutes, dit Lancaster. Loin de là.

– Qui vous dit qu'il a fallu dix minutes pour arriver à lui ?

– Excusez-moi, dit Ann. Inspecteur, vous avez bien dit quelque chose sur le fait qu'il est sorti de la route au volant de sa voiture ?

– Vous y étiez, non ? Elle était collée contre un arbre, à ce qu'on m'a dit. Ou bien elle est sortie de la route toute seule, ou bien il l'a conduite jusque-là, non ?

– Il était sur le siège du passager.

Il y a comme une pause dans la pièce, un moment de parfait silence.

– Quoi ? dit Brandon.

– Il était sur le siège du passager.

– Eh bien, il a pu s'y glisser après le choc. Ou encore, il a pu…

– Il avait sa ceinture de sécurité. J'en sais quelque chose, j'ai dû la couper pour le sortir.

Le regard de Brandon va de Ann à l'adjoint.

– Elle a raison, dit l'adjoint. Ça m'a pas frappé sur le moment, dans toute cette confusion. Je pensais juste au feu.

– Bon. Et même… Pas de quoi en faire un drame, dit Brandon.

Il secoue la tête et son paquet de Camel, dont il éjecte une cigarette.

– À la rigueur, on a un délit de fuite. Entre ça et la tentative de meurtre, y a de la marge.

– Les vêtements, dit Lancaster. Ça vaut peut-être la peine d'y faire rechercher des traces de carburant. Au cas où.

Brandon le fixe durement des yeux pendant quelques secondes, puis il les baisse.

– C'est bon. J'appelle le labo.

2

Lorsque Brandon s'engage enfin dans l'allée de son garage, il est six heures passées.

Il a appelé Jimmy Mendez, l'homme des services techniques, le grand manitou du labo de la police de Morgantown, puis a ramené les vêtements au palais de justice, qui abrite leur petit labo. Avant de sonner la charge, il veut une confirmation des hypothèses de Lancaster. Il a envoyé deux plantons placer un cordon de sécurité sur les lieux du crime et monter la garde jusqu'à nouvel ordre. De toute manière, il est crevé, et le jour n'est même pas tout à fait levé. Alors, il se dit qu'il va se recoucher en attendant. Qu'est-ce qu'il y aurait de mal à faire un petit somme pour récupérer ? C'est le week-end. En semaine il est debout dès six heures, mais les week-ends il a bien le droit de dormir un peu plus, avant de réveiller sa femme, Lorraine, de la sangler sur sa chaise roulante, contre le dossier surélevé, et d'aller patauger dans la neige sale pour constater un délit ou s'asseoir dans le hall enfumé du commissariat pour écouter des balivernes sans queue ni tête.

Mais, quand il passe la porte de sa maison, le téléphone est en train de sonner.

– Frank ?

C'est Jimmy Mendez.

– Le test est positif, pour les vêtements.

– Déjà ?

– Le spécimen a presque saturé le détecteur. On est à coup sûr en présence d'un carburant à base de carbone, probablement de l'essence, mais la structure qui apparaît n'est pas homogène. Une espèce de mélange bizarroïde.

– J'aime pas ce mot du tout.

– La structure est inhabituelle. J'envoie les vêtements par coursier au labo central de la criminelle. Eux, ils peuvent faire un test qualitatif détaillé. On devrait savoir dès demain.

Brandon adore écouter Jimmy lui parler. Sa diction, malgré la trace d'accent hispanique qui lui reste de sa famille, est la plus soignée, la plus cristalline qu'il ait jamais entendue.

– Mais tu es sûr qu'il y avait quelque chose.

– Absolument certain.

– Quelque chose de très inflammable.

– Quoi que ça puisse être, ça brûle comme les flammes de l'enfer.

Brandon hoche la tête dans la pénombre de sa cuisine.

– Alors, il faut s'y mettre. Assure-toi que là-bas quelqu'un fait aussi une recherche des fragments de fibre, du sang, bref, la totale.

– J'en ai déjà fait une, et j'en ai commandé une autre. Le véhicule est encore sur les lieux. On t'y retrouve. Tu as l'air enroué.

– Une saleté de rhume.

Sinus enflés, congestion : toute sa tête est engourdie. Sa gorge le brûle. *Moins cinq dehors et je suis au travail après quatre heures de sommeil*, pense-t-il. *Comment je fais ?*

Dès qu'il remet le pied dehors, passant de la cuisine au garage, l'air glacé le fait tousser. La température a chuté à moins dix. On a plus froid qu'au milieu de la nuit. La Buick démarre pourtant sans problème. Il s'arrête pour avaler un café sur son chemin, prend vers le nord la nationale 57, puis vers l'ouest jusqu'à un point situé à une vingtaine de kilomètres de la ville, sur la rive nord de la rivière du Chagrin, qui serpente depuis les Irish Hills et, plus en aval, coupe en deux le quartier sud de Morgantown.

La route en terre battue à deux voies est si mal entretenue qu'il doit ralentir et rouler au pas. Il se gare dans un parking recouvert de gravier dont une extrémité a été isolée par un de ces cordons jaunes qui signalent le lieu d'un crime. Une voiture de patrouille, gyrophare allumé, une autre banalisée et la camionnette bleue de Jimmy Mendez sont garées à l'autre bout de la zone, face au cabriolet rouge deux-portes qui justifie leur présence. Avant d'aller les voir, Brandon traverse le parking et parcourt les cinquante mètres du parc en pente couvert de neige, suivant les traces de quelqu'un, jusqu'à une rambarde de métal verte qui marque le bord de la falaise. Cet endroit, que certains appellent le Parc des Suicidés, d'autres plus simplement le Panorama, mais qui n'a pas de nom officiel, se trouve au sommet d'un surplomb très élevé, au-dessus du fleuve. Il a entendu dire que c'est le précipice le plus haut à quatre comtés à la ronde.

La rivière, en partie gelée, ne coule que sur un quart de sa largeur normale, ruisseau cerné par de larges étendues de glace intacte formée à partir de chaque rive. Quelques blocs détachés flottent çà et là sur l'eau noire. Une légère brume translucide plane sous la falaise, comme un drap qui trouble la vue en plongée.

Une neige fine se met à tomber doucement, insolite dans un froid si brutal. Brandon ressent avec une certaine acuité, à cet instant, l'impression lugubre que produisent l'endroit, qui est une solitude, et le froid, et les phares de couleur, et la neige. Il songe alors qu'il ressent la même chose chaque fois qu'une enquête débute. En presque vingt-huit ans d'une vie de flic, il n'a jamais manqué de se sentir, dans ces moments avant-coureurs, indigne mais fier de sa mission.

La voiture, immatriculée dans l'Ohio, est encastrée sur le tronc tortueux d'un vieil érable. Le Vinyle blanc du siège, côté passager, a fondu à l'endroit où Michael Straw a brûlé. Des gouttelettes de sang ont séché sur le siège et la portière. Jimmy va s'assurer qu'elles appartiennent à la victime. Il a saupoudré d'oxyde de fer noirâtre le volant, le tableau de bord et le levier de vitesses pour relever toute empreinte latente. Il est en train de passer l'aspirateur sur la moquette, mais s'interrompt pour s'adresser à Brandon.

– On a relevé deux séries d'empreintes, dit Jimmy. Elles appartiennent au propriétaire et à Straw.

– Redis ça ?

– On vous a pas mis au courant ? Le vol d'un cabriolet Chevrolet rouge a été déclaré par quelqu'un à Wauseon, Ohio, hier après-midi. C'est lui. La police locale nous a déjà faxé les empreintes du propriétaire.

– L'histoire concorde ?

– On dirait. Autre chose : sur le volant et le levier de

vitesses il y a aussi des marques sans empreintes digitales – votre agresseur portait des gants en latex.

Pas de simples gants parce qu'il fait froid, non, des gants en latex, des gants de chirurgien. Préméditation. Guet-apens. Le doc avait raison. Brandon grince des dents.

– Hé, patron ! crie quelqu'un dans la neige, tout en fourrageant le bas-côté en bordure du parking.

C'est l'autre inspecteur de Morgantown, le sergent Spinner Wharton, dans son uniforme d'hiver préféré, qui consiste en un pardessus de travail couvert de taches de cambouis, un jean, des bottes et une casquette de base-ball. Il prétend que ça le banalise un camouflage, en quelque sorte ; mais Brandon se demande bien qui, dans un si petit patelin, ne l'a pas encore repéré, d'autant qu'avec son mètre quatre-vingt-cinq et ses soixante-cinq kilos seulement il ne se fait pas oublier.

Spinner a fait une découverte. Derrière une congère, glissé entre les troncs jumeaux d'un petit sapin, se trouve un démonte-pneu, dont une extrémité est tachée de gouttelettes sombres.

Brandon tient ouvert un sachet en plastique pour pièces à conviction, tandis que Spinner ramasse le démonte-pneu à l'aide d'un bout de tissu.

– Jimmy, crie Brandon en tournant la tête vers la voiture, fais ouvrir le coffre. Vérifie si le démonte-pneu manque.

– On m'a dit que le type s'est fait cogner, dit Spinner.

– Au genou et à la tête.

– Donc, on a une tentative d'homicide volontaire.

– Peut-être même plus qu'une tentative, si

Lancaster se trompe pas dans son diagnostic. Et puis surtout, il a l'air de penser que l'appel a dû être fait avant que Straw soit en train de griller. On a le nom du témoin, un certain Holtz ou Holt, je sais plus. Trouve-le et contrôle-moi tout ça.

– Pas de problème. T'as déjà pris ton petit déj ?

Brandon le regarde.

– T'as rien mangé ? demande-t-il.

– Si, si, mais toi, tu veux peut-être grignoter un truc ?

Parmi tous les mystères que la police de Morgantown a dû éclaircir, il n'y en a pas de plus épais que la façon dont Spinner Wharton fait son compte pour rester si maigre en mangeant tellement. Son métabolisme, songe Brandon, doit avoir quelques traits communs avec celui, disons, du colibri. Rythme cardiaque, au repos : environ 180 battements/minute. Le résultat, tout bénéfice pour son patron, c'est que Spinner a plus d'énergie qu'un bambin. Il peut faire tout le travail de terrain vingt heures de suite sur une affaire, et en redemander. Ce qu'il ne peut pas faire, c'est attendre assis sur une chaise. Une fois, il y a des années de cela, Brandon a commis l'erreur d'emmener Spinner en mission de surveillance. Ce fut la dernière fois. Maintenant, Brandon s'occupe des filatures tout seul.

Un agent fait un signe derrière la voiture rouge.

– Le démonte-pneu manque, dit Brandon. Pièce à conviction numéro un. Et j'ai grignoté à la maison, mais je te remercie quand même.

De retour à la voiture, Brandon s'accroupit près du pied de Jimmy, qui dépasse de sous le carénage démonté, à droite, où il fouille pour recueillir des débris.

– La neige complique tout, dit Jimmy. On va ratisser

ce qu'on pourra, ouvrir l'aération et tout, mais je promets rien.

Pas grand-chose à se mettre sous la dent, voilà le message.

– Je vais faire appeler le propriétaire par Spinner, dit Brandon.

– On sait jamais, répond la voix sous la voiture.

Michael Straw est couché dans une chambre spécialement isolée au sein de l'unité de soins intensifs de l'hôpital de Morgantown. Dès que son état sera stabilisé, on le transférera au service des grands brûlés d'Ann Arbor.

Brandon attend, assis sur un banc dans le couloir, sirotant ce qui reste d'un café froid, qu'une infirmière lui tende un masque et une blouse, puis le fasse entrer.

Straw a déjà de la visite. Sa sœur, Sarah Le Seure, est installée sur une chaise en plastique rigide contre le mur du cube stérile. Brandon ne voit que ses yeux, entre le masque et le couvre-chef chirurgical, mais ces yeux sont impressionnants, brun doré, beaux, blessés. Elle lui dit qu'elle vit avec son mari et sa fille à Emerald. Emerald est une jolie petite ville résidentielle en banlieue de la capitale de l'État, Lansing, à deux heures de voiture au nord.

Elle a dû passer tout près des vêtements de son frère, sur le chemin, songe Brandon.

– Vous ne pouvez donc pas le laisser mourir en paix ?

– Comment ?

– Vous êtes inspecteur de police ? Quelle importance ça peut avoir, ce que vous trouverez contre lui, maintenant ?

– Il a donc déjà été arrêté ?

Elle rit d'un rire amer.

– Je ne suis pas ici pour enquêter sur les délits commis par votre frère, madame Le Seure. Quel âge a-t-il ?

Le visage et le crâne de Straw sont entièrement bandés. Le tube de la respiration artificielle est glissé entre les bandages jusqu'à sa bouche. Son bras gauche, emmitouflé dans d'épaisses couches de gaze, a été suspendu à une barre au-dessus de sa tête. Les brûlures du torse sont couvertes d'une gaze plus fine, qui ne suffit pas à masquer la chair rose à vif. Brandon avale sa salive et regarde ailleurs.

– Vingt-neuf ans. Plutôt répugnant, non ?

– Il est possible qu'il vous entende.

Elle hausse les épaules.

– Ça ne vous ennuie pas que je regarde ?

Brandon désigne le drap. Elle hausse de nouveau les épaules.

Le genou gauche a enflé de façon spectaculaire et a viré au vert, au bleu-gris sombre par endroits. On ne l'a pas bandé. Une blessure recousue de quelques centimètres, entourée de bleus presque noirs, suit l'arête supérieure, à gauche, de l'os du genou.

Brandon remonte le drap et fait le tour du lit, jusqu'à la moitié indemne du corps, songeant à l'asymétrie étrange de ces plaies. Tout en observant les blessures, il glisse sa main dans celle de Straw. Il lui importe qu'une victime, tant qu'elle le peut, sente qu'on veut la réconforter. Il remarque alors le bras gauche. Tout au long, en dedans, mais davantage à l'articulation du coude, se trouvent les hachures de vieilles cicatrices, ponctuées çà et là de points rouges signalant l'entrée d'une seringue. Les traces sont nettes et vives, elles couvrent inégalement tout le bras, l'un des plus amochés qu'il ait vus. Toute la zone antécubitale n'est plus qu'une masse compacte de cicatrices d'aiguilles. L'avant-bras, l'intérieur du poignet et le dos de la main, jusqu'aux phalanges, portent aussi des marques.

– Votre frère était gaucher ?

– Non. Pourquoi ?

Brandon secoue la tête.

– Ça devait être vraiment un gros consommateur, si ce bras-là passait en second.

– Seulement depuis une douzaine d'années. Si vous ne poursuivez pas Mikey et si vous ne saviez même pas qu'il se droguait, qu'est-ce que vous faites donc là ?

– Un des médecins qui l'ont soigné se raconte des histoires. Il pense qu'il y a des indices indiquant qu'on a mis le feu, et que Michael a peut-être été victime d'une tentative d'assassinat. Je me contente de vérifier.

Sarah se lève.

– Vous ne le croyez pas ?

– J'enquête, c'est tout. Je relève les indices.

– Et alors ?

– Et alors il y a quelques anomalies que j'aimerais qu'on m'explique. Mais je ne veux pas que, vous aussi, vous vous racontiez des histoires. Si on trouve quelque chose de sûr, je vous tiendrai au courant.

– Si quelqu'un lui a fait ça…

Brandon sent bien qu'à la nouvelle de ce qui est arrivé à son frère elle a reçu un choc, mais il voit à ses yeux qu'elle est maintenant lancée sur les montagnes russes des émotions qui suivent un drame : la colère, la douleur, l'incrédulité ; sans doute la culpabilité, aussi.

Il est clair qu'elle n'a pas beaucoup dormi, qu'elle a passé pas mal de temps à pleurer.

– Dites-moi une chose, demande-t-il. Emerald est une ville cossue. Vous êtes mariée. Vous menez une vie confortable.

– Alors comment se fait-il que j'aie un frère drogué ?

Il voit la colère s'embraser dans ses yeux.

– Nous ne sommes pas sortis d'un endroit comme Emerald. On a grandi dans le quartier ouest de Detroit. Notre père est parti quand Mike était encore petit. J'ai quatre ans de plus que lui.

Elle hausse les épaules.

– J'ai besoin d'une cigarette. Vous voulez bien ?

– Je dis pas non.

Ils sortent de la chambre en y laissant leur blouse et leur masque, puis ils marchent jusqu'à un hall, à l'autre bout de l'étage. Sarah Le Seure a des cheveux brun clair qui, trouve Brandon, vont bien avec ses yeux.

– J'ai eu de la chance, pour dire les choses comme elles sont, dit-elle. J'ai épousé un homme qui réussira.

Brandon lui offre une de ses Camel, l'allume, puis en allume une autre pour lui.

– Ce qui est drôle, c'est que je ne l'aurais jamais rencontré sans Michael et son problème. Jim était un agent fédéral des Stups de Detroit. Il y a huit ou neuf ans, Mike s'est fait prendre en train de dealer. Jim a hérité de l'affaire. Il nous a beaucoup aidés. Il a fait admettre Mike dans un service de désintoxication et a pris le temps de parler avec moi.

– Votre mari était agent des Stups et votre frère, toxico.

On en apprend tous les jours.

– Jim comprenait le problème de Mike. Ça ne le choquait pas.

Elle va jusqu'aux grandes baies vitrées qui dominent la rivière du Chagrin et ses méandres à travers le quartier sud de Morgantown.

– J'avoue que ça me surprend un peu, dit Brandon.

– Oui, ça doit paraître étrange. Mais je crois que Jim a en fait évité pas mal d'ennuis à Mike, pendant toutes ces années. Je crois qu'il est intervenu dans certaines situations, vous voyez. Moi, je ne m'en suis pas mêlée.

– Quand l'avez-vous vu pour la dernière fois ?

– Il y a à peine dix jours. Alors qu'il m'est arrivé de passer des mois sans avoir de nouvelles. Et puis, il appelait, juste pour parler, ou bien pour réclamer de l'argent. Je lui en envoyais chaque fois qu'il en avait besoin.

– Beaucoup ?

– En général, non.

– Et il y a dix jours, c'était pour quoi ?

Elle se retourne et lui fait face.

– Il est arrivé chez nous à l'improviste, tout agité, et il a demandé à voir Jim. Jim était en voyage. Ses mains tremblaient. Il a dit qu'il était sur un nouveau coup. Pour être franche, je n'ai pas très bien écouté. Je lui ai fait à déjeuner, on a parlé un peu, et il est reparti.

– Vous dites qu'il était « agité » ?

– Peut-être inquiet. Peut-être excité. Avec lui c'était difficile de faire la différence. Il pouvait aussi bien être en train de redescendre après une dose.

– Rien d'autre à propos de ce nouveau coup – où ce serait, qui s'en occupait, par qui il en avait entendu parler… Rien de ce genre ?

– Non.

– Vous connaissez certains de ses amis ?

– Non, je regrette.

– Si votre mari pense à quelque chose, vous lui demanderez de m'appeler ?

– Je le ferai.

– Au cas où vous auriez besoin de quoi que ce soit tant que vous restez ici, voilà mon numéro.

Il lui tend sa carte. Elle hoche la tête.

– Vous savez qu'ils lui amputent les doigts, aujourd'hui ?

– Non, je ne savais pas.

– Cet après-midi. Les médecins disent qu'ils étaient déjà infectés. Qu'on ne peut plus les sauver.

Un instant encore, il la regarde fumer et contempler la rivière par la fenêtre. Puis, il tourne les talons et se dirige vers la porte.

– Inspecteur ?

– Oui ?

– Vous croyez vraiment que quelqu'un lui a fait ça ?

– Non.

Les mensonges réconfortent.

– Mais vous me le direz, si vous changez d'avis ?

– Bien sûr.

Il passe par sa maison voir si Lorraine va bien, puis il faudra qu'il aille au bureau pour commencer à coucher toute cette horreur sur le papier ; mais, quand il entre dans le salon, il trouve sa fille Susan qui l'attend. Elle l'observe jusqu'à ce qu'il se décide à ouvrir la bouche.

– Pas de messe, ce matin ? Il est très tôt.

– Rick est parti travailler.

– Un dimanche ?

– Pourquoi pas ? Les routes sont dégagées.

– Alors tu es venue faire la conversation, ou juste un contrôle de routine ?

– Tu l'as encore laissée seule au lit, Papa. Combien de fois il faut qu'on revienne là-dessus ? Tu sais qu'elle doit pas rester seule.

– Elle va très bien, ma chérie.

– Elle ne va *pas* très bien.

Susan le suit dans la cuisine, où il se verse un verre de lait.

– J'ai parlé avec des gens. Il y a une institution catholique très bien, en ville, tout près d'ici.

– Je la mettrai pas dans une de ces foutues maisons de repos.

– Mais ça peut pas marcher comme ça.

– Quelqu'un s'occupe d'elle.

– Huit heures par jour, cinq jours par semaine. Ça suffit plus.

La maison, celle où Lorraine et lui se sont installés après leur mariage il y a vingt-sept ans, est à la limite nord de Morgantown, sur le bord d'Elmer Creek, dans ce qui était alors une banlieue tranquille et boisée. Maintenant, la ville les enserre – fast-foods, pavillons en préfabriqué, stations-service, cinémas géants –, mais il ne songe plus tellement à déménager. Il a lui-même lambrissé presque tous les murs de bois blanc ; ils ont élevé ici leurs deux filles.

Susan, l'aînée, vit maintenant à la campagne, à l'est de la ville, avec son mari camionneur au long cours ; elle tâche de prendre cette situation du bon côté. La seconde, May, est morte deux ans plus tôt dans l'accident de voiture qui a aussi estropié Lorraine et lui a fait perdre la raison – à cause d'un malade défoncé à la bière et aux barbituriques qui a franchi la ligne jaune à cent dix à l'heure.

Il y a encore quelques mois, l'état de Lorraine était stable. Son infirmière de jour était efficace, et la nuit elle dormait. Mais elle s'est mise à avoir des difficultés respiratoires ; d'horribles quintes de toux rauque réveillaient Brandon en sursaut. Depuis, ils ont dû brancher un humidificateur en permanence, et un kiné spécialiste du souffle vient trois fois par semaine. Le caractère de Lorraine, ou ce qu'il en restait, a changé, lui aussi. Elle s'est mise à pleurer, plusieurs heures de suite chaque fois.

– Je suis crevé, dit-il. Et il faut que j'y retourne bientôt. Tu peux rester ?

Elle acquiesce.

– Mais je n'ai pas dit mon dernier mot, dit-elle.

3

Morgantown est une petite ville d'environ trente mille habitants, moitié ville universitaire, avec des quartiers de vieille bourgeoisie victorienne, moitié site industriel désaffecté, avec des usines qui ne marchent plus qu'à faible rendement et des ouvriers spécialisés sous-employés. Elle est située sur la grande plaine du sud du Michigan, à plus de cent cinquante kilomètres à l'ouest de l'agglomération de Detroit.

Le froid glacial est arrivé fin décembre ; la température a chuté continûment jusqu'à une passe d'une semaine à moins trente, début janvier. Puis, un redoux progressif atteignant les moins dix a ramené la neige, en d'épaisses couches qui s'empilaient jour après jour sans fondre. À présent, les routes principales sont bordées de congères de trois mètres de haut. Les gens sont entrés dans une sorte de somnambulisme qui leur permet de continuer à faire leur travail et à vivre, mais sans y prendre de plaisir.

Dimanche matin à l'aube, c'est au Dispensaire que le somnambulisme de Lancaster le mène, à l'extrémité nord-est de Morgantown, dans un quartier de petits pavillons en planches, ponctués de loin en loin par un de ces duplex décrépits qui témoignent encore de la prospérité industrielle triomphante des années soixante.

Jadis, la tante de Lancaster, Tante Rose, habitait là.

Quand il était petit, avant de venir à son tour vivre ici, il lui rendait visite avec sa mère deux fois par an. C'était un beau quartier, à l'époque, bien meilleur que le sien, à l'est de Cleveland, où les familles étaient dures, où les jeux étaient durs, où le seul terrain de jeux était la rue. Mais, à présent, c'est aussi dur ici qu'ailleurs. Les pelouses et les murs se détériorent ; dans Rumford Street, l'une des rues principales, un tiers des façades sont condamnées et la plupart des autres ont des panneaux À VENDRE plantés dans leur jardin, des panneaux rouillés et tordus, depuis le temps qu'ils sont là.

Le Dispensaire lui-même est installé dans un garage, haut sous plafond et entouré de baies vitrées, appartenant à la ville, qui fut d'abord utilisé pour entreposer les bennes à ordures, mais fut réquisitionné et réaménagé en un bel espace de travail. Outre les bureaux, les quatre pièces destinées au traitement des patients et la salle de réunion, il possède son propre labo d'analyses de sang et d'urine et un appareil de radiographie datant de 1963.

Lancaster gare sa Bronco, puis jette un regard circulaire sur le ciel gris, les immeubles lépreux couverts de couches de neige brunâtre et les vieilles voitures cabossées garées le long des trottoirs.

Quand il eut quatorze ans, après que son père était mort et que sa mère et lui avaient emménagé ici pour s'installer chez Rose, il a commencé à comprendre à quel point la vie pouvait être étriquée dans une ville refermée sur soi, vieillissante, coincée entre une plaine parfaitement lisse et une chaîne de montagnes usée. Et il s'est mis à vouloir repartir. Une semaine après avoir obtenu son diplôme au lycée, il est retourné vivre à Cleveland, où il était admis dans le cycle d'études prestigieux de l'Université Case Western Reserve.

Quelques années plus tard, sa mère et sa tante sont allées s'installer dans une banlieue pavillonnaire de Santa Fe, au Nouveau-Mexique.

De temps à autre, quand il vient prendre son tour au Dispensaire, il oublie l'ironie du sort qui l'a fait travailler ici. Mais pas souvent. La plupart du temps, l'idée le fait sourire.

Aujourd'hui, il doit seulement s'occuper des patients du week-end à l'hôpital de jour, comme il le fait deux fois par mois. L'essentiel de sa tâche ici concerne les toxicos, même s'il hérite parfois de quelques consultations d'un généraliste malade ou parti en vacances.

Après avoir traité une ou deux laryngites et aiguillé vers les Urgences de l'hôpital de Morgantown, où il serait certainement hospitalisé, un sans-abri dont trois orteils avaient gelé, il ne voit personne d'autre dans la salle d'attente. Alors, il recommande à l'infirmière qui est au guichet d'ouvrir l'oreille, puis il va s'allonger sur une table d'examen dans l'une des salles de consultation.

Il est presque endormi, les jambes pendant à un bout de la table, les cheveux pendant à l'autre bout, lorsqu'il entend la porte de la salle d'attente s'ouvrir et claquer contre le mur sous la pression du vent. Encore un patient ; mais il est fatigué, et c'est si bon d'être allongé les yeux fermés sur cette table remarquablement incommode. Seulement, pendant son internat, il a appris combien dix ou quinze minutes peuvent compter. Il décide d'attendre que l'infirmière ait conduit le patient dans une autre salle, puis de se lever pour aller le voir. Une minute plus tard, alors qu'il s'est presque assoupi de nouveau, il entend la voix de l'infirmière s'élever, la voix du patient s'élever encore davantage, à la limite du hurlement. Il distingue les mots *urgence* et, peu après : *Faites-le venir tout de suite !* Il entend alors une autre porte claquer et des pieds marteler le sol ; avant qu'il ait pu poser ses propres pieds par terre et se lever, la porte de la salle de consultation s'ouvre violemment et une fille déboule.

Du moins Lancaster le pense-t-il d'abord, mais, en regardant à nouveau, il voit qu'il s'est trompé, que c'est une femme, mince et juvénile d'apparence, mais une femme tout de même. Elle porte un châle sombre à capuche par-dessus une veste en nylon rouge vif et un pull à col roulé. Il y a quelque chose chez elle qui lui semble extrêmement familier, comme s'il l'avait connue jadis, très bien connue. Cet air de famille est si frappant qu'il en est troublé. Il s'assied sur la table et l'observe, tandis qu'elle enlève sa capuche.

Elle n'a pas plus de vingt-cinq ans, apparemment. Il n'a donc pas pu la connaître, en tout cas pas il y a longtemps.

L'infirmière s'est accrochée des deux mains au châle de la jeune femme.

– Je suis désolée, docteur. Elle n'a pas de rendez-vous et je lui ai demandé d'attendre…

– Docteur Lancaster, je vous en prie, dit la femme. J'ai besoin de votre aide.

Son visage est fin et gracieux, entouré de cheveux sombres qui ont l'air rebelles bien qu'ils soient coupés courts ; des yeux sombres leur répondent. Elle sourit : la tristesse que trahit son sourire la rend plus belle encore. Dès que son sourire passe, pourtant, son visage change, se ferme, se crispe. Ses yeux vont de lui à l'infirmière qui attend dans le hall, puis elle tire sur le châle et l'arrache de ses mains.

Lancaster se souvient maintenant ; il sait où il l'a vue.

– Asseyez-vous, dit-il.

– Je préfère rester debout.

– Je vous connais.

La femme acquiesce.

– J'étais ici, au Dispensaire, l'été dernier. Je n'étais pas dans votre groupe…

– Non, je me souviens.

Il fait signe à l'infirmière que tout va bien. Elle secoue la tête d'un air dégoûté et elle ferme la porte, laissant Lancaster seul avec la jeune femme.

– Alors comme ça on dort pendant le service ? demande-t-elle.

– Mon service dure depuis maintenant quatorze heures ; et, comme vous pouvez le constater, il n'y a pas de patients. Il n'y en avait pas, en tout cas. Ça vous va ?

– Excusez-moi. Je suis nerveuse. Je vous remercie de me recevoir.

– Parce que j'avais le choix ?

Il remarque que le châle, qui semblait élégant à première vue et a dû coûter cher, est abîmé, élimé çà et là, presque déchiré à la couture d'une épaule, l'ourlet pendant sous la bordure du bas. Un article typique du marché aux puces, d'ailleurs trop fin pour ce froid, ce qui explique qu'elle porte une veste en plus. Elle n'a sans doute rien de plus chaud à se mettre.

Elle se décide finalement à s'asseoir, choisissant la chaise qui lui fait face. Quand le châle retombe autour d'elle, elle semble regagner son élégance, comme s'il lui suffisait de se mouvoir pour recréer l'illusion.

– C'est à propos de Kevin Babcock, dit-elle d'une

voix basse et tendue. Vous vous souvenez de lui ? Il a des ennuis.

– Babcock, dit Lancaster. Oui, oui. Vous étiez copains, tous les deux.

Il soulève une jambe et la croise sur l'autre ; il ferme les yeux une seconde. L'évocation de Kevin Babcock fait qu'il se sent encore plus las qu'avant.

– Qu'est-ce que c'est ? demande-t-il. Encore la phencyclidine ?

Kevin Babcock se camait à l'Angel Dust, à l'époque où Lancaster l'a connu. Deux flics du coin l'ont amené aux Urgences après l'avoir pris dans le parking d'une épicerie en train de briser des fenêtres de voitures avec un pied de biche. Le gosse restait assis et silencieux sur le brancard, sans un mouvement ; seuls ses yeux dansaient comme des billes dans leurs orbites. Lancaster a prescrit une analyse de sang et une perfusion, puis il est sorti pour parler aux flics pendant qu'une technicienne du labo et une infirmière arrivaient. Un instant plus tard, il a entendu un cri. Puis, l'infirmière a été projetée hors de la salle et a atterri contre un mur.

Quand Lancaster s'est précipité à l'intérieur, un plateau plein d'aiguilles, de seringues et de tubes pour les tests a volé au-dessus de sa tête. D'une seule main, Kevin tenait la technicienne, une femme entre deux âges qui devait bien peser ses quatre-vingts kilos, en l'air par le col de sa blouse.

Quelqu'un a tendu à Lancaster une paire de sangles en cuir.

Il était en train de se demander comment il allait s'y prendre quand les deux flics sont entrés. L'un s'en prit aux jambes de Kevin, tandis que l'autre lui assena un coup de matraque sur le crâne, ce qui ouvrit une plaie énorme, mais l'assomma assez longtemps pour l'allonger et le ficeler aux rails de métal du brancard. Lancaster n'aurait pas préconisé cette méthode en priorité, mais les flics sont des flics, les Urgences, des Urgences, et ça s'est passé comme ça.

Kevin s'est tellement débattu que le brancard a fait des bonds de dix ou vingt centimètres. Sa blessure au crâne était une fontaine de sang. Il a fini par se briser les deux poignets en secouant les sangles. Tout ce que pouvait faire Lancaster, c'était de lui administrer du diazepam et d'attendre que l'orage passe.

– Il n'a plus fait ça depuis longtemps, dit-elle. Vous l'avez vraiment bien aidé.

– Mais oui, bien sûr, dit Lancaster. C'est sans doute pour ça qu'il a abandonné le traitement.

L'une des choses que Lancaster apprécie, dans son passage d'une grande ville à Morgantown, c'est que l'hôpital est assez équipé pour faire face à presque tous les besoins, mais assez petit pour que même un médecin des Urgences puisse connaître la plupart des gens qui se présentent, voire les suivre chaque fois qu'il pense pouvoir les aider.

Le matin qui a suivi cette histoire d'Angel Dust, quand Lancaster est venu le voir au cours de ses visites, Kevin ne se rappelait rien de la nuit précédente. Mais ils ont parlé une bonne heure, ce jour-là, de toutes les drogues que Kevin prenait, du fait qu'il voulait arrêter, et de sa vie en général. Lancaster s'en souvient très bien. En le quittant, il a mentionné l'existence du Dispensaire et a suggéré à Kevin de venir y faire un tour.

Il a été un peu surpris, une semaine plus tard, de l'y voir. Et, à la fin du printemps, il annonçait à son groupe qu'il était chimiquement pur, débarrassé même de l'alcool et du tabac. Lancaster l'a promu alors chef-adjoint du groupe, et pendant tout l'été Kevin a passé trois soirs par semaine au Dispensaire.

Et puis, au début de l'automne, il a soudain cessé de venir. Lancaster a tenté de l'appeler deux ou trois fois, mais il était très froid, au téléphone ; il n'avait manifestement aucune envie de parler. « La porte reste ouverte » : c'est ce que Lancaster se souvient de lui avoir dit. Mais il ne l'a pas relancé. Les gens vivent leur vie. Que pouvait-il y faire ?

– Il aurait dû rester, dit-elle.

– Excusez-moi, mais je ne me rappelle pas votre nom.

– Storm Summers.

– Ah, oui. Cocaïne.

Il se contente de deviner, mais il se trompe rarement. Il se souvient qu'elle était dans le groupe du docteur Delvechio. Peut-être que Lancaster lui avait dit bonjour une fois ou deux. Elle traînait dans les couloirs après ses réunions, en attendant que Kevin ait fini. Ils arrivaient et repartaient ensemble la plupart du temps. Lancaster s'en souvient parce qu'un jour il l'avait désignée comme sa « petite amie » à Kevin qui l'avait corrigé, précisant qu'ils n'étaient qu'amis.

– Oui, dit-elle. J'avais un petit problème.

– Vous n'avez pas recommencé ?

Elle détourne les yeux.

– Non.

Il n'en croit rien, n'insiste pas.

– Tant mieux pour vous.

– De toute façon, on n'est pas là pour parler de moi. Kevin ne marche plus à l'Angel Dust, mais il prend d'autres trucs.

– Quels trucs ?

– J'en sais rien. Plusieurs, je crois. Il ne m'en parle pas parce que j'ai arrêté, mais je le sens. Il garde ses distances, vous voyez. Et il a eu des problèmes familiaux. Sa mère est dans une de ces sectes de dingues. Vous voulez m'aider, oui ou non ?

– De quels problèmes vous parlez ?

– De drogue. De sexe. Kevin s'est mis à faire… des expériences.

– Et c'est un problème ?

– Pas pour moi.

– Écoutez, si c'est chimique, il peut toujours revenir ici. Et il le sait. Ou alors vous, ou plutôt Kevin et sa famille, devriez parler à quelqu'un. Un psychologue. S'il a des ennuis à la maison, il y a des gens très bien qui peuvent l'aider…

– Vous ne comprenez pas.

Sa voix se fait plus aiguë, plus perçante.

– C'est pour lui que je m'inquiète, pas pour sa famille. Et c'est pas à cause de la drogue, c'est à cause des gens qu'il fréquente. Il se passe quelque chose, quelque chose où il est embarqué.

– Je ne vois pas ce que je peux faire.

– Il vous aimait bien. Il écoutait ce que vous lui disiez. Il parle de vous, de temps en temps, même maintenant. Mais ces gens-là…

– Quels gens ?

– Je les connais pas vraiment. Mais je sais qu'ils ont presque tué un type, hier soir.

– La nuit dernière ?

– Ils l'ont brûlé, je crois. Salement.

– Nom de Dieu ! dit Lancaster.

Il décroise les jambes et se lève brusquement.

– Vous devez appeler la police.

C'est la première fois, lui semble-t-il, qu'elle a l'air contente, parce qu'elle a réussi enfin à le faire réagir.

– J'ai essayé. Ils m'ont demandé si j'attendais d'eux qu'ils protègent Kevin contre ses propres amis.

– Non, non. Écoutez, je vous parle de l'enquête sur cet homme brûlé vif.

– Mais je m'en fiche, de ça !

Elle se dresse d'un bond.

– Je veux seulement que Kevin finisse pas comme lui. C'est pour ça que je vous demande d'aller lui parler. Je vous en supplie.

– Ne me suppliez pas, d'accord ? Rasseyez-vous.

– Vous êtes la seule personne qu'il pourrait écouter. Il part avec ces gens cet après-midi, à ce qu'il m'a dit. Ils font un genre de voyage, je sais pas. Il veut rien me dire là-dessus, et ça lui ressemble pas. Il me dit tout.

Elle cherche la chaise derrière elle à tâtons, puis se rassied.

– Il va se passer quelque chose. Quelque chose d'affreux. J'ai peur pour lui.

– Bougez pas.

Lancaster va jusqu'au téléphone mural et demande à l'infirmière de lui brancher une ligne extérieure. Il essaie de joindre Frank Brandon au poste. Pas là, lui dit-on, alors il demande le standard et il explique la situation.

– Pigé, dit le secrétaire, la bouche pleine. Je vais faire une note.

– C'est important, dit Lancaster.

– Pour sûr, dit le secrétaire. On s'en occupe.

– Abruti, dit-il.

Et il raccroche. Ensuite, il appelle les renseignements

et trouve le numéro personnel de Brandon. Une femme répond, mais dit qu'il est sorti et qu'elle ne sait pas comment le joindre.

Quand Lancaster raccroche, il découvre Storm en train de l'observer et de sourire, cette fois sans tristesse.

– Qu'est-ce qu'il y a de drôle ?

– Rien, dit-elle. Je suis juste contente que vous m'aidiez.

– Je croyais que c'était Kevin que je devais aider.

– Oui. Bien sûr.

Elle sourit toujours. Et ça lui fait plaisir. Il n'a rien vu qui ressemble de près ou de loin à ce sourire depuis un bout de temps.

– Quel est le numéro des Babcock ?

– J'ai essayé d'appeler toutes les deux heures depuis avant-hier. D'abord, ça sonnait occupé, et puis plus rien. Il m'a dit que sa mère ne paie plus les factures.

Lancaster se souvient que la même chose est arrivée l'été précédent.

– Je sais toujours pas ce que vous voulez que je fasse.

– Parlez-lui, c'est tout.

– Qu'est-ce que ça cache vraiment, ces fréquentations ? Vous connaissez aucun de ses amis ?

– Je les ai jamais rencontrés. J'ai vu Kevin avec l'un d'eux, une fois, dans un club où on va qui s'appelle Red's.

– Pourquoi vous venez me voir maintenant ?

– J'ai peur. En fait, j'en ai rencontré un, ou du moins j'ai parlé avec lui. Je veux dire, c'est peut-être l'un d'eux, mais peut-être pas.

– Là je vous suis plus.

– Un homme a appelé ce matin. Je lui avais parlé

avant, il y a deux jours. Il a appelé à mon appartement, et il a juste dit que ça vaudrait mieux, à son avis, si j'arrêtais de voir Kevin pour l'instant. C'est tout ce qu'il a dit, puis il a raccroché. Ce matin il était plus bavard. Il m'a dit qu'il m'avait vue avec Kevin chez Red's et s'était renseigné sur moi. Il m'a redit de plus approcher de Kevin. Seulement, cette fois, c'était moins une suggestion et plus un ordre. Il a dit que Kevin lui dirait, si je venais le voir, et qu'alors il pourrait m'arriver des choses pas agréables.

– Il vous a menacée ?

– Oui, de façon voilée.

– Ça m'a pas l'air si voilé que ça.

– En fait, non. C'est en partie à cause de ça que je suis ici. Je suis tellement furieuse, je sais pas trop quoi faire. Je veux rien faire d'imprudent, mais…

– Pour rien au monde !…

Au lieu d'ouvrir de grands yeux affolés, comme il s'y attendait, elle le surprend par un nouveau sourire, puis reprend :

– Il a dit qu'il cherchait Kevin, maintenant. Il a dit que Kevin était sur un coup important, et que je ferais bien de pas y mettre mon nez.

– Je répète ma question : quel coup ?

– Je répète ma réponse : j'en sais rien, docteur. Peut-être qu'il croyait que Kevin me dirait des choses. Ou peut-être que c'est une espèce de jalousie bizarre. Mais j'ai jamais eu de relations physiques avec Kevin.

– Qui est ce type ?

– Je l'ai jamais vu. Il s'est présenté comme M. Holt.

– Holt ?

– Oui.

– Arnie Holt ?

– Il m'a pas dit son prénom.

– Nom d'un chien ! dit Lancaster.

C'est ce Holt qui a appelé, d'après Brandon, quand Straw a brûlé. Lancaster se rassied sur la table et regarde sa montre.

– Je vous ai dit qu'il allait partir en voyage cet après-midi, dit-elle. Je crois qu'il faut pas qu'il y aille. Mais il veut pas m'écouter.

La tête de Lancaster est prête d'exploser ; il a tellement envie de s'allonger que ça lui donne le vertige. Et la dernière chose qu'il souhaite, c'est de se faire contaminer par la panique d'une fille trop nerveuse. Mais l'image du visage brûlé de Straw lui revient. Kevin était un brave garçon. Parmi la population des toxicos, on n'en trouve pas tant que ça.

– Bon, dit-il. Il me reste une heure de permanence ici. En attendant je vais encore essayer de joindre l'inspecteur qui s'occupe de l'enquête sur le type qui a brûlé. Si j'y arrive pas, j'irai parler à Kevin. Je veux qu'il vienne faire une déposition.

– Merci.

– Ne me remerciez pas. Je fais pas ça parce que j'en ai envie. C'est moi qui me suis occupé de ce brûlé la nuit dernière.

– Grave ?

– Pire que ça. Vous voulez attendre ici et venir avec moi ?

Elle lui fait de nouveau son sourire triste et secoue la tête.

– Il sera fâché s'il apprend que je vous ai parlé, que c'est pour ça que vous allez le voir. Ne lui dites pas, d'accord ? Dites-lui seulement que vous avez entendu parler de cette histoire par hasard.

– Très bien.

Il ouvre la porte de la salle de consultation et l'accompagne de l'autre côté du comptoir de l'infirmière, jusqu'à la salle d'attente fonctionnelle, aux murs verts en parpaings et au lino bon marché.

– Qu'est-ce que vous auriez fait, si j'avais refusé ?

Elle se retourne pour lui faire face.

– Sûrement pleuré ou fait semblant de m'évanouir, un truc spectaculaire dans ce genre.

– C'est bien ce que je pensais.

– Tenez.

Elle lui tend un morceau de papier avec l'adresse de Kevin.

– Vous nous rendez, à Kevin et moi, un fier service. Je sais pas si je pourrai jamais revaloir ça, mais en tout cas merci.

Puis, elle relève des deux mains sa capuche sur sa tête et repart dans le froid.

La Bronco de Lancaster tient bien la route, même dans les virages encombrés de neige. Il est très à l'ouest de la ville, dans une rue bien nommée, pense-t-il : Pitt Street [1]. La première maison est vieille, elle s'affaisse d'un côté. Il ne reste plus un centimètre carré de peinture sur la façade ; le jardinet, devant, est rempli de voitures rouillées, de matériel agricole et autres détritus, le tout couvert de neige et irrécupérable. Ensuite, quelques centaines de mètres plus haut, trois maisons accolées, dont la dernière appartient aux Babcock. Toutes les trois sont sinistres d'aspect, mais celle des

1. Rue du Puits. *(N.d.T.)*

Babcock est la pire. Elle est petite, faite de parpaings orange. Les déchets jonchent aussi le jardin, mais un peu moins que devant la première maison. Une fine couche de neige fraîche s'est déposée sur l'allée, où se trouve garée une Dodge Duster verte rouillée, couverte de neige plus épaisse, l'avant calé sur des parpaings.

Un vieux chien noir surgit devant la maison et commence par grogner, avant de renifler dans l'espoir d'obtenir une faveur. Il s'ébroue à cause du froid, collant aux jambes de Lancaster tandis qu'il marche vers le perron.

Un rapide coup sur la porte reste sans réponse. La sonnette marche, mais personne n'y répond non plus. L'une des vitres, sur la fenêtre qui flanque la porte à gauche, a été remplacée par un bout de carton, mais les autres sont assez claires pour qu'on voie au travers. Lancaster enfonce le pied dans un trou rempli de neige, jure, puis regarde par le carreau graisseux dans le salon. La pièce est dévastée. Il y a un divan renversé au milieu du parquet, à côté d'une lampe brisée. Des vêtements sont jetés çà et là ; la télévision est allumée. Bouteilles et verres jonchent le sol ; il y a dans l'un des murs un trou aux contours dentelés.

Il frappe de nouveau au volet de la porte, puis il l'ouvre et frappe à la porte elle-même, qui s'entrebâille, parce qu'elle n'est pas verrouillée. Un frisson bizarre lui parcourt le dos et murmure à son oreille qu'il est temps de repartir. Mais il y a quelque chose qui cloche, ici. Il pousse la porte. Il entre.

Le chauffage est éteint – il voit son propre souffle. Un liquide qu'on a répandu sur la moquette moisie a gelé. L'odeur de déchets humains flotte dans l'air, il a un haut-le-cœur, mais il fait si froid que l'odeur en est atténuée, fine et âcre.

Les dégâts, le désordre du salon sont encore pires que ce qu'il pouvait en voir. Il fait deux pas de plus vers l'intérieur et il appelle :

– Kevin ?

Sa voix se perd dans l'air glacé, fétide.

Il éteint la télé, puis il regarde de plus près les ordures disséminées. Entre le divan renversé, les vêtements et la lampe par terre, il trouve d'autres choses : une savate en cuir avachie, une poignée de pièces de monnaie dispersées, et quelque chose qui ressemble à un écrin à bijoux entrouvert. L'écrin tranche sur l'ensemble. À l'intérieur il découvre un sac en plastique à fermeture coulissante, et à l'intérieur du sac ce qu'il s'attendait à y voir : le matos de Kevin – deux joints de marijuana et une pipe en verre, un flacon de poudre blanche qui semble être de la cocaïne, quelques tablettes blanches ; et puis une surprise. Tout au fond il trouve deux enveloppes transparentes contenant la même poudre brune granuleuse que celle sortie par son interne de la poche de Michael Straw. Kevin est donc monté en grade, il est passé à l'héro.

Il remet les drogues dans l'ordre d'origine, puis remarque le téléphone décroché par terre. Après l'avoir raccroché, il y colle son oreille. La tonalité est claire et forte : en fait, la ligne n'a pas été coupée. Il se lève.

La cuisine : rien de plus sinon du désordre, de la vaisselle sale gelée dans le lavabo, des assiettes cassées sur le sol, le tiroir à couverts arraché, retourné sur la table.

La maison n'est pas grande : deux chambres à coucher seulement, collées à un salon et une cuisine. Trois ou quatre pas en sortant de la cuisine, et il se retrouve dans le couloir central. Il tombe sur une chambre, celle de la mère, laissée indemne par la tornade qui est passée ailleurs. La porte de la seconde est fermée.

Quand il la pousse il voit Kevin.

Lancaster entend un son sortir de sa propre bouche – un cri de panique, un hurlement de défense inventé par quelque ancêtre singe, exhumé par une décharge massive d'adrénaline. Il entend ce bruit sans avoir la sensation de le produire.

Kevin est pendu par le cou à l'encadrement de porte du placard. De là où il se tient figé, Lancaster ne peut voir qu'une partie du corps, une jambe bleue, un bras bleu, un demi-visage bleu, mais il sait de qui il s'agit. Il s'avance dans la pièce. La langue bleue dépasse d'un coin de la bouche. Les yeux sont ouverts, exorbités. Kevin est nu. Un petit tabouret est renversé près de ses jambes, qui sont pliées sous lui, les genoux effleurant le sol.

Une émotion très particulière prend alors le dessus. Est-ce une réaction instinctive à laquelle on lui a appris à céder ? Est-ce la tristesse, la rage ? Est-ce tout simplement le refus de laisser un ami pendre ainsi, pitoyable et obscène ? C'est un peu de tout cela qu'il ressent à la vue de ce garçon mort. Bien qu'il sache qu'il ne faut pas toucher le corps, qu'il est mort depuis longtemps, qu'il pend ainsi depuis des heures et qu'il n'y a rien à sauver, qu'il ferait mieux de reculer, d'appeler la police, ou juste de sortir d'ici, il se précipite vers lui, soulève le corps du bras gauche et défait le nœud de l'autre main. Il libère la grosse corde et dépose Kevin sur le sol.

Tandis qu'il observe la profonde dépression de la gorge, il se retrouve en train de pleurer sans larmes, par hoquets, la poitrine prise de petits spasmes, comme si elle manquait d'air. Il voit de tels corps sur la table des Urgences, ou dans l'hélico, mais se trouver nez à nez avec l'un d'eux dans une maison dévastée, c'est une horreur nouvelle pour lui.

La seule façon qu'il connaisse de réagir à la mort, c'est d'agir. Et donc, même si le corps est raide, la température de la peau glacée, le visage et les mains profondément cyanosés, le dos des jambes violet sombre et livide, il agit. Le protocole d'un sauvetage en cas de trauma, il le connaît comme il respire. Il tâte le cou à la recherche d'une pulsation de la carotide, renverse la tête et souffle dans sa bouche, appuie avec la paume de ses mains sur la cage thoracique.

La poitrine se soulève et retombe, se soulève et retombe, puis se fige dès qu'il arrête de souffler. Il frappe dessus, puis se remet à souffler. À nouveau, elle s'élève et retombe. À nouveau, il serre le poing et frappe fort à l'endroit du cœur.

– Le diable t'emporte, dit-il.

Colère devant cette vie gâchée, mais pas seulement. Colère de s'être laissé entraîner ainsi, colère d'avoir agi comme un idiot, de façon impulsive, sentimentale.

– Le diable nous emporte tous les deux.

Et puis, aussi brusquement qu'elles s'étaient emparées de lui, la folie, la panique disparaissent. Il a le vertige, la nausée. Il s'assied sur ses talons, se traîne jusqu'au lit défait, ferme les yeux et attend que le souffle lui revienne.

La brume de son crâne se dissipe.

La tête froide, il regarde le corps nu et voit ce qui s'est réellement passé. Les vrais suicidés le font rarement déshabillés. Il a déjà vu ça. Ou, plus exactement, déjà vu des cas de ce genre quand ils se présentaient aux Urgences. Asphyxie autoérotique, strangulation accidentelle durant masturbation. Agréable de jouir quand on est près de défaillir par manque d'oxygène. Un rapide examen confirme son hypothèse. Le bout du pénis est couvert de sperme séché. Le visage de Kevin est particulièrement sombre et présente de petites hémorragies dans le blanc des yeux et ailleurs, signe d'étouffement qui ne trompe pas.

Du téléphone du salon, il demande à l'opératrice de lui passer le poste de police de Morgantown. Une dame lui répond d'une voix gracieuse.

– Envoyez une voiture de patrouille et une ambulance au 1420 Pitt Street, dit-il. Un garçon est mort.

– Un instant, monsieur.

Il entend un clic, puis un autre.

– Monsieur, dit-elle, cette rue est sous la juridiction du shérif du comté…

Mais déjà des sirènes hurlent au loin.

– Qu'est-ce qui se passe ? demande-t-il.

– Monsieur ?

Lancaster repose le combiné. Une voiture ralentit le long du trottoir devant la maison, une Ford Taurus noire toute neuve. Le conducteur, qui porte des lunettes de soleil en miroirs, passe devant la fenêtre en roulant ; il examine la maison et la voiture de Lancaster. Il regarde alentour, baisse les yeux vers ses jambes comme s'il écrivait quelque chose, puis il remonte la fenêtre et repart.

Alors, une deuxième voiture, vieille et cabossée celle-là, se gare derrière la Bronco. Une dame en sort. Elle s'avance vers la maison, un sac à provisions et une petite valise dans les mains. Le vieux chien noir agite sa queue quand elle s'engage dans l'allée et passe la porte d'entrée.

– Qui êtes-vous ? demande-t-elle. Qu'est-ce que vous faites chez moi ?

Bonnes questions. Il ne lui dit sans doute rien. Elle est entre deux âges, mais a l'air vieille. Ses cheveux ont blanchi, son visage est ridé, fatigué. Sa voix profonde et rauque indique qu'elle fume depuis longtemps. Lancaster la connaît. Il l'a rencontrée une fois, le jour où elle est venue aux Urgences prendre des nouvelles de son fils, Kevin Babcock.

– Je suis le docteur Lancaster, de l'hôpital. J'ai eu Kevin comme patient…

Elle pénètre dans la maison, les yeux fixés sur lui, et dépose ses paquets. Le vieux chien l'a suivie ; il a découvert le corps de Kevin. Ses aboiements, aussi gutturaux que la voix de sa maîtresse, l'attirent dans la chambre à coucher. Lancaster veut lui dire avant qu'elle voie, mais il n'arrive pas à parler, et c'est déjà trop tard.

– Oh mon Dieu ! dit-elle.

Elle s'effondre au côté de Kevin.

– Mon Dieu !

Elle lève les yeux vers Lancaster.

Du dehors parvient la plainte sinistre de sirènes qui s'approchent. Il fait demi-tour et regarde par la fenêtre. Sa langue et la pointe de ses pieds piquent. Une voiture des services du shérif freine et s'immobilise dans la rue. Deux adjoints courent vers la maison.

– Mais qui êtes-vous ? hurle Connie Babcock à son adresse depuis la chambre à coucher. Qu'est-ce que vous avez fait à mon garçon ?

Il s'éloigne de la fenêtre et va de nouveau vers la chambre.

– Je suis médecin, dit-il. Je suis venu l'aider.

Mais elle ne peut guère l'entendre à travers ses sanglots.

– Il est mort.

Alors, tandis qu'il écoute silencieux cet adieu atterrant, se sent désemparé, triste, stupide, les deux adjoints font leur entrée fracassante par la porte, armes au poing et la tête pleine d'images extrêmes.

Il les conduit jusqu'à la chambre.

– Il est mort ! hurle Connie Babcock. Puis elle montre Lancaster du doigt.

– Il était dans la maison, et maintenant mon Kevin est mort ! Ils la regardent, regardent le garçon bleu qu'elle serre contre son sein, puis regardent Lancaster.

Il écarte les deux bras, montrant ses paumes, secouant la tête.

– Je suis médecin. Je suis venu l'aider et je l'ai trouvé mort. Quelqu'un m'a demandé de venir. Il est mort depuis longtemps. Il n'y a plus rien à faire.

– Ferme-la, dit l'un des adjoints, un petit gars d'une quarantaine d'années, sans cou.

– Qui t'a demandé de venir ? demande l'autre, jeune, blond, avec des lunettes d'aviateur.

– Une amie à lui, Storm, est venue me voir ce matin et m'a demandé de parler à Kevin. Je l'ai eu comme patient à une époque, à l'hôpital, et ensuite au Dispensaire. Il me connaissait. Elle se faisait du souci pour lui. Elle pensait qu'il avait des ennuis.

– Quel genre d'ennuis ?

– Je sais pas exactement.

– J'ai jamais entendu parler d'aucune amie qui s'appelle Storm, dit Mme Babcock.

– C'est son vrai nom ? demande le jeune.

– Je pense.

– Nom de famille ?

– Je me souviens plus.

– Où on peut la joindre ?

– Je… J'en sais rien. C'était aussi une patiente. Il y a peut-être un dossier. Elle a dit qu'elle avait parlé à un autre ami de Kevin, un homme du nom de Arnie Holt, et qu'elle avait peur de lui.

– Ouah ! dit le jeune adjoint. Vous le connaissez, ce Holt ?

– Non. Comme je vous l'ai dit…

Le jeune adjoint se penche vers l'autre et lui chuchote quelque chose. Mme Babcock se tient maintenant au milieu de la pièce, les bras serrés autour du buste, les yeux fixés sur Lancaster avec un rictus de terreur et de haine.

– Sans blague ? dit l'autre adjoint.

– Ils l'ont annoncé y a juste une heure.

– Il y a un avis de recherche sur ce Holt, vous êtes au courant ?

– Ça m'étonne pas, dit Lancaster. La nuit dernière…

– Feriez mieux de venir avec nous.

– Je vais nulle part, dit Lancaster.

Il se dirige vers la porte de la chambre, mais l'autre adjoint s'interpose.

– Mains sur la tête, mon gars.

Adrian Lancaster a quelque mal à reprendre son souffle. C'est la première fois qu'il se trouve nez à nez avec un canon de revolver. Il fait ce qu'on lui a dit.

– On va faire un petit tour.

– Ça, c'est vraiment n'importe quoi, dit-il.

Et même si c'est n'importe quoi, l'adjoint blond lui passe les menottes, le fait sortir et l'enferme à l'arrière d'une voiture de patrouille avant de retourner dans la maison.

Plus tard, quand Lancaster a eu le temps de geler gentiment et que d'autres policiers sont arrivés en renfort, l'adjoint sans cou surgit, fait démarrer la voiture de patrouille, sort de l'allée pour s'engager sur la route et fonce vers le centre-ville, où se trouve la prison du shérif.

Alors qu'ils atteignent le bout de Pitt Street, à peine assez large, avec les congères, pour laisser passer deux voitures, ils voient débouler une vieille Toyota jaune. L'adjoint freine et serre de près le bord pour passer. Tandis qu'ils la croisent, Lancaster regarde à l'intérieur et reconnaît Storm au volant. Ses yeux se plantent une seconde dans ceux de la jeune femme. Elle lève la main pour se couvrir la bouche.

Lancaster se tord sur son siège pour la voir s'arrêter, descendre et rester debout devant sa portière ouverte. Elle le regarde tandis que la voiture de patrouille s'éloigne. Il la regarde, lui aussi, jusqu'au tournant, où il la perd de vue.

4

Lorsque Brandon revient à son bureau, après la pause qu'il a prise pour aller s'offrir son festin dominical au fast-food du coin, il a de la visite. C'est un maniaque sexuel plus ou moins repenti du nom de Petie Boncaro. Petie est maigre au point d'avoir l'air sous-alimenté. Il se rase presque les cheveux, de sorte qu'il n'y a guère plus qu'une ombre sur son scalp, et ne s'habille qu'en noir : jean noir, bottes militaires noires, manteau noir. Petie est un récidiviste irrégulier, ou un rangé intermittent : ces temps-ci il préfère le droit chemin, et il cherche donc à se faire quelques dollars d'argent de poche. Il se penche sur le bureau de Brandon et reluque la nourriture avec tant d'appétit que Brandon en perd le sien et pousse le sac contenant le demi-hamburger et les frites qui restent pour laisser à Petie le plaisir de les renifler.

Petie aime bien venir le voir pour parler sexe. Morgantown s'est découvert une population considérable d'homosexuels refoulés et de bisexuels, ayant même eu, une fois, les honneurs du *Village Voice* de New York, à l'occasion d'un article dans le journal local qui donnait les noms de douze personnes, dont d'importants hommes d'affaires, deux avocats et un médecin, arrêtés lors d'une rafle dans un club de partouzes pour hommes. La rumeur fait parfois état de pratiques plus excentriques, de groupes sado-maso, de clubs pour pédophiles, etc. Un aspect parmi d'autres, selon Brandon, de cette dégradation générale qu'il croit observer autour de lui.

Mais Petie tient Brandon au courant des soubresauts de ce petit monde souterrain, et il en sort de temps à autre un renseignement utile. Aujourd'hui il déblatère sur un garçon qu'on aurait retrouvé mort complètement nu. Est-ce que Brandon en a entendu parler ?

Brandon rit.

– Ici ? demande-t-il.

– C'est ce qu'on m'a dit.

Mais Petie n'a aucun détail à donner. Surtout, il ne prétend pas connaître Michael Straw, et c'est tout ce que Brandon voulait savoir. Brandon lui donne un billet de cinq dollars pour lui faire plaisir, et il le jette dehors.

Tant que les derniers résultats concernant les vêtements de Straw et la voiture ne sont pas revenus du labo, il n'y a pas beaucoup de pistes. Il n'y a pas de riverains, près du Panorama, à interroger pour recueillir des témoignages ; l'auteur de l'appel, Holt, n'a pas été repéré. Brandon a envoyé une demande à la police municipale de Detroit. Il veut parler à quelqu'un sur place qui aurait connu Straw, mais il se dit qu'il n'aura pas de réponse avant lundi. Spinner a l'intention de prendre sa voiture pour aller interroger le propriétaire du cabriolet à Wauseon. Ça n'a guère de chance de mener quelque part.

Il s'apprête à décrocher le téléphone pour dire à Susan qu'il sera bientôt rentré, quand la sonnerie retentit. Les services du shérif du comté l'informent qu'ils viennent d'arrêter le docteur Adrian Lancaster sur les lieux d'une pendaison dont la victime se nomme Kevin Babcock, âgé de vingt-trois ans.

Ils demandent s'il ne voudrait pas venir faire un tour, juste pour jeter un coup d'œil. Il appelle à l'étage au-dessus et demande Jimmy, mais son assistant lui répond qu'il s'est déjà mis en route.

Deux voitures de patrouille des services du shérif, une Bronco blanche, une Chevrolet et une vieille Duster posée sur des parpaings sont garées dans l'allée des Babcock. Une 4 × 4 Cherokee avec des écussons des services du shérif et la camionnette du labo sont sur le trottoir. Brandon espère que quelqu'un a inspecté avant l'allée et le jardinet pour y prélever tous les indices qui pouvaient s'y trouver, mais il sait bien que personne n'y a songé, et il enrage rien que d'y penser. Le cordon jaune de la police pend devant la maison, à un ou deux mètres du mur. La deuxième fois de la journée qu'il voit ça. *Une tuile sans précédent* : c'est tout ce qu'il arrive à se dire.

Deux adjoints du shérif gardent l'entrée, tous deux dansant d'un pied sur l'autre et soufflant sur leurs mains gantées. Brandon montre son insigne, et l'un d'eux le fait passer.

– Allez-y, m'sieur.

Brandon acquiesce mais ne va nulle part. Il allume une cigarette, tourne le dos aux deux adjoints et jette un coup d'œil circulaire.

– D'après vous, demande-t-il, qui peut vivre dans un endroit pareil ?

Les deux adjoints restent muets.

– Hein ?

– Comment vous dites ?

– Qui ? Quel genre d'être humain ? La moitié des maisons ne sont même pas peintes. Elles tombent en ruine. Les jardins sont remplis de merdes.

– La plupart sont des gens qui ont toujours vécu comme ça. Ils sont nés dedans. Ça doit pas trop les déranger.

– Vous croyez ? dit Brandon. C'est réconfortant, d'entendre ça.

– Oui, m'sieur. Et puis, certains sont des défavorisés qui ont déménagé du centre-ville, voyez.

– Plus facile d'être pauvre ici que dans la jungle impitoyable de la métropole.

– Oui, m'sieur.

– Mais comment on obtient, en pleine campagne, tout un pâté de maisons pourries et dégueulasses ? Si vous allez à quelques kilomètres au nord ou au sud, vous trouvez des petites fermes pimpantes, nickel. Et ici toute l'ordure s'est déversée.

– Ça se fait toujours comme ça, répond le deuxième adjoint.

Brandon se retourne et le regarde ; c'est un homme plus jeune que le premier ; il distingue un éclat dans son regard, de colère.

– Eh oui, tout naturellement, dit Brandon.

– Plus ou moins, dit le jeune adjoint.

– Vous recevez beaucoup d'appels, de zones sinistrées comme ici ?

– Plus que d'ailleurs.

Brandon hoche la tête, éteint sa cigarette en la frottant contre sa semelle et la glisse dans sa poche.

– Pas étonnant, ici.

– Non, m'sieur, dit l'autre adjoint.

Brandon se souvient de lui, soudain. Il n'a jamais vu

personne avec un cou si court. La tête de ce type est directement vissée à ses épaules.

– Vous avez fait ce jardin, les gars ?

– Comment vous dites ?

– Est-ce que quelqu'un a ratissé le jardin pour y chercher des indices ? Vous savez ce que c'est, un indice ?

– Oui m'sieur, dit l'adjoint le plus vieux. Non, je crois pas que quelqu'un l'a fait.

– Je me disais bien, dit Brandon. Vous croyez que vous allez avoir une foule de badauds, dans le coin ? Vous avez vraiment besoin de garder la porte d'entrée ? Ou est-ce que vous voudriez bien faire le jardin, pour moi ?

Ils se regardent, et le plus jeune acquiesce.

– Je vous en serais très reconnaissant. Commencez là, au milieu, et avancez petit à petit jusqu'au bord. Servez-vous d'un quadrillage, vous savez, comme dans les cahiers. Voyez ce que vous trouvez.

– Tout de suite, dit le plus jeune, apparemment heureux d'avoir de quoi s'occuper.

À l'intérieur, une femme d'âge mûr – la mère, pense-t-il – est assise sur un canapé près d'une femme policier. Celle-ci lui indique le couloir vers la gauche du salon, lequel le conduit à la chambre à coucher, où Jimmy Mendez est en train de prendre des photos avec un Pentax et un flash.

– Y a une promotion, aujourd'hui ? Deux morts pour le prix d'un ? dit Brandon en contemplant la chambre.

Un individu de sexe masculin, blanc, d'un vingtaine d'années, gît par terre sur le dos, les bras rigides le long des flancs, la bouche entrouverte, les yeux d'un gris éteint fixés sur le plafond de même couleur. Son visage est légèrement incliné d'un côté. Il n'est vêtu de rien, excepté les sacs en papier brun que Jimmy a noués autour de ses pieds et de ses mains pour protéger les indices. Deux coulées de sang séché descendent des narines.

Jimmy enjambe le corps, s'accroupit et prend le visage du plus près qu'il peut avec son objectif 50 mm, à vingt centimètres environ. Puis il change de côté pour avoir un autre angle, à la même distance.

La gorge est en évidence du fait de la position, et les dégâts sont visibles – le larynx légèrement déformé, écrasé, avec les stries de la corde et des ecchymoses violettes très prononcées.

Le corps est étendu entre le bord du lit et l'intérieur du placard.

– Qu'est-ce qu'ils foutent, tous ?

– Tu as manqué Harvey de peu, dit Jimmy, tout en prenant ses photos.

Harvey Bennet est le médecin légiste du comté de Morgantown.

– Il a jeté un coup d'œil et il a dit qu'il préférait faire le reste du travail à la boutique.

– Pourquoi il a pas pris le corps ?

– J'avais pas mes photos et tu l'avais pas encore vu.

– Je suis sur l'affaire ? C'est le boulot du comté. On m'a refilé la corvée d'hier soir, et ça aussi ç'aurait dû être pour le shérif.

– Tu peux appeler Harvey. Il est resté qu'une minute, comme je t'ai dit, puis il a appelé le shérif Donner et Lou Adamski pour mettre les choses au clair. Ils veulent que tu prennes l'affaire à partir de maintenant, du moins pour ce qui concerne ici. Le shérif a arrêté le docteur Lancaster.

– Ceux de chez eux ont tout contrôlé ?

– Pas vraiment. Ils ont un peu farfouillé.

– Juste assez pour tout foutre en l'air.

Le comté préfère céder à des hommes d'expérience les affaires qui ont l'air délicates. Il y a des précédents. Ça arrive deux ou trois fois chaque année. Or Brandon a plus d'expérience que tous les autres enquêteurs du comté réunis.

– Alors, qu'est-ce qui s'est passé ?

– Le corps était étendu comme ça quand les premiers adjoints sont arrivés. Le docteur Lancaster a dit qu'il était pendu mais qu'il l'avait décroché pour essayer le bouche-à-bouche. Il a dit aussi qu'il savait dès le début que la victime était morte depuis longtemps. J'ai appris ça par les adjoints.

– Ça ressemble à quoi, d'après toi ?

– À première vue, autoasphyxie.

Il montre du doigt le tabouret renversé, le nœud coulant.

– Traces de sperme ?

– Sur le pénis. Mais sur aucune des deux mains.

– Jolie mise en scène !

C'est donc ça, pense Brandon.

N'importe qui avec un peu de cervelle – même un adjoint du shérif – comprendrait qu'il ne peut s'agir d'un simple accident au jeu du « pendu-foutu ». Si le gosse ne s'est pas masturbé lui-même, il y a peu de chances qu'il se soit pendu tout seul.

Et, avec ça, la présence de Lancaster qui rend tout encore plus bizarre.

– Avant que tu commences, dit Jimmy, il y a une boîte dans le salon. Tu devrais y jeter un coup d'œil.

– Dis-le-moi, plutôt.

– Des drogues – coke, herbe, pilules.

– C'est tout ?

– Et deux sachets identiques à celui qu'on a sorti de la poche de Straw.

Dans le mille. Plus question que le comté touche à cette affaire.

Brandon grommelle.

– Et pour couronner le tout, maintenant on a un petit malin qui se défonce à l'héro et tue un type par jour !

– Calme-toi.

– Je vais prendre ma retraite dans le Wyoming, voilà ce que je vais faire. On nage dans la merde, ici.

– Tu sais pas encore à quel point.

– Deux morts dans une journée ? Je sais que c'est un point qui me dépasse. Quelles sont tes conclusions, sur le corps ?

– Il est mort il y a plus de seize heures. Il n'y avait pas de chauffage, ici, donc ça peut être un peu plus. Mais avant minuit, en tout cas.

– Donc en gros au moment où Straw passait au barbecue, ou quelques heures avant.

Brandon s'agenouille près du corps et l'observe pour la première fois. Kevin Babcock était un garçon maigrichon ; sa peau est blanche, parcheminée. Les muscles de ses bras et de son torse sont si peu développés qu'il a l'air émacié. Ça dit « junkie » partout. Sur le visage il y a une fine moustache qui n'a jamais vraiment poussé comme il faut, et une série d'éraflures sur la joue droite. Brandon remarque une large écorchure récente sur la gauche de la cage thoracique, et une seconde, plus étroite mais plus sévère, sur la pointe de la hanche gauche.

– T'as pris ça ?

– Oui.

Il dirige une petite lampe de poche sur un œil, puis sur l'autre, tandis que Jimmy les photographie tour à tour, puis met des gants et examine le sperme séché sur le pénis. Il pousse le menton en arrière pour mieux voir la gorge.

– Beaucoup de dégâts, dit-il.

Jimmy prend quelques clichés de la gorge.

Ensuite, Brandon tire sur la mâchoire de Kevin et il essaie d'ouvrir la bouche, mais les muscles se sont trop durcis.

– Retournons-le.

Brandon tourne le corps vers Jimmy, qui le retient tandis que Brandon passe la main le long du dos et sur la moquette en dessous.

– Pas d'autre blessure apparente que les éraflures faciales, les abrasions de l'épaule et de la hanche gauche, et la lésion profonde de la gorge.

Brandon stabilise le corps sur le flanc pendant que Jimmy étend un sac en nylon sur le sol, puis il le laisse rouler de sorte qu'il soit le ventre sur le sac.

Il examine le dos, maintenant, relève la chevelure pour voir la nuque, passe la main sur les fesses jusqu'aux cuisses.

– Là, dit-il.

Il sépare les deux fesses et montre le sang séché sous la bourse et autour de l'anus.

– Bouge pas.

L'appareil de Jimmy se déclenche quatre fois.

– Ouvre l'œil sur des instruments possibles.

Quelque chose ou quelqu'un est entré là-dedans. On va laisser Harvey compléter l'examen.

Brandon se lève et arrache ses gants en latex, qu'il jette dans le sac poubelle de Jimmy. Jimmy a commencé de prendre d'autres objets dans la chambre, suivant d'abord chaque mur, s'arrêtant à chaque mètre pour refaire une photo.

– Deux en un jour, Jim. Quel casse-tête.

Il allume une cigarette et souffle fort la fumée par le nez pour chasser l'odeur de la mort.

– T'as envoyé l'échantillon de drogue à Lansing, aujourd'hui, avec les vêtements ?

– Ouais. On a aussi envoyé un peu d'urine et de sang de Straw, à la demande de Harvey. Il les a testés ici, mais il a rien trouvé.

– Alors pourquoi les envoyer ?

– Il a insisté.

Brandon frotte le résidu blanc que les gants lui ont laissé sur les mains.

– Quelque chose cloche dans tout ça.

– Écoute, Frank, je voudrais commencer à ratisser. Harvey envoie une équipe pour lever le corps. Ensuite je vais nettoyer tous les conduits d'évacuation, secouer les tapis. Je serai ici toute la journée. Des empreintes peuvent se trouver n'importe où dans la maison.

– Je fais vider les lieux. Il faudrait que quelqu'un apprenne à ces empotés comment on recueille des pièces à conviction, ou au moins comment on les garde. Dieu sait combien de bons indices ont été ensevelis dans la neige et la crasse.

Il s'interrompt dans le couloir.

– Combien on te paie ces temps-ci ?

Jimmy Mendez, qui a grandi dans le ghetto des

travailleurs immigrés, à l'est de Morgantown, et qui est l'un des seuls à s'être hissé dehors en passant par l'Université, a l'air surpris par cette question. Il sourit.

– Plus de quarante mille par an ?

Jimmy pouffe de rire.

– Tu brades ton talent, mon vieux. T'es bien trop bon pour nous. Tu le sais, au moins ?

Jimmy se détourne et se remet à ses photos.

Brandon dit à tout le monde, aux adjoints et à la mère, de sortir pour laisser Jimmy faire son boulot. La femme policier se laisse convaincre de conduire Mme Babcock jusqu'à la maison de sa sœur.

Dehors, l'adjoint sans cou a regagné son poste devant la porte.

– Froid aux pieds ? demande Brandon.

– On a fait le jardin. Rien. Qu'est-ce qu'on peut trouver, avec toute cette neige ? Tom est dans l'allée.

– Merci de votre aide, dit Brandon. J'espère que vous vous êtes pas épuisés.

L'adjoint blond nommé Tom a trouvé deux ou trois choses, lui. Il dispose sa récolte sur le capot de la voiture de Brandon : un bouton de manteau en bois, un petit cercle de métal qui a l'air de venir du passant d'une botte de travail, un carré noir de plastique dur, un préservatif usagé, une lampe de poche miniature bleue du genre de celles qui s'allument quand on presse les côtés.

– Vous croyez que ça dit quelque chose ?

– Je sais pas si ces trucs ont un rapport avec le mort, mais ils disent forcément quelque chose à quelqu'un. Je peux les prendre ?

Tom hausse les épaules.

– Comment vous avez trouvé tout ça, dans la neige ?

Il lui tend des sacs en plastique à indices pour qu'il fasse tomber chaque objet dedans.

– J'ai cherché ailleurs. La plupart étaient le long de la route, là où c'est déblayé. J'ai décidé d'aller voir là parce que je voyais pas grand-chose dans la neige. La lampe de poche et la capote étaient dans l'allée. La capote dépassait d'un tas de neige, comme si on l'avait jetée là. La lampe était couverte de neige. Là.

L'adjoint raccompagne Brandon vers la maison et lui indique avec la pointe de sa botte l'endroit où il l'a trouvée.

– Je l'ai même pas vue. Je donnais des coups de pied dans la neige pour voir si y avait quelque chose dessous.

Brandon tâte l'endroit.

– Combien de neige, par-dessus ?

– Juste assez pour la recouvrir.

– Donc, ça faisait pas très longtemps qu'elle y était.

Le palais de justice abrite l'ensemble du dispositif policier du comté de Morgantown : salles d'audience, police municipale, services du shérif, prison du comté et même le labo technico-légal de Jimmy, qui se trouve sur le sixième et dernier palier, en fait un demi-étage qui servait avant de grenier. Au centre, il y a une table de labo noire et un évier, avec des rangées de tubes, de produits chimiques, et d'autres ustensiles en verre. Contre le mur du fond, il y a un arsenal de machines que Jimmy a réussi à rassembler au fil des années : un chromatographe et un spectrophotomètre, tous deux récupérés d'occasion dans de plus grands labos de l'État. De l'autre côté, il y a la bibliothèque des registres d'identification, qui comprend des classeurs d'empreintes couvrant tout le comté, des ouvrages de référence, des annuaires et deux microscopes. Tout ce qui exige un matériel sophistiqué est envoyé à Lansing ou à Detroit, mais Jimmy fait face à la plupart des demandes.

Brandon dépose le sac d'indices sur la table centrale, avec un mot pour demander à Jimmy de chercher les empreintes, de les comparer avec celles de la voiture où on a trouvé Straw, et d'examiner le sperme qui est en train de dégeler dans le préservatif.

Son rhume et la cigarette conspirent à lui brûler la gorge et faire pleurer ses yeux en permanence. Il devrait être au lit chez lui, il le sait bien, mais il lui reste à interroger Lancaster, après s'être occupé de la paperasse. Trois étages plus bas, dans son bureau étriqué, il tape son rapport sur Kevin Babcock.

C'est seulement quand il a classé ses feuillets, alors qu'il prend l'ascenseur pour monter au cinquième étage chez le shérif Donner, que sa conversation avec Petie Boncaro lui revient et qu'il s'aperçoit que le garçon mort tout nu dont il parlait devait être Babcock. Pourtant, la nouvelle n'a pas circulé avant que Lancaster découvre le corps, c'est-à-dire à peu près au moment où Petie déblatérait dans son bureau. Petie a donc été mis au courant avant qu'on trouve le corps.

Quand la porte de l'ascenseur s'ouvre, Brandon fonce vers la cage d'escalier et redescend à son bureau, où il essaie chacun des cinq ou six numéros d'endroits où il sait que Petie a ses habitudes. Mais il n'est nulle part. Petie est un flâneur, un vagabond. Il peut ne pas refaire surface avant plusieurs jours.

5

S'ils lui avaient seulement parlé, s'ils avaient seulement essayé d'éclaircir le malentendu, il leur aurait donné tous les détails. Est-ce qu'ils peuvent croire, vraiment, qu'il a une responsabilité quelconque dans cette mort, qu'il peut s'agir d'autre chose que d'un hasard qui l'a placé à cet endroit, à ce moment, ou d'une malchance, ou d'une mauvaise idée, ou peut-être d'un guet-apens ? Sans doute pas. Il est enfermé dans une salle d'interrogatoire vide depuis trois heures. Peut-être qu'il leur plaît de le tenir à leur merci, d'exercer sur lui leur pouvoir, et qu'ils font durer le plaisir.

Quand Lancaster a pris ses fonctions ici, il se trouve que le gouverneur du Michigan, Irving Jovanovich, premier indépendant de l'histoire de l'État, venait de lancer de nouveaux programmes d'aides pour les dépenses de santé des villes moyennes, en particulier pour le traitement des toxicomanes, dont Jovanovich avait fait son cheval de bataille. En moins d'un an, Lancaster a réussi à faire attribuer une partie de ces fonds au Dispensaire, et il a pu être fondé.

Le shérif Donner et l'inspecteur Brandon faisaient l'un et l'autre partie du groupe de pression opposé au projet ; ils ont fait circuler des pétitions pour empêcher l'ouverture. Il a ouvert quand même, et deux ans plus tard c'est un modèle du genre, financé désormais presque à cent pour cent par des dons.

Lancaster est en garde à vue, laissé seul dans cette salle pour mieux « penser à tout ça », comme a dit un adjoint.

Alors, il pense à Storm, à Amie Holt et à Kevin Babcock ; quelquefois son esprit s'emballe. Il pense qu'il pourrait vraiment tuer quelqu'un. Puis, il se rend à la raison et se dit qu'il doit coopérer sans réserve. Il repasse en pensée tout ce qui est arrivé, essayant de trouver une explication, un malentendu logique. Mais la peur le reprend, la peur qu'il puisse y avoir une erreur judiciaire horrible, qu'il soit jugé coupable de meurtre et passe le reste de sa vie dans une cellule. La peur s'enfonce dans sa gorge et lui bloque la respiration ; il est prêt à hurler.

Mais il n'y a pas une seule de ces pensées qui ne soit préférable aux souvenirs physiques qui lui reviennent par bouffées de ces deux jours qu'il a passés, des années plus tôt, dans la prison de Wayne County, à Detroit. Elle n'était pas très loin de l'hôpital où il faisait son internat et où on l'avait pris en flagrant délit, tard un soir, de vol qualifié et de possession de stupéfiants. Qu'un toubib se serve dans la réserve de barbituriques ou d'amphétamines, selon ses besoins du moment, ça peut arriver. Mais Lancaster fut pris avec deux flacons pleins de morphine pharmaceutique dans la poche de sa blouse, et ces flacons ne lui avaient pas été confiés dans les règles.

Il se rappelle cette cellule, ses murs en parpaings, ses toilettes sans siège bien en évidence, son sol en béton humide, ses cafards qui rampaient partout et ses occupants à demi humains, recroquevillés dans les coins, vomissant, saignant, ronflant, pleurant. Et l'odeur, l'odeur, unique aspect de la condition humaine qui puisse rendre malade même un médecin, l'odeur qui dans les cellules de prison, plus que tout autre chose, est ce que nul ne devrait avoir à connaître, indescriptible comme l'est le mélange d'excréments, de vomi, de relents d'alcool, de sueur et de plaies suintantes qui imprègne ici le ciment si profondément que mille astiquages ne la chassent pas, et qui, sentie une fois, ne s'oublie plus jamais. Elle se tapit dans la mémoire et resurgit beaucoup plus tard, dans les mauvais rêves, dans les mauvaises cuites, pour vous hanter, vous mettre en garde.

Au bout d'un moment, Lancaster ne parvient plus à conjurer ces souvenirs physiques. Ils s'approchent jusqu'à lui faire sentir l'haleine de vomi à nouveau et sa propre transpiration, jusqu'à lui faire entendre les chuchotements rauques et les grognements au fond de son oreille.

Il ne lui reste alors qu'à attendre, la tête appuyée sur ses bras.

La seule lumière, dans le bureau du shérif Donner, provient d'une lampe de bureau articulée fixée au bord d'une large table. Dehors, la nuit tombe. Lancaster est assis sur une chaise en bois devant la table, face à Donner. Brandon se tient debout à côté de la table, non loin de la fenêtre, un chapeau sur la tête qui laisse dans l'ombre son visage mais ne cache pas sa tignasse rousse. Il fume en écoutant le shérif qui commence à poser ses questions.

– Attendez, dit Lancaster, l'interrompant. D'abord, parlons un peu de la façon dont on m'a traité. Vous croyez que je vais gentiment répondre à vos questions après le coup que vous m'avez fait ?

– Le coup ? dit Donner.

C'est un idiot, Lancaster l'a toujours pensé, et il en a vraiment l'air avec son gros nez couperosé, ses paupières tombantes et son élocution traînante.

– Arrestation abusive, dit Lancaster. Voies de fait, diffamation, mauvais traitement !

Il ne sait plus très bien ce qu'il dit. Sa colère parle pour lui. Et avant même qu'il ait le temps de revenir sur quoi que ce soit, Donner saute par-dessus la table, saisit le col de chemise de Lancaster et le soulève de sa chaise.

– Tu me menaces, p'tit gars ? dit Donner. Dans mon bureau ?

– Faites-moi plaisir, dit Lancaster. Frappez-moi un peu pour que ça ait de la gueule. Et je vous mettrai des avocats au cul, si forts qu'ils vous ressortiront par la bouche.

– Lâchez-le ! crie Brandon. Tout de suite !

Donner laisse retomber Lancaster sur sa chaise.

– À l'heure qu'il est, nous ne retenons aucune charge contre vous, dit Brandon à Lancaster. C'est enregistré, et vous avez ma parole. Si vous voulez porter plainte contre nous, c'est votre affaire. Mais j'ai un meurtre à résoudre, le temps me manque, et je vous serais, nous vous serions reconnaissants de nous dire tout ce que vous pouvez sur la situation afin de faire avancer l'enquête.

Lancaster prend un grande bouffée d'air et le calme le regagne.

– Quand puis-je partir ?

– Dès que nous aurons fini de parler.

Son regard va du shérif, qui fulmine en silence, à Brandon, qui désigne le shérif d'un mouvement de la tête et roule des yeux.

Lancaster cache un sourire en baissant les yeux.

– D'accord, dit-il. Autant s'en débarrasser.

En une heure de palabre, Lancaster raconte son histoire. Mais, à mesure qu'il la répète encore et encore, observant les visages de Brandon et du shérif, s'écoutant parler, il sent combien elle doit paraître folle. Une fille déprimée portant un nom bizarre l'aborde au Dispensaire, prétend qu'elle connaît les responsables du crime d'hier soir et que l'un d'eux la menace. Sans se poser de questions, Lancaster mord à l'hameçon et, après quelques tentatives pour joindre Brandon, accepte de prendre sa voiture, un dimanche après-midi, pour aller parler à un garçon dont la drogue a fait une épave. Comment justifier le lien qu'il a senti entre cette fille et lui, son envie d'intervenir ? Puis, il découvre la même drogue que celle trouvée sur Straw. Puis le corps. Ignorait-il qu'il ne fallait pas le toucher ? Bien sûr que non. Comment décrire l'émotion de ce moment, le sentiment que lui inspirait Kevin, qui n'avait pas été que son patient ?

Pourquoi n'a-t-il pas donné l'alerte, quand il a trouvé Kevin ? Il l'a fait, en un sens. Il a appelé et il signalé le corps, mais avant qu'il donne son nom il a entendu une voiture et il a raccroché.

Au moins ont-ils gardé la trace, disent-ils, d'un appel anonyme depuis la maison de Kevin à ce moment-là.

Le visage de Brandon s'est figé en un rictus dur, impénétrable.

– Ce qui joue en votre faveur, dit-il, c'est que je ne

connais personne d'assez dingue pour inventer une histoire pareille.

Ils gardent quelques secondes le silence tandis que le téléphone de Donner se met à sonner. Il fait attendre le correspondant, tend le combiné à Brandon.

– Barnes.

Brandon jure dans sa barbe, mais il prend le téléphone. Ken Barnes est le District Attorney du comté de Morgantown ; c'est un ami de Lancaster. Il a dû savoir, pense Lancaster.

Le visage de Brandon rougit progressivement. Il écoute ; il ne dit presque rien. Lancaster perçoit la voix de Barnes, criant à l'autre bout du fil.

En raccrochant, Brandon s'éponge le visage avec un mouchoir.

– Encore quelques questions, et vous êtes libre. Vous connaissez pas un minable nommé Petie Boncaro ?

– Non.

– Maniaque sexuel. Repenti, sauf que les crimes sexuels, c'est comme l'alcool – une fois accro, vous l'êtes à vie. Il fait encore des trucs bizarres, mais pour se protéger il vient me voir une fois de temps en temps. Ça l'excite presque autant d'en parler que de le faire.

– Et ça me concerne ?

– Aujourd'hui, vers midi et demi, avant que j'entende pour la première fois le nom de Kevin Babcock, Petie m'a parlé d'un garçon qui serait mort déshabillé. Ça m'a paru absurde, sur le moment.

– Je n'ai quitté le Dispensaire qu'à midi.

Brandon tire sur sa cigarette et hoche la tête.

– Storm a dit que Kevin faisait des « expériences ».

Tous deux se taisent.

– Voilà le genre de types qui vivent ici, maintenant. Vous voyez ce que ça donne ?

Lancaster fait comme s'il n'avait rien entendu.

– Donc c'est un crime sexuel.

– Je sais pas ce que c'est. Sexe. Drogues dures. À vous de voir.

Brandon écrase sa cigarette dans un cendrier.

– Écoutez, dit-il.

Il souffle, il aspire, puis se retourne pour faire face à la fenêtre.

– C'est peut-être plus sérieux encore que vous le pensez. Vous savez que Holt a donné l'alerte quand Straw grillait. Tous les appels de ce genre sont enregistrés et conservés pendant vingt-quatre heures. Les bandes sont rembobinées le lendemain et réutilisées. Mais, il y a un moment, on a ressorti cette bande.

– Seulement maintenant ?

– Trois minutes avant que votre appel de la maison de Kevin ait été reçu par le standard du comté, un autre appel signalait du tapage dans la maison de Kevin et disait qu'on y commettait peut-être un meurtre.

– J'étais encore au téléphone quand j'ai entendu les sirènes.

Cet instant revient soudain à Lancaster ; il éprouve à nouveau cette impression irréelle. Il l'avait déjà oubliée, ou refoulée.

– Je me rappelle m'être demandé comment ils pouvaient faire si vite. C'était impossible. Mais je… j'y ai plus pensé après. Avec l'arrestation…

– Je comprends. Tout ça est plutôt troublant.

– Ils savaient qu'il était mort. Ils ont attendu que je sois sur place, et puis ils ont appelé. Je me suis fait piéger.

– L'important, c'est que le type qui a appelé, même si cette fois il a pas laissé de nom, semble avoir la même voix que dans le cas de Straw.

– Encore Holt.

– Et quelqu'un, encore un homme, encore anonymement, a appelé Connie Babcock dans sa retraite religieuse, aujourd'hui vers midi, pour lui dire de rentrer chez elle tout de suite.

Il se détourne de la fenêtre. Le visage de Lancaster brûle. Sa tête est lourde et sa gorge lui paraît enflée, douloureuse. Il a du mal à déglutir.

– Qui est ce type ? dit-il. Pourquoi ferait-il une chose pareille ?

– Calmez-vous, dit Brandon.

– Et Storm, alors ? C'est elle qui m'a envoyé là-bas. Elle a aidé à me tendre un piège. Je peux ressortir son dossier médical. On pourrait…

– On lui a parlé.

– Quoi ?

– C'est pour ça qu'on vous a gardé – pour pouvoir lui parler avant. Elle est sortie d'ici y a à peine une heure. Elle s'est présentée elle-même, en disant qu'elle vous a vu vous faire embarquer devant chez les Babcock. Elle était bouleversée, elle sanglotait et tout.

– Qu'est-ce qu'elle a dit ?

– Ce qu'elle vous a dit à vous. Ce Holt l'a appelée, comme vous disiez. Elle s'est sentie menacée par lui, mais elle avait plus peur encore pour Kevin, qu'elle arrivait pas à joindre depuis plusieurs jours. L'appel de Holt l'a paniquée, c'est pour ça qu'elle est venue vous voir. Et il y a une trace de son appel ici, comme elle l'a dit. On aurait mieux fait de l'écouter à ce moment-là.

– Pourquoi est-ce qu'elle y est pas allée elle-même ?

– Elle dit qu'elle l'a fait, hier. Kevin était pas chez lui. Puis elle nous a donné le nom d'un autre des amis de Kevin dont elle vous a parlé. Ce nom, c'est Petie Boncaro. J'imagine que lui et Kevin étaient très proches, et que Kevin l'a répudiée, pour ainsi dire.

Lancaster se tait.

– Je crois pas qu'elle sait grand-chose, dit Brandon. Je crois qu'elle était juste ce qu'elle dit, une amie de Kevin et quelqu'un qui se rendait compte qu'il était tombé dans une sacrée merde. Elle a seulement attendu un peu trop longtemps pour le dire. Ce qu'il faut faire, c'est trouver ce Holt.

– Il faut que je parte, dit Lancaster.

Il ramasse le manteau et les effets que le shérif lui a rendus : clés, portefeuille, argent. Ils ont l'air bizarres, étrangers, comme s'ils revenaient d'un pays lointain.

– Vous ne vous rappelez rien d'autre ?

– La voiture que j'ai vue, c'était juste avant que Connie arrive. Avant les adjoints.

– Eh bien ?

– Une Ford noire, un type en costume.

– Holt, peut-être ?

– Comment savoir ?

– Quoi d'autre d'étrange ?

– Ma vie.

– Là, au moins, on est d'accord. Maintenant tirez-vous. Je vous ai assez vu, aujourd'hui.

Lancaster travaillait à l'hôpital de Morgantown depuis un peu plus d'un an quand une patrouille de la sécurité routière du comté lui ramena un double trauma, un soir – deux femmes du nom de Lorraine et May Brandon, mère et fille. La fille, May, était perdue.

Sa poitrine était défoncée ; elle n'avait plus de pouls ni de souffle à son arrivée. Il lui ont fait un tubage, et un interne en chirurgie fut appelé pour ouvrir sa cage thoracique, sur place et sur-le-champ. Si Lancaster avait eu une large équipe autour de lui, il aurait fait le travail lui-même. Mais l'état de la mère était aussi critique, et dans le protocole d'admission elle était diagnostiquée comme la seule des deux à avoir une chance raisonnable de s'en tirer. Lancaster avait donc tourné son attention vers elle.

May fut déclarée morte par l'interne une heure plus tard.

Lorraine fut opérée par un neurochirurgien appelé en urgence et venu par hélicoptère de Toledo. Elle resta dans le coma six semaines. Quand elle en sortit, elle n'avait aucune aptitude à l'usage du langage et de très faibles facultés intellectuelles.

Le soir de l'accident, Lancaster a vu Frank Brandon comme personne ne le vit jamais, ni avant ni après. Il a sangloté et il a eu une crise de nerfs quand, dans la salle de réunion, Lancaster lui a annoncé la nouvelle. Il a promis la mort au pauvre type camé qui avait tué sa fille. Il a menacé Lancaster en l'accusant de choyer ces gens-là et de les encourager, avec son maudit Dispensaire, à s'installer en ville.

Le chef de Brandon, Lou Adamski, a dû le tenir pendant qu'un interne lui faisait une piqûre de Valium. Brandon refusait que Lancaster le touche.

Ni l'un ni l'autre n'ont jamais plus fait la moindre allusion à cette scène. Et peu après, Brandon est redevenu ce qu'il était, traitant Lancaster comme n'importe qui d'autre, avec une froideur toute professionnelle. Mais Lancaster sait qu'un trou se rouvre dans son cœur, qu'il ressent une sorte de vide chaque fois qu'il lève les yeux sur l'homme qui lui a annoncé que sa fille était morte. Et il n'y a, songe Lancaster, rien de bien difficile à comprendre là-dedans.

La neige, qui a molli dans la journée, a regelé, figeant le monde dans une fine enveloppe de glace. Il en tombe à nouveau, de petites boulettes dures qui piquent quand elles vous touchent. L'air glacé de la nuit fait pleurer les yeux de Lancaster. Plusieurs fois de suite, il aspire profondément. La lumière du jour vient de s'éteindre.

Cela fait vingt-six heures qu'il n'a pas dormi. Il retrouve sa Bronco dans un parking proche, coincée entre deux voitures de patrouille, et il prend la route de chez lui. L'hôpital a appelé pour dire que ce soir on le fait remplacer aux Urgences.

À Detroit, c'est Denise Richards qui a trouvé l'avocat grâce à qui il s'en est sorti et a entrepris la longue démarche qui devait sauver sa carrière. Elle commença par son transfert direct de la prison au service de désintoxication de Royal Oak.

Il respire l'air glacé à grandes bouffées, songeant à ce moment, à ce départ d'un lieu d'horreur, tandis qu'il quitte celui-ci. Mais, ensuite, Denise n'a plus reparu dans sa vie. Quand il fut sorti de son purgatoire, elle était partie pour de bon.

LUNDI

6

Lundi matin, Brandon s'éveille dans une maison encore plongée dans une obscurité presque totale ; seule la lumière des réverbères filtre à travers les stores. Il est moins de six heures. Quand il se tourne pour remonter la couverture jusqu'au menton de Lorraine, il s'aperçoit qu'elle est trempée de sueur. Il retire alors complètement la deuxième couverture et il desserre sa robe. Dans la pénombre, les yeux fermés, elle est encore pareille à elle-même, elle a le doux visage de celle qu'il a épousée. L'absence n'apparaît dans ses yeux que lorsqu'elle est éveillée.

Elle a été si jeune. Elle se lovait autour de lui et lui chuchotait qu'il ne lui échapperait plus jamais. Il était jeune, aussi, et sec, et beau. Il savait qu'il était beau. Il le voyait dans les yeux des femmes, même quand il avait largement dépassé la quarantaine. Il ne se souvenait pas du moment exact où cela avait cessé, où il avait pris trop de poids ou perdu trop de cheveux. Mais Lorraine continuait de lui dire : « Tu es beau. » Elle prétendait que maintenant il avait une allure plus mûre. Forte et rassurante, disait-elle.

Une goutte d'eau salée coule le long de sa joue. Il l'essuie vite avec le coin du drap, puis il éponge le front trempé de Lorraine. Il tâte le crucifix qui pend à son cou pour vérifier que la chaînette n'est pas trop serrée.

Il songe souvent à l'époque où cette maison était pleine des bruits des deux enfants, tout occupés à faire de grands projets et des rêves. C'était une vraie famille, sa famille : du genre de celles que l'on trouvait partout, mais qui maintenant se font rares. Susan n'a pas d'enfant ; Brandon se rend à l'évidence qu'elle n'en aura jamais. Elle ne lui en a pas parlé, mais il se dit que ce doit être un choix délibéré.

Ce qui l'étonne le plus, c'est qu'il ne le lui reproche pas. Le monde est foutu, lui a-t-il dit un jour, alors qu'elle était encore jeune. Et sans doute l'a-t-elle cru.

Ça faisait un drôle d'effet de voir Lancaster derrière les barreaux, hier, comme si à force de fréquenter la racaille il avait attiré sur lui une partie des ennuis des autres ; comme si son chien revenait le mordre. Et ce n'était pas la première fois. Brandon était d'accord avec tout le monde pour dire que si un homme parvenait à se reprendre en main après une chute il fallait lui donner sa chance. Mais n'est-ce pas troublant de penser que la dope, qui a fait tomber Lancaster une première fois, est liée à ce qui le fait encore trébucher aujourd'hui ?

La gorge de Brandon le brûle encore, mais on dirait que son rhume remonte plutôt vers la tête.

Sur la table de la cuisine, Susan a laissé un dépliant de la maison de repos catholique. Il le dépose dans la poubelle en sortant.

Le labo de la police est obscur, calme, comme le reste du monde sur lequel le soleil ne s'est pas encore levé ; l'équipe de jour et même l'assistant de Jimmy Mendez n'arriveront pas avant une heure ou deux. Les yeux de Brandon sont gonflés, son nez est rouge et dur comme une brique. Affaibli par son microbe et la fatigue de la veille, il s'est affalé devant le plan de travail noir, au centre du labo, et il s'est allumé une cigarette. En guise de salut, Jimmy ouvre le robinet, arrache la cigarette des lèvres de Brandon et la laisse tomber dans l'évier où elle s'éteint dans un soupir. Puis, il étale ses dossiers sur Babcock et Straw.

– Je voulais te voir avant la réunion, ce matin. J'ai entendu dire qu'il allait y avoir du bordel à cause de l'arrestation de Lancaster.

– Et alors ?

– J'ai pensé que tu voudrais voir ce que j'ai déjà trouvé. Et Harvey va avoir de sacrées nouvelles. Je devrais recevoir le rapport d'autopsie vers neuf heures et demie, pour que tu puisses le voir avant.

Chaque lundi la journée commence par une réunion générale des inspecteurs et du chef de la police de Morgantown, Lou Adamski. Celle d'aujourd'hui sera sûrement plus fréquentée, plus animée que d'habitude.

– Quelles nouvelles ?

– Kevin Babcock ne s'est pas suicidé.

– Ça, c'est pas des nouvelles. C'est une confirmation. Qu'est-ce qui le prouve ?

– Les contours de la pâleur cadavérique ne collent pas, et aux rayons infrarouges une autre marque de ligature apparaît, probablement une ceinture. C'est ça qui l'a tué, pas la corde. Le corps a été pendu après coup.

– Combien de temps après ?

– Une ou deux heures.

Brandon hoche la tête et soupire.

– Bon. Voyons ce que t'as d'autre.

– D'abord on a relevé de belles empreintes latentes dans le salon, sur l'accoudoir en bois du canapé, la télé, et aussi dans les couverts de la cuisine et la salle de bains. Elles appartiennent à six personnes distinctes, dont Kevin et sa mère.

– On m'a dit qu'il y a un frère, Seth, qui a un casier.

– Oui, il va nous falloir un jeu des siennes pour comparer.

– Essaie aussi celles de Petie Boncaro. Je suis sûr qu'elles sont dans les registres.

– D'accord. Maintenant, les indices du jardin, le bout de plastique noir, le bouton, le passant de la botte : pas d'empreintes et pas de lien avec les indices de Straw. Rien d'important. Le préservatif était vieux, mais il y a des traces fécales à l'extérieur. J'ai fait passer le sperme à Harvey. Il a trouvé une correspondance avec le groupe sanguin de Kevin et d'autres facteurs d'identification. Donc Kevin avait pénétré quelqu'un par l'anus. Et il n'y a rien qui indique qu'un objet quelconque ait été utilisé sur lui. Son propre anus porte des traces de récentes brûlures par latex.

Brandon se tait.

– Le plus intéressant, c'est la lampe trouvée dans l'allée. On a relevé une belle empreinte partielle, un tourbillon central avec au moins huit stries visibles, peut-être neuf. Assez, en tout cas, pour une identification certaine. Est-ce que ça tiendrait en face d'un jury, ça j'en sais rien. La taille indique que c'est un homme.

– Elle correspond à l'une des empreintes de la maison ?

– Non. Là, c'est un étranger.

– Génial. L'adjoint qui l'a trouvée portait des gants. Commence par les index, élimine un à un tous ceux qui étaient sur place. On demandera à la mère une liste des visiteurs récents et on les comparera aussi.

Jimmy se râcle la gorge.

– Maintenant, la vraie nouvelle. Tu sais qu'avant d'envoyer les vêtements de Straw là-bas j'ai fait mes propres analyses.

– Pour l'essence.

– Oui, mais je les ai aussi passés au peigne fin, avec les outils habituels. J'ai trouvé une ou deux fibres dans l'ourlet de son pantalon. Il était long, donc il traînait par terre. Il a ramassé quelque chose, une fibre jaunâtre, on dirait du nylon.

– Eh bien ?

– Ça vient de la moquette du salon chez Kevin Babcock. Straw y est allé.

Brandon souffle une longue bouffée, se frotte les yeux.

– Un prix de gros. Ça, c'est bien. Je préfère encore avoir un gros tas de merde, plutôt que plein de petits.

– J'ai pas encore essayé les empreintes de Straw. Je vais en recevoir un jeu de Detroit. Par contre on a tiré quelque chose des pneus de la voiture où il a grillé. Est-ce que Spinner a déjà parlé au propriétaire ?

– Il a pas réussi à le joindre de la journée, hier.

– On a gratté les rainures et on a fait sécher. Beaucoup de petits morceaux de ciment, ce qui pourrait donner des résultats. Le ciment est un matériau composite et il est presque jamais fait de la même façon. Il y a de la pierre, du sable, du gravier, du verre, tout ce que tu voudras, mélangé pour former une matrice assez différente chaque fois.

– Donc, si on peut trouver où a été fait ce ciment, c'est une preuve que la voiture y était ?

– À peu près sûre. Rappelle-toi qu'il doit pas y avoir beaucoup de neige à cet endroit, sinon les pneus auraient pas pu charrier tous ces débris. Peut-être l'intérieur d'un entrepôt, un truc comme ça.

– D'accord.

– Dernière chose. Hier soir un ami m'a appelé du labo de l'État. Il va me faxer les résultats finaux ce matin. Mais il m'a dit que ç'avait l'air un peu inhabituel. Je t'ai dit que les traces sur les vêtements de Straw – en fait juste autour de la manche brûlée de son manteau – ne correspondaient à aucune structure chimique standard. Ils arrivent à la même conclusion. Ils disent que c'est un carburant rapide à base d'essence, mais qui a l'air d'avoir été synthétisé artisanalement. Du travail maison.

– Du travail maison ?

– Et l'héroïne, Frank. C'est pas de l'héroïne.

– De la coke ?

– Non, non. C'est comme de l'héroïne, mais synthétique. Une espèce de dérivé de fentanyl. Il y en a aussi dans les urines de Straw.

– Pourtant Harvey les a analysées ici et il a rien trouvé.

– Il pouvait pas. Une concentration extrêmement faible parce que c'est très puissant et ça descend très vite. Faut des tests hyper pointus pour le trouver.

– Bon. Voyons ce qui nous arrive encore avant la réunion.

Une moitié du troisième étage, dans le palais de justice, est occupée par l'équipe du maire, l'autre par la police municipale. Du côté flics, la majeure partie est laissée à une vaste salle de permanence et de bureaux où se fait le travail quotidien. Le long du mur de droite se trouvent de plus petites pièces – le bureau du chef, une salle d'interrogatoire, le placard un peu large que Brandon appelle son bureau et une longue salle de conférences étroite qui sert aussi bien aux réunions qu'aux déjeuners du personnel.

C'est dans cette salle qu'à dix heures du matin Brandon, Jimmy et Spinner, qui enfourne une énorme brioche beurrée à la cannelle, sont assis face au chef Lou Adamski. Ken Barnes, le District Attorney du comté, est là aussi. Deux morts violentes en un dimanche, ce n'est pas vraiment la routine, à Morgantown. Brandon, maintenant armé des rapports de Harvey et des résultats du labo de l'État, s'apprête à proposer sa théorie, mais il voit que la réunion prend un autre tour.

Lou Adamski ouvre la séance.

– Qu'est-ce que c'est que ce bordel ?

Il est gros et solide – épaules solides, torse solide, mains solides –, fait comme une pile de parpaings, selon la remarque de quelqu'un. L'image était si juste que les gens se sont mis à l'appeler Parpaingski, jusqu'à ce qu'il s'énerve et y mette un terme. Ses épais sourcils se rejoignent pour former une seule ligne noire quand il est en colère, comme maintenant, et Brandon songe que cela donne l'impression qu'un long insecte rampe sur son visage.

– Tout tourne autour du docteur, dit Spinner.

– C'est un suspect ?

Spinner hausse les épaules. Lou reprend.

– Il soigne un patient et comprend qu'on a mis le feu au type, mais il doit s'engueuler avec nous pour qu'on le prenne au sérieux. Ensuite, il passe voir un ancien patient à la demande d'une amie qui nous avait appelés, et lui-même, de nouveau, essaie de nous prévenir. C'est ce que vous appelez de la grande délinquance, ça ? Je vous parle, répondez !

Spinner secoue la tête.

– La bonne réponse est non, dit Lou. Si quelqu'un a merdé, c'est nous.

Silence.

– Bien. Alors qui a des hypothèses ?

Brandon mordille l'ongle de son pouce et attend. Un mort, un mourant, une bizarre espèce d'héroïne synthétique, mais les huiles sont fâchées parce qu'un docteur s'est fait un peu secouer. Ken Barnes, un politicien ambitieux avant tout, est proche de Lancaster et a beaucoup fait pour que son Dispensaire puisse ouvrir. C'était presque aussi bien que d'embrasser les bébés et de serrer les mains, parce que c'était de l'argent de l'État et du gouvernement fédéral – tout bénéfice, sans contrepartie ni augmentation d'impôts. Votez pour moi.

– L'analyse des voix, dit Lou, a confirmé que les personnes qui ont appelé pour le brûlé et pour Babcock sont comme deux frères jumeaux.

– Arnie Holt, dit Spinner.

– On dirait. Vous avez vérifié l'histoire de Lancaster ?

– L'infirmière a dit qu'une femme correspondant à la description de Storm Summers l'a obligée à la laisser lui parler. Lancaster l'a reconnue et a renvoyé l'infirmière. Plus tard, il a téléphoné à l'extérieur alors que la femme était encore avec lui.

– C'est une victime, dans cette affaire, dit Barnes en l'interrompant. Rien de plus.

Brandon grince des dents en regardant ce quadragénaire au front dégarni agiter ses doigts minces. Si Lou

Adamski est le yin, Barnes est le yang : tandis que Lou est l'archétype du camionneur, avec la voix éraillée qui va avec, Barnes est élancé, soigné au point que Brandon lui trouve l'air efféminé ; sa voix est celle d'un candidat de jeu télévisé plus que d'un inflexible District Attorney.

Mais, en matière de coups de gueule, ils se valent. Brandon rougit encore quand il songe au coup de fil de Barnes, dans le bureau du shérif Donner, pendant l'interrogatoire de Lancaster. Même à distance, il croyait entendre les veines de Barnes prêtes à éclater, et ses menaces résonnent encore dans ses oreilles.

Il faut dire que les choses ne se sont jamais bien passées entre eux. Ils se sont brouillés quand Barnes s'est fait élire District Attorney il y a six ans, et se sont de nouveau fâchés plusieurs fois par la suite. Ces disputes vont presque jusqu'à expliquer pourquoi Lou, plus jeune que Brandon de dix ans et avec six ans de moins d'ancienneté dans le service, a été nommé chef quand le poste s'est libéré quelques années plus tôt. L'excuse qu'on a donnée à Brandon, à l'époque, c'est que Lou a une maîtrise en gestion administrative. *Un diplôme*, pense Brandon, *qu'il a passé pendant que moi je me crevais le cul sur le terrain*.

– Mais ça n'a pas de sens, dit Spinner.

– Alors mets-toi au boulot et fais que ça en ait, du sens, dit Lou. Tu vas à Wauseon, ce matin, parler au propriétaire de la voiture.

– Ouais.

– Je veux que tu retrouves aussi le frère de Kevin, dit Brandon. Seth Babcock. D'une part, il faut qu'on élimine des empreintes. Mais vois ce qu'il sait sur ce que Kevin trafiquait. J'ai sorti son dossier. Des petites inculpations pour possession, puis une arrestation pour transport de hasch et de crack en 88. Héro un an plus tard. Il a pris six mois.

Il se tourne vers Adamski.

– On peut s'y mettre, maintenant, ou est-ce qu'il faut encore pleurer sur le sort du pauvre docteur ?

Lou serre la mâchoire et fixe Barnes.

Brandon ouvre ses dossiers et parle tout en tournant les pages des analyses dont il a déjà discuté avec Jimmy, mettant en lumière le fait que Kevin ne s'est pas tué et que Straw est lié à l'histoire.

– Mais il y a autre chose, dit-il.

En plus de son autopsie de Babcock, Harvey s'est rendu lui-même dans l'unité de soins intensifs et a examiné Straw. Les médecins, sur place, ne voyaient pas d'un très bon œil ce légiste examiner un corps toujours vivant. Mais, étant donné la gravité des deux crimes, il s'est senti autorisé à le faire. Et il en fut récompensé. Sous un ongle de la main droite de Straw, il a trouvé une fibre de la corde en manille qu'on a passée au cou de Kevin.

– Straw est maintenant le principal suspect pour le meurtre de Kevin.

– Qu'il ait été sur les lieux et qu'il ait touché la corde ne prouve pas qu'il l'ait tué, dit Barnes.

– Sa ceinture, dit Jimmy Mendez. La ceinture qu'il portait quand il est arrivé aux Urgences correspond, en largeur et en texture, aux marques de ligature sous-jacentes sur la gorge de Kevin. Harvey peut affirmer devant une cour que la ceinture de Straw et pas la corde – a causé la mort. De plus, le sang trouvé sous les ongles de Kevin correspond au type et au groupe rhésus de Straw.

– Il est cuit, dit Brandon. Mais les analyses sur Straw comme victime sont loin d'être aussi claires.

– Il était certainement évanoui quand il a grillé, dit Jimmy. C'est bien son sang, sur le démonte-pneu. Il a pris un méchant coup sur le crâne. Et on a finalement un nom à mettre sur le carburant. J'ai détecté du pétrole, comme je l'ai dit, mais avec une structure bizarroïde. En fait, c'était de l'essence tout ce qu'il y a de plus normale. Mais il y avait aussi des résidus d'acides gras complexes, d'aluminium et de plastique.

– Du napalm, dit Brandon.

– En gros, oui. Du napalm fait main. Quelqu'un a fabriqué un pain d'aluminium et l'a mélangé à de l'essence. C'est à peu près tout ce qu'il faut. Suffit de le remuer quelques heures, jusqu'à ce que ça prenne.

– Mais vers quelle hypothèse loufoque est-ce que vous allez ? demande Barnes.

– Je vais vous dire, répond Brandon. Straw déboule chez Kevin en colère à cause d'un mauvais deal de drogue. Il l'agresse. N'oubliez pas que Kevin avait la maison pour lui seul parce que sa mère faisait une retraite – elle est partie vers sept heures ce soir-là, d'après son témoignage –, et il avait eu un rapport homosexuel. Au vu des blessures de Kevin, je dirais qu'il était encore nu pendant sa lutte avec Straw.

– Nu ?

– Hanche et épaule écorchées. Brûlures par frottement d'un tissu. Impossible, s'il était habillé.

– Vous voulez dire que quelqu'un d'autre était présent ? Son amant ?

– Peut-être. Ou il était peut-être parti. Mais Kevin était nu, et il venait de faire l'amour. Bref, Straw étrangle le gosse, puis il s'affole et s'enfuit. Une heure ou deux plus tard, il revient pour déguiser le meurtre en suicide et il pend le corps.

– Peut-être que Straw l'a violé.

– Je continue. Quand Straw revient, quelqu'un tombe sur lui, ou bien l'intercepte, quelqu'un qui est du côté de Kevin, peut-être son amant, peut-être quelqu'un d'autre. Je dirais Holt, parce que c'est lui qui a appelé. Ce type, Holt ou un autre, convainc Straw de faire un tour en voiture, l'emmène au Panorama, et le grille.

– Ce ne sont que des suppositions, dit Barnes.

Ce qui aiguillonne Brandon.

– La chose bizarre, c'est que l'assassin de Straw savait qu'il allait tuer. Il avait soigneusement préparé son coup. Il portait des gants en latex ; il s'était donné la peine de confectionner une petite quantité de napalm. Pourquoi le napalm ? Parce que ça colle. Impossible de rater son coup. Une cigarette, une allumette, n'importe quoi suffit à l'enflammer, et on ne peut pas y échapper. Mais le tueur ne s'est pas contenté de mettre le feu. Après avoir assommé Straw et l'avoir enduit avec sa sauce, il a fait le 911. Un téléphone portable, disons. Il est resté jusqu'à ce qu'il entende la sirène tout près de la route. À ce moment-là seulement il a mis le feu.

– Et il est allé où ?

– Sur les lieux, hier, avant d'aller voir la voiture, j'ai suivi une série d'empreintes de pas dans la neige qui traversaient le parc jusqu'à la rambarde. Là, elles tournaient à gauche et s'engageaient directement dans les bois.

Les autres l'écoutent en silence.

– Pourquoi attendre avant de mettre le feu ? Comme ça, c'est plus dégueulasse. Un règlement de comptes entre drogués, pour l'exemple avant tout. Le type reste en vie, c'est plus horrible que s'il est mort. Les gens sont obligés de le regarder.

– Vous ne pouvez pas le prouver, dit Barnes.

– Donnez-moi un peu de temps. Et je vais vous dire une bonne chose. D'une façon ou d'une autre, qu'il soit agresseur ou victime, on n'en a pas fini avec le docteur Lancaster.

– Laissez-le en dehors de ça !

– Comptez pas là-dessus, Barnes. On est dans une embrouille de grande ville, et il a exactement le passé qu'il faut. Il s'agit sûrement pas d'une grandiose coïncidence.

Barnes rougit. Des bruits d'étranglement montent de sa gorge.

Lou se penche vers le visage de Brandon.

– Des preuves en béton, rien d'autre ! Compris, lieutenant ? Brandon s'allume une cigarette.

– Jimmy, parle-nous de la drogue, pour qu'on puisse foutre le camp d'ici.

– Méthyl-éthyl-fentanyl trois-quatre. En fait, c'est le sel acrylate de ce produit : de l'acrylate de méthyl-éthyl-fentanyl trois-quatre. Une héroïne synthétique particulièrement puissante.

– Comme les autres fentanyls ?

– En plus fort, j'imagine. Je suis encore en train de la tester, mais, d'après ce qu'on me dit, c'est vraiment de la dynamite.

– Il doit y avoir une rumeur là-dessus, dit Lou. Commence à secouer tes indics. Il faut qu'on règle ça, sinon ça va barder très haut et très fort. Et y en aura pour tout le monde.

Silence.
– Au boulot.

Un nouvel appel à l'état-major de la police métropolitaine de Detroit, suivi de plusieurs transferts et connexions de lignes, met Brandon en contact avec un secrétaire qui lui annonce que sa demande de la veille a été transmise à un certain inspecteur Byers. Byers travaille provisoirement au poste de la zone de River Rouge. Un appel à ce poste, un autre transfert, et une femme lui répond.

– Brigade des Stupéfiants, j'écoute ?

– L'inspecteur Byers, s'il vous plaît.

– De la part ?

– Du lieutenant inspecteur Frank Brandon, police municipale de Morgantown.

– Morgantown ?

– On est à une heure et demie de chez vous à l'ouest. Puis-je parler à Byers ?

– Région de chevaux, non ? J'ai un beau-frère qui vit par là. Je crois bien qu'il élève des chevaux.

– Les chevaux se plaisent bien, par ici. Mais j'ai besoin de parler à l'inspecteur. Il est là ?

– Lui non. Mais moi, oui.

– Vous êtes qui ?

– L'inspecteur Ellen Byers.

– Ah, dit Brandon.

– Qu'est-ce que vous voulez ?

– Vous avez entendu parler de Michael Straw ?

Une pause.

– On l'appelait Zip, à cause d'une méchante cicatrice au visage. Ça oui, je le connais.

– Il a plus de cicatrice, mais il est chez nous.

– Incarcéré ?

– Pas tout à fait. L'hôpital du comté l'héberge pour quelques jours. Ou ce qui reste de lui. Il a été aspergé d'essence en pâte et rôti samedi soir. On ne s'attend pas à ce qu'il survive. D'après son casier, vous l'avez arrêté.

– Il ratait tout ce qu'il faisait. Arrêté pour des petits délits. Dingue de la seringue. Incapable de décrocher. Grâce à Le Seure – vous êtes au courant pour Le Seure…

– J'ai parlé à sa femme.

– Il veillait sur Michael. Mais enfin, bon, un junkie se fait forcément corriger de temps en temps. Alors, en quoi je peux vous aider ? Vous m'avez pas appelée seulement pour m'annoncer la bonne nouvelle ?

– Quand on a trouvé Straw, il trimbalait ce qui ressemblait à de l'héro brune banale. Maintenant, on me dit que c'est synthétique, une sorte de fentanyl. J'essaie d'en savoir plus sur ses derniers jours, et j'ai pensé que…

– C'était quoi, exactement ?

– Je vais vous le lire : acrylate de méthyl-éthyl-fentanyl trois-quatre.

– Vous vous y reconnaissez, vous, entre les drogues de synthèse ?

– Pas vraiment.

– Moi non plus, et je suis une spécialiste. Les fentanyls sont des substituts de l'héroïne fabriqués en laboratoire. Puissants, mais généralement à effet court.

– Il sont apparus en Californie, je me souviens, y a dix, quinze ans.

– Sauf que d'autres formes, dérivées des fentanyls de base et cent fois plus puissantes, ont commencé à circuler. Il y a presque huit ans, on s'est mis à en voir dans la région. Le labo nous a dit que c'était pas n'importe quel fentanyl. C'était un produit extrêmement concentré, à effet prolongé, qui portait un nom long et compliqué. Et cette espèce particulière n'est apparue nulle part ailleurs dans le pays. Ç'a été toute une histoire. Des gens mouraient de surdose parce que, si on ne dilue pas assez, c'est mortel. Rien que la poussière soulevée quand on analyse certains de ces dérivés peut causer une surdose. Enfin bref, les fédéraux ont déboulé, ont réussi à infiltrer le milieu, et ils ont fait une rafle. Ils nous ont employés seulement pour ramasser des petits revendeurs dans la rue, donc je peux pas vous donner tous les détails. Un vieux Grec dirigeait tout, mais il a réussi à pas plonger, Dieu sait comment.

– Vous vous rappelez son nom ?

– Louie Papalanos. Le vieux Fat, on l'appelle. Fat Louie.

– Mafia grecque ?

– Mafia, c'est trop dire. Disons une famille puissante. Toujours est-il que ces Grecs, qui n'avaient pas encore touché au trafic, ont réussi à se faire un créneau dans les drogues de synthèse.

– Les fentanyls.

– Laissez-moi finir. J'ai dit qu'ils ont pas eu les gros bonnets, mais beaucoup de petits revendeurs ont été arrêtés et la fabrication a dû s'arrêter. Toute l'affaire n'a pas duré longtemps, un an et demi. Puis, plus rien jusqu'à aujourd'hui.

– Aujourd'hui ?

– La drogue qu'on fabriquait à l'époque était l'acrylate de méthyl-éthyl-fentanyl trois-quatre. Une drogue unique, je vous l'ai dit. Elle n'est apparue qu'à Detroit et seulement pendant cette année. Un produit signé.

Le même truc, exactement, que celui que vous avez trouvé. Et moi-même, Inspecteur, j'en ai un petit sachet posé sur mon bureau en ce moment, que j'ai saisi dans une embuscade la semaine dernière. Quelqu'un vient de reprendre le commerce.

– Papalanos ?

– Non. Ce sont ses fils qui ont pris les rênes de la famille, maintenant, mais je les lâche pas des yeux. Ils sont pas derrière ça. Fat Louie savait qu'ils avaient pas leur place dans le trafic. Ç'a été leur seule incursion, et il les en a vite sortis. Ils ont toujours été forts pour l'immobilier, la construction. En ce moment, c'est aussi les pièces détachées de voitures. Pas la drogue.

– Combien il en est apparu ?

– Il y a trois mois que les premières doses sont arrivées. Ça a augmenté petit à petit. C'est peut-être un demi-kilo qui a été mis sur le marché depuis une ou deux semaines. Le problème, c'est qu'on la teste quand elle est déjà très diluée – laxatif pour bébé, sucre, n'importe quoi. La quantité de produit proprement dit, pour une dose saisie dans la rue, est presque imperceptible.

– Vous avez dit que les fédéraux se sont mêlés des arrestations. Le Seure serait mêlé à l'affaire ?

– Non. C'était après qu'il a quitté les Stups, pour travailler avec le chef. Il était pas concerné.

– Ou Straw ?

– Non, pas à ma connaissance.

– Et ce dérivé n'est jamais apparu ailleurs ?

– Non. Seulement dans la région. En général dilué en poudre brune, avec du sucre caramélisé. Les gens se sont mis à l'appeler Metal Fang, d'après l'abréviation MEFA [1]. Maintenant, on dit juste Fang.

– Vous pouvez me faxer la liste de ceux qui ont été arrêtés à l'époque ?

– Pas de problème. Ce que je veux savoir, moi, c'est comment Mikey s'est retrouvé grillé dans une région d'élevage de chevaux ? Et qu'est-ce que ça a à voir avec ma drogue ?

– Vous me trouvez la réponse, Inspecteur, et je viens vous voir en voiture pour vous payer le plus gros steak de Detroit.

– Je suis végétarienne.

– Alors ce sera une grosse salade. Dites, j'ai pas compris ce que vous avez dit à propos de Le Seure. Qu'il travaillait avec le chef ?

– Je croyais que vous aviez parlé à Sarah.

– Elle m'a juste dit que c'était un agent des Stups.

– C'était plus qu'un agent, Brandon. Pendant ses quatre dernières années de service il dirigeait l'agence régionale. Et s'il a abandonné un poste pareil, c'est qu'il avait une bonne raison : il est allé travailler avec Irving Jovanovich.

– Le gouverneur ?

– Eh oui.

Jovanovich, qui entame la seconde partie de son mandat, premier indépendant de l'État du Michigan, fut élu triomphalement. À quarante-cinq ans, il est devenu le plus jeune gouverneur dans l'histoire récente du pays en réussissant l'impossible : obtenir à la fois le

1. Méthyl-éthyl-fentanyl acrylate. *(N.d.T.)*

soutien des ouvriers libéraux de Detroit et celui des conservateurs du reste de l'État.

– Le Seure travaille encore pour lui ?

– C'est son chef de cabinet. Alors prenez bien soin du petit Michael.

7

Sur le canapé en cuir où il s'est endormi la veille, dans son salon, Lancaster s'éveille à demi. Et dans ce demi-sommeil il rêve un souvenir.

Il y a des années, à Ann Arbor et à Detroit, une femme du nom de Denise Richards était le centre de sa vie. Le matin, dans leur lit, elle lui parlait en chuchotant tandis qu'il s'éveillait lentement. Dans son rêve elle est en chair et en os, accroupie nue près de lui, sa longue chevelure ocre tombant sur son visage, et elle le chatouille de ses pointes jusqu'à ce qu'il ouvre les yeux, réponde à son sourire, tandis que l'effleurent ses seins pâles aux veines bleuâtres. Elle est moins jeune que lui : elle a largement dépassé la trentaine. Il sent son haleine, âcre après la nuit, mais douce. Parfois elle l'embrassait. Dans ces toutes premières minutes du jour, il n'y avait pas de faim, pas de manque, pas de vide chimique suppliant qu'on le comble. Il sentait, il savait qu'elle sentait aussi que ce jour-là était le jour où ils pourraient décrocher, le jour où ils pourraient continuer à s'en passer, à se passer de tout excepté ce qu'ils possédaient au réveil : eux-mêmes. Certains jours, surtout ces jours si rares où ni l'un ni l'autre n'avaient à aller travailler, suivre des cours ou s'occuper des gens qui venaient leur demander de l'aide, ces bizarres jours fériés et ces quelques dimanches, ils parvenaient parfois à faire durer l'illusion jusqu'à l'après-midi, ne consommant rien de plus fort que du café, des cigarettes, assis aux deux bouts du divan dans le salon, le *Detroit Free Press* déplié entre eux, paressant. Il lui arrivait de penser à part soi qu'il aimerait arrêter un tel instant, suspendre le temps sur eux dans cette attitude qui sentait tellement la vie normale, ennuyeuse, abêtissante, des petits bourgeois de banlieue. Rien que deux personnes bien assises, qui se réveillent ensemble en lisant le journal.

Cependant, même ces jours-là, le manque revenait, plus lentement sans doute, mais sûrement. Il le décelait d'abord chez elle plus que chez lui, dans sa façon de fumer de plus en plus de cigarettes. Au réveil, quand elle buvait sa première tasse de café bouillant, elle en avait allumé une, avait tiré quelques bouffées, puis l'avait laissée s'éteindre. À partir de midi, elle fumait à la chaîne, parfois au point d'allumer la suivante avec le mégot qu'elle avait encore à la bouche. Elle fumait des Kool, pour l'anesthésie mentholée. Lui aussi fumait à l'époque, des Marlboro rouges : il aimait la fumée épaisse, lourde, le goût franc. Le nombre de cigarettes augmentait, les cendriers débordaient, le salon s'emplissait d'une nuée bleutée.

Un peu plus tard, l'un ou l'autre allait aux toilettes, montait debout sur la cuvette, prenait le matériel sur le réservoir de la chasse, le ramenait et l'installait sur le journal du divan, entre eux. C'était elle, en général, qui étrennait la chose : elle, la fée chimique, le marchand de sable des marchands de sable, dont le cerveau concevait les plus abstraites arabesques théoriques, l'enchevêtrement des structures moléculaires dans les substances les plus complexes, à la façon d'un maître queux imaginant chaque parcelle de saveur apportée par chaque ingrédient pour parvenir au plat final, d'un chef d'orchestre qui entend distinctement chaque note de chacun des cent vingt instruments de l'orchestre. Aussi intelligente fût-elle, elle allumait comme n'importe quel junkie des rues son briquet Bic sous une cuillère en argent pleine de poudre magique, mélangeait la suspension dans la solution saline standard qu'il avait ramenée de l'hôpital, la chauffait pour les seringues intraveineuses qu'ils achetaient à John, l'ami pharmacien qui faisait mine de le croire diabétique, mais devait bien deviner la vérité. Aucun diabétique n'aurait eu besoin de tant d'insuline. En plus de leurs propres besoins, il y avait ceux des autres, les patients, comme ils les appelaient à Ann Arbor, ou les amis en manque, comme à Detroit. Ils achetaient les seringues en gros. Mais il donnait à John un petit extra, en liquide bien sûr, pour qu'il se taise ; et John continuait de croire ce qu'il préférait croire.

Alors, elle soulevait la suspension pour la mettre en pleine lumière ; il sentait sa propre poitrine serrée comme par un corset, si comprimée maintenant qu'il pouvait à peine respirer en la regardant faire, assourdi par le bourdonnement de son crâne. Sa peau le démangeait, il en avait la chair de poule. Et elle, comment diable pouvait-elle manipuler les instruments sans trembler des mains, alors qu'elle en avait autant besoin que lui ?

Mais elle y parvenait. Elle trempait l'aiguille dans la solution, aspirait un demi-centimètre cube dans la seringue, la tournait vers le haut, tapotait avec l'ongle pour faire monter les bulles dans l'aiguille, chassait une goutte. Il avait toujours aimé l'instant très bref où elle vidait la seringue de son air en envoyant un petit jet. Il le voit maintenant au ralenti, le liquide décrivant un arc de cercle dans l'air enfumé de midi. Cela signifiait : « Il est temps. » Il mettait son propre garrot, un tube de caoutchouc pour drainage pulmonaire qui s'enroulait facilement autour de son bras. Il le pliait, serrait fort le poing ; les veines ressortaient, fermes et nettes, sans trop de cicatrices encore.

Et puis, après avoir appliqué la Bétadine antiseptique rouge sombre (leur matériel était toujours stérilisé), elle appliquait l'aiguille sur sa peau, la faisait glisser dans la veine et tirait légèrement sur le poussoir pour faire remonter un peu de sang dans la solution laiteuse, qui en devenait rosâtre, la poussait légèrement dans la veine, tirait de nouveau. Au deuxième ou troisième tour, il défaisait le garrot, la vague atteignait son cerveau, et là… Parfois, l'excitation devenait sexuelle.

Elle tirait de nouveau, en injectait encore, tirait, injectait, jusqu'à la fin de la dose. Et maintenant, les mains aussi stables que des briques, la tête claire, sans plus de bourdonnement, sans plus d'oppression de la poitrine, les yeux ouverts, il saisissait le briquet Bic, la cuillère et la poudre, et il commençait à lui chauffer sa dose.

Docteur Fix, ils l'appelaient. Et ils l'adoraient.

Elle l'adorait aussi. Elle l'aimerait toute sa vie.

Une fille aux yeux sombres est debout au-dessus de lui.

– Denise.

– Storm.

– Quoi ?

Il est éveillé, soudain ; il sursaute. Il fait un bond en

arrière sur le canapé, saisissant un coussin comme pour se protéger.

– Qu'est-ce que vous faites là ?

– La porte de votre garage était entrouverte. Je m'y suis glissée.

– Vous êtes folle ?

– Peut-être.

– Je pourrais vous faire arrêter. Je pourrais vous tirer dessus.

Son cœur bat violemment dans sa cage thoracique tandis qu'il la regarde. Il s'attend presque à une catastrophe – qu'elle sorte un couteau, que des copains à elle enfoncent la porte pour le braquer.

En fait, elle s'assied en tailleur sur la moquette, face à lui.

– Comment vous faites pour vous introduire comme ça chez quelqu'un ?

– Je vous l'ai dit : la porte du garage.

– Mais comment vous pouvez ?

Le cœur de Lancaster reprend son rythme normal tandis qu'il la contemple. Elle porte le même pull, la même veste qu'hier, mais elle n'a plus son châle. Malgré qu'il en ait, il notc la curieuse élégance qu'elle donne à ces vêtements. Mais il se demande qui est cette fille, quel genre de femme peut ainsi se glisser chez un homme qui est pour elle presque un parfait inconnu.

Il éprouve une sensation analogue, songe-t-il, à celle que susciterait un tête-à-tête avec un animal à demi sauvage, un chien loup par exemple, pas encore tout à fait dressé, ou un chat qui a vécu la plus grande part de sa vie dans les bois. Il ne sait pas à quoi s'attendre.

– Ce n'est pas « comment » qu'il fallait dire, c'est « pourquoi ».

– Il faudrait que je demande pourquoi ? Je m'en fous, de savoir pourquoi. Allez vous faire voir.

Il se frotte les yeux, essaie de s'éclaircir les idées, de se donner une contenance. Elle hausse les épaules.

– Donc, pourquoi ? Parce que j'ai entendu des pas.

Il détourne le visage comme s'il ne voulait pas l'écouter.

– Quelqu'un me suit. J'ai vu une voiture garée devant mon immeuble.

– Allez-vous-en, dit-il.

– Vous voulez savoir quel genre de voiture ? J'ai pas remarqué. De couleur sombre, avec un homme dedans.

Lancaster s'immobilise.

– Il portait un costume ?

– Ah, ça vous intéresse, maintenant ?

– Non, ça m'intéresse pas. Je crois que je vais appeler la police.

– J'ai pas vu ce qu'il portait. Je me suis pas plantée là pour l'observer. Tout ce que je sais, c'est que j'ai eu l'intuition qu'il était là pour moi. Qu'il m'attendait.

– Je sais toujours pas ce que vous faites ici.

– J'ai peur.

– Alors, allez voir les flics. Je peux rien de plus pour vous.

L'expression offensée qui passe sur le visage de la jeune femme le rend furieux. Mais pourquoi ? Parce que ceux qui ont besoin d'aide viennent le voir ? Parce qu'il a fait de cette aide sa mission ? Parce qu'en dépit de sa colère il ne peut s'empêcher de contempler ce visage, parce que ses traits lui plaisent ?

Il ne veut pas la regarder. Il veut maintenir la plus

grande distance possible entre lui et quiconque serait lié à Kevin Babcock.

– Je ne peux pas vous aider. Je ne veux pas vous aider.

– Qu'est-ce que je peux faire ?

– Je vous ai dit d'aller voir la police, si vous avez peur. Comme vous l'avez fait hier.

– C'est à cause de ça que vous êtes fâché contre moi ?

– Fâché ? Parce que j'ai trouvé un cadavre et qu'on m'a arrêté ? Parce qu'on m'a piégé comme un pigeon ? Fâché ?

– J'ai dit contre moi. C'était pas ma faute. On m'a piégée aussi, vous savez.

Il ne pose pas les yeux sur elle.

– Atroce, dit-elle.

– C'est le mot.

– J'étais sincère ; j'espère que vous en êtes convaincu. Si j'avais su…

– D'accord. N'en parlons plus. Vous avez dit aux flics ce que vous savez. Il n'y a rien de plus à faire. Je le répète, si vous avez peur, retournez les voir.

– Je peux pas.

– Pourquoi pas ?

– Parce que la police est dans le coup.

– Comment ça, « dans le coup » ?

– J'en sais rien.

– Mais vous en savez plus que ce que vous m'avez dit hier, non ?

– Un peu plus.

– Qui vous a dit que les flics étaient dans le coup ?

– Kevin, y a un jour ou deux.

– Les flics du coin ?

– Bien sûr que non. Ces nuls ?
– Les fédéraux des Stups ?
– Un truc comme ça.
– Les Stups filaient Kevin ?
– Oui, je crois bien.
– Kevin dealait de l'héro ?
– J'en sais rien.
– J'ai deviné, hein ? Nom de Dieu !

Lancaster soupire. Il se redresse sur le divan et se penche, la tête dans ses mains.

– Pourquoi, mais pourquoi vous ne m'avez pas dit ça plus tôt ?

Elle se tait.

– Il dealait avec qui ?
– Plusieurs types, je crois. Il travaillait chez Red's, je vous l'ai dit. Vous connaissez ?
– Bien sûr.

Red's, bar-dancing isolé à dessein à la limite est du comté, a la réputation d'avoir pour clientèle la population « marginale » du coin. Un lieu alternatif, soi-disant. Il a entendu dire qu'il y a même des types qui y viennent en voiture depuis Ann Arbor et Toledo, des types du genre oreilles percées et crâne rasé.

– La dernière fois que je l'ai vu, chez Red's, vendredi soir, il était avec un ami à lui qui s'appelle Petie Boncaro et deux autres types qui venaient d'ailleurs.
– Brandon m'a dit que vous lui avez seulement parlé de Boncaro.
– Oui.
– Et pourquoi ?
– Ces autres types, on m'a dit que c'étaient des gros dealers. Des trafiquants. Je peux fumer ?
– C'était qui ?

– J'ai pas entendu leurs noms. C'était le genre de types qui trimbalent que les grosses quantités. Et ça, ça veut dire que c'est des tueurs. Des vrais.

Elle allume une cigarette, puis, d'un geste ample et lent, elle éteint l'allumette. Elle la pose sur sa jambe.

Il la regarde tirer fort et souffler la fumée, faire tomber une cendre sur son jean, la frotter jusqu'à l'effacer ; il se demande de nouveau qui elle est, quel genre d'esprit troublé pousse une femme dont la grâce naturelle et la sagacité sont évidentes à devenir la confidente d'un dealer de la zone, qui fuit des tueurs trafiquants pour se retrouver pendu. Peut-être bien, songe-t-il, le même genre d'esprit qui a conduit un jeune interne en chirurgie à se droguer, au risque de ruiner sa carrière avant de l'avoir entamée.

– Vous m'aviez dit que vous ne connaissiez aucun de ces types.

– Mais je les connais pas, je sais même pas leurs noms. J'ai entendu parler d'eux. Et c'est le genre de types que j'ai pas envie de dénoncer. Je pensais pas que vous aviez besoin qu'on vous explique tout. Je voulais juste aider Kevin.

Brandon avait raison, pense-t-il : elle ne sait rien. Elle n'est capable de rien, sauf de s'attirer encore des ennuis, encore du malheur.

– Eh bien, j'ai essayé, dit-il. Maintenant, à vous de faire ce que je veux.

– C'est-à-dire ?

– Partez.

– Vous êtes sérieux ?

– Très sérieux. Si vous avez peur, il faut parler à l'inspecteur.

Elle secoue la tête.

– J'ai confiance en personne.
– Alors pourquoi vous êtes ici ?
– Vous avez plus à perdre que les autres, donc je sais que vous êtes réglo. Quand Kevin s'est fait tuer, je savais pas où…
– Tuer ?
– Assassiner, si vous préférez.
– Kevin s'est pendu. Ça s'appelle une asphyxie autoérotique.
– C'est faux.
– Ah oui ?
– Il était pas idiot, et il était pas si tordu. Je le connaissais. Et je savais qu'il était dans la merde jusqu'au cou. Quelqu'un l'a tué.
– Vous êtes très maline, hein ?
– Peut-être pas. Mais ça m'étonne que vous, vous soyez pas au courant. La rumeur est déjà dans la rue, docteur. Kevin s'est fait éliminer, comme Straw, et ils étaient liés. On m'a dit qu'ils étaient ensemble sur un coup qui a mal tourné. La rumeur dit aussi que vous y êtes mêlé. Ça, je peux pas le croire…

Lancaster se penche en avant et saisit d'une main le col de sa veste. Il la tire vers lui jusqu'à presque toucher sa jolie gueule avec la sienne, jusqu'à respirer son haleine douce amère, son parfum au lilas.
– Quelle rumeur ?
– Un type se fait griller. Ensuite on trouve Kevin mort. On vous arrête. Les gens savent que vous avez été junkie. On raconte donc que vous avez été arrêté pour ça. La rumeur se répand.

Piégé : le mot qu'il a employé quand Brandon lui a parlé de l'appel anonyme lui revient. Il lâche sa veste et elle se laisse retomber doucement sur le sol.

– Vous feriez mieux de partir, dit-il.

– Je pensais qu'on pouvait s'aider l'un l'autre. Que si vous étiez mêlé à…

– Je suis mêlé à rien. Si peu mêlé, si vous saviez, vous en croiriez pas vos oreilles… Je veux pas vous connaître. Vous vous êtes sortie de vos problèmes de cocaïne ? Tant mieux. Kevin était votre ami ? Désolé. À part ça, je peux rien pour vous.

L'esprit de Lancaster s'égare dans les conséquences éventuelles : toute une ramification. Chose fragile qu'une réputation. Comme ç'avait été difficile de rebâtir sa carrière la dernière fois ; comme c'est facile de la foutre en l'air par un coup tordu. Oubliant Storm, il marche jusqu'à la fenêtre et contemple son petit jardin enseveli sous la neige, l'allée qu'il faudrait déblayer.

– Peut-être que je connais pas ces types, docteur Lancaster, dit-elle. Mais je connais cette ville, les endroits où ils dealent, et je peux m'y faire admettre. J'ai des amis. Si vous voulez y aller voir, je vous aiderai.

– Pourquoi ?

– Parce que je sens que j'ai besoin dc protection. Je suis dans la merde, moi aussi. Je vous l'ai dit, quelqu'un m'attendait. Je connaissais bien Kevin. Très bien, même. Il a peut-être donné mon nom quand il fallait pas. Il se servait peut-être de moi comme couverture. Ou je sais peut-être des choses que quelqu'un d'autre voudrait savoir. Holt vous a piégé, il m'a piégée aussi. Tout ce que je sais, c'est que j'ai très peur. Et je sais aussi que vous, que vous le vouliez ou non, vous êtes pas hors du coup. Plus maintenant.

– Vous croyez vraiment qu'il a été assassiné ?

– Sûre et certaine.

– Je vous remercie de me le dire, dit-il. De me dire tout.

Il va jusqu'à la porte d'entrée ; il l'ouvre.

– Mais je dois réfléchir.

Elle remonte la fermeture Éclair de sa veste.

– Si j'entends parler d'autre chose, je vous appelle, dit-elle.

Elle lui tend un morceau de papier avec son numéro de téléphone.

– Et si vous avez besoin de savoir des choses, dites-le moi. Je vous assure, je peux trouver.

Elle s'en va.

8

Le sud de Morgantown, séparé du centre-ville par la rivière du Chagrin, s'est transformé en banlieue préfabriquée. Fastfoods, stations d'essence, self-services, cités dortoirs et routes nouvelles prolifèrent, suivant une spirale dont le foyer est le centre commercial de Valleydale, au croisement de la nationale 57 et de l'autoroute de la Frontière Sud.

Brandon prend la direction d'une buvette, d'un trou à rats baptisé Spike's, en bordure d'un parc à roulottes, derrière le centre commercial. Toutes les belles maisons ont disparu, mais les roulottes miteuses, les buvettes louches ont résisté à la vague de modernisation. Au moins, c'est cohérent, songe Brandon.

Le parking en gravier de Spike's contient une ou deux camionnettes, une Pontiac Le Mans avachie de quinze ans d'âge, trois Harley et une Kawasaki 500 pourrie. C'est seulement l'heure du déjeuner, mais Brandon sait que les types qu'il cherche traînent là dès l'ouverture.

Dedans, il fait très sombre. En respirant l'air moite, puant – cocktail de sueur et de bière sur fond de vomi –, il a un haut-le-cœur. Le décor est du Néanderthal tardif : murs de béton brut de décoffrage, posters pornos scotchés aux endroits stratégiques et, suspendue au-dessus du bar, la reproduction très précise, gonflable, grandeur nature, de l'anatomie d'une jeune fille.

Brandon s'installe près de la porte, à l'extrémité libre du bar, dont le bois est gravé de dessins raffinés et de maximes profondes – CHERCHE PIPEUSE, BOUFFEUR DE CHATTES, etc. L'endroit est devenu très calme dès qu'il est entré, et c'est dans un parfait silence qu'il commande un soda. Il sent beaucoup de sales regards posés sur lui, mais le barman lui sert son verre, puis se poste devant lui, les bras croisés, pour le regarder boire. Du coin de l'œil, Brandon voit un type avec une veste en nylon verte se glisser derrière l'énorme cabine téléphonique vétuste et longer le mur du fond jusqu'au couloir qui mène aux toilettes des hommes.

– Salut Shirley, dit-il à l'adresse du gros homme qui se tient derrière le bar. Je passais par là et j'ai eu une soudaine envie d'un truc froid et liquide.

– T'es pas malin, Brandon.

Shirley doit faire un mètre quatre-vingt-dix et peser cent trente kilos. Il a des cheveux plus roux encore que ceux de Brandon, avec des sourcils et une barbe assortis. Il en connaît un bout sur ce qui se passe à Morgantown.

– Pas malin ?

– Tu t'exhibes ici, vieux. Mauvais pour la réputation de l'établissement.

– Mince alors. Parce que t'as une réputation à défendre ?

– Je t'emmerde.

– Doucement, mon pote. Tu sais quoi sur Kevin Babcock ?

– À part que c'était un merdeux ?

– Genre : qu'est-ce qui le branchait, qui s'occupait de lui.

– Genre : si je sais quelque chose je t'appelle, t'as oublié ?

– Tu le connaissais, ou pas ?

– Son frère. Trop bien.

– Seth ?

– Ouais.

– Quand tu le vois, dis-lui que je veux le voir. Faut que je sache s'il sait ce que trafiquait Kevin.

– OK. Je sais pas s'ils se voyaient tellement. Kevin, je l'ai vu seulement de temps en temps dans le coin. Il traînait avec les dingues de chez Red's. Il a essayé de venir ici une ou deux fois, jusqu'à ce qu'il pige qu'il allait se faire botter le cul.

– Il traînait avec qui ?

Brandon sort un kleenex et se mouche.

– Petie Boncaro, quelquefois. Des pédés dans ce goût-là.

– Tommy Winter ?

Shirley regarde autour de lui.

– Pas que je sache.

– Moi qui croyais que tu savais tout.

– Ouais. Eh ben, le répète pas trop.

– Si t'entends quelque chose, tu décroches, compris ? Ça chauffe, sur cette histoire.

– Ouais ouais. Maintenant tire-toi.

– J'y vais, dit Brandon en se levant. Sauf que je vais pisser un coup. Ce soda, j'ai pas eu le temps de le sentir passer.

Un encadrement de porte à l'arrière de chez Spike's donne sur un couloir étriqué qui à son tour conduit aux toilettes. À mi-chemin de ce couloir, un peu après la porte qui communique avec le bar, se trouve une deuxième porte qui donne dehors, sur le parking de derrière. L'apparition à la veste verte qu'a vue Brandon s'est éclipsée par là, ou se cache encore quelque part.

Les chiottes des hommes sont dégueulasses et glacées, murs couverts de graffiti au marqueur, évier incrusté de crasse, un centimètre d'eau stagnante gelée au bord tout autour de l'urinoir et de l'unique box. Brandon essaie d'ouvrir le box. Il le trouve verrouillé, mais en se penchant il ne voit pas de pieds. Il ouvre les deux robinets, puis s'accroupit près de la porte.

– Tommy, vieux salaud, ça fait un bout de temps qu'on t'a pas vu.

Pas de réponse.

– Tu me fais des promesses, et puis tu les tiens pas.

Pas de réponse. Brandon allume une cigarette et souffle la fumée sous la porte.

– Ça me fait mal, tu sais ?

Encore une bouffée sous la porte verrouillée. Maintenant quelqu'un tousse à l'intérieur. Une voix sort.

– Putain, Brandon. Tu le sais que je suis allergique.

– Ça doit être pour ça que tu traînes dans les bars toute la journée.

– Qu'est-ce que tu me veux ? demande la voix, implorante.

– Ça fait deux semaines que je t'ai pas vu, et depuis y a plein de trucs immondes qui sont arrivés. Juste quand j'ai le plus besoin de mon copain Tommy, il me snobe.

– J'étais occupé, c'est tout. J'ai pas eu le temps de passer. C'est pas que je t'évite, je te jure.

– C'est bien, Tommy. Je crois que j'en dormirais pas de la nuit si je pensais que tu me boudes. Alors accouche. On pourrait commencer par Mike Straw, qu'est-ce que t'en dis ?

– Je le connaissais pas.

– Qui ça ?

– Straw.

– C'est qui ?

– Lâche-moi, Brandon. Je connaissais pas de Mike Straw.

– T'as pas entendu parler du type qui s'est fait rôtir au Panorama ?

– Vaguement. Une histoire de junkies.

– C'est tout ce que t'as entendu ?

– Ouais.

– Je suis très déçu, Thomas.

– Mais j'ai entendu parler du gosse.

Brandon laisse tomber sa cigarette. Elle chuinte dans l'eau par terre.

– Vous croyez qu'il s'est pendu en se branlant. C'est pas ça, à ce qu'on dit. On dit que peut-être quelqu'un lui a tordu le cou.

– Qui est-ce qui raconte ça ?

– J'en sais rien.

Pctie ?

– Je l'ai pas vu depuis un bout de temps.

– Alors qui ?

– Un peu tout le monde.

– T'es trop malin, Tommy. Tu me gonfles.

Brandon allume une autre cigarette, puis roule un billet de cinq dollars et le glisse dans un interstice, à l'angle des deux murs du box. Il y reste une seconde, puis disparaît. Maintenant les pieds de Tommy redescendent ; Brandon reconnaît ses santiags, si usées qu'il y a une bande de chatterton argenté tout autour pour les faire tenir.

– Ton copain Petie Boncaro m'a parlé d'un gosse qui se serait tué tout nu.

– C'est pas mon copain.

– Il m'en a parlé avant qu'on trouve le cadavre.

Silence. Encore un peu de fumée dans le box. Une quinte de toux.

– Et alors ?

– Et alors, comment il a été mis au courant, Tom ? Comment ce vieux Petie savait que le gosse était raide mort, là-bas, dans sa cambrousse, quand personne avait encore découvert le corps ? Tu crois que Petie a trempé dans le coup ?

– Peut-être que Petie était dans le coup, mais il a sûrement pas trempé dans la mort du gosse.

– Petie couchait avec Kevin ?

– T'as un wagon de retard, Brandon.

– C'est pour ça que j'ai besoin de toi, Thomas.

– Petie et Kevin, c'était l'amour, mon vieux. C'est la première fois que Petie renonce pour les beaux yeux d'un mec à tirer son coup n'importe où. Ils étaient très très proches.

Tommy a un petit rire.

– La nuit où Kevin est mort, ils se sont envoyés en l'air, Petie et lui, non ? Ils étaient ensemble.

Pas de réponse.

– Petie était là quand Kevin s'est fait tuer, hein ? Il a vu celui qui l'a fait.

Toujours pas de réponse.

– Et après, quand on a pendu Kevin ?

– Petie est retourné là-bas...

La voix de Tommy s'éteint. Il tousse.

– Il a vu qui a embarqué Straw ?
– J'en sais rien.
– Qui d'autre est dans le coup ?
– Je peux pas te dire.
– Tu connais un type qui s'appelle Arnie Holt ?
– Non.

Silence.

– Petie a dit que t'allais avoir de ses nouvelles très bientôt.

– Bonne idée. C'est que je l'ai cherché. Il a dû se creuser un trou.

Brandon enroule un autre billet de cinq et le glisse dans la fente de la porte.

– Sûrement. Personne l'appelait comme ça, Brandon.
– Qui ?
– Mike Straw.
– Tu le connaissais ?
– Non. Tout ce qu'on m'a dit c'est que c'était peut-être un revendeur, une mule, avec des accointances à Detroit.
– Alors on l'appelait comment ?
– Je sais pas. Mais pas Straw.
– Zip ?
– Ouais. Ça doit être ça.
– Alors, qu'est-ce qu'un revendeur de la grande ville est venu foutre par ici ?
– Franchement ? Je comprends pas. Tu vois beaucoup de trafic dans les rues, toi ? Moi pas.
– À qui est-ce qu'il venait rendre visite ?
– Je sais pas. T'as pas un autre billet de cinq ?
– Quand on aura fini. Kevin Babcock ?
– Tu brûles.

– Ça veut dire quoi ? Kevin faisait partie du groupe ?

– Encore plus chaud.

– Petie en était lui aussi.

– Là, je sens comme une brise brûlante.

Brandon se lève parce que ses jambes commencent à s'engourdir.

– Petie et Kevin dealaient ensemble.

– C'est un vrai sauna, ici. Le problème, c'est que Petie, c'était pas un dealer. Petie, c'était un bavard. Il aimait se faire mousser, raconter partout qu'il était un homme d'affaires plein d'avenir. Qu'il allait se monter un joli petit business clandestin et se mettre un gros paquet de côté. Lui, Kevin et Seth se rendaient pas compte de la merde où ils s'étaient foutus.

– Seth ?

Brandon retient son souffle.

– Alors Seth Babcock était dans le coup ?

– Tu brûles.

– Il trempait directement dans le trafic.

– Tu me chauffes le cul, Brandon. Faut que je sorte d'ici. Je sais rien d'autre.

– Et le docteur ? Lancaster ?

– On m'a raconté. Je sais pas ce qui y a derrière. Un junkie lui aussi, arrêté à Detroit pour avoir chourré de la morphine, c'est ce qu'on raconte. Accro un jour, accro toujours. Mais qu'est-ce qu'il foutait avec des petits dealers miteux dans ce bled, ça m'échappe.

– Faut qu'on m'aide, sur ce coup-là, Thomas, alors sors-toi de là.

Il roule un billet de dix et le glisse dans le box.

– Tu seras de retour ici demain, même heure. Ouvre la serrure de la porte de service, et personne saura rien.

– Je suis sûr de rien de ce que j'ai dit.
– Alors vérifie.
– Donne-moi un peu de temps. Deux jours.
– J'ai pas deux jours. Je te donne jusqu'à demain après-midi. Disons cinq heures.
Pas de réponse.
– Je veux savoir pour Kevin, Petie et Seth. Pour qui ils travaillaient. Tout ça me sert à rien, pour l'instant.
Tommy ne répond pas.
En sortant, Brandon glisse un billet de dix à Shirley par-dessus le bar.
– Tournée générale.
– Sympa, dit Shirley.
Puis, il se met le billet dans la poche en jetant un regard circulaire sur la salle pour voir si personne n'a rien vu.
En chemin vers le centre-ville, Brandon voit deux hommes poussant un caddie sur le bord de nationale 57, devant les congères et les vieilles bâtisses victoriennes en ruine. Les voitures font une grande boucle pour éviter de les renverser. Il met ses feux de croisement et se gare.
– Je vous emmène ?
Les deux hommes s'arrêtent en arrivant à la voiture. Ils sont tous les deux assez jeunes, la quarantaine, mais paraissent vieux. Leurs barbes sont rêches et filandreuses, leurs vêtements luisants de crasse, ils puent. La meilleure définition qu'il trouve pour cette odeur, c'est quelque chose comme « ordures moisies ». L'un d'eux a sur la joue un abcès à vif et qui suinte.
– Hein ?
– Vous allez dans quelle direction ?
– Nord.

– On vous fera du mal, là-bas.

Ils se regardent. Aucun ne dit mot. Et puis soudain, Brandon s'en fiche. Impossible de faire entrer le caddie dans la voiture, de toute façon, et il sait qu'ils ne voudront pas l'abandonner. Il leur dit de faire attention et redémarre ; il les regarde dans son rétroviseur jusqu'au tournant suivant.

Sur son bureau il trouve une pile de courrier, quelques messages téléphoniques et une copie du rapport d'autopsie de Harvey sur Kevin Babcock. Rien qui concerne Petie Boncaro.

Il appelle Jimmy au labo, qui lui apprend qu'il a attribué trois empreintes de plus, chez les Babcock : à Petie, à Lancaster et à Michael Straw. Ce qui laisse deux empreintes non identifiées, dont une sur la lampe de poche.

Avant que le combiné de Brandon atteigne le socle, la sonnerie des communications internes retentit. Il grince des dents.

– J'ai un visiteur qui m'attend à côté, dit Lou Adamski. Tu veux te joindre à nous ?

– C'est qui ?

– Un certain Kline. Stups. Police fédérale.

Brandon sent une bouffée de rage lui monter au visage.

– Je pensais bien que tu ferais appel à quelqu'un d'extérieur.

– T'as quelque chose contre ?

– Non, chef, dit Brandon. Ça me surprend pas, c'est tout.

Il voudrait lui dire : *Que tu nous croies incapables de*

régler tout seuls autre chose que les vols de poules, ça dit tout.

– Te monte pas le bourrichon. Tu n'y es pas. Il veut parler de l'affaire Straw pour une raison que j'ignore.

– C'est lui qui a appelé ?

– Exact.

– Vachement rapide, dit Brandon. Byers, le flic de Detroit, a dû le prévenir. Peut-être qu'ils savent quelque chose qu'on sait pas.

– Espérons. Ramène-toi.

L'agent fédéral, Julian Kline, est jeune, trente-cinq ans environ ; il a des cheveux blonds bouclés, comme ses sourcils et sa moustache, et des yeux bleu néon derrière des lunettes de grande marque : un visage de joli garçon dont Brandon se dit qu'il a dû lui attirer des ennuis plus d'une fois. Son costume est fait sur mesure – Brandon calcule qu'il doit coûter l'équivalent de toute sa garde-robe. Kline confirme qu'il a entendu parler de la mort de Straw par la rumeur des Stups. C'est un agent spécial du bureau de Detroit et il travaille depuis un moment avec la police de Motown sur ce qu'il appelle l'affaire Fang.

– Alors comme ça, dit Kline, Straw a eu son compte. Du napalm fait main. C'est bien le truc le plus tordu que j'aie entendu depuis un bout de temps. Et le Chef vient de me dire que vous avez un autre meurtre lié à ça ?

– Y a des chances. On dirait que Straw a commis celui-là, et qu'ensuite quelqu'un d'autre l'a eu.

– La guéguerre de la dope.

– Ça en a tout l'air, dit Brandon. Je savais pas qu'il y avait assez de came par ici pour que ça vaille le coup de risquer sa peau.

– Comme un mauvais cancer, mon vieux. Ça se répand.

– Cette ville plonge dans la merde.

– Celle-là comme toutes les autres. Mais dans ce cas-là j'avoue que c'est un peu bizarre. Parce qu'il s'agit du Fang. Une poudre sacrément vicelarde. Des douzaines de surdoses déjà, et ça fait que commencer.

– Ça n'est que du fentanyl, dit Lou. Pas si rare que ça.

– C'est sûr. Mais qu'est-ce que ça veut dire, « que du fentanyl » ? Les dérivés sont innombrables. Le carfentanyl, le sufentanyl, le para-fluo-fentanyl, l'alpha-méthyl-fentanyl, le benzyl-fentanyl, etc., etc. On casse une chaîne secondaire par-ci, on insère une molécule d'oxyde de carbone par-là. Rien que des opiacés synthétiques très efficaces, assez faciles à reproduire dans un labo correct. De la drogue sur mesure. Variable à l'infini. Variable en efficacité, aussi, avec des résultats d'analyse qui donnent une puissance jusqu'à trois mille fois supérieure, gramme pour gramme, à la morphine pure.

« Mais cette recette-là, le méthyl-éthyl-fentanyl trois-quatre, a des potentialités dingues, peut-être jusqu'à six mille fois la morphine. Ça fait quinze cents fois l'héroïne pure. La quantité nécessaire pour produire son effet est inconcevablement faible, une microfraction d'un pour cent du volume total. Les doses qu'on saisit dans la rue, qui en fait ne contiennent la drogue que sous forme de sel acrylate soluble, sont presque uniquement de la sucrose caramélisée. À quatre-vingt-dix-neuf virgule quatre-vingt-dix-neuf pour cent.

Lou l'interrompt.

– Ça doit faire un sacré bénéfice, à un pourcentage pareil.

– Facile à calculer. Un gramme de Fang pur, à raison de quinze cents pour un au bas mot, devient, une fois coupé, l'équivalent d'un kilo et demi de bonne héroïne d'importation. Attention : de super qualité, de celle qu'on achète en gros, par kilos, et pure à quatre-vingt-dix pour cent. À – quoi ? – cent cinquante mille le kilo, en ce moment ? Donc ça nous fait déjà deux cent vingt-cinq mille dollars pour un gramme de cette saloperie, rien que pour le premier vendeur. Ensuite, c'est traité comme n'importe quel arrivage d'héroïne : mettons que c'est coupé à raison de deux pour un par le type qui achète le kilo, ça en fait deux d'une puissance équivalente à de l'héroïne à quarante-cinq pour cent. Le deuxième acheteur va le tripler : six kilos à onze ou douze pour cent. Ces kilos seront partagés entre des distributeurs qui feront chacun un mélange à un tiers de concentration avant de les diviser en grammes ou en bonbonnes. Ce qui nous fait dix-huit kilos dans la rue, à un dosage correspondant à de l'héroïne à quatre pour cent, c'est-à-dire au taux habituel. Mais n'oubliez pas que c'est pas de l'héroïne. Tout ça sort d'un seul gramme de cette super fenta. La concentration est si faible qu'on peut presque pas la mesurer.

Brandon fait un rapide calcul mental. À cinquante dollars le gramme, c'est-à-dire quasiment soldé, ça fait neuf cent mille dollars à partir d'un seul gramme de Fang. Pour les gens de la rue qui comptent en centimes, ça fait encore plus impression. Des chiffres pour lesquels on mourrait.

– Ce qu'on veut savoir, c'est le rapport avec

l'affaire, dit Lou. Est-ce que Straw ramenait un chargement ici ?

– Ça m'a l'air d'une bonne hypothèse, dit Kline.

Il remonte ses lunettes chic sur le haut de sa tête blonde et bouclée.

– C'est réapparu dans la rue à Motown depuis plusieurs mois, maintenant.

Brandon et Lou se regardent une seconde. Brandon voudrait demander pourquoi un fédéral déboule ici dans les vingt-quatre heures qui suivent la découverte d'un corps, dans les six heures qui suivent l'identification d'une vulgaire héroïne synthétique ? Le regard de Lou lui dit qu'il a la même idée que Brandon. Il y a quelque chose de très gros derrière. Puis, Lou hoche la tête.

– Dis-lui.

– Sortez votre calepin, dit Brandon. Parlons un peu de Kevin Babcock et du docteur qui l'a trouvé.

9

Les services généraux de radiologie et de pathologie sont confinés dans le sous-sol, sous la partie centrale de l'hôpital, à l'abri des regards indiscrets. Le bureau du légiste et les labos sont souterrains aussi, mais encore plus à l'écart, dans une aile excentrée du sous-sol qu'ils partagent avec l'entretien, et reliée au reste de l'immeuble par un tunnel étroit, mal éclairé, que l'on appelle les « catacombes ». Lancaster s'est représenté les distances, un jour, et s'est dit que Harvey devait travailler juste sous l'héliport, face aux Urgences.

Harvey est assis à son bureau ; il fume la pipe en écume de mer qui ne quitte pas sa bouche, même quand il fait une autopsie.

– Tiens, Adrian ! dit-il.

Puis, il se remet à souffler la fumée. Il a un nez aigu et des traits sombres, de gros sourcils et des cheveux noirs qu'il coiffe en arrière. Son regard se fixe à une trentaine de centimètres au-dessus et un peu à droite de la tête de Lancaster quand il lui parle. Lancaster se dit que les gens qui travaillent sur les morts ont moins besoin que d'autres d'affiner leur savoir-faire relationnel.

C'est le soir. Lancaster est venu un peu en avance prendre son tour de garde de huit à huit. Tout est silencieux autour de Harvey. Les salles d'autopsie, que Lancaster distingue à travers la porte entrouverte, sont plongées dans l'obscurité. Quelque part par là, le corps de Kevin Babcock gît dans une chambre froide.

– On m'a dit que Babcock se serait pas auto-asphyxié. On m'a dit qu'il a été tué.

Harvey sort de son premier tiroir un mince briquet argenté, de la taille et de la forme d'un crayon, qui produit une flamme spéciale pour allumer les pipes.

– Je peux pas en parler.

– C'est donc vrai ?

– Nom de Dieu ! Dérogation professionnelle ou pas, il suffirait que vous disiez à quelqu'un que vous êtes descendu ici pour que je me fasse pendre.

Lancaster attend.

– Le mot est mal choisi, désolé.

Harvey allume sa pipe ; un nuage de fumée s'élève autour de sa tête.

– J'ordonne une enquête. Et si Straw s'éteint, une autre. Je veux qu'un jury se prononce là-dessus.

– Donc vous pouvez rien me dire.

– Eh non.

Pour la première fois, il regarde Lancaster droit dans les yeux.

– Mais c'est vous qui m'étonnez. Réfléchissez à ce que vous avez vu. Babcock était suspendu à un encadrement de porte par une corde en chanvre. Si vous vous adonniez à un petit jeu érotique, vous choisiriez un truc aussi rugueux, vous ?

– Non.

– Et vous avez vu un tissu ou autre chose pour atténuer l'abrasion ?

– Non.

– Bon. Maintenant, rappelez-vous ce que vous avez vu d'autre : le corps et la façon dont il était pendu.

Presque tout le poids tirait sur la corde. Les pieds, en fait juste les orteils, reposaient sur le sol.

– Je me souviens que les jambes étaient fléchies, les genoux à quelques centimètres du sol. Le visage et les mains étaient profondément cyanosés. Le torse et l'abdomen, moins.

– Les deux mains ?

– Je… j'en sais rien. Je me rappelle avoir vu la droite.

– Et les jambes, les pieds ?

– Je sais pas.

– Si le corps était resté pendu longtemps, où est-ce qu'on s'attendrait à voir la plus grande lividité dans les membres inférieurs ? Pensez à la position, avec les genoux fléchis.

– Sur la partie antérieure du bas des jambes.

– Exact.

– Mais je me souviens pas l'avoir vue. J'ai regardé quand je l'ai décroché. Je me…

Soudain il se souvient : la lividité était plus accusée sur la partie postérieure des jambes. Il lève les yeux vers Harvey.

La fille avait raison. Kevin ne s'est pas pendu lui-même, parce que, au moment de mourir, il n'était pas pendu.

– Pourquoi est-ce que ça m'a échappé ?

Harvey hausse les épaules et rallume sa pipe.

– La lividité était cantonnée au côté droit du dos, à la main droite, à l'arrière des deux jambes. Il était couché après la mort, le bras droit pendant plus bas que le reste du corps.

– Alors, pourquoi ce visage cyanosé ?

– Parce qu'on l'a asphyxié. Écoutez. J'étais sérieux

quand je vous ai dit que je ne pouvais pas parler de ça avec vous. Mais, en attendant, j'ai plus de ce foutu tabac. Il faut que je coure à ma voiture et que j'en prenne une autre boîte.

Sur quoi, il se lève et s'en va.

Lancaster est plongé dans ses pensées. Ce n'est qu'au bout d'un moment qu'il remarque la boîte de Prince Albert à moitié pleine posée, à côté du dossier Babcock, sur le bureau très soigneusement rangé de Harvey.

Il fait vite le tour du bureau et il ouvre le dossier. Il y a d'abord les photos du corps sur place, dont plusieurs gros plans du cou. La marque laissée par la corde est clairement dessinée, oblique, de bas à gauche en haut à droite. Mais il y a aussi une photo infrarouge du cou de Kevin prise durant l'autopsie, sur laquelle une autre marque de ligature, fantomatique et blanche, apparaît, de deux ou trois centimètres de largeur et traversant le cou en ligne droite. Pas des marques de pendaison. Kevin a été étranglé par quelqu'un d'autre, et par-derrière.

Il s'assied sur la chaise de Harvey, n'ayant plus la force, maintenant, de rester debout. Les rapports étaient l'hypothèse dont Harvey vient de lui faire part. Les analyses histologiques montrent qu'une ceinture, et non la corde, a causé la mort.

Il s'est presque relevé lorsqu'une feuille de papier plus petite, verdâtre – carbone d'un résultat d'analyse du labo criminel de l'État – attire son regard. Sur le haut, en travers, est imprimé en lettres rouges DEMANDE D'ANALYSE QUALITATIVE. En bas, dans une case sous le titre RÉSULTATS, quelqu'un a écrit *acrylate de méthyl-éthyl-fentanyl trois-quatre*. Agrafées à cette feuille, deux photos de sachets de poudre, la même poudre brune granuleuse que Straw avait sur lui et que Kevin gardait cachée dans son salon.

Lancaster se souvient de cette substance, quoiqu'il ne l'ait jamais essayée lui-même. À l'époque où il vivait à Detroit, elle avait inondé les rues. Les surdoses pleuvaient dans toute la ville, et Lancaster était l'un de ceux qui avaient à s'en occuper. La drogue – le Fang, on l'appelait – faisait tomber les gens comme des mouches. Si la victime d'une surdose n'arrivait pas à l'hôpital en quelques minutes pour être mise sous respiration artificielle, il n'y avait presque aucune chance de survie. Ils avaient dû faire face à cette saloperie pendant plus d'un an, puis elle avait disparu.

Voilà le grand retour du Fang, songe Lancaster, et il feuillette le dossier plus avant.

Il a presque fini, et il entend Harvey sortir du tunnel et passer dans le hall, quand il découvre sous la pile quelques pages concernant Michael Straw. Il imagine alors que Harvey les garde dans le dossier Babcock en attendant que Straw s'éteigne et qu'il ait droit à un dossier pour lui tout seul.

Lancaster survole vite les pages pour y glaner ce qu'il peut. Rien ne le frappe ; il se relève. C'est alors que son œil se pose sur une petite remarque au bas de l'une des feuilles : *alias Zip*.

Lancaster est pris de vertige ; il retombe sur la chaise.

Derrière cette feuille se trouve ce qui ressemble à une photo d'identité de Straw, où l'on distingue clairement une longue cicatrice dentelée qui court à partir de l'œil gauche tout le long de sa joue.

Quand Harvey entre, Lancaster lève sur lui des yeux éberlués.

– Il y a un cliché, dit Harvey, dans le genre : vous avez l'air d'avoir vu un fantôme. Ça va ?

Lancaster sent le sang refluer de son visage. Il s'apprête à dire quelque chose, quand une voix plate et neutre sort du haut-parleur.

– Le docteur Lancaster est demandé en salle d'urgences, je répète, le docteur Lancaster est demandé en salle d'urgences.

Harvey décroche le téléphone de son bureau et fait un numéro interne. Sans un mot, il tend le combiné.

– Lancaster, à l'appareil.

– Je vous passe l'unité trente-cinq, lui dit Eileen, la secrétaire des Urgences.

Un grésillement, puis la communication s'établit.

– Ici la base. Nous avons un individu du sexe masculin, d'une trentaine d'années, en train d'être repêché dans la rivière à Juncket Street. On prévoit un pouls et un souffle à zéro.

– Depuis combien de temps ? demande Lancaster.

– Les premiers rapports de police signalant que quelqu'un était tombé sont arrivés il y a vingt minutes. La température de l'eau est de trois degrés.

– Ne le laissez pas une minute de plus.

Ensuite, il demande à parler à l'une des infirmières de traumato.

– Permanence un ? On a un noyé en eau froide, immergé environ une demi-heure. Faites monter les gens du labo et de l'assistance respiratoire en salle d'urgences. Trouvez-moi Ann. Appelez l'unité de soins intensifs pour les prévenir.

Sa vie va bientôt changer ; maintenant, il le sait.

Mais, pour l'instant, il ne doit songer qu'au travail à faire.

Tandis qu'il sort en courant du bureau de Harvey et s'engage dans le tunnel en direction des ascenseurs, la voix monocorde est à nouveau diffusée par le système de haut-parleurs.

– Le docteur Palicki en salle d'urgences, code bleu, cinq minutes de délai. Analyses et assistance respiratoire en salle d'urgences, code bleu...

Une infirmière de l'unité mobile est à califourchon sur le ventre du mort ; elle enfonce ses poings de toutes ses forces dans sa poitrine pour comprimer le cœur, tandis que son collègue essaie de faire entrer de l'oxygène pur dans sa gorge. Ils heurtent les larges portes pneumatiques en verre et déboulent dans le hall. Lancaster les aperçoit depuis le bloc. Les plongeurs poussent le brancard. L'eau ruisselle de leurs combinaisons en caoutchouc noir sur le linoléum.

Un des pompiers court derrière eux dans son ciré jaune. Avec eux se trouvent aussi un ou deux flics, et derrière, interdite d'entrée, une équipe de journalistes.

Dans le bloc, Ann retire la minerve et s'efforce, avec le technicien de l'assistance respiratoire, de faire un tubage. Lancaster plonge une aiguille dans l'artère fémorale et tire un peu de sang tout en criant en direction du technicien du labo.

– Oxygène dans le sang, gaz carbonique et groupe sanguin. Je veux un paquet de globules rouges et un de sang complet prêts à transfuser s'il y a beaucoup d'hémolyse. Vu ?

L'infirmière de l'unité mobile n'est plus assise sur le corps, maintenant, mais elle continue de pomper.

– Arrêtez, dit Ann.

Elle introduit le laryngoscope et tente de mettre en place le tube respiratoire.

L'infirmière recule ; elle agite les bras pour faire passer ses crampes.

– On va établir deux lignes périphériques de gros diamètre, dit Lancaster. On commencera par un demi-milligramme d'Épi dilué à un dix-millième en intraveineuse, à répéter après cinq minutes, puis l'atropine. Il faut de la lidocaïne et un stimulateur cardiaque à disposition, au cas où. On va sûrement devoir lui envoyer une décharge, à un moment ou à un autre. On a des papiers, pour ce type ?

– Pete quelque chose, dit l'un des infirmiers de l'unité mobile. Un flic l'a identifié sur les lieux. Boncaro. Petie Boncaro, il a dit.

Lancaster recule loin du corps et regarde le technicien.

– Qu'est-ce qui va pas ? demande Ann Palicki. Adrian ?

Lancaster recule lentement jusqu'à ce qu'il heurte une étagère. La clameur des Urgences s'éteint. Le silence gagne tout. L'absurdité de la situation le submerge tout à coup. Et sa perfection, s'il s'agit d'une machination. Faire en sorte que chaque fois ce soit lui qui hérite du corps. Straw, puis Kevin, et maintenant Boncaro. Comme dans un cauchemar.

Et le plus horrible, c'est que Michael Straw était Zip, le Zip d'Ann Arbor, le même Zip qui a…

– Lancaster ! crie Ann Palicki.

Il sursaute, se réveille, revient à la table d'opération et reprend là où il s'était interrompu, pour essayer de ressusciter le noyé. C'est encore son boulot.

Le sol reste glissant à cause de l'eau de la rivière, jusqu'à ce qu'un assistant ait l'idée de mettre des couvertures sous les pieds de chacun.

10

Quand Brandon est arrivé à Juncket Street, dans un quartier d'usines, d'entrepôts et de lotissements pour petites entreprises qui s'étend peu à peu, la découverte remontait à moins de quinze minutes. Les phares de la voiture des pompiers et des voitures de patrouille, les feux blancs et rouges tournoyant de l'équipe de sauvetage se reflétaient sur la neige, sur l'asphalte, sur l'eau noire de la rivière.

Lou Adamski était accroupi sur la boue du rivage, craquelée et recouverte de neige, le regard fixé sur le milieu du fleuve, entre ses deux lèvres de glace, où un skiff d'aluminium était à l'arrêt. Un sauveteur isolé, emmitouflé dans une parka orange fluo, EMT [1] écrit sur son dos en énormes lettres noires, penché par-dessus bord, avait les yeux plongés dans les eaux noires. Brandon se dit qu'il ne pouvait que voir danser le rayon des lampes à mercure étanches des plongeurs, par quelques mètres de fond. Le vent glacé, lui avait-on dit, soufflait à moins trente.

– Ces gars-là peuvent pas rester longtemps au fond, cria Brandon en direction de Lou, qui lui tournait le dos.

– Cinq minutes par plongée, dit Lou. Mais ils ont

1. *Emergency Medical Technician. (N.d.T.)*

une combinaison arctique. Ils remontent et on les examine. Si ça va, ils replongent cinq minutes.

– Comment ils savent où plonger ?

Lou tourna la tête, quittant la rivière des yeux et indiquant le pont.

– Va faire un tour, Brandon. On l'a fermé à la circulation des deux côtés. Marche dans la rue, pas sur le trottoir. Tu vas voir.

Brandon a donc resserré la ceinture de son manteau et relevé le col, il a suivi la rive jusqu'au début du pont, passé le cordon jaune en se baissant, et marché dans la neige boueuse entre les rails de la ligne sud. Les réverbères s'entouraient d'un halo rosâtre et poudreux. La circulation avait fait fondre la neige, mais sur les deux trottoirs, contre les parapets de béton, il distinguait la neige fraîche, de cinq ou six centimètres d'épaisseur, encore intacte. Du côté ouest deux pieds seulement l'avaient foulée. Il traversa et regarda l'autre trottoir : deux séries d'empreintes, dans deux directions opposées, mais faites par la même paire de santiags. Cependant, les empreintes qui redescendaient étaient beaucoup plus espacées. Quelqu'un avait marché vers le haut, de ce côté-ci, s'était arrêté au milicu, était reparti en courant.

Le pont était légèrement arqué. À son point culminant, la série d'empreintes était rejointe par une seconde série venant de l'autre côté. Là où elles s'étaient rencontrées, la neige racontait bien l'histoire. Elle avait été chassée sur une surface à peu près circulaire, avec une trace de bras ici, une trace de tête là, bien visibles à l'endroit où les deux corps s'étaient affrontés.

Brandon s'agenouilla. Des gouttes de sang apparaissaient dans la zone déblayée, et en y regardant de plus près il vit que dans la neige aussi des gouttelettes étaient tombées et avaient laissé un sillage.

Il posa délicatement le pied sur le trottoir, au milieu de la zone déblayée où la lutte avait eu lieu, et il se pencha par-dessus le parapet. Il se trouvait juste au-dessus du skiff ; au-dessous, sous l'eau de la rivière, il voyait maintenant l'une des lampes des plongeurs se faire de plus en plus brillante à mesure qu'elle remontait vers la surface.

Le plongeur émergea, un poing tendu vers le ciel. Dans la main il tenait le bout d'une ligne de pêche à la mouche jaune fluorescent. Ça voulait dire que l'autre bout était fixé à quelque chose. Ça voulait dire qu'ils avaient trouvé l'homme qui avait sauté.

Sauf qu'il n'avait pas sauté, songea Brandon. C'est la victime qu'ils avaient trouvée. La neige, sur le haut du parapet, était chamboulée juste à l'endroit où il s'était tenu, chamboulée à l'endroit où un corps avait été poussé par-dessus. Et c'est précisément à cet endroit, là où sortait du béton une poignée d'acier, qu'un petit morceau de nylon noir s'était accroché et s'était déchiré. Un lambeau de vêtement, de manteau peut-être.

Un deuxième plongeur faisait maintenant surface ; on voyait sa lampe approcher, moins brillante que celle de l'autre parce qu'il ne la dirigeait pas vers le haut. Ses deux mains étaient occupées par le corps qu'il remontait. Le premier replongea pour l'y aider dans les quelques mètres qui le séparaient encore de la surface. Ensemble ils le soulevèrent pour le confier au sauveteur sur le skiff. Ils s'escrimèrent un moment tous les trois avant de réussir à le faire rouler par-dessus bord et à le mettre sur le dos. Le mort portait un manteau noir. Son visage était bleu.

Brandon connaissait ce manteau. Il connaissait cette tête presque rasée. Et, même sous le masque de la mort, il reconnut le visage de Petie Boncaro.

Puis, Lou se mit à crier depuis le rivage. Ils avaient l'hôpital en ligne. Comme l'eau était très froide, il y avait une petite chance de le faire revenir à la vie.

Les deux plongeurs sautèrent à bord tandis que le sauveteur mettait en marche le moteur pour foncer vers la rive.

Brandon sauta du trottoir sur la chaussée ; il redescendit du pont en courant. Lou attendait à côté de l'équipe de sauvetage.

– C'est Boncaro, dit Brandon, essoufflé.

Lou le regardait fixement.

– J'ai des trucs pour toi, dit-il. Brandon hocha la tête.

– Il faut qu'on parle, dit Lou. Ensuite, tu iras prendre ses vêtements.

Brandon fait tourner le moteur pour mettre en marche le chauffage. Lou s'est installé sur le siège du passager.

– On a enregistré l'appel.

– La même voix que pour les deux autres ? demande Brandon.

– Eh oui.

– Nom de Dieu !

Lou frotte ses grosses mains sous le chauffage de la voiture.

– Spinner est passé me voir, ce matin. Il a réussi à trouver la maison de Seth Babcock, où il vit avec une certaine Carla Nye. Tu vois ces nouvelles résidences derrière Ridge North, près du Country Club ? Y en a une qui s'appelle Cottonwood Hollow.

– C'est pas des HLM.

– Exact. Donc on a envoyé quelqu'un au cadastre pour vérifier. La maison est au nom de Nye, mais c'est qu'une ex-employée de banque. Et maintenant, écoute ça : quand elle l'a achetée, y a deux ans, elle a allongé une première traite de vingt bâtons pour cette baraque.

– Joli petit héritage.

– Kline, d'un coup de baguette magique des Stups, a fait apparaître ses derniers avis d'imposition. Pas d'héritage. Elle met tous ses revenus sous la rubrique d'une entreprise qu'elle posséderait, MTown, Inc.

– Quel genre d'entreprise ?

– De conseil. Et devine qui est donné comme président ?

– Seth Babcock, dit Brandon.

– Dans le mille.

– Le petit Seth a dû monter en grade, passer du deal minable au trafic en gros.

– Il peut qu'en être au demi-gros, non ? Jusqu'où ça peut monter dans un bled comme Morgantown ?

– Ça, c'est la question qu'on se pose tous.

– Non, non. On suppose qu'il fait juste partie de la petite poignée d'intermédiaires qui achètent et qui fourguent dans le comté, pas plus. Le problème, c'est qu'il est introuvable. Nye prétend qu'il est parti quand Kevin a claqué, et qu'il a pas reparu. Elle pense qu'il est allé cuver dans un coin.

– Alors, y avait peut-être une création d'entreprise, Babcock et Babcock. Et ils faisaient leurs commissions chez monsieur Michael Straw.

– Peut-être bien, dit Lou.

– Tu sais ce qui m'épate ? Comment un type peut

vivre dans une maison pareille et laisser sa mère et son frère croupir dans un taudis ?

– Peut-être qu'en faisant entrer Kevin dans l'affaire il voulait rectifier les choses. En tout cas, maintenant, faut qu'on le trouve.

– En ce qui concerne Arnie Holt, on fait chou blanc. Pas de casier, pas de numéro de sécurité sociale, rien de rien. L'homme invisible. Comme si ce type n'existait pas. Mais c'est un autre enfant de salaud sur qui il faudra mettre la main.

Brandon acquiesce.

– Byers, de Detroit, m'a faxé une liste de noms : tous ceux qui ont été arrêtés dans l'affaire du Fang y a six ans. Encore rien. Straw y est pas. Holt non plus. Personne du coin.

– Bon, dit Lou. Maintenant, voilà ton petit cadeau.

Il tend à Brandon une mince chemise beige marbrée fermée par un sceau orange, qui a déjà été ouverte.

– Ça vient de Kline, des archives des Stups. Ça concerne Lancaster, figure-toi.

– Sans blague.

– Lis-le. C'est pas très long.

Brandon survole la première page, qui concerne la consommation de drogue de Lancaster et son arrestation pour vol de morphine à l'hôpital. Plus loin, il trouve un récit un peu plus détaillé. Lancaster a été junkie, shooté à l'héroïne, pendant plus de quatre ans. Lui et sa copine, Denise Richards, étaient liés à un dealer d'Ann Arbor du nom de Bobby Karnowski. Il y avait des raisons de penser que Lancaster et Richards avaient travaillé pour lui.

– Il faisait du trafic, Lou.

– Pas sûr.

– Et maintenant ce type est docteur chez nous, dans notre hôpital !

Mais la révélation se trouve dans la partie du rapport concernant Karnowski, où est mentionnée une mule qu'il employait, de Detroit, qu'on surnommait Zip à cause d'une méchante cicatrice au visage. Zip était le seul nom qu'il utilisait, mais on savait que son nom de baptême était Michael Straw : le petit beau-frère chéri et protégé du chef de district fédéral de la brigade des Stupéfiants, James Le Seure.

Brandon sent monter une lame de fond de colère.

– Lancaster connaissait Straw, à Ann Arbor.

– Sous son surnom, dit Lou. Le rapport est très clair là-dessus. Straw se servait pas de son vrai nom. Il en faisait une règle. Et Lancaster avait aucun moyen de le reconnaître quand il est arrivé. Il a peut-être toujours pas compris qui est ce type.

– Tout ça t'a pas l'air un peu bizarre, quand même ? Lancaster qui soigne Straw et qui m'appelle au milieu de la nuit, puis qui découvre Babcock ? Et maintenant qui se révèle une ancienne connaissance de Straw ?

– Si. Mais la question est : avons-nous la preuve que Lancaster vient de commettre un délit ?

– Où tu veux en venir ?

– On va le laisser nous guider. S'il est dans le coup, on le pincera. Si quelqu'un le tient en laisse, c'est celui-là qu'on doit pincer.

– Alors, qui le file ?

– On en reparlera demain matin. Pour l'instant, je veux que tu ailles récupérer les vêtements de Boncaro. Mais touche pas à Lancaster. Ensuite, rentre chez toi et repose-toi. Si Boncaro s'en sort pas, on aura les résultats d'autopsie tôt, demain.

– Merde, Lou, dit Brandon en se mordant la lèvre. Je veux qu'on l'arrête et qu'on l'interroge.

– Tu l'as déjà fait.

– À la lumière des nouvelles informations.

– C'est pas assez.

– Pas assez ?… Qu'est-ce que tu veux de plus ? Ce salaud est un vrai pourri.

– Un pourri, ça m'intéresse pas, Brandon. Ce que je veux, c'est un coupable. Je veux un meurtrier et un trafiquant. Un pourri, ça me sert à rien.

– Il est coupable.

– Comment tu peux dire ça ? T'as rien contre lui, aucune preuve.

– L'idée qu'il fréquentait ces gens-là et qu'il est venu exercer ici, ça me fait mal au ventre.

– Tu crois sérieusement qu'il tue des gens ? Tu crois qu'il vend de l'héro ici ?

Brandon se mord la lèvre très fort et se met à compter. Dix. Vingt. Non, pense-t-il. Au fond de lui, il ne le croit pas ; il ne peut pas le croire. Malgré tout ce qui les éloigne et les oppose, malgré tout ce que Lancaster évoque d'horrible pour lui, malgré ce passé qui le révulse, il a pour lui de l'admiration. Il sait quel médecin il est ; il l'a vu sauver une vie après l'autre, par son intelligence, par son instinct, par son courage. On l'appelle le docteur dingo, mais il l'a vu faire revenir à la vie quelques patients dont tout le monde, flics, sauveteurs et infirmières, avait déjà fait son deuil.

– J'en sais rien, Lou. Mais c'est trop dingue, tout ça.

– Va chercher les vêtements, Frank.

Lou ouvre sa portière ; la nuit glacée s'engouffre.

– On reprendra ça demain matin.

11

Six fois, en une heure et demie de soins, ils ont essayé de ranimer Boncaro par choc électrique. À 21 h 43, Lancaster renonce.

– Stop, tout le monde. Je vais lui faire un constat. Merci à tous.

Le matériel est abandonné, les voix s'éteignent, les pas s'éloignent tandis qu'on tire le rideau de la salle et qu'un drap épais est placé sur le visage de feu Petie Boncaro.

Le téléphone sonne dans le bureau, Eileen lui fait signe.

– C'est pour vous. Il appelle toutes les dix minutes depuis une heure. Il dit que c'est important.

Lancaster prend le combiné.

– Oui ?

– Docteur ?

C'est une voix rauque, susurrante, grave.

– Qui est à l'appareil ?

– Les noms n'ont pas d'importance. Monsieur Boncaro nous a quittés, on dirait.

– Mais qui êtes-vous donc ?

– Je m'appelle Holt, docteur Lancaster.

Arnie Holt. Le souffle de Lancaster se bloque dans sa gorge.

– Docteur ?

– C’est aussi vous qui avez tué Petie ?

– Pas le moins du monde. Je n’ai pas tué le pauvre Kevin non plus.

– Vous êtes qui, à la fin ?

Devant le bureau, à travers la vitre, Lancaster voit Frank Brandon qui trimbale un sac en plastique de l’hôpital pour les effets personnels. Les vêtements de Boncaro.

– Holt, je vous dis. Un pion sans importance. Un vulgaire messager, avec un message vital.

– De quoi il s’agissait vraiment, avec Kevin ?

– De miroirs, docteur. D’images. De reflets. De soi-même.

Il entend un rire enroué.

– Vous êtes toujours là, docteur ?

– Oui.

– Du moi des autres.

– Qu’est-ce que ça…

– Straw, dit Holt. Michael Straw, docteur Lancaster. Voilà une image que vous devriez contempler de près. Il portait d’autres noms. Un, surtout. Dans un passé lointain.

Brandon s’approche de la porte quand ses yeux rencontrent ceux de Lancaster.

Lui faire un signe, pense Lancaster. *Qu’il le sache.*

Brandon le salue, le doigt sur le bord du chapeau.

– Dans *votre* passé lointain. Il avait une sale cicatrice au visage. On l’avait mal recousu, ce qui fait que de petites marques rondes étaient restées de chaque côté de la cicatrice principale. Ça faisait un motif régulier qui descendait le long de sa joue. Alors, on l’appelait Zip. Vous vous rappelez ?

Brandon est parti, à présent. Lancaster se tait, mais

ses mains se sont mises à trembler. Son visage est glacé, et pourtant couvert de sueur.

– Docteur ? dit Holt.

– Oui, chuchote Lancaster.

– Vous le connaissiez.

– Mais qu'est-ce que tout ça veut dire ?

– Arnie Holt, docteur. C'est un nom parfait, vous vous en rendrez compte. Un nom royal, même si vous ne le comprenez pas. Le nom d'un roi, le nom d'une bête fauve.

– Mais qu'est-ce que je vous ai fait ?

– Ne soyez pas si narcissique. Écoutez : Kevin est hors jeu. Petie est hors jeu. Mais il reste des joueurs. Seth Babcock, le frère de Kevin, joue toujours.

– Qui a tué Kevin et Petie ?

– Voilà une bonne question. Et il ya d'autres joueurs encore. Des méchants, des hommes mystères sont venus pour jouer. Prenez bien soin de vous, docteur.

– Qui êtes-vous ?

– La prochaine fois, deuxième épisode : *L'Histoire de Petie.*

La ligne est coupée. Holt s'est de nouveau dérobé. Adrian Lancaster reste assis devant le plan de travail.

– Docteur ? demande Eileen. Ça va ?

Il la regarde, puis il regarde l'équipe qui s'affaire autour du cadavre de Petie, puis il regarde la salle des urgences.

– Je vais devoir prendre un peu de temps.

– Bien, monsieur. Est-ce que ça…

– Je veux dire quelques jours, Eileen. Il y a eu une mort.

– Ah bon… dit-elle. Dans votre famille, docteur ?

C'était pour ça, cet appel ? Il aurait dû me prévenir. Je suis vraiment désolée.

– Ça ira. Il me faut juste un peu de temps.

– Combien de temps souhaitez-vous prendre ?

Lancaster ne dit rien.

– Une semaine ? demande Eileen.

– Oui, c'est ça.

– Je m'en occupe. Je vais refaire l'emploi du temps pour que vous le voyiez avant de partir.

– Merci, dit-il.

Il touche son épaule de la main, puis se dirige vers le vestiaire du personnel, à l'arrière. En marchant, il sent qu'il se remet à trembler. Cela commence dans les mains, puis remonte jusqu'à ce que toute la partie supérieure de son corps soit agitée de frissons.

Il ferait mieux de partir tout de suite. Il ne sera plus d'aucune aide, ici.

Il déambule, passe des Urgences à la partie centrale de l'hôpital, errant sans but. Il passe devant la porte vitrée de la pharmacie.

Il s'arrête. L'infirmière de garde, ce soir, est une fille du nom de Kelly. Il l'aime bien.

– Salut, Kelly ! dit-il.

– Quoi de neuf, docteur ?

Elle rit.

– J'ai une cliente qui me rend dingue, là-bas, une vraie déchaînée. Vous croyez qu'on peut lui glisser quelques tranquillisants de la liste rouge sous ma signature, pour que je puisse la faire sortir ? Disons du méprobamate. Retard.

– Du Méprospan.

– C'est ça. Quatre cents milligrammes, en huit doses à douze pour cent. Je lui ferai une fiche plus tard.

– Une minute.

Le méprobamate. Lancaster songe vaguement au fait incroyable que deux cent cinquante tonnes de cette drogue sont fabriquées et vendues chaque année rien qu'aux États-Unis. Prescrite comme un tranquillisant léger, elle ressemble à beaucoup d'égards aux barbituriques, par son action. Détente musculaire et somnolence, à fortes doses.

Il se dirige vers la cafétéria, où il achète un carton de lait, en prévision des brûlures d'estomac.

Quand il revient, Kelly lui tend une petite enveloppe brune contenant les huit capsules bleues et blanches. Elle lui tend un bloc-notes, où il signe sans lire. Ensuite, il entre dans les toilettes, s'assure qu'il y est seul, sors deux pilules et glisse l'enveloppe avec les six autres dans sa blouse.

Il s'assied dans un box, les deux pilules dans la paume de sa main. Huit cents milligrammes suffiront à calmer l'angoisse, pense-t-il. Des nerfs fragiles pourraient lui causer de sérieux ennuis, là où il va.

Une demi-heure, pense-t-il. *ça ne prendra pas plus. Ensuite, je me sentirai bien. Ensuite, je serai d'attaque.*

Il n'a absorbé aucune substance, à part l'aspirine et les antibiotiques, depuis six ans qu'il est sorti de sa cure. Mais la vie prend maintenant la couleur d'un rêve : dans les rêves, il n'y a plus de règles.

Il serre les deux pilules entre ses doigts et les contemple. *C'est toujours la peur*, comprend-il. *Rien d'autre que la peur qui nous pousse à le faire, nous autres toxicos, actifs ou repentis.*

Mais, avant que les pilules atteignent ses lèvres, une grande colère monte en lui et déloge la peur qu'il éprouvait. La colère est précieuse. La colère protège, la colère détruit. C'est la colère qui le sauvera.

Il se lève et, avant de changer d'avis, il vide sa main dans les toilettes, tire la chasse et regarde les deux capsules disparaître dans le tourbillon.

MARDI

12

Quand Brandon est rentré chez lui, Susan l'attendait de nouveau. En pleurs. Il était presque minuit.

– Je peux plus le supporter ! lui cria-t-il. Espionner ton propre père ! J'ai été appelé en urgence ! Je l'ai bien installée ! Elle va très bien !

– Elle ne va pas très bien, dit Susan en sanglotant, prise de hoquets.

– Je deviens fou, Susan. Combien de temps il est parti, cette fois ?

– Cinq jours... qu'est-ce que tu veux dire ? Tu crois que je fais ça uniquement parce que je me sens seule ? Je t'en prie, Papa !

– Je m'excuse.

– Oh mon Dieu !

Elle était à genoux au milieu du parquet du salon, s'étouffant presque d'avoir pleuré si fort.

– Susie, tu es hystérique. Il faut qu'on arrête ça.

– Elle a besoin d'aide.

– Tu vas te rendre malade.

– J'ai peur qu'elle meure.

Il s'est agenouillé sur le parquet près d'elle ; il l'a serrée dans ses bras. Il l'a entendue murmurer ; il s'est rendu compte qu'elle priait, comme elle le faisait assidûment depuis l'accident.

Quand elle a eu fini et qu'elle s'est calmée, il l'a aidée à se relever et s'est assis près d'elle.

– Tu peux rester dormir ? demanda-t-il. Il faut que je reparte tôt, demain.

– Pourquoi ?

– C'est la panique, chérie. Une sale affaire. Reste avec moi.

Dans la chambre à coucher, il a trouvé Lorraine en pleurs ; son oreiller était trempé. Il voulut appeler Susan et lui dire que sa mère avait réagi à leur dispute, comme si cela prouvait quelque chose d'important, quelque chose qui la convaincrait que la place de sa mère était encore ici.

Il a dormi par intervalles, s'est réveillé pour de bon à cinq heures, aussi tendu que lorsqu'il s'était couché. Il s'est rendu à l'évidence qu'il ne trouverait plus le repos, quoiqu'il fût encore épuisé et que son rhume semblât s'être épanoui en une petite fièvre, et il s'est habillé pour affronter de nouveau le froid du dehors.

À présent, à 6 h 20, il se trouve assis dans sa Buick, moteur en marche pour la chaleur, buvant à petits traits une tasse du café qu'il a amené dans un thermos, et surveillant les portes de la salle des Urgences qui donnent sur le parking du personnel. Il s'est garé plus loin, dans le parking des visiteurs, mais il a un point de vue idéal. C'est une folie, et il le sait, mais il veut suivre le docteur, observer ce qu'il fait, voir s'il se conduit comme un coupable. Et puis, Lou a bien dit qu'il ne faut pas le lâcher des yeux.

Le chauffage de la voiture marche à plein régime ; Brandon ne sent plus le froid, pas même dans ses pieds. Son visage est brûlant et moite. Ses yeux se ferment, son menton tombe, puis il se ressaisit et allume la radio sur une fréquence de jazz d'Ypsilanti. Il hait le jazz, mais le son est clair, et il a besoin de bruit.

Fais quelque chose. Sur le siège du passager il ouvre sa mallette et répand les informations qu'il a rassemblées : la liste de Byers pour les arrestations autour du Fang en 1984, le petit portefeuille en cuir contenant toutes les notes qu'il a prises ces derniers jours, le résumé des rapports de Harvey et Jimmy, enfin le casier des Stups sur Lancaster, qu'il a déjà lu une bonne dizaine de fois. Il est frappé par le peu de détails qu'il contient : quelques courtes pages retraçant la vie de Lancaster à Ann Arbor et à Detroit.

Tandis qu'il les relit, cependant, la fatigue l'emporte. Il sirote son café froid, coupe le contact, appuie sa tête contre le dossier, les yeux clos. L'irritation de ses poumons remonte jusqu'à sa gorge ; il sent que la fièvre lui remplit peu à peu la tête de vapeur.

Cette affaire part dans tous les sens. *Des brûlures au napalm sur le corps de Straw*.

Il se sent partir, mais ne fait rien pour se retenir.

Des brûlures au napalm sur le corps de Straw. Nom de Dieu !

Vous parlez de brûlures ? Il en connaît un bout : Corée, 1952. Il y avait un type, un pote qui venait de… Wallace, Idaho. Brandon sourit. *Ça fait combien de temps que t'as pas pensé à lui ?* Theodore quelque chose. Brandon l'a appelé Ted, un jour, et il s'est fait moucher, alors c'est resté Theodore. Petit con prétentieux, a dit quelqu'un, mais Brandon, lui, a compris.

Ils étaient partis en reconnaissance, un après-midi, à trois dans une Willys sur une route en terre battue, à la limite sud de la zone militaire contrôlée, au nord de Seoul. Ils ont croisé une fille à vélo, dont la longue jupe flottait au vent. Le regard de Theodore croisa celui de Brandon, il hocha la tête et dirigea deux doigts vers ses deux yeux. Il voulait voir si la fille transportait quelque chose dessous.

Ils l'ont attendue pour lui parler ; ils l'ont fait s'arrêter. De la pointe de son fusil, Theodore a soulevé la jupe et il l'a vu : un émetteur récepteur fixé sous le siège. C'était une Rouge ; ils l'ont su tout de suite. Theodore l'a tirée par les cheveux et l'a entraînée dans les buissons pour la fouiller, puis lui tirer une balle dans la tête. Elle hurlait. Ils avaient des ordres.

Brandon et le conducteur ont fait le guet pour voir si personne ne l'avait suivie.

Quand l'explosion a retenti, on aurait dit un sifflement très fort plutôt qu'une détonation. Brandon s'est demandé ce que c'était. Puis, il a vu de la fumée.

Il a couru, mais il était trop tard. La fille était déchiquetée, éventrée par la bombe qu'elle portait attachée autour de la taille. Theodore était plus ou moins entier, mais le souffle lui avait détruit le visage et les mains. Il gisait là, hurlant, la peau noircie à vif répandant une odeur de viande grillée. Il était mort trois jours plus tard.

Theodore… *K*, un truc polonais. Brandon et… Kowalski. Mick and Stosh, on les appelait. L'Irlandais et le Polack.

Brandon sourit et tire une bouffée de sa cigarette.

Kowalski.

Kowalski, nom de Dieu !

Il lâche presque sa cigarette, finit par réussir à la poser sur le cendrier, allume la lampe de la voiture et fourrage dans les feuilles qu'il a sur les genoux, à la recherche de la liste par ordre alphabétique des arrestations pour le Fang que lui a envoyée Byers. Voilà – il suit du doigt les noms jusqu'au *K* ; il le trouve : *K*, un truc polonais. Pas Kowalski, mais Karnowski. Robert Karnowski.

Il ouvre le dossier des Stups sur Lancaster pour vérifier : à la page trois, dans le paragraphe qui mentionne Michael Straw, se trouve le même nom – Bobby Karnowski.

Karnowski, dealer à Ann Arbor, tout comme Richards, était domicilié dans le même immeuble que Lancaster. Il semble avoir contribué activement à l'intoxication de Lancaster. Selon certains rapports, Lancaster travailla même pour lui de 81 à 82. Karnowski et Richards se connaissaient depuis la fin des années 70. On pense qu'ils ont eu à une époque des relations intimes.

Donc Karnowski a été le fournisseur de Lancaster pendant un an et demi. Et deux ans plus tard, en 1984, le même Karnowski était arrêté dans le cadre de l'enquête sur la synthèse et la distribution de la substance interdite, le méthyl-éthyl-fentanyl trois-quatre. Le Fang.

Il y avait trop de noms dans la liste du Fang ; Brandon n'avait pas fait le lien la première fois.

Mais à présent les pièces s'emboîtaient : de Lancaster à Straw ; de Straw à Karnowski ; de Karnowski au Fang ; du Fang à Kevin et à Straw, et de nouveau à Lancaster.

Je te tiens, telle est la première pensée de Brandon. *Et alors ?* pense-t-il ensuite. *Toujours la question de Lou. Tu crois vraiment qu'il est derrière tout ça ?*

Brandon se frotte les yeux. Il y a vraiment trop de

liens, trop d'indices qui ramènent au docteur. Et c'est bien là le hic : il y en a un peu trop.

Mais bientôt ces pensées se dissipent. Il jette son reste de café par la fenêtre et met le contact. Le froid le gagne de nouveau ; de toute manière, Lancaster est en train de marcher vers le parking.

Il est 7 h 27. Les premières lueurs de l'aurore apparaissent.

Brandon le regarde faire démarrer sa Bronco et sortir du petit parking de devant, puis il desserre le frein à main et démarre.

Coupable ou pas, c'est l'homme à suivre, pense-t-il. *Tu te demanderas après si…*

Alors se passe une chose étrange. Une voiture sombre quatre portes sort du parking d'à côté, coupant la route à Brandon. Deux hommes assis à l'avant. En costumes. Ils s'engagent sur la route et suivent Lancaster.

Brandon est si surpris qu'il ne réagit pas tout de suite. Il reste à l'arrêt, dans l'allée qui mène à l'hôpital, le regard vide fixé sur les façades de l'autre côté de la rue, jusqu'à ce que quelqu'un derrière lui, un médecin de garde la nuit qui voudrait bien rentrer dormir, donne un coup de klaxon. Brandon redémarre en trombe et se lance à la poursuite des deux voitures.

Il repère la Bronco de Lancaster au loin, et un peu plus près la voiture sombre. La Bronco tourne à droite vers Greenway, prenant à l'ouest en direction de la résidence où vit Lancaster. La voiture sombre tourne à droite, elle aussi.

Il slalome dans la circulation fluide de l'aube jusqu'à se trouver assez près, quelques instants, pour distinguer la plaque d'immatriculation de la voiture. Puis, il ralentit et saisit son émetteur radio.

– Ici le poste, j'écoute.

– Ici l'unité 451, dit Brandon. Qui est-ce ? Bernie ?

– Oui m'sieur.

– J'ai une plaque du Michigan, on dirait une Ford, numéro AAS…

– Fédérale, dit Bernie avant que Brandon ait pu finir.

– Vous êtes sûr ?

– Y a que trois préfixes qu'ils utilisent dans cet État. C'en est un.

– Terminé.

Kline. Kline a mis ses gars là-dessus. Ils farfouillent sur son territoire. Filent ses suspects.

Brandon frappe du poing son volant et appuie jusqu'à ce qu'il sente ses muscles lâcher. Mais sa fureur passe, remplacée bientôt par une crampe d'estomac, quand il s'aperçoit, en y repensant, que Lou Adamski, sûrement Ken Barnes aussi sont dans le coup depuis le début. Hier soir, Lou lui a dit : « Il faut le surveiller, Brandon. Il nous conduira à la solution. »

Qui, nous ? s'était demandé Brandon. Maintenant, il a la réponse. Lou a fait des mamours avec les féds derrière son dos. Voilà pourquoi il a empêché Brandon d'interpeller Lancaster. Dans l'enquête qu'on lui a demandé de prendre en charge, Brandon se fait doubler par sa propre hiérarchie.

Il presse fort sur le champignon, vire au coin de rue suivant et prend la direction du palais de justice.

La porte du bureau de Lou est restée ouverte ; Brandon y aperçoit Kline en train de jacasser. Il ne s'arrête pas, entre dans son propre bureau. Une minute passe à peine avant que Lou et Kline frappent à la porte.

– Entrez.

Brandon est prêt à ruer dans les brancards, prêt à prendre son chef à la gorge et à faire une crise, à demander pourquoi diable Kline et les autres féds des Stups suivent Lancaster alors qu'on lui a dit, à lui, de n'en rien faire.

Mais Lou lui coupe l'herbe sous les pieds dès son entrée.

– On a eu Seth Babcock. On t'attendait.

Brandon ravale sa rage. Il les suit.

Seth Babcock est plus bovin que son frère ; il doit faire quatre-vingt-dix kilos pour un mètre soixante-quinze. Ses cheveux noirs brillantinés sont tout juste assez longs pour qu'il puisse les nouer en un petit catogan. Il porte un manteau de cuir noir qui descend jusqu'aux genoux et un diamant d'un demi-carat dans l'oreille. La petite salle d'interrogatoire sent la sueur et l'eau de Cologne.

Selon les explications brèves de Lou, Babcock est tout simplement rentré chez lui. Il s'est engagé dans l'allée de sa maison, est sorti de la voiture et s'est planté là, comme s'il attendait. Les services avaient investi la maison, bien sûr. Ils se sont jetés sur lui.

– Il attendait vraiment, a dit Brandon. Il voulait se livrer.

Son petit jeu, quel qu'il soit, l'a mené beaucoup trop loin.

Lou Adamski et Julian Kline suivent depuis le bureau de Lou l'interrogatoire mené par Brandon, qui est transmis et enregistré.

– Tu prends quelque chose, en ce moment ? demande Brandon.

– Du Darvon pour mon ventre.

– C'est tout ?

Hochement de tête.

– Tu vas nous aider ?

– J'ai pas droit à un avocat ?

– T'es ici volontairement.

– Alors je veux m'en aller.

Brandon, encore debout, pose le pied sur une chaise en bois et appuie le coude sur son genou. Il ferme les yeux et fait rouler sa tête en arrière pour détendre les crampes qu'il sent se former déjà dans sa nuque.

– J'étais là, hier soir, quand ils ont sorti Boncaro du fleuve. J'ai vu le brûlé, aussi, ton copain Straw. Une torche humaine. J'étais dans sa chambre d'hôpital. Il est pas beau à voir. Et puis j'étais avec Kevin…

– Taisez-vous.

– T'as pas peur d'être le prochain ?

– Je veux m'en aller.

– Petie avait peur. Il a eu cette chance, mais il l'a laissée passer. À qui Straw était lié ?

Pas de réponse.

– Ton propre frère, putain ! Je pensais que tu voudrais avoir les ordures qui ont fait ça.

Pas de réponse.

– On nous a dit qu'il y a une combine pour fourguer de l'héroïne de synthèse à Morgantown, et que t'en fais partie. Je veux savoir qui la fait venir et pourquoi les gens crèvent. C'est une guerre de clans ? Quelqu'un marche sur vos plates-bandes ? Ou bien l'inverse ?

– Je sais que dalle là-dessus. J'ai aucune idée de pourquoi on les a tués. Je suis dans aucune combine.

– D'où vient la came ?
– J'amène pas de dope dans ce trou.
– Alors, qui ? Et pourquoi y en a pas plus que ça ? Je vois pas de gros sous passer de main en main. Et, franchement, pas des masses de dope. T'es peut-être que l'homme de paille d'un gros bonnet ? Qui est-ce qui se cache derrière toi ?
Seth ne dit rien.
– Tu crois vraiment que je vais te laisser sortir d'ici ?
– Vous avez dit que vous avez rien contre moi.
– J'ai dit que t'es là volontairement, Babcock, et le volontaire, c'est toi. Alors, fais pas ta sainte-nitouche, maintenant que t'es là. Moi j'ai pas la patience de jouer à ce jeu-là.
Il se tait de nouveau. C'est sa technique. Il veut voir quelles cartes Brandon a en main, quel va être l'enjeu.
– Parfait, dit Brandon. Tu veux pas parler, moi j'ai d'autres possibilités à t'offrir. Primo, on monte une belle petite baraque pour te garder le temps de trouver de quoi te coincer. Ce sera du gâteau. Les féds des Stups sont ici. Ils peuvent passer au peigne fin les comptes de MTown, Inc. Tu sais de quoi ils sont capables s'ils trouvent un seul indice de blanchiment. Ils prendront tout, mon petit Seth. Ou bien deuxio, on te laisse sortir tout de suite et on s'arrange pour que ça se sache. On fait courir le bruit que tu t'es mis à table, que t'as craché un beau morceau. Et je penche plutôt pour cette solution, parce que j'y gagne quelque chose. Une rumeur dans ce genre, ça va en secouer quelques-uns. Quelqu'un va s'affoler, va venir en courant et va se mettre à parler. Ça rate Jamais.
– Vous savez que dalle.

– C'est pas à toi qu'on en a, de toute façon.

Brandon marche jusqu'à la baie vitrée et regarde vers l'entrée du parking derrière l'immeuble. Il aspire l'air entre ses incisives, avec un sifflement. Ses sinus lui font mal.

– Ça nous servirait à rien de te garder. Ce serait juste pour le plaisir.

Brandon hoche la tête comme s'il soupesait les différentes solutions.

– Vous êtes vraiment trop débile, dit Seth.

– Je demande qu'à m'instruire.

– La dope, elle entre pas à Morgantown. Si vous aviez réfléchi cinq minutes, vous auriez déjà pigé.

Brandon regarde par la fenêtre. Puis, il rit, parce qu'il a compris. Une seconde à peine passe avant qu'il reprenne.

– On la fabrique ici. Et toi, tu l'exportes.

– Kevin était le seul à connaître le chimiste. Il me la passait avec le bon pourcentage pour la couper. Cette saloperie se dilue vachement. Je pouvais en tirer des fortunes.

Et celui qui l'achète la coupe encore et encore. Brandon se tient le front et s'assied pour encaisser le coup.

– Et elle se retrouve à Detroit.

– Plus tard, oui. Le plus beau marché de came du monde. Mais vous voyez, moi je vais pas dans la rue, j'y mets pas les pieds. Je m'occupe que du haut de la pyramide. Je fourgue tout le paquet d'un coup.

Donc le Fang que Byers et Kline ont saisit chez eux, dans la rue, ne vient pas de Detroit ; tout est importé de Morgantown.

– Comment ça marche, maintenant que Kevin est plus là ?

– Non, non, non, dit Seth. Vous voulez l'info ? On se met d'accord d'abord. C'est une grosse affaire, que je vous propose.

Il tapote son diamant dans l'oreille.

– Tu veux quoi ?

– Un : je parle, je sors libre, vous dites rien à personne. Rien de rien. Je vous tiens au courant. Si y a des arrestations, on m'embarque comme n'importe qui, et ensuite on me protège. Deux : vous et les féds vous vous tenez tranquilles. Tout ce que j'ai pu faire jusqu'à maintenant, c'est oublié. Si vous me pincez une autre fois, alors vous pourrez m'en mettre plein la gueule.

– C'est gros comment, une grosse affaire ?

– La clé du concentré, pour commencer.

– C'est quoi, le concentré ?

– L'équivalent de l'héro pure ; j'en prends livraison dans la cave d'un entrepôt.

– Cent mille dollars ? T'as de quoi payer ce genre de prix ?

– Je suis juste l'intermédiaire. Ils me font confiance.

– Tu vends d'abord, tu paies ensuite ?

Il hoche la tête.

– Mais je le coupe une fois, ce qui fait deux kilos que je fourgue à quatre-vingt mille chacun. Ça me fait soixante mille dans la poche. Beaucoup de blé, mais je suis prêt à l'échanger contre ma tête.

Alors, ils se mettent d'accord : Seth sera ramené chez lui discrètement. Il fera comme si de rien n'était.

– D'où vient la came ?

– J'en sais rien, en fait. Tout marchait à l'envers. Mon petit frère, qui était pas capable de vendre un caramel pour un franc, vient me voir y a trois quatre mois avec un sac entier de cette dope. J'en fais essayer à quelques clients. Ils en redemandent, et on se met à écouler la marchandise dans la région – pas grand-chose, deux sacs par mois, peut-être. Je lui demande qui la fabrique, mais il me dit que si quelqu'un l'apprend, tout s'arrête. Pourquoi je foutrais ça en l'air ?

– Qui est-ce qui achetait ?

– Ça passait par des intermédiaires à Jackson, puis en ville. Maintenant j'ai de nouveaux acheteurs qui viennent directement de la ville, des acheteurs en gros.

– C'est eux que Straw représentait ?

– Ouais.

– Et maintenant, sans Kevin ?

– Je saurai rien jusqu'à la dernière minute.

– Ils vont t'appeler ?

Il hausse les épaules.

– Après la mort de Kevin, on m'a appelé pour me dire qu'un nouvel arrivage était prêt.

– Le chimiste ?

– Je sais pas. Petie devait prendre la livraison. C'est ça qui l'a tué.

– Kevin t'a jamais parlé d'un certain Arnie Holt ?

Seth jette un regard rapide sur Brandon, puis baisse les yeux vers la table.

– C'est lui, le chimiste ?

– Je vous ai dit que j'en sais rien. Je l'ai vu qu'une fois.

– Tu l'as vu ?

– Une seule fois. Il s'est ramené chez Red's. Je l'ai juste aperçu.

– À quoi il ressemblait ?

– Un petit mec. Maigrichon, une gueule de fouine,

sombre, avec des lunettes rondes. Il portait un chapeau de chasse orange et des gants sans doigts.

– Des mitaines.

– C'est ça. Très bizarre.

– Tu lui as parlé ?

– Non.

– Qui d'autre l'a vu ?

Il hausse les épaules.

– Il était au bar. Tout le monde.

– Bon, dit Brandon. On peut parier que ceux qui t'ont contacté, d'un côté ou de l'autre, vont recommencer. On va te mettre un micro.

– Je porterai pas de putain de micro.

– Du calme.

– Du calme ? Tu parles ! C'est des tueurs. Vous vous rendez vraiment pas compte. Je devrais me faire soigner la tête.

– Alors pourquoi tu te tires pas en vitesse ?

– Ils ont besoin de moi. On peut pas se tirer quand ils ont besoin de vous.

Petit con insolent, pense Brandon.

– T'as besoin qu'on soit là quand ça tourne mal, dit-il. Oublie jamais ça. Tôt ou tard, ils te feront la même chose qu'à Petie.

– Je vous ferai savoir. Je trouverai un truc.

Brandon regarde de nouveau l'allée par la fenêtre. C'est un coup risqué, mais c'est le seul qu'ils peuvent jouer pour le moment.

– Je peux te demander un truc ? Pourquoi t'as jamais payé une maison correcte à ta mère ?

– J'ai essayé, mon vieux. Elle veut rien savoir. Elle pense que mon fric est pas propre.

– En voilà une idée, dit Brandon.

Jimmy appelle juste avant le déjeuner pour s'assurer que Brandon a vu son rapport, où il attribue les six empreintes trouvées chez les Babcock. La dernière appartient à Seth.

– Rien encore sur la lampe de poche ? demande Brandon.

– Eh non. J'ai procédé par élimination avec tous ceux qui se trouvaient sur les lieux. On continue au fur et à mesure avec les noms que vous faites entrer dans le dossier, tous ceux qui ont un rapport quelconque avec l'affaire. On a essayé aussi la liste des amis de Kevin. *Nada*.

– Tu peux me faire une bonne copie agrandie ? Qu'on puisse faxer ?

– Sur ton bureau après le déjeuner.

Spinner s'attaque à un grand bol de *linguini marinara* de chez Elio, l'Italien de Singer Street, au bord du campus de Waite College. Brandon néglige le veau qui est dans son assiette et fume en sirotant un whisky-soda.

– Un vrai délice, dit Spinner.

Sa femme surveille ses dépenses ; elle lui prépare donc des sandwiches à la viande froide et des chips dans un sac en papier pour son déjeuner. Brandon veut qu'il se concentre sur l'affaire plutôt que sur la nourriture qu'il convoite, c'est pourquoi il l'a invité. Il se dit que, de toute façon, Spinner mangera ses sandwiches pour le goûter.

– Tu dis que le gars est nerveux ? demande Brandon.

En fin de journée, lundi, Spinner a enfin réussi à joindre le propriétaire du cabriolet rouge où Straw a brûlé.

– Il manigançait quelque chose, dit Spinner. Pour me faire mariner pendant deux jours. Tout ce que je voulais, c'était vérifier à quel endroit se trouvait la voiture quand on l'a volée, des trucs comme ça. Les gens, si seulement ils étaient moins cons… Ce type a tout fait pour me mettre la puce à l'oreille, en m'évitant, en me racontant des salades au téléphone. « C'est pas le moment, m'sieur l'agent. » Crétin. Finalement je lui mets la main dessus par surprise hier soir, dans son garage, alors qu'il trafique une autre voiture. Il en a presque pissé dans son froc, quand il m'a vu.

– Qu'est-ce tu penses ? On l'embarque ?

– Non, non. Attends la suite. Il s'est mis à m'expliquer que la voiture était juste là, dans l'allée, quand on l'a volée. « Vous étiez où ? », je lui demande. « Dans la maison », il me répond. Je fais venir sa femme. Elle était à Toledo, ce jour-là ; elle a rien vu. Mais devant elle, tout d'un coup, le mec pique un fard et se met à suer comme un bœuf. Comment ils ont pu lui voler sa voiture dans l'allée de sa maison, je me demande ? C'est pas absurde ? Si un type a besoin d'une voiture pour descendre quelqu'un, il va choisir cette belle tire rouge vif et la prendre devant la maison d'un mec à Wauseon, Ohio ? Donc je remercie la femme et je fais un petit tour avec le type dans son jardin. Je lui dis que maintenant il y a un meurtre à la clé. J'imagine qu'il veut pas être mêlé à cette saloperie, hein ? Mais, s'il se fout de ma gueule, il va se retrouver dans une merde pas possible.

Spinner s'interrompt pour enfourner une énorme bouchée de pâtes dans sa maigre mâchoire.

– Et alors ? demande Brandon.

– Cet emmerdeur a commencé à me crier dessus, puis il a craché le morceau.

Brandon a compris de quoi il s'agit. Il sourit.

– Il a une petite chérie par ici, qu'il vient sortir et culbuter de temps en temps, depuis un an.

Spinner fait une grimace et hoche la tête, la bouche pleine de pâtes et de pain.

– La voiture a été volée ici, c'est bien ça ?

Spinner acquiesce de nouveau.

– Tu sais où, exactement ?

– Il avait loué une chambre pour l'après-midi au Ramada, en plein centre-ville chic de Morgantown, à deux rues du palais de justice ! On a volé la voiture dans le parking. Le mec était tellement pressé de se désaper qu'il a laissé les clés sur le contact.

Toujours plus simple qu'on ne croit, pense Brandon.

– Ça peut donc être un client de l'hôtel.

– De çui-là ou du Washington.

L'hôtel Washington, dans Washington Street, à la limite nord du centre-ville proprement dit, était jadis un établissement raffiné. Mais, quand les promoteurs ont construit le Ramada juste en face et qu'ils ont cassé les prix, proposant en plus une salle de gym et une piscine, le Washington a commencé de décliner. Maintenant, ce n'est plus guère qu'un refuge pour chômeurs et marginaux.

– T'as peut-être une piste, dit Brandon. Vérifie.

Spinner acquiesce tout en mâchant.

– Faudrait aussi interroger les amis de Kevin Babcock, dit Brandon. Et quelqu'un devrait aller faire un tour chez Red's, voir si personne, dans le personnel, se souvient d'avoir vu Holt. On pourra peut-être faire un portrait robot.

– Je m'occupe de tout. Mais toi ? T'as une mine de déterré.

– J'ai des gens à voir, dit Brandon. Et, à vrai dire, je me sens comme un déterré.

La fièvre semble être tombée, mais ses yeux, sa tête, sa gorge sont dans le même état. Il ne sent même pas l'effet du bourbon.

– Dis donc, dit Spinner. Tu veux pas de ton veau ?

FAX

Date : 16 janvier 1991

À : Inspecteur Ellen Byers
Circonscription de River Rouge
De : Inspecteur Frank Brandon
Services de la Police municipale de Morgantown

Je vous faxe ci-joint une empreinte relevée sur une lampe de poche, sur les lieux d'un meurtre auquel Michael Straw est lié. La collation de toutes les empreintes en rapport avec les deux affaires n'a donné aucun résultat.

Pourriez-vous la comparer avec celles de tous les associés connus de Straw et de tous les suspects de l'affaire du Fang il y a six ans qui pourraient avoir un rapport avec la présente affaire ? Il s'agit peut-être d'une fausse piste, mais je tiens à ne rien laisser de côté. Je vous serais reconnaissant de tous les éclaircissements que vous pourrez apporter.

Merci d'avance de votre aide. Je vous appelle bientôt.

13

C'est la troisième fois aujourd'hui que Lancaster appelle le bureau de son vieil ami le District Attorney Ken Barnes.

– Monsieur Barnes est encore en réunion, dit la secrétaire. Peut-il vous rappeler ?

– C'est important.

– Je suis désolée, docteur…

Il raccroche. On fait barrage, c'est clair. Barnes a décidé de ne plus lui répondre. Quelque chose a changé, qui les a séparés. Sans doute a-t-il appris qu'il était lié à Straw. Et, désormais, l'idée que Lancaster soit mêlé à cette sale affaire ne lui paraît plus si absurde.

En conséquence : couper les ponts ; se garder des mauvaises fréquentations.

– Va te faire foutre, Ken, dit Lancaster en l'air.

En rentrant chez lui il s'est arrêté pour acheter certaines choses dont il n'était pas encore sûr de devoir se servir. Il sait maintenant qu'il n'a pas le choix.

La nuit de travail l'a épuisé. Il s'allonge une minute sur le canapé en cuir de son salon pour souffler un peu, mais il ne sent plus rien jusqu'à l'instant où il entend la sonnette de la porte. Il se redresse. Sa tête bourdonne.

La sonnette retentit une seconde fois. Il regarde sa montre : 3 h 42. Il a dormi cinq heures. Il se lève du canapé d'un bond, puis il doit s'appuyer à la cheminée pour reprendre son équilibre. Il lui reste tant à faire.

La sonnette.

C'est un employé de l'unique entreprise de coursiers de la ville.

– Un paquet pour vous.

– Qu'est-ce que c'est ?

– Sais pas.

– De la part ?

– Du Days Inn Motel. Un certain Royal Croisé.

Le garçon lui lance un regard amusé en secouant la tête. Les oreilles de Lancaster se mettent à siffler. Il signe le reçu, donne un dollar au garçon, referme la porte.

C'est une simple enveloppe brune, sans inscription sinon le mot *Docteur* et son adresse.

Il l'ouvre ; il en retire la seule feuille de papier qu'elle contient.

> Docteur L,
>
> Je filais Petie Boncaro sur le pont quand j'ai vu, ou plutôt senti, que quelqu'un approchait de l'autre côté. Personne d'autre n'était censé se trouver là, seulement Petie et le paquet qu'il devait apporter. Seth Babcock devait retrouver Petie un peu plus tard, mais en venant du nord, du côté de la ville, comme moi. Je me suis arrêté, j'ai reculé à pas feutrés, jusqu'à ce que j'aperçoive le sommet du pont où Petie faisait le pied de grue. La prudence est d'or. Quand j'ai vu que le nouveau venu n'était pas Seth, j'ai souri en comprenant le guet-apens. Petie avait été suivi.
>
> Ces gens-là sont pervers. N'oubliez jamais ça, docteur.
>
> L'agresseur – je ne pouvais distinguer ni les traits de son visage ni ses cheveux, car l'homme portait une cagoule noire – glissa dans son manteau le sac de cette

précieuse poudre que Petie devait livrer à Seth, puis se mit à le frapper. Petie ne s'est pas défendu. Il a juste essayé de se protéger le visage. Finalement, l'homme l'a remis sur pied, l'a soulevé et l'a jeté par-dessus le parapet. Petie a hurlé jusqu'à ce que les eaux se referment sur sa tête et le fassent taire pour de bon.

Comme j'étais face aux lumières du pont, j'ai marché à reculons jusqu'à être hors de portée du regard du meurtrier. Puis, j'ai couru, et de la première cabine téléphonique que j'ai vue, en bon citoyen que je suis, j'ai prévenu la police.

À ce moment-là, j'ai vu quelqu'un d'autre s'avancer discrètement vers le pont : Seth Babcock. C'est un animal ; il a senti le danger avant d'être trop près ; il a rasé les murs le long du rivage en regardant vers le haut. Il a dû voir l'homme masqué, parce qu'il s'est soudain mis à courir.

J'ai raccroché et je me suis éloigné du pont éclairé en direction des rues obscures de Morgantown, dans un quartier d'entrepôts et d'usines – d'imprimeries, de marchands de métaux, de récupérateurs d'acier. Tout cela avait un parfum spécial, l'odeur âcre, métallique de l'huile, du cambouis, du goudron.

Au loin, autour du pont, des sirènes approchaient. Petie était mort. Kevin était mort. Mes amis. Quelqu'un les tuait. Quelqu'un était venu pour entrer dans le jeu.

J'ai souri de nouveau. Mon cœur saignait, j'étais heureux.

De retour dans ma petite chambre, cher docteur, j'ai ouvert les fenêtres pour laisser pénétrer l'air glacé. J'ai une photo de vous scotchée au mur. Vous êtes en train de sortir par la grande porte de l'hôpital. L'herbe est verte : imaginez le temps qui a dû passer depuis.

Murmure à votre oreille : (je vous adore !)

Bien à vous,
Arnie Holt

Monter à l'étage : le temps presse. Ce malade de Holt le poursuit, mais pourquoi ? Lancaster prend des vêtements dans son placard et les engouffre en vrac dans un sac de voyage. Il y a beaucoup à faire. Puis, il tire de son portefeuille un morceau de papier, compose le numéro écrit dessus. Pas de réponse.

Du calme, pense-t-il. *La seule façon de t'en sortir, c'est de rester de glace. Réfléchis. Étape numéro un, rassembler des informations. Étape numéro deux...*

Il entend un bruit au rez-de-chaussée.

Il y a quelqu'un dans la maison. De sa trousse médicale, dans la chambre à coucher, il sort un scalpel dont il retire le fourreau en plastique. Il rase le mur du couloir jusqu'à l'escalier.

Les marches craquent.

– Docteur Lancaster ?

C'est une voix aiguë.

– Docteur ?

Une voix de fille.

Il souffle et prend une grande bouffée d'air ; le sang lui remonte à la tête tandis que passe la décharge d'adrénaline.

– Je suis là-haut.

Il laisse choir le scalpel dans la pochette de sa chemise.

Storm monte les escaliers, les yeux fixés sur son visage. Elle porte un jean Levi's et un T-shirt noir. Sa veste rouge élimée est accrochée au bout de la rampe. Ses cheveux sont laqués et peignés en arrière ; c'est la première fois qu'il la voit ainsi. Elle semble plus vieille, songe-t-il.

Quand elle arrive près de lui, il s'avance vers elle.

Elle est plus grande qu'il le croyait, presque de sa taille ; leurs regards se nouent.

– Vous n'auriez pas dû venir ici. Je viens d'essayer de vous appeler pour vous dire qu'on pouvait se voir.

Son visage a la même expression, tendue, qu'il lui a vue à la clinique ; elle se déplace avec la même grâce. Mais il y a maintenant autre chose, une gracilité, une fragilité qu'il n'avait pas notée. Sa minceur renforce l'impression, tout comme ses yeux, si sombres qu'il ne peut pas y distinguer la pupille de l'iris.

Elle entoure son cou de ses bras et se serre contre lui. Il reste un instant bras ballants, puis il appuie les paumes sur son dos. Il songe que ses deux mains suffiraient à faire le tour de sa taille. Il sent le parfum de ses cheveux. Il le respire profondément.

– J'ai peur, dit-elle, blottie contre son épaule.

Un vide s'ouvre dans son ventre, un creux qu'il a déjà senti, mais dont il est surpris ici, maintenant, face à cette fille.

– Une voiture m'a suivie, dit-elle. Des gens se sont introduits dans mon appartement. Je me suis échappée par la porte de secours.

– On s'en va, dit-il. Il faut se préparer. Vous allez m'aider.

– Oui, je peux vous aider.

Elle se détache de lui.

– Vous étiez content de me voir.

Elle énonce cela comme un fait établi.

– Comment ?

– Vous souriiez tout le temps, quand je montais l'escalier.

– Ah bon ?

Il se sent bête quand il se rend compte qu'elle dit vrai.

Et plus bête encore de ne pas s'en être aperçu avant qu'elle le lui dise.

Mais il la désire, maintenant, cette fille dont il ne sait rien, dont il est incapable de prévoir les réactions, qui même l'effraie un peu. Elle sait comment atteindre les gens qu'il veut trouver, elle connaît en partie le sale réseau qu'il veut reconstituer. Malgré sa gracilité, il se dégage d'elle une force et une sensation d'abandon qui lui sont nécessaires. Il n'y a plus rien à perdre. Qu'importe s'il ne la connaît pas ? Personne qu'il connaisse ne peut plus l'aider, désormais. Et, parmi ceux qu'il a connus, ceux qui pourraient l'aider sont sortis de sa vie depuis bien trop longtemps. Il est seul : quand on est seul, quoi de plus doux que la compagnie d'une belle inconnue ?

Dans la salle de bains, elle se met en devoir de tailler à l'aide de gros ciseaux dans les cheveux de Lancaster, longs de trente centimètres. Suivant ses instructions, elle dispose chaque mèche coupée sur une serviette en papier qu'elle a pris soin d'étaler sur le siège des toilettes.

– Qu'est-ce qui se passe, en fait ? demande-t-elle.

– En fait, je sais pas. Je sais que ça fait ressortir une vieille et triste histoire, mais où je trouve aucune réponse.

– Racontez-la-moi quand même, cette vieille histoire. Sauf si vous préférez ne pas en parler.

– Oh, je peux en parler. Ça remonte à si loin.

– Je vous écoute.

– Par où commencer ? J'ai grandi à Cleveland. Ensuite, à l'époque du lycée, j'ai déménagé dans le Michigan. Ici même, bizarrement. À Morgantown.

– C'est vrai ? Alors, vous avez vécu ici ?

– Eh oui. Ensuite, j'ai passé un concours et obtenu une bourse pour étudier à Case Western, puis j'ai été admis dans l'une des meilleures facultés de médecine du pays – l'Université du Michigan à Ann Arbor. Je n'avais pas d'argent, évidemment, et ma mère, qui avait entre-temps déménagé à Santa Fe, encore moins ; j'ai donc dû emprunter beaucoup.

À mesure qu'il entre dans son histoire, il s'aperçoit qu'il lui est plus facile de la raconter qu'il ne l'aurait cru. Le moment est venu. C'est aussi simple que ça.

Comme il se préparait à la carrière médicale, les banques se montraient toutes prêtes à lui avancer assez pour qu'il paie ses frais d'inscription, ses livres, etc., et même un peu plus pour le loyer. Mais il fallait aussi qu'il vive. Il a donc dû puiser dans ses économies, faire des petits boulots – serveur, infirmier, ce genre de choses – pour tenir. Ses deux premières années de médecine s'étaient passées comme ça.

Il vivait dans un dortoir d'étudiants. Quand est venu l'été entre sa deuxième et sa troisième année, il s'est dit qu'il était grand temps d'avoir une vie, pour ainsi dire : il se trouva un colocataire, lui aussi en médecine, pour s'installer dans un appartement de la banlieue nord, près du service hospitalier où il faisait les trois huit. L'immeuble était délabré : la peinture s'écaillait, l'éclairage fonctionnait à peine, les couloirs étaient sombres et puants. Mais le prix était raisonnable ; l'appartement possédait deux chambres à coucher ; il était suffisamment proche du campus et de l'hôpital.

Or, dans le même immeuble, en fait au même étage que nos deux étudiants, vivait un autre couple, un homme et une femme. Les étudiants ne savaient rien d'eux sinon qu'ils semblaient n'avoir pas de travail régulier, et que la femme était très belle.

Ses cheveux sont maintenant réduits à des mèches irrégulières de quatre ou cinq centimètres de long. Storm ramasse les vestiges en prenant soin de ne laisser aucun indice ; elle les scotche d'un côté pour former comme une queue de cheval macabre qu'elle pose délicatement sur l'évier. Lancaster hoche la tête, comme pour la féliciter.

À présent, elle ouvre le sac qu'il a ramené de la pharmacie et le vide de son contenu, dont une paire de gants en caoutchouc, qu'elle enfile. Elle ouvre un petit flacon à préparations, puis deux plus grandes bouteilles en plastique dont les étiquettes disent RÉVÉLATEUR et EAU OXYGÉNÉE. Il la regarde verser les deux produits en quantité égale dans le flacon, qu'elle agite. La puissante odeur d'ammoniaque lui pique le nez, le fait pleurer.

Il s'assied sur les toilettes, une serviette autour des épaules ; elle asperge ses cheveux de cette solution et les masse.

– Ensuite, j'égaliserai la coupe.

– Dépêchez-vous.

– Il faut qu'on attende, maintenant. Vos cheveux sont noirs. Ça va prendre un peu de temps. Continuez votre histoire.

Un soir, la femme a frappé à leur porte. Elle saignait du nez et des lèvres ; elle avait un œil au beurre noir. Elle était en larmes.

Ils ont examiné ses blessures, qui ne nécessitaient aucun soin particulier. Ils lui ont donné de la glace dans un torchon et l'ont hébergée pour la nuit. Elle ne voulait pas dire ce qui s'était passé ; seulement que ce n'était pas grave et qu'il ne fallait pas s'inquiéter.

Storm continue d'imprégner ses cheveux de teinture, puis elle lui couvre la tête avec le bonnet de bain en plastique qu'il s'est procuré. Elle le suit dans sa chambre à coucher, où il se remet à remplir son sac de voyage.

Peu de temps après, dit l'histoire, la femme, qui s'appelait Denise, invita les deux étudiants en médecine à dîner. Après le repas, son petit ami, Bobby, ramena une ou deux bouteilles de vin, de la marijuana, et un peu de cocaïne. Tous les quatre se mirent à boire et à fumer, puis ils sniffèrent la coke. Contrairement à son condisciple, l'étudiant en médecine Adrian Lancaster n'avait jamais essayé : il décida d'en prendre, par simple curiosité. C'était pas mal. Il aima l'exaltation que procurait la drogue ; il aima même les sensations physiques, les dents insensibilisées, le goût pharmaceutique qui envahit la gorge. Ils s'amusèrent bien, ce soir-là, et ils remirent ça un certain nombre de fois dans les mois qui suivirent : lui, son copain, l'homme et la femme assis en cercle pour siroter du vin, tracer des lignes de coke sur un miroir, les aspirer. Adrian découvrit avec ces substances une espèce de soulagement dont il n'avait pas eu l'idée. Il était du genre strict et engoncé – anal, comme on dit –, mais sous l'effet des drogues il sentait son esprit par trop rationnel et crispé se détendre, s'ouvrir.

C'est le contact avec les drogues élargissant la perception, les psychédéliques, qui lui fit l'impression la plus forte. Un soir, Bobby lui offrit une ampoule d'acide ; sa vie en fut changée. Il se mit à faire des expériences, d'une façon qu'il voulut contrôlée, avec les substances non pharmaceutiques, principalement le peyotl et la psylocybine. C'était extraordinaire. Pour la première fois, il reconnaissait l'existence d'une vision du monde sans le moindre rapport avec le point de vue trop rationnel et linéaire qui avait toujours été le sien. Et il comprit qu'elle avait une vraie valeur. Pour en faire l'épreuve, il prit un jour des champignons dont on tire la psylocybine avant de rentrer chez lui pour travailler sur un problème biochimique très délicat qu'un professeur lui soumettait et qui lui donnait des cauchemars, parce qu'il n'entrevoyait aucune solution. C'était une question très pointue, concernant la façon dont certaines molécules de protéines se liaient en présence d'une enzyme dans le foie. Le mécanisme exact de cette réaction spécifique n'avait apparemment jamais été percé à jour. Sous l'effet de la drogue, il avait échafaudé une théorie, une hypothèse brillante – bizarre, certes, mais très remarquable. Elle était, selon les mots de son professeur, « hors normes et pourtant fascinante ». Le professeur en fit état dans un article de fond auquel il travaillait alors, offrant ainsi à Lancaster sa première reconnaissance officielle. Il en fut abasourdi. Il était donc parvenu à une intuition dans le domaine le plus concret, le plus scientifique qui fût, et il ne s'agissait au fond que d'une espèce de psychose hallucinatoire momentanée. Il fit de plus en plus d'expériences de ce genre ; il envisagea même de se consacrer à la recherche.

Ces substances psychédéliques ne lui posaient aucun problème. Il s'en servait comme de simples outils de travail. Il se voyait comme un Aldous Huxley moderne. Peu à peu, néanmoins, notre jeune étudiant, émerveillé par les miracles de la pharmacologie, se mit à prendre d'autres drogues pour se donner des forces dans le parcours du combattant de ses études. Et ça marchait au-delà de ses espérances. À la différence des pauvres junkies ordinaires, il savait très précisément quelles substances il s'administrait, le bénéfice qu'il en tirerait, et comment contrebalancer, le cas échéant, leur action. Il prenait de la Dexédrine pour travailler, du Séconal pour dormir. Aucun effet secondaire désastreux ne s'ensuivait. Les mois passaient. Il maîtrisait la situation.

Il se regarde dans une glace.

– Ça marche.

– Laissez-le encore un peu. Il faut du temps, pour que ça agisse.

Il s'assied sur le bord du lit.

– Vous disiez qu'ils vous suivaient. Vous êtes encore entrée par le garage ?

– Oui oui, mais vous inquiétez pas. Je me suis garée à une rue d'ici et j'ai coupé par le jardin de votre voisin. Personne m'a vue.

– Comment ça se fait que vous êtes si maligne, depuis le début ?

– Soyez pas parano. Votre histoire est pas terminée.

– Non. Évidemment.

– Vous voulez bien continuer ?

L'été suivant, entre sa troisième et sa quatrième année, il y eut quelques changements. Son condisciple obtint son diplôme et partit pour entamer son internat dans un autre État, laissant Adrian dans la dèche. Sa situation financière ne s'était pas améliorée, loin de là. En vérité, c'était la ruine. Il avait peu d'économies – les drogues, déjà, lui coûtaient beaucoup d'argent ; il lui était impossible de continuer à payer seul le loyer de l'appartement. Bien sûr, il aurait pu se trouver un nouveau colocataire, ou bien déménager, mais il n'avait pas l'énergie d'envisager ce genre de choses. Et très vite s'était présentée une autre solution.

Il passait désormais beaucoup de temps avec le couple qui vivait sur le même palier ; tous les trois se retrouvaient régulièrement pour boire des bouteilles de vin et sniffer quelques grammes de coke en discutant de ce qui leur passait par la tête. Adrian les aimait bien ; il était fasciné par eux – surtout par elle. Elle était très intelligente. Un jour qu'il parlait de sa situation, l'homme, Bobby, suggéra un moyen de gagner l'argent qui lui manquait tout en faisant bon usage de sa chambre libre. Et il ne s'agirait pas seulement des quelques dollars qu'il lui fallait pour payer le loyer. Ça ferait un « paquet », disait-il.

Bien sûr, Bobby faisait profession de dealer. Il avait récemment mis le pied dans une des filières par lesquelles passait l'héroïne pour arriver à Ann Arbor ; il avait une idée pour rendre la chose aussi rentable que possible. Sa proposition était la suivante : Adrian devait se constituer un bon stock d'aiguilles et de seringues propres, un stock qu'il garderait chez lui. Puisqu'il savait faire les piqûres et s'y connaissait en dosages, il utiliserait la seconde chambre comme une « droguerie » d'un nouveau genre. Un endroit pour junkies respectables – étudiants, employés qui avaient besoin d'un refuge. Pas de marginaux. Pas de violence. Bobby pourrait ainsi garantir à sa clientèle qu'elle aurait la came la plus sûre de la ville, injectée par un quasi-docteur. Une clinique, en quelque sorte. En échange l'étudiant toucherait suffisamment d'argent pour payer le loyer et s'en mettre un peu dans la poche. Ce serait extrêmement discret. Bobby s'occuperait d'amener la marchandise et les clients.

Mais ce qu'il y aurait de plus remarquable, d'un point de vue médical, c'est qu'il pourrait fournir à ces junkies une drogue propre, des aiguilles propres. De toute façon, ces gens-là se seraient drogués. Ce n'était qu'une façon de les protéger.

Adrian refusa catégoriquement. L'idée lui semblait monstrueuse. Le risque serait énorme. Toute sa carrière serait compromise s'il était découvert. Il avait réussi à vivre presque trois ans quasiment sans argent. Encore un an et il entamerait son internat, ce qui lui rapporterait au moins l'équivalent d'un petit salaire. En attendant, il pouvait trouver un appartement moins cher, ou un autre colocataire.

Quelque temps plus tard, un soir de septembre, il entendit des cris venant de l'autre appartement, suivis de coups contre sa porte. C'était Denise, dont le visage, de nouveau, était en sang. Il pansa les écorchures comme il put, appliqua de la glace pour empêcher qu'elle enfle trop, puis il la fit dormir sur le divan. Dans la nuit, il fut réveillé par un bruit. La porte de sa chambre s'ouvrit, Denise entra. Elle s'assit sur le bord du lit, lui dit à quel point elle se sentait attirée par lui depuis la première fois qu'elle l'avait vu. Il voulut répondre quelque chose, mais elle plaça une main sur sa bouche et se glissa sous le drap auprès de lui. Il se dit que sans doute elle subissait encore l'effet d'une drogue quelconque. Il savait, en tout cas, que son devoir était de l'arrêter. Évidemment, il n'en fit rien.

Car il était amoureux d'elle depuis longtemps. Cette nuit-là fut déchaînée. Ils firent l'amour par intervalles jusqu'au lever du jour.

Il en fut transformé. D'elle il était accro comme d'aucune autre drogue.

Dans les jours qui suivirent, accompagnée de son amie héroïnomane Sandra, qui se trouvait aussi être l'une des principales revendeuses de Bobby, elle le conduisit dans certains des endroits où les junkies se retrouvaient pour se shooter, partageant les aiguilles, les seringues et tout l'attirail. C'étaient les lieux les plus sordides qu'il ait jamais vus – des pièces à l'abandon, puantes, dans des caves et des maisons vides, fenêtres cassées, ordures par terre.

Il fallut peu de temps à Denise pour le convaincre d'accepter la proposition de Bobby. Elle se mit à venir plus souvent chez lui, à dormir dans son lit deux ou trois fois par semaine, à passer quelquefois le week-end avec lui, ce qui semblait d'ailleurs convenir à Bobby, comme s'il s'était agi d'un corollaire de leur contrat.

Les choses démarrèrent doucement, un ou deux clients par semaine, mais bientôt les affaires tournèrent. Il devint le docteur en héroïne pour les junkies d'Ann Arbor. Docteur Fix, ils l'appelaient. Aussi incroyable que cela paraisse, il se considérait comme un Docteur Schweitzer capitaliste et marginal. Il mettait de l'argent de côté ; il ne se faisait jamais prendre. Et puis, un mois ou deux avant mai, où il devait obtenir son diplôme, Bobby et Denise eurent une scène plus violente que les autres. Adrian pensa que cette fois il allait devoir emmener Denise aux Urgences. Son nez, sa bouche saignaient, elle était sérieusement blessée. Mais elle lui demanda de n'en rien faire. « C'est toi qui vas me soigner », dit-elle.

Il fit ce qu'il pouvait.

Bobby déménagea peu après ; avec lui disparut le réseau, de sorte que la « droguerie » dut fermer pour de bon. Il était temps. Notre étudiant ne voulait pas tenter le diable. De plus, il y gagna quelque chose. Denise et lui se dirent qu'il était absurde de garder deux appartements sur le même palier. Comme ils dormaient déjà ensemble, elle s'installa chez lui ; et quand notre étudiant entama son internat à l'hôpital Henry Ford de Detroit, l'année suivante, Denise le suivit, faisant des allers et retours à Ann Arbor pendant la semaine pour poursuivre ses études. Elle faisait une thèse de chimie.

Le seul inconvénient majeur de tout cela, c'est qu'Adrian avait été séduit par la drogue dont il vivait. Il était devenu lui-même un consommateur d'héroïne. D'abord, ce n'avait été qu'une expérience de plus, comme les psychédéliques. Ensuite, c'était devenu une façon commode de se détendre le soir et de dormir. Denise était accro depuis plus de deux ans. Bientôt, ils se mirent à se piquer et à partir ensemble. Enfin, leur vie se résuma à cela.

Le temps passa.

Il continua de se droguer, comme elle, durant une bonne partie de son internat. Jusqu'au jour où, à la fin de sa deuxième année, presque quatre ans après qu'il avait rencontré Denise, plus de deux après qu'il s'était mis à consommer, il fut arrêté à la sortie de l'hôpital Henry Ford. Un soir d'automne, les employés de la sécurité et la police de Detroit l'attendaient devant la porte principale. Ils trouvèrent deux flacons de cinquante centilitres de morphine pharmaceutique dans la poche de sa blouse.

Sa vie fut mise en pièces. Il passa deux nuits en prison ; il essaya de prendre contact avec un avocat. Mais, avant même qu'il en trouve un, un spécialiste des affaires criminelles du barreau de Detroit trouva un arrangement avec l'hôpital et avec la justice. C'était

Denise qui l'avait engagé, mais Adrian ignorait si elle avait été arrêtée elle aussi. En tout cas, il ne la vit pas pendant un certain temps après l'arrestation ; il n'eut affaire qu'à l'avocat.

Dans le cadre de l'arrangement, il fut placé immédiatement dans un service de désintoxication, pour deux mois, à l'hôpital Beaumont de Royal Oak ; le vertige du sevrage a englouti presque tout souvenir de cette période. L'accord obtenu stipulait que, si Lancaster décrochait pour de bon et accomplissait un travail d'utilité publique, sa licence pourrait lui être laissée. L'hôpital Henry Ford ne l'autoriserait pas à continuer son internat, mais ne l'empêcherait pas de le terminer dans un autre établissement de Detroit. Il travailla donc à la Clinique du Michigan pendant un an, et pour finir au Centre médical municipal, en plein cœur de la ville.

Il ne vit Denise que deux fois après son arrestation, lors des visites qu'elle lui rendit à l'hôpital Beaumont. Même ces rares visites avaient dû être négociées par l'avocat ; elles étaient étroitement surveillées. Quand il sortit, elle ne vivait plus dans la région. Elle était partie pour toujours. Il entendit dire qu'elle s'était installée quelque part dans l'Ouest, près de la mer. Deux mois passés en désinto lui avaient semblé des années ; il savait bien, au fond de lui, que la meilleure solution était de ne pas la suivre, de l'oublier, et de la laisser l'oublier. Quelques mois plus tard, on lui apprit qu'elle était morte d'une déficience hépatique.

Storm essuie des larmes sur sa joue.

– Ce que la plupart des gens ne comprennent pas, dit-il, c'est que les junkies peuvent mener une vie très normale et très saine. S'ils surveillent leurs dosages et se servent d'instruments propres, ils peuvent garder un travail, avoir une famille, sans que personne ait à savoir. J'ai rencontré un jour un homme de soixante-dix-sept ans qui se droguait depuis quarante-deux ans. Je n'invente rien. Ça ne va pas ?

– C'est juste que je trouve ça triste.

– Eh oui. Mais c'est de l'histoire ancienne.

– Qu'est-ce que tout ça a à voir avec Kevin Babcock ?

– J'en sais rien, dit-il. Mais il y a un rapport. Il y a eu une autre tentative de meurtre, le soir où Kevin est mort, sur un petit dur du nom de Michael Straw. C'est lui, le grand brûlé dont on vous a parlé, et vous savez que c'est moi qui l'ai soigné quand il est arrivé aux Urgences. Il avait dans la poche un paquet de poudre brune, la même drogue que j'ai trouvée chez Kevin.

« Je ne connaissais pas le nom de Straw, et je ne l'ai pas reconnu à cause des brûlures. J'avais eu affaire à lui uniquement sous le nom de Zip. C'était l'un des fournisseurs de Bobby Karnowski. Bobby Karnowski, c'était ce dealer qui vivait sur le même palier, le copain de Denise.

– Alors, qui est Holt ?

– Aucune idée. Mais il se met à me relancer. Il m'a appelé hier soir aux Urgences. Aujourd'hui, j'ai reçu cette lettre.

Il envoie l'enveloppe dans sa direction, de l'autre côté du lit.

– Écoutez, dit-elle après l'avoir lue, je vous ai dit que Kevin se servait de Red's comme base. J'y allais souvent avec lui. Il disparaissait pendant des heures pour faire ses affaires. Ce qu'il trafiquait, en tout cas, se passait dans le coin. J'ai jamais rencontré Holt en personne, mais je connais beaucoup de monde dans ce bled ; je connais Red's. Je vous y emmène. Ce soir.

– Pour faire quoi ?

– Les gens entendent des choses, mais il faut être un peu agressif. Si vous voulez des réponses, il faudra aller les chercher. On va pas venir frapper à votre porte.

– D'accord. Mais d'abord il faut qu'on disparaisse.

Dans la salle de bains, il remplit d'eau le lavabo, y plonge la tête et la rince. Il branche le sèche-cheveux, puis, quand ils sont secs, s'étudie dans la glace. Sa crinière longue et sombre a laissé place à de courtes mèches blond pâle. De plus, il ne s'est pas rasé depuis presque deux jours. La barbe commence à couvrir son visage, ce qui l'aide à changer de tête.

– Je peux égaliser, maintenant ? La coupe est assez moche, pour l'instant.

Il regarde de nouveau dans la glace, tourne la tête d'un côté puis de l'autre.

– Alors faites vite, dit-il.

Tandis qu'elle se met à couper, il la regarde fixement.

– Vous êtes vraiment prête à vous lancer là-dedans ?

– Oui, dit-elle, je suis prête. Je suis contente d'être avec vous.

Dès qu'elle a terminé, il se met en devoir de fermer portes et fenêtres, de couper le gaz, l'électricité, l'eau. Il fait la vaisselle qui est dans l'évier. Celle qui est entassée à côté, sale aussi, il la met dans un sac poubelle qu'il va déposer dans l'allée. Il prend soin de mettre un chapeau.

Dans la rue, quelques maisons plus loin, est garée une Taurus noire, celle-là même que Lancaster a vue devant la maison de Kevin avant l'arrivée de la police. Il n'en est pas surpris. Il attend. Tandis qu'il l'observe, elle fait un demi-tour le long du trottoir. Elle s'éloigne.

14

– Brandon, tu me casses les couilles pour rien. Ce bled est devenu muet comme une carpe, mon vieux. J'ai que dalle pour toi.

Le petit Tommy Winter est de nouveau sur son perchoir, debout sur le siège des toilettes dans le box qu'il a verrouillé pour s'abstraire de ce monde. Brandon s'est accroupi sur le sol, où l'eau des chiottes a gelé ; il parle et il écoute par-dessous la porte.

Dehors la nuit va tomber. Le rhume de Brandon est à son comble dans sa gorge et son crâne ; il semble qu'il s'apprête maintenant à lui tomber sur la poitrine. Au moins s'est-il débrouillé pour faire une petite sieste dans l'après-midi, après son déjeuner avec Spinner. Compte tenu de son rhume et du fait qu'il n'a guère dormi que trois heures la nuit précédente, il se sent plutôt d'attaque.

– Dis-moi au moins où je dois chercher, Tom. On a eu deux morts et un blessé grave en deux jours.

– Me fais pas le coup du « blessé grave », dit Tommy. Tout le monde sait déjà, pour le brûlé.

– Straw ?

– Grillé. Cuit. T'es plus dans le coup, Brandon.

– Quand ça ?

– Cet aprème, y a une heure ou deux.

Sarah Le Seure – il faut qu'il lui parle de nouveau ;

elle est peut-être encore en ville. Dès qu'il en aura fini avec Tommy, il foncera à l'hôpital.

– La ville a mis tous ses hommes sur l'affaire, dit Brandon. On a tendu des filets autour de la maison des Babcock et dans les environs de Juncket Street.

– Alors ?

– Alors on en a rien tiré.

– Tu m'étonnes…

– Et ton petit camarade Petie : ça te fait quel effet ?

– Une tragédie, Brandon. Petie était un saint homme, tout le monde sait ça.

– Dis-moi ce que tu sais, Tom. J'ai pas le temps de plaisanter.

– On s'est gouré. Y a pas de dope qui entre ici.

– Ça, je le sais déjà.

– Qui t'a dit ?

– On la synthétise sur place. Kevin la fourguait à son frère. Son frère la fourguait à des trafiquants.

Silence dans le box.

– Alors, t'as chaud ? Tu transpires ?

– Ouais, t'as mis dans le mille. Toute façon, y avait pas plus de deal qu'avant, dans les rues. Ça collait pas, tu vois. Alors j'ai fouiné un peu. Tout est vendu à l'extérieur, mec. De la pure, il paraît.

– Du Fang.

– Fang, bang, bang ! Petie coulé, Kevin pendu.

– Parle-moi un peu de Seth Babcock.

Silence, de nouveau.

– Son nom te fait peur ? Quand tu l'as cité, hier, t'as oublié de me dire que c'était aussi un membre actif de notre petite communauté.

– Je sais pas ce que ça cache, Brandon, mais ce qui est sûr, c'est que c'est pas du petit racket, et c'est pas des amateurs. Suffit pas de lire les journaux pour se tenir au courant. Kevin était un intermédiaire pour Seth. C'était Kevin que Seth allait voir, pas l'inverse. C'était Kevin le fournisseur, pour une fois. Mais je te jure, je sais pas à quel jeu ils jouaient. En tout cas, Kevin était en plein centre. Y avait un type, personne sait qui. Kevin a été vu avec. Portait toujours un drôle de bibi orange.

– Holt.

– Ouais, ça doit être ça. J'ai jamais su son nom. Personne le connaissait.

– Parle-moi de lui.

– Pas grand-chose à dire.

– Tu l'as vu ?

– Une fois ou deux. Un vrai laideron, avec ses dents pourries, toutes marron.

– Une barbe ?

– Ou ais, un petit bouc.

– Qui c'est ?

– Personne le sait. Personne avait vu ce mec avant, à part Kevin. Écoute, Brandon, on dit que c'est un truc où faut pas mettre le nez. On dit…

– Qui dit ça, Tom ? Où t'as entendu parler de ça ?

– Ça me donne la chair de poule, mon vieux. Nom de Dieu !

– T'as vu Petie avant qu'il meure, hein ?

Brandon sort un flacon de cognac de sa veste et le passe par-dessous la porte.

– Ouais. Après qu'on a parlé, toi et moi, hier, j'ai réussi à le contacter. Il avait la trouille. Il m'a dit que c'était un truc énorme, Brandon, il voulait décrocher. Au départ, il voulait juste se faire un peu de fric en dealant, et là le monde lui tombait sur la tête. Mais tu sais, Brandon, Petie c'était plus que tu crois.

– Lui et Kevin…

– Oui, oui. Il était le convoyeur de Kevin, et son mec. Mais c'était aussi un indic, mon vieux. C'est ça que tu piges pas.

– Je sais bien : il bossait pour moi. Il est venu me parler pas plus tard que lundi matin.

– Pas pour toi, mec. Il s'en foutait pas mal, de toi. Il se faisait du blé, du vrai, une rente en béton.

– Qui payait ?

– Je peux pas te dire, Brandon.

– Tu vas me répondre, Thomas – qui est-ce qui marche sur mes plates-bandes ?

Brandon est en colère, soudain. Il se sent humilié ; il se surprend lui-même. Mais l'affaire est trop importante. Autre chose qu'un labo local tenu par des petites frappes.

– Je sais pas qui c'est.

– Pour qui Petie se mettait à table ?

– J'en sais rien, je te dis. Il voulait pas me dire. Mais ils s'intéressaient aux types avec qui Seth faisait son deal, les grosses légumes, ceux qui avaient le vrai pognon. En fait, ils se fichaient pas mal du petit racket de Petie, de Kevin, et même de Seth.

– Ils voulaient leur part du gâteau ?

– Mais non, Brandon, tu comprends rien. Putain !

La voix de Tommy flanche.

– Il travaillait pour le gouvernement, je te dis.

Brandon prend une seconde pour se ressaisir.

– Le gouvernement, c'est beaucoup de monde, dit-il tout doucement, presque dans un soupir.

– Ils se servaient de lui pour une grosse enquête. Ils

en avaient pas à Seth, ni à Kevin, ni à aucun de ces gars-là. Ils voulaient savoir avec qui eux étaient en contact.

Ils ont sûrement suivi Straw jusqu'ici, songe Brandon. Straw les a menés aux Babcock. Kevin Babcock les mettait en rapport avec le mystérieux Holt et l'organisation à laquelle il appartenait. Il suffit de considérer la vitesse à laquelle Julian Kline et les autres agents des Stups sont arrivés. Ils avaient certainement des chiens de chasse sur place depuis des semaines.

– Au début, Petie faisait le malin avec Kevin, il le présentait comme le grand patron, celui qui avait la main sur tout, celui qui allait dealer des quantités en utilisant Seth pour le transport. Mais ensuite Petie s'est mis à pisser dans son froc à cause de Kevin, et il a changé de disque. La dernière fois que je l'ai vu, il avait disjoncté, il disait que le grand patron allait découvrir le pot aux roses sur lui, que le grand patron était très fort et qu'il était furieux. Il a dit aussi que le grand patron savait pour toi et moi. Et aujourd'hui, on m'a appelé.

– Qui ?

– Je sais pas. Mais je crois qu'ils me connaissent…

La lumière s'éteint.

Il fait très sombre dans les toilettes. C'est la nuit noire parce qu'il n'y a aucune fenêtre. Brandon ne verrait même pas sa propre main sans la cigarette qu'il tient entre les doigts.

– Eh ! dit Tommy, avec un tremblement dans la voix.

– Bouge pas.

– Brandon !

Brandon avance à tâtons dans le couloir et suit le mur jusqu'au passage qui donne sur le bar. Les derniers rayons du soleil couchant passent par quelques fentes dans la porte qui conduit dehors.

Il ouvre la porte intérieure et contourne la vieille cabine téléphonique près du couloir pour pénétrer dans la salle, qui est sombre, elle aussi, à cause des fenêtres teintées. Les clients poussent des cris en riant ; Shirley élève la voix.

– C'est pas drôle. Rallumez, maintenant !

On entend un verre qui se brise, puis des rires d'ivrognes.

C'est alors que Brandon entend derrière lui, venant du couloir qu'il vient d'emprunter, un étrange et puissant soupir – *pffft*. C'est un son qu'il connaît. De nouveau, *pffft*, et encore.

Trois fois le bruit d'une arme munie d'un silencieux.

Par chaque nerf, chaque muscle de son corps, il sent ce qui est en train de se passer. Il ouvre d'un coup de pied la porte qui donne sur le couloir et jette sa cigarette dans l'espace vide et noir. Il se colle au mur, sort son pistolet du fourreau qu'il a sanglé sous l'épaule. Plusieurs choses arrivent à la même seconde : dans son élan, Brandon heurte une chaise et tombe contre la cabine téléphonique ; une flamme blanche jaillit dans le couloir – le pistolet au silencieux crache une quatrième balle, avec un bruit plus net maintenant qu'il est dirigé sur lui. Petit calibre, pense-t-il. Un .22, sans doute. L'arme idéale pour les tirs à bout portant. La vitre de la cabine, au-dessus de lui, explose ; les éclats pleuvent sur sa tête. Il sent une coupure à son oreille ; elle saigne. Dans la salle, quelqu'un hurle.

La porte qui donne dehors s'entrouvre ; la lumière s'y engouffre ; elle se referme.

Brandon a atterri comme il a pu, sur le flanc, en

appuyant la main qui tient son pistolet contre le mur ; il réussit pourtant à se retourner, vise la porte qui s'est ouverte, tire. Son .38 crache : la balle fend le bois de la porte, la détonation l'assourdit.

Lorsque l'écho s'éteint, il se rend compte du calme insolite qui a gagné le bar. Il attend, retenant son souffle. Une seconde, deux, sans un geste, de peur que quelqu'un ne guette encore, prêt à faire feu. Mais son corps sait d'instinct que la fusillade est finie.

Des voix, maintenant, des pas précipités venus du bar. Le faisceau d'une lampe de poche rencontre ses yeux, l'aveugle.

– Putain, c'est Brandon. Il est devenu dingue.

C'est ce grand roux de Shirley, le barman.

– Remets la lumière, vite.

– Qu'est-ce qui se passe, nom de Dieu ?

– Reste en arrière.

Brandon prend la lampe de poche des mains de Shirley et la dirige sur le trou qu'a fait sa balle dans la porte. Rien derrière, apparemment. Puis, il entend une voiture qui démarre en trombe. Quand il a ouvert la porte et couru vers le parking, le bruit déjà décline au loin, il n'y a plus rien à voir.

De retour dans les chiottes glacées, il appelle :

– Tommy ?

Pas de réponse. Il voit les trous de balles dans le mince mur du box, ouvre la porte d'un coup de pied ; le verrou saute ; de sa lampe, il éclaire l'intérieur.

Tommy est toujours perché sur le siège des toilettes, mais il penche bizarrement d'un côté. Du sang coule derrière son oreille gauche, là où une balle ou un éclat a pénétré le crâne. Son souffle est rapide, court. Brandon soulève ses paupières et constate que les pupilles sont dépareillées : l'une très rétractée, l'autre dilatée.

Sa main serre encore la moitié supérieure de la bouteille de cognac. Une balle a brisé le bas.

– Et merde ! Shirley, appelle une ambulance. Et fais venir une patrouille. Magne-toi. T'inquiète pas, Tom, on s'occupe de toi.

Brandon le soulève des toilettes et le porte jusqu'au couloir. Il lui soutient la tête jusqu'à l'arrivée des secours.

Cinq voitures de patrouille, trois des services du shérif et deux de la municipale, répondent à l'appel. Spinner Wharton et Lou Adamski arrivent quelques minutes plus tard. Shirley a découvert que le verrou du compteur, au fond du couloir, a été forcé : on a abaissé le disjoncteur général, ce qui a coupé le jus dans tout l'immeuble.

Brandon est assis à l'arrière d'une voiture banalisée ; il fume, il tremble. Spinner et Lou sont à l'avant. Un gyrophare tourne un peu plus loin, dont les vagues de lumière rouge balaient leurs visages. Il fait nuit noire, à présent.

– Ça fait un bout de temps, dit Brandon. La dernière fois, c'était en 74, un type tellement bourré qu'il pouvait pas poser un pied devant l'autre.

Brandon tire sur sa cigarette et souffle la fumée contre la vitre.

– Il a visé un nuage, et moi j'ai fait un trou dans le bas de son pantalon.

Spinner, à la place du conducteur, observe Brandon dans le rétroviseur.

– T'es sûr que ça va ?

– Juste un peu à cran.

– Ça vient une fois que c'est fini, hein ? Drôle de truc, les nerfs. Je suis sûr que sur le moment, t'as été aussi rapide qu'il fallait.

– Tommy a été touché. Et je pense que c'était le but de l'opération.

– T'as qu'à aller voir où est l'impact de la dernière balle, et te demander à quel endroit elle t'aurait touché, si t'avais été debout sur place.

– Sans blague ?

– Là où ça fait mal, mon petit vieux. En plein dans le coffre.

– J'ai eu de la chance, c'est tout. Si j'étais pas sorti des chiottes pour voir ce qui se passait…

Il ouvre la fenêtre, jette son mégot, allume une deuxième cigarette.

– Pas d'autre blessé ?

– Un type ou deux ont reçu des éclats de verre, rien de grave. Tu veux pas qu'on appelle ta fille ?

– Non.

Brandon observe Jimmy Mendez et un type de la balistique aller et venir dans le cercle éclairé par les lampes roses de la sécurité routière, derrière l'immeuble.

– C'était comme s'il était sur écoutes, dit Brandon, que quelqu'un entendait ce qu'il me disait. Quelqu'un savait que j'étais là. Personne à interroger comme témoin ?

– Le témoin, c'est toi, dit Spinner. Personne a rien vu.

– Et Tommy ?

– Il est en vie. C'est tout ce qu'on peut dire. Tu sais

que Straw a passé l'arme à gauche y a trois quatre heures ?

– Ça m'est revenu par la bande. Rien de nouveau sur Lancaster ? On a quelqu'un qui le surveille déjà, Lou ?

Il se penche en avant et serre le bras de Lou.

Lou reste silencieux un instant.

– Il y a un mandat de perquisition qui doit arriver ce soir. On a des hommes autour de chez lui. On ira demain matin. Ça te dit ?

– Je raterais pas ça, dit Brandon. Ça me touche beaucoup, qu'on ait pensé à m'inviter.

Il rentre en ville seul au volant de sa voiture, poussant jusqu'à l'hôpital pour prendre des nouvelles de Tommy. Il monte directement jusqu'à l'unité de soins intensifs, pensant qu'ils seront au courant.

– Il sera bientôt sorti du bloc opératoire, lui dit un interne. Dans l'heure qui vient. Le projectile n'a pas pénétré loin, mais, avec les blessures à la tête, tout ce qu'on peut faire, c'est attendre.

Bien qu'il n'ait, à vrai dire, aucune bonne raison pour rester, Brandon s'assied dans le hall, plongé dans ses pensées. Il a du pain sur la planche – tellement que son esprit se trouble ; mais il ne sait par où commencer.

– Dites-moi, dit Brandon à une infirmière, il y avait un patient ici, un grand brûlé. Michael Straw. Je sais qu'il est mort aujourd'hui. Mais je suis un ami de la famille, et je me demandais s'ils étaient déjà partis.

– Sa sœur était ici il y a encore une heure, jusqu'à l'arrivée de son mari. Ils avaient des dispositions à prendre.

– Où est-ce qu'on va pour s'occuper de ces choses-là ?

– Normalement, au service social…
– C'est-à-dire ?
– Cinquième étage, dit-elle. Aile B.

Épuisée, songe-t-il. *Elle a aussi mauvaise mine que moi, c'est dire.*

Sarah Le Seure attend, assise sur une chaise, dans une antichambre. Ses cheveux sont noués ; elle n'est pas maquillée. Il l'observe à travers le carreau de la porte. Il frappe à la vitre. Elle lève les yeux ; son visage est dépourvu de toute expression. Puis, elle s'arrache à son siège et ouvre la porte.

– Inspecteur.

– Je ne viens pas vous importuner. Je sais, pour votre frère. Je suis vraiment désolé.

– C'est mieux ainsi, dit-elle. Vous faites toujours semblant de croire que c'est un accident ? Inutile de me répondre. Je me suis un peu informée.

Il hoche la tête.

– Vous m'avez menti.

– Et vous, vous ne m'avez pas dit que votre mari était le bras droit du gouverneur. Vous pensez que ça n'a pas de rapport avec l'affaire ?

– Et pourquoi y aurait-il un rapport ?

C'est une voix grave qui s'est élevée. Un homme mince, aux cheveux grisonnants, s'avance dans le couloir qui mène au bureau principal.

– Je te présente l'inspecteur Brandon, dit Sarah. Nous nous sommes parlé lundi, comme je te l'ai dit.

– Ah… oui…, dit Le Seure. Vous ne pensiez pas que quelqu'un avait pu faire ça à Michael délibérément. Vous avez changé d'opinion, depuis, sur la situation ?

– Nous examinons les faits.

– Mais mon Dieu, mon ami, le pauvre garçon a été immolé par un psychotique, c'est évident. J'espère que vous faites plus qu'examiner les faits.

– Oui. Évidemment.

– Bien, dit-il. Je veux que ce monstre soit arrêté. Quant à ma fonction, nous nous montrons aussi discrets que possible. Avec Michael dans notre famille… enfin, vous me comprenez.

Le chef de cabinet du gouverneur a un beau-frère junkie.

– J'imagine bien.

– Nous sommes allés jusqu'à payer les services d'une entreprise de relations publiques pour veiller à ce qu'il ne soit fait aucune mention de Michael dans la presse. Je compte sur vous pour ne pas l'oublier.

– Officiellement, nous avions honte de lui, dit Sarah. Quand il pouvait servir, bien sûr, nous l'utilisions. Le reste du temps, nous l'ignorions.

Il y a dans sa voix une nette pointe d'amertume.

– Sarah, je t'en prie, dit Le Seure.

– Ce n'est pas toi qui as dû le regarder pendant des heures, dit-elle. Ce n'est pas toi qui as dû le voir mourir.

Brandon s'éclaircit la voix.

– Nous ne divulguerons aucune information personnelle sans vous avoir consultés. Je venais seulement vous faire mes condoléances. Vous devez avoir d'autres choses à régler.

Sarah Le Seure lui tend la main. Son mari, quant à lui, se détourne. Brandon hoche la tête de nouveau. Il tourne les talons et sort.

En partant, il passe par les Urgences. Il jette un coup d'œil au bureau. La secrétaire de garde sirote un Coca en lisant un roman-photo.

– Le docteur Lancaster, lui demande Brandon. Il arrive vers sept heures et demie, c'est bien ça ?

Elle acquiesce.

– Il est déjà là ?

Il veut juste lui dire un mot. Pas d'arrestation. Pas de pression. Seulement aller vers lui sans arrière-pensée et lui demander ce dont il a besoin : son aide.

– Il n'est pas de service ce soir.

– Ah bon ?

– Il a pris un congé pour convenance personnelle, une semaine entière, tout d'un coup. Une mort dans la famille, ou quelque chose comme ça.

Brandon s'est mis à courir avant même qu'elle ait fini sa phrase. Il déboule dans l'allée où la neige s'est remise à tomber, fonce vers le parking, les clés de sa Buick déjà sorties, puis met les gaz. *Vas-y ma vieille, réveille-toi !* Le moteur geint, s'enclenche. Il empoigne le levier de vitesses, démarre, sort du parking avec de telles sautes qu'à la descente du trottoir le carénage heurte le sol dans un crissement affreux.

Tout en grillant le premier feu rouge, il sc frappe le front du poing et se maudit pour n'avoir pas écouté son instinct et s'être laissé convaincre par Lou. Avec ou sans filature des féds, il sait bien ce qui va se passer. Le docteur va se faire la belle. Ces choses-là relèvent toujours de l'intuition, finalement, des tripes. On les sent ou on ne les sent pas. Et tous les fameux trucs de la police, toutes les analyses et les techniques que vous voudrez, les filatures des féds et compagnie, ça ne vous est d'aucune aide quand vous vous êtes planté.

Son seul espoir est que Lancaster n'ait pas encore filé. Il roule à tombeau ouvert dans Morgantown Ouest, vers Sunnyvale Street.

15

Au fond de sa cave, dans un ancien casier à bouteilles vide et recouvert de planches pourries, Lancaster a un .357 Magnum Smith & Wesson en acier inoxydable, qu'il garde enveloppé d'un tissu graissé et protégé par un sac en plastique hermétique. Il le déballe, l'approche de ses yeux dans la faible lumière qui entre par le vasistas donnant sur le trottoir. Aucune rouille ; aucune moisissure. En aussi parfait état que le jour où son père le lui a offert.

Lancaster n'avait que treize ans. Ils vivaient dans le quartier nord de Cleveland, près du rivage du lac Érié où son père était docker quand il y avait du travail. C'était un job intermittent ; son père allait de licenciement en coup de tête. Mais, ce jour-là, il avait reçu sa première vraie paie depuis un bon bout de temps ; c'était même un gros chèque. Il lui dit qu'il avait vu l'arme dans la vitrine d'un brocanteur et qu'il avait su tout de suite que c'était une affaire. Selon le marchand, elle avait appartenu à une dame qui tenait à se protéger. Elle était morte dans son lit ; le pistolet faisait partie de son héritage. Le marchand en voulait cent dollars. Le père de Lancaster l'avait eu pour soixante-quinze. Il le posa sur la table de la cuisine et dit à son fils qu'il devait garder deux choses en mémoire. La première, que cette arme ne s'userait jamais s'il en prenait bien soin. On ne pouvait en dire autant de beaucoup des choses qui s'achètent. La seconde, que rien n'approchait tant le vrai pouvoir parmi les choses auxquelles un homme comme lui, un homme quelconque, avait accès. Pouvoir chimique concentré dans la poudre à canon, pouvoir de mort qu'elle libérait.

– C'est comme avoir la chaleur du soleil dans la main, dit-il. Ça peut te brûler salement. Ou bien ça peut brûler un autre pauvre type comme toi.

Sa mère n'a rien dit. Elle s'est postée dans l'encadrement de la porte ; elle les a regardés en se frottant les bras.

Lancaster ne s'en est jamais servi. Ils ont projeté d'aller à la campagne, dans un champ de tir quelconque, pour tirer sur des cibles, ou au moins de trouver un bois désert et de viser des bouteilles, des boîtes de conserve et des ombres. Mais, avant qu'ils en aient l'occasion, son père a été tué sur les docks dans un accident du travail qu'on n'a jamais éclairci. Tout ce qu'ils ont su, c'est qu'il n'y avait plus vraiment de corps à enterrer. Rien qu'un cercueil scellé avec une photo dessus. Ce n'est qu'un mois plus tard qu'ils ont déménagé à Morgantown pour vivre avec sa tante Rose.

– Ils sont dehors, ils nous attendent, dit-il. Vous pouvez sortir sans vous faire repérer ?

– Je vous ai dit comment je suis entrée.

Storm tient le pistolet au-dessus de ses yeux ; elle l'examine.

– Attendez que je prenne ma voiture et que je démarre. Ils me suivront. Là, vous y allez.

– Assez parlé, docteur Lancaster. Allons-y.

Il place le pistolet dans son sac de voyage ; il la

regarde. Elle a la tête haute, presque fière, le visage apparemment libéré de son angoisse. Il comprend toujours mal de quoi cette fille peut être fière, mais cette expression le séduit.

– Au centre commercial de Valleydale, dit-il.

La Taurus noire n'est pas visible dans Sunnyvale Street, mais Lancaster ne doute pas qu'elle est dans les parages.

Il a garé sa Bronco sous le réverbère, afin qu'on puisse la voir malgré la pénombre qui depuis une heure ou deux a envahi la rue.

Son souffle fait du givre sur l'écharpe blanche qui cache la moitié inférieure de son visage. Il s'arrête pour leur laisser le temps de bien le voir, regarde vers le ciel, enfonce un peu plus son couvre-chef sur ses oreilles. Il porte une casquette de laine jaune vif. Derrière, il a cousu à l'intérieur la longue queue de cheval noire qui lui pendait tous les jours sur la nuque. Et elle pend donc, comme d'habitude, jusqu'au milieu de son dos.

Il remonte la fermeture Éclair de sa parka en nylon orange, jette son sac dans la voiture, s'installe au volant.

Elle est là, trois voitures plus loin en arrière – tandis qu'il prend un premier virage, il aperçoit dans son rétroviseur la tache noire de la Taurus. Il prend la direction du centre-ville, puis vers le sud dans Center Street, qui donne dans la nationale 57, laquelle à son tour traverse la rivière du Chagrin et mène au centre commercial, où elle croise l'autoroute de la Frontière Sud.

En bordure du parking attenant au centre commercial, il se gare dans une station-service Sunoco et déclare au mécanicien que le moteur a des ratés. Pourrait-il vérifier, le régler, bref, faire le nécessaire ? Le visage du mécanicien s'illumine.

– Prenez votre temps, dit Lancaster.

Il saisit le sac de voyage, traverse en courant le vaste parking, arrive à l'entrée principale du centre commercial. Dès qu'il a passé les doubles portes en verre, il se retourne et voit la Taurus qui approche. Un homme en costume sort du côté passager et s'avance vers lui. Lancaster entre sans se presser dans le centre.

Au rayon chasse et pêche de chez Sears, il achète une boîte de douilles. L'homme en costume s'arrête de l'autre côté de l'allée, s'abîme dans la contemplation d'une paire de bottes.

De retour dans le hall central, sous le grand dôme de verre, près de la fontaine et des fausses cascades, Lancaster a une rapide vision d'une chevelure rousse et d'une veste de sport mi-longue, vert clair et jaune. Brandon ? Il se retourne pour vérifier, ne voit plus rien.

Ça suffit, pense-t-il. Il se dirige vers le couloir en L où se trouvent les bureaux, qui mène du hall central aux toilettes. Une fois tourné le coin, il s'accroupit et guette les pas.

Quand il les entend approcher, Lancaster bondit, saisit l'homme par la taille, le pousse de l'épaule contre le mur. Pris au dépourvu, l'homme en costume perd l'équilibre et tombe.

Lancaster file comme l'éclair vers la foule, slalome entre les clients pour faire le tour de la fontaine, se précipite dans un magasin de vêtements où une station de radio déverse du rock technotrash par les haut-parleurs du plafond.

Caché derrière un éventaire de chemises

hawaïennes, il observe l'homme en costume qui passe en courant et crie quelque chose dans un talkie-walkie.

– Vous désirez ? lui demande une fille.

Lancaster lui fait signe de s'éloigner. Il marche voûté entre les piles de jeans et les adolescents jusqu'au fond du magasin.

– Monsieur ! dit-elle, plus fort.

Il la prend par le col et l'entraîne derrière un étal.

– Ferme ta gueule, compris ? susurre-t-il.

– Eh là ! crie le patron, qui a un cou de taureau.

– Montre-moi la sortie de secours.

– Tu te crois où, connard ?

La vendeuse s'est redressée ; en reculant elle heurte une étagère.

– Tu veux des emmerdes ? demande Lancaster.

Il sort de son sac le canon du .357, qui n'est pas chargé, juste assez pour que le patron le voie.

– Vas-y, fais encore du bruit. Attire un peu l'attention, pour voir. Ou montre-moi cette putain de porte.

Le patron la lui indique du doigt.

– Guidez-moi. Tous les deux.

Il les suit derrière la caisse, dans la réserve, zigzague entre des piles de boîtes et des étagères vides jusqu'à la porte, pousse la barre où est écrit SORTIE DE SECOURS. Cela déclenche une sirène stridente, grotesque, qui à son tour déclenche le hurlement hystérique de la vendeuse. Mais il se retrouve dans la nuit noire, dans la zone des livraisons, face à une congère haute de deux mètres.

Tout en courant le long des quais de chargement, il arrache sa casquette de ski jaune avec la queue de cheval cousue, sa veste orange, son écharpe blanche ; il les jette dans un container à ordures. Dessous, il porte un pull en grosse laine grise et une écharpe sombre, qu'il enroule autour de son cou et du bas de son visage. Il met une paire de lunettes en écaille à verres neutres, fait passer le contenu de son sac de voyage dans un petit sac à dos en nylon, jette le premier dans le container, puis court vers les voitures les plus proches.

Ayant parcouru une quarantaine de mètres, il regarde derrière lui à travers les fenêtres d'une voiture à l'arrêt. L'homme en costume se tient sous la lampe du signal d'alarme, devant la sortie de secours du magasin de vêtements, un talkie-walkie dans une main, un pistolet dans l'autre.

Toujours baissé, Lancaster se remet à courir jusqu'à ce qu'il ait atteint la limite du parking.

La Taurus approche des quais de chargement. Il regarde l'homme en costume monter à l'avant. Avant même qu'il ait fermé sa portière, la voiture démarre en trombe le long de la façade.

Quand elle a disparu à l'horizon, il s'oblige à marcher aussi normalement que possible en direction de l'autoroute. Ses oreilles sifflent.

Au coin de la rue, dans son rôle de blondinet aux cheveux ras qui attend le feu rouge pour traverser, il voit les phares de la Taurus qui approchent.

Rester de glace, se dit-il.

La voiture ralentit tandis que l'homme assis du côté passager le toise et dit quelque chose au conducteur. Puis, une caravane surgit de l'allée qui mène au centre commercial ; elle coupe la route de la Ford, oblige le conducteur à piler pour éviter la collision. Les pneus crissent. Profitant de la confusion, Lancaster traverse.

Il entre dans le premier self-service, va en ligne

droite jusqu'à la porte de derrière, ressort et se dirige vers l'enseigne du fast-food Taco Bell.

Sous l'enseigne est garée une Toyota Celica jaune cadmium.

– Bien joué, dit Storm quand il monte dans la voiture.

– En route, répond-il.

16

Devant le motel Best Western de Tecumseh, Michigan, à une cinquantaine de kilomètres de Morgantown, Brandon se frotte les mains dans le souffle d'air chaud craché par le moteur sous le tableau de bord de sa Buick. Bien que la voiture roule depuis des heures, il est gelé. Il surveille la chambre 134, qu'ont louée Lancaster et cette fille qui se fait appeler Storm. Mignonne. Copine de Kevin Babcock, et maintenant compagne de voyage du docteur Lancaster.

Brandon sourit d'aise. Personne ne sait où il se trouve. Personne ne sait où se trouve Lancaster. Les voilà en tête à tête.

Il a tout vu se mettre en place.

Il est arrivé à temps au domicile de Lancaster ; il a tourné dans les alentours jusqu'à ce qu'il repère la planque des féds dans une rue traversière. Deux hommes. Moteur éteint. Cette fois, ils ne se doutaient pas le moins du monde de sa présence.

Il a viré dans la rue suivante, s'est avancé de quelques dizaines de mètres, s'est garé entre les féds et la maison. Il avait l'œil sur la voiture de Lancaster, garée en plein sous un réverbère.

Quand l'un des féds a suivi Lancaster dans le centre commercial, Brandon entra lui aussi, vit la fuite absurde de Lancaster, le vit semer le féd et se réfugier dans une boutique ; il comprit alors qu'il ne reparaîtrait pas.

Il entra dans le magasin de disques d'à côté en montrant son insigne, et s'apprêtait à forcer la porte de secours quand il entendit l'alarme. Il se contenta de l'entrebâiller pour épier Lancaster tandis qu'il arrachait sa casquette et sa queue de cheval pour se changer en blond à cheveux courts et balançait sa veste colorée, son écharpe et son sac. *Pas mal, pour un docteur*, a-t-il pensé. De nouveau, c'est en fait une admiration inavouable qu'il a éprouvée pour cet homme.

Mais à quoi tout cela rimait-il ? Est-ce que vraiment Lancaster les avait tous grugés ? À l'évidence, il avait préparé son coup.

Lancaster courait vers les voitures. Brandon, caché derrière une grosse congère, se glissa par la porte entrouverte et prit la même direction. Il arriva à destination quelques secondes avant que ce nigaud de féd apparût derrière eux.

Lancaster traversa l'autoroute de la Frontière Sud ; la voiture de fonction noire fit le tour et passa juste devant lui, sans qu'ils aient rien compris. Brandon rigola de nouveau.

Mais, au moment où le docteur traversa et monta dans une voiture jaune qui devait l'attendre, Brandon se rendit compte qu'il s'était piégé lui-même. Sa Buick était restée garée devant la façade principale du centre commercial. La voiture jaune cadmium, à laquelle Brandon nota qu'il manquait un feu arrière, prit vers l'ouest sur l'autoroute de la Frontière Sud en direction de la nationale 57, puis vers le nord, en direction de la ville.

Il fit un sprint jusqu'au centre commercial, repassa la porte de secours du magasin de disques, qui par bonheur n'avait pas été refermée et verrouillée comme elle aurait dû l'être, puis fonça vers la fontaine centrale. Une femme hurla à la vue de cet homme massif, d'aspect militaire, se frayant un chemin dans la foule d'un air implacable et pressé.

Sa voiture l'attendait devant l'entrée, sur la bande de sécurité. À partir de là, ce fut une course folle vers la sortie nord, devant l'atelier de réparation d'automobiles Sears, à gauche vers le feu qui donnait sur la nationale 57, avec le gyrophare en marche pour écarter les gêneurs. Deux bonnes minutes avaient dû passer.

Sa poitrine brûlait ; il respirait avec difficulté. Sa tête bourdonnait tant qu'il voyait des phosphènes.

Il mit les gaz et slaloma dans la circulation aussi vite que possible jusqu'à l'endroit où la nationale 57 se réduit à deux voies, au-delà du pont sur la rivière du Chagrin, pour devenir Center Street, puis il éteignit son gyrophare en priant pour que la voiture borgne traversât la ville en ligne droite.

Enfin, dans la zone du centre-ville où la circulation fait un détour en suivant la déviation par McKinley Street pour éviter le quartier encombré des affaires, dans une file de voitures roulant au pas derrière un semi-remorque, il repéra une voiture à laquelle manquait un feu arrière. En s'approchant, il reconnut la voiture jaune cadmium.

Elle continua vers le nord jusqu'à la sortie de l'agglomération, dépassa le nouveau cinéma à salles multiples et le grand magasin de matériel agricole, plongea dans la nuit et les champs gelés. À huit kilomètres de la ville au nord, la voiture tourna vers l'est sur la régionale 15.

Il lui suffit, dès lors, de ne pas trop s'en rapprocher, sans pour autant perdre de vue son unique feu arrière.

Et elle le conduisit sans heurts jusqu'à Tecumseh et au motel Best Western. Après avoir pris une chambre, Lancaster et Storm ressortirent pour louer une petite Chrysler. Puis, ils s'achetèrent à manger et retournèrent dans la chambre.

Brandon avisa une cabine, appela sa fille pour lui dire qu'il serait encore absent ce soir-là, peut-être même toute la nuit. Comme son camionneur de mari n'était pas rentré, ça ne la gênait pas de rester dormir ; il crut même distinguer dans sa voix une nuance de soulagement, parce que cette fois il l'avait appelée au lieu de lui laisser découvrir qu'il était parti.

Il s'acheta deux hamburgers et du café ; il s'installa, résigné à passer en gelant sur son siège une longue nuit dégueulasse.

Il sort de son demi-sommeil, découvre que la porte de la chambre 134 est ouverte. Storm fait un signe en direction de l'intérieur, monte dans sa voiture jaune cadmium, démarre. Les battements de cœur de Brandon s'accélèrent, puis reprennent leur rythme habituel. Il s'assoupit de nouveau, et environ une heure et demie plus tard c'est Lancaster soi-même qui sort, monte dans la Chrysler et part.

Bien, pense Brandon. Plus que tout, il déteste attendre.

17

Pour commencer, l'endroit porte mal son nom : chez Red's, tout est jaune. Jaunes, les ampoules nues qui pendent du plafond ; jaune, le sol ; jaunes, du moins à ce qu'il semble sous cet éclairage, les murs sales. Le décor ne serait guère différent si une équipe de maçons avait commencé à restaurer l'endroit en perçant des trous au marteau-piqueur çà et là, en cassant à coups de masse le plâtre superflu, en mettant à nu la plomberie et les fils électriques, puis s'était interrompue soudain et avait abandonné le chantier en l'état. Le plafond est fait de canalisations diverses, de plâtre décrépi, de poutrelles dénudées. Des vidéoclips passent en boucle sur les écrans de télé installés en hauteur à chaque coin de mur. La musique correspondante est diffusée par une sono puissante qui fait trembler les murs. Elle submerge Lancaster quand il passe la porte.

Red's est construit au-dessous du niveau de la rue : plafond bas dans l'antichambre, qui communique en contrebas avec la salle principale à demi enterrée, laquelle a une hauteur sous plafond, ou plutôt une profondeur, de cinq ou six mètres. La pièce est sombre ; les ampoules suspendues, à bonne distance les unes des autres, laissent de larges zones d'ombre. Tables et chaises de jardin en fer forgé sont disposées autour d'une piste de danse qui occupe le centre. Il y a deux bars : l'un près de l'entrée, dans l'antichambre, l'autre à l'arrière de la salle principale. Lancaster, qui a gardé ses lunettes en écaille sur le nez, se trouve une table contre le mur de la grande salle, dans une petite enclave. Il veut avoir du solide derrière lui.

Tout le club vibre, sautille, s'agite. Trois femmes entièrement vêtues de cuir noir s'installent à la table voisine. L'une a des cheveux rouges veinés de bleu ; elle arbore une grimace qui suggère qu'elle est prête à tabasser quiconque la regarde de travers. Une autre, très mince, cheveux blond cendré coiffés en brosse, yeux bleus, se défait de sa veste en cuir noir, découvrant un torse quasi nu sous un boléro en résille, et le fixe des yeux. Il se détourne, puis la regarde. Elle le fixe toujours. Ses yeux sont cernés d'un épais trait d'eye-liner, sa bouche est noire. Elle lui rappelle vaguement quelqu'un.

Un instant plus tard, tandis que Lancaster est absorbé dans la contemplation de son scotch, il sent une présence au-dessus de lui. Il lève les yeux.

– Salut, petit blond.

C'est la fille au rouge à lèvres noir et au boléro transparent.

– Vous savez pas qui est au bar ?

Il la regarde mieux ; il a un certain choc en s'apercevant que c'est Storm.

– Asseyez-vous, dit-il en donnant un coup contre la chaise qui lui fait face. Je vous avais vraiment pas reconnue.

– Tant mieux, dit-elle en montrant le bar du doigt. Vous voyez le type avec le manteau noir qui lui descend jusqu'aux genoux ? Il a des cheveux noirs.

On voit mal à cette distance, avec cet éclairage bizarre, mais Lancaster arrive à distinguer l'homme.

– Ouais.

– Seth Babcock.

Le frère de Kevin, dont Holt a dit, après le guet-apens sur le pont, qu'il avait rendez-vous avec Petie.

– Sans blague ?

– Sans blague.

Il jette encore un œil, en direction de l'autre table, aux amies de Storm.

– Si vous ne me connaissiez pas et que vous me voyiez traîner avec des filles comme ça, vous penseriez quoi ?

Il hausse les épaules.

Elle rit.

– Vous penseriez sûrement que je suis une goudou, non ?

– Peut-être.

– Eh bien, si je voulais, je pourrais vous allumer et vous éteindre toute la nuit, comme un interrupteur. Je vous parie que vous avez jamais connu de femme comme moi.

Il y a des chances, pense-t-il. Même sous le rouge à lèvres noir, les lentilles de contact bleues, l'ombre à paupières orange et la couche de fond de teint, son visage est superbe. Mais elle a tellement changé, en deux heures, qu'il en a le vertige et ne sait trop comment la regarder. Il n'arrive pas à faire se rejoindre les deux apparences, sans parler des deux caractères, en une seule personne. Toute trace de la fille de tout à l'heure est effacée : plus de tension aux alentours des yeux, plus de tristesse ni d'hésitation, plus de fragilité.

Elle doit être sous une drogue quelconque, pense-t-il.

Il ne s'était pas trompé, au Dispensaire, en croyant deviner qu'elle n'avait pas décroché comme elle le prétendait.

Storm s'allume une cigarette.

– Quand Seth est dans le coin, c'est pas par hasard. Il a pas l'habitude de se montrer. C'est plutôt une ombre, voyez. La plupart des gens peuvent le croiser dans la rue – ou même le voir dans un endroit comme ça – sans se douter de rien.

– Le frère de Kevin est dealer ?

– Et il travaillait avec lui.

– Vous le connaissez ?

– Je connais des gens qui le connaissent. Ils me parlent. C'est mon seul talent : les gens viennent me parler. Vous, par exemple.

– Oui, mais…

Elle lève la main pour l'interrompre.

– Parlons au présent. On raconte que Seth a un pied dans le trafic de la région, mais qu'il est très discret. Il se contente de se balader en coulisse, mais il sait tout.

– Et il est là ce soir.

Storm le regarde dans les yeux.

– Voyez comme vous êtes important ?

– Je savais même pas que je viendrais ici y a trois heures.

– Ça fait une éternité.

– Personne d'autre a pu savoir que je venais.

– Exact.

– C'est vous !

– J'ai tout arrangé.

– Avec vos amis ?

– Ils connaissent du monde. Il m'ont donné un coup de main.

Elle jette un œil à sa table, derrière.

– Alors vous avez dit à tout le monde que je serais ici ? Et à quoi ça m'aura servi, toute cette mascarade et cette coupe de cheveux ?

– Vous avez semé ceux qui vous filaient. Ça a marché. Seth vous a jamais vu, de toute façon, avec ou sans cheveux. Qu'est-ce que ça peut lui faire ? Vous voulez apprendre des choses, oui ou non ? On fait plus de manières, docteur Fix. C'est un peu tard.

– Vous leur avez aussi raconté ma petite histoire, à vos amis ?

– Merci pour la confiance. Je vous trahirais pas comme ça.

Lancaster a l'impression de se trouver en haut d'une falaise en pente douce. Il a perdu prise ; il commence à glisser. À mesure qu'il descend, il gagne de la vitesse ; et il n'a plus aucun moyen de s'arrêter.

– Vous auriez dû faire comme moi, si vous teniez tellement à vos cheveux.

Elle tire sur une de ses mèches blond platine.

– Une perruque, au cas où vous auriez pas remarqué. J'en ai quelques-unes.

– Ça vous change beaucoup.

– En mieux ?

– En autre chose.

– C'est excitant ?

– Pas mal.

– Je me transforme souvent. J'aime ça.

Lancaster plonge dans son verre.

– Vous voyez quoi, là-dedans ? demande-t-elle.

– L'avenir. Ça vous intéresse ?

– Pourquoi vous portez encore ces lunettes ?

– Camouflage. Vous m'avez jamais vraiment dit ce que vous faites. Des études ?

– Non.

– Vous travaillez ?

– Je préfère pas en parler. Alors, c'est quoi, mon avenir ?

Lancaster regarde à nouveau dans son scotch ; il le fait tourner dans le verre.

– C'est encore assez flou, dit-il. Mais je vois un grand changement.

– C'est vrai ?

Sa curiosité est piquée. Elle se penche en appuyant ses bras nus sur la table.

– Quel genre de changement ?

– C'est flou, dit-il. Mais c'est pour bientôt.

– Un changement dans ma vie, ça ferait pas de mal.

– Qu'est-ce que vous avez contre votre vie ?

– Elle m'ennuie.

Elle écrase sa cigarette et recrache la fumée à la façon de Bette Davis, sans l'avaler.

– C'est ce qui me plaît chez vous. Vous, vous m'ennuyez pas.

– Je croyais plutôt que vous aviez peur.

– L'ennui, ça peut faire peur.

– Eh bien, je vous promets que l'ennui ne durera plus très longtemps. Je peux au moins vous garantir ça.

– Je vous crois. Vous voulez faire un petit achat ?

Il secoue la tête.

– Pourquoi ?

– Qu'est-ce qu'on fout ici, alors ? Vous avez dit que vous vouliez venir. Je me suis débrouillée pour que Seth Babcock, qui fait pas beaucoup d'apparitions en public, vienne vous rencontrer. Maintenant, à vous d'en tirer quelque chose.

– Je voulais trouver Holt.

– Il est pas là. Seth est là, lui. Et il sait, vous pouvez me croire. Vous voulez acheter une dose ?

– Pour faire quoi ?

– Achetez une dose.

– Je veux pas acheter de dose. J'achète plus, c'est fini.

– Si tu veux apprendre quelque chose, Adrian, il faut que tu replonges. Il faut te faire violence, te rabaisser un peu.

C'est la première fois qu'elle le tutoie. Il sait qu'il y a du vrai dans ce qu'elle dit, et ça l'effraie. Il lève son verre sous les yeux de la serveuse.

– Quand vous m'avez demandé de vous aider, moi je l'ai pris au sérieux, dit-elle. J'ai monté un coup. Mais les gens qui traînent par ici vont pas venir s'asseoir sur vos genoux. Écoutez : il faut que vous achetiez une dose. Et une belle, pas un truc à quatre sous. Il faut que vous dépensiez de l'argent.

– Qu'est-ce qu'il y a ?

– De l'héro. De la coke. Des pilules, amphèts et calmants. Des psyché. De la dope expérimentale. Du speed de pharmacie. Du speed ordinaire. De l'herbe. De l'acide. Du crack. Tout ce que vous voulez, je peux vous l'apporter à votre table dans la demi-heure.

– Je vois du danger, dit-il à son verre vide. Dans ce changement à venir.

Elle le regarde quelques secondes.

– Vous êtes vraiment bizarre.

– C'est moi qui suis bizarre ?

– Bla-bla-bla. Faisons une pause. Venez danser.

Elle arbore une moue machinale, feint l'ennui, mais il voit son cœur battre sous son décolleté.

La serveuse pose un nouveau verre devant lui. Il lui glisse un billet de cinq et lui fait signe de s'éloigner.

– Voilà du nouveau matos. Les choses apparaissent plus clairement.

– Vous voyez l'avenir, maintenant ?

Il le boit d'un trait.

– Ouais. Je vois qu'on va danser.

C'est une vieillerie des années soixante-dix, une impro de Johnny Rotten et des Sex Pistols, les débuts du punk, rapide et méchant : une version tordue, sarcastique de « Rock around the Clock ». *Six, three, seven, nine, two o'clock rock.* Storm est déchaînée. Elle se baisse jusqu'au sol et se relève très vite en ondulant. Elle lui tient le col de la chemise tandis qu'elle s'agite ; il empoigne les chaînes de son blouson de cuir noir. Ils bougent ensemble avec violence, cognant contre les corps qui les entourent, et s'accrochent l'un à l'autre plus fort encore, comme si rien d'autre n'existait. Elle déchire sa chemise. Il sent sa poitrine ferme sous la résille, tétons dressés. Il l'attire vers lui.

Elle passe les bras autour de son cou, pose les lèvres sur son oreille.

– Je peux rendre ça encore plus agréable. Tu veux ?

Il secoue la tête.

– Je ne peux pas.

– Viens.

Elle le tire par la main vers l'arrière du bar. Il essaie de résister, mais il est sans volonté. Ils empruntent le couloir sombre qui conduit aux toilettes, s'arrêtent devant une porte où rien n'est indiqué. Elle jette un regard alentour, puis l'entraîne à l'intérieur. Ce n'est qu'une petite remise, avec des poubelles vides en plastique gris empilées dans un coin, des serpillières et des seaux dans un autre. Storm ferme la porte à clé, puis elle sort un couteau d'une de ses poches, fait jaillir la lame, appuie son côté lisse, glacé, contre le visage d'Adrian. Il ferme les yeux.

– À genoux, dit-elle.

Il se laisse tomber.

– Ça te plaît que je te piège pour te faire acheter une dose ? Comme ça tu vois la vermine qui vit ici, tu la vois dans son élément, tu vois les gens avec qui Kevin fricotait…

Lancaster a les yeux à la hauteur de son slip en cuir noir. Un flacon en verre marron avec un bouchon noir apparaît dans sa main.

– Je peux t'en fournir rien que pour toi, si tu veux, quatre-vingt-cinq le gramme. C'est donné.

Elle en verse un peu sur la pointe de la lame, le lui tend. Cocaïne.

Il la regarde dans les yeux, ses faux yeux bleus.

– Vraiment, je peux pas, murmure-t-il.

– Allez, doc. La coke, c'était pas ta bête noire. C'est comme le scotch, ça veut rien dire. Juste une fois, pour moi. Ensuite, on va vraiment danser.

Elle s'agenouille elle aussi, se penche, si près de lui maintenant qu'il respire son haleine. Elle ferme les yeux.

– Rejoins-moi, dit-elle. Je suis loin. Viens jusqu'à moi.

Elle a dit vrai : la cocaïne est une drogue à quoi il n'a jamais été accro. Il en prenait quand il en avait envie, puis s'arrêtait. Il n'empêche, il sait bien que maintenant il ne doit plus y toucher. Mais la présence de Storm agenouillée devant lui, son souffle chaud sur sa face, les fines gouttelettes de sueur qui parsèment sa lèvre supérieure, le scotch qui lui fait tourner la tête, tout cela rend la tentation presque irrésistible, non pas tant parce qu'il a envie de la drogue, plutôt parce qu'il a envie de partager cela avec elle, d'être auprès d'elle par ce moyen – de s'abaisser, comme elle l'a dit.

Il appuie sur l'une de ses narines pour la fermer, s'apprête à aspirer par l'autre, quand soudain il change d'avis, rejette la tête en arrière avant d'avoir rien absorbé. Il fait non de la tête.

Alors elle baisse les yeux vers la poudre et la sniffe à sa place.

En la regardant, il imagine la vague de la drogue déferlant sur son cerveau, il s'imagine fermant les yeux comme elle fait, lever la tête et s'appuyer en arrière, ne plus sentir son visage.

Il s'imagine que c'est de la forte, pure et dure, peut-être moins coupée que toutes celles qu'il a jamais essayées.

– Pure ? lui demande-t-il.

– Pure et bonne, répond-elle.

– Comme vous, dit-il.

– Ralph, Adrian, dit Storm en guise de présentations.

Ralph est maigre au point de sembler malade. Un rapide sourire coupe en deux son visage de tête de mort, puis il se remet à boire une bière au goulot. Il est assis avec ses pieds chaussés de santiags sur la table, le menton appuyé sur sa poitrine. Lancaster voit son cuir chevelu à travers les mèches éparses.

Il pose d'un coup la bière et dit :

– Il veut quoi ?

– Du Fang, dit-elle.

– Tss tss. Personne trimbale ce truc dans le coin. De la chinoise. C'est tout ce que j'ai.

La blanche de Chine. À l'époque où Lancaster s'y est mis, c'était l'héroïne la plus pure qu'on pouvait trouver dans la rue. Mais c'est ensuite devenu un nom générique, galvaudé, dont on affublait n'importe quelle dope de merde que l'on voulait refiler dans les sachets en plastique.

Lancaster acquiesce.

– Une bonbonne ?

– Un gramme, dit-il.

Ralph plisse les lèvres, hoche la tête. *Bien joué*, dit le regard qu'il lance à Storm. *Je te revaudrai ça, chérie.*

– Soixante-cinq.

– Cinquante, dit Lancaster.

Jouer le jeu ; l'enjeu est de montrer qu'on est au parfum.

– Soixante. Si t'es pas content, tu vas voir ailleurs.

– Cinquante. Et si elle est bonne, j'en veux trente grammes dès que tu peux. Disons demain.

Voilà qui suffit pour que Ralph retire les pieds de la chaise.

– Ça va te coûter mille dollars.

Lancaster hoche la tête.

– Faut que j'aille faire un tour dehors, dit Ralph. T'attends une minute et tu me rejoins, mais sans avoir l'air de me suivre, OK ?

Loin de l'immeuble, le parking est plongé dans l'obscurité. Storm est appuyée contre le pare-chocs d'une camionnette ; elle tire nerveusement sur sa cigarette. Lancaster fait les cent pas pour se réchauffer. La température a de nouveau chuté aux alentours de moins dix ; la brise cinglante qui souffle de l'ouest n'a rien à envier aux vents polaires.

– Salut, dit Ralph en approchant d'eux dans le noir.

Il lance à Lancaster un sachet de poudre blanche emballée dans du plastique, de la taille d'une noisette.

– C'est de la bonne, dit-il. Tu vas voir. Tu les voudras, tes trente grammes. Pointe-toi ici demain soir, même heure, même endroit. Mille petits dollars, et c'est bon.

– Attends que j'y jette un œil.

Il tend un billet de cinquante à Ralph.

– Pas de problème, dit Ralph en montrant ses deux paumes.

Son expression change quand il voit quelque chose derrière l'épaule de Lancaster.

– Faut que j'y aille, dit-il en retirant sa main.

– Pas si vite, Ralphie, dit doucement une autre voix.

Seth Babcock sort de l'ombre, derrière les voitures, et s'avance dans le cercle de faible lumière qui vient de l'immeuble.

– Reste avec nous, on est entre amis.

La main gauche de Seth tient ce qui ressemble à un .45 automatique.

– D'accord, d'accord, dit Ralph.

Ralph n'a manifestement guère envie de participer à cette petite réunion.

– Alors comme ça, le docteur de Kevin devient acheteur, dit Seth. Et Ralph parle d'une quantité plus importante pour demain. On se lance dans le commerce en gros ? Les temps changent.

– Un docteur ? dit Ralph.

Seth Babcock est tellement terne que c'en est frappant, songe Lancaster. Ses traits se transforment ; il a un visage dont on ne se souvient pas, même en s'y efforçant. Avec son long manteau noir et ses cheveux noirs brillantinés et plaqués en arrière, il se fond dans la nuit. C'est tout un art. La seule chose remarquable, sur lui, est le gros diamant serti dans son oreille gauche, qui renvoie la lumière quand il tourne la tête.

Lancaster écarte les mains du corps.

– Qu'est-ce que ça veut dire, doc ? Ça ressemble à rien, que vous soyez là. Vous voulez bien me tuyauter ?

– Si je suis ici, c'est parce que j'en sais rien non plus. Je voulais trouver Holt.

Seth hoche la tête.

– Holt, il fait du cinéma.

– Donc vous le connaissez.

– Eu affaire à lui, c'est tout. En fait, on s'est jamais vraiment rencontrés. Mais on se connaît. Si on allait dans un coin plus chaud ? J'ai un endroit que je peux utiliser pas trop loin, une jolie petite maison de campagne. On pourrait boire un verre, se mettre un peu au courant.

– Vous connaissiez Straw ?

– Écoutez, docteur Lancaster, si on…

– Répondez-moi.

– Je le connaissais. C'est tout. Il représentait des gens avec qui je voulais faire affaire. Je sais pas qui l'a descendu. Je voudrais bien. Je voudrais bien savoir qui a descendu mon frère.

Difficile de le plaindre, songe Lancaster. Il entend la vengeance dans la voix de Seth, il ne doute pas qu'il pourrait bien, qu'il voudrait bien tuer autant de fois que nécessaire pour mettre un terme à ce délire, pour faire payer le désordre de ses affaires et la mort de Kevin.

– Vous avez jamais vu ses patrons ?

– Si je les avais vus, pourquoi j'aurais eu besoin de Straw ? Maintenant, allons-y. J'ai froid.

Il agite le bout de son arme.

Storm marche à quelques pas d'écart ; elle se tourne pour allumer une cigarette, en abritant du vent la flamme de son briquet. Lancaster voit alors que la cigarette tombe de ses mains et touche le sol dans une gerbe d'étincelles. Storm se retourne vers le groupe avec un pistolet en main, un petit automatique argenté. Seth ne le voit pas tout de suite ; elle a le temps de le pointer vers sa tête.

– Storm ! dit Lancaster. On va juste bavarder. On veut tous la même chose.

– Réfléchissez un peu, Adrian. On veut pas du tout la même chose. Seth veut se débarrasser du problème. Et de nous avec. Nous, on veut faire la lumière. Dans la lumière, il risque de fondre. Lâche ton arme, Seth. Et sors ton autre main de ta poche.

– Storm, dit Seth. Si t'arrêtes tout de suite, je te laisse partir.

– Fais ce quc j'ai dit.

– Storm…

Seth sourit. Elle tourne le pistolet vers le camion qui est derrière eux et tire dans la fenêtre, qu'elle perce d'un trou de la taille d'une pièce de monnaie et qui s'étoile entièrement.

– Merde ! crie Ralph en se jetant sur le sol.

Seth la fixe des yeux, pesant sa décision. Puis, il secoue la tête. Le .45 tombe sur le gravier. Il écarte ses deux mains, comme avait fait Lancaster.

– Enlève ton manteau et pose le par terre. Ensuite, recule.

– Pauvre petite conne ! dit-il. T'es qu'une malade.

Mais il tombe le manteau et fait machine arrière, entraînant Ralph.

– Ramassez-le, Adrian.

Il la regarde avec de grands yeux agiter le canon dans sa direction et lui donner des ordres. Elle semble aussi à l'aise avec une arme qu'avec une cigarette, songe-t-il.

– Storm !

– Ramassez-le ! Il y a un carnet d'adresses dans la poche intérieure. Sortez-le.

– T'es morte, dit Seth. Tu viens de signer ton arrêt de mort.

Lancaster trouve un Filofax noir.

– Maintenant, ramasse le flingue. Toi, Seth, tu t'allonges à côté de Ralphie, les mains sur la tête.

Il l'observe, guettant une occasion.

– Seth, je te jure que si…

Il s'agenouille, puis s'étend à plat ventre sur l'asphalte et croise les doigts sur sa nuque.

Lancaster tient dans une main le lourd .45 de Seth, dans l'autre le carnet d'adresses.

– Allons-y.

– T'es morte ! crie Seth tandis qu'ils s'éloignent. Tous les deux vous êtes morts et enterrés !

Storm marche à reculons, le dos contre celui de Lancaster, pour surveiller Seth et Ralph.

– Bougez pas ! dit-elle.

Puis, comme s'ils s'étaient donné le mot, elle et Lancaster se mettent à courir.

Au moment où Lancaster ouvre en tremblant la portière de leur voiture de location, une 4 × 4 Chevrolet rouge cerise, surélevée et dotée de pare-chocs monstrueux, entre en trombe, pétaradant, dans le parking.

– Dépêchez-vous, dit Storm.

Seth les charge. Il appuie sur le champignon ; sa grosse machine rouge et de mauvais goût fonce sur Lancaster.

– Dépêchez-vous, Adrian.

La voiture de location démarre du premier coup. Lancaster met les gaz, recule en dérapant sur l'asphalte givré, freine d'un coup, puis se lance vers la sortie du parking à cent cinquante à l'heure.

– Allons-y, Alonzo ! dit Storm.

Lancaster garde le champignon au plancher jusqu'à la sortie du parking et la route qui ramène vers Morgantown.

– Les doigts dans le nez !

Storm passe le dos de la main sur son visage, étalant son maquillage déjà bien abîmé.

– Vous voulez bien me dire à quoi ça rime, à la fin ?

– À rien, dit-elle. Ça rimait avec rien. Seth voulait vous faire faire un petit tour dont vous seriez jamais revenu.

– Je vous parle de tout ce bordel.

– On leur plante des banderilles, docteur. C'est le but du jeu.

– Vous vous connaissiez, en fait.

Elle ne lui répond pas.

– Je pense même pas que ce soit Seth ou ses sbires les assassins.

– C'est tous des assassins, Adrian. Trouvez-en un, vous trouverez les autres. Comme des serpents. Suffit de continuer à retourner les pierres.

– C'est pour ça que vous vouliez le carnet ?

– Ça ?

Elle ouvre la fenêtre et lance le Filofax de Seth dans la nuit glacée.

– Vous croyez vraiment qu'il écrirait noir sur blanc un seul des numéros importants ?

– Alors vous l'avez pris pour quoi ?

– Pour le faire enrager. C'est une ordure, il mérite pas mieux. Je lui pardonnerai pas d'avoir embarqué Kevin dans son trafic de merde.

Dans le rétroviseur, Lancaster voit deux phares de grosse voiture en colère qui approchent.

– Vous avez un plan de bataille pour tout de suite ? On les a au cul.

– Accélérer.

– Génial, dit-il.

La route est à deux voies, étroitement encadrée par des rampes de neige, une sorte de brouillard blanc continuel qui s'écarte en rafales dans l'arc des phares. Au moins est-elle assez fréquentée, de sorte que la surface est déblayée, sèche, et que Lancaster peut pousser le moteur à fond. Il est à cent dix et la 4 × 4 est toujours à ses trousses. À cent vingt, il creuse un peu l'écart. À cent trente, il peut presque souffler.

Puis, un craquement particulièrement brutal se fait entendre à l'arrière.

– Ils tirent, dit Storm. Ça doit être un jeu pour les grandes personnes.

– Putain !

– Vous allez voir une station-service au prochain carrefour. Faites comme si vous alliez passer le feu le plus longtemps possible, puis braquez pour entrer dans la station. Mais il faut que votre côté de la voiture continue de filer presque droit. Ils pourront jamais prendre un virage comme ça avec leur mastodonte.

– Et ensuite ?

– Ça les obligera à nous dépasser ; ils seront pris au dépourvu. Et moi j'aurai un angle de tir.

Elle saisit les deux pistolets, passe à l'arrière en roulant par-dessus son siège, puis ouvre la fenêtre du côté conducteur. Le vent est assourdissant.

Un virage serré à quatre-vingt-dix à l'heure, et là, à une centaine de mètres, ils voient un carrefour, un feu qui est au vert, et sur la droite une station Shell. Il appuie sur le champignon jusqu'au feu. Au dernier instant, à trente mètres peut-être de la bretelle qui mène à la station, il écrase le frein autant qu'il peut sans déraper, tourne le volant, déboule dans la station, puis braque à gauche de nouveau pour rester parallèle à la route, évitant de justesse les premières pompes. Il entend derrière lui le crissement aigu des pneus qui brûlent tandis que la 4 × 4 freine et tourne sur la bande de sécurité. Elle dérape en biais, l'avant dirigé vers la station et vers Storm.

Elle tire trois coups avec le petit .25 et deux avec le .45 de Seth, qui résonnent comme de vrais coups de canon.

– Foncez ! crie-t-elle.

Lancaster rappuie sur l'accélérateur, traverse la station sous les regards éberlués de quelques ploucs à l'intérieur, prend la route traversière qui est moins fréquentée, s'enfonce dans la nuit en direction du nord.

Il n'y a rien derrière eux.

– D'une voiture en marche à une autre, et j'ai quand même eu leurs pneus, dit-elle. Je suis pas bonne ?

– Vous êtes folle.

– Vous avez ce que vous vouliez.

– Ah bon ? Tout ce que j'ai, c'est un gramme d'héro coupée très ordinaire, un dealer qui veut me mettre une balle dans la tête, et toujours pas d'Arnie Holt.

– Peut-être, dit-elle en grimpant sur le siège avant. Mais maintenant ils savent qui on est. Ils nous respectent.

– Vous avez vraiment eu un pneu ?

– Vous voulez peut-être y retourner pour vérifier ?

– C'est un coup impossible à réussir.

– C'est mon père, dit-elle. Il m'a fait tirer sur des cibles dès l'âge de six ans. Un des nombreux avantages qu'il y a à ne pas avoir de frère.

Ils atteignent le sommet d'une longue pente recouverte de neige durcie et de verglas. Lancaster effleure le frein et manque les envoyer valser dans le décor, mais il lâche tout de suite et se résout à se laisser descendre en douceur.

Il s'apprête à lui demander ce qui se passe vraiment, ce que c'était que ce délire où elle les a embarqués chez Red's, pourquoi elle lui a caché ce qu'elle savait des fréquentations de Kevin et le fait qu'elle se drogue toujours. Est-ce qu'elle est donc directement impliquée dans l'histoire ? Est-ce qu'elle dealait avec Kevin ? Qu'est-ce qu'elle cherche, au juste, et pourquoi l'a-t-elle entraîné avec elle ? Il a l'esprit plein de ces questions ; il essaie d'y mettre de l'ordre au moment où il jette un regard de routine dans le rétroviseur.

Il entrouvre la bouche, mais c'est déjà trop tard. La 4 × 4 a passé le sommet de la colline si vite que ses roues décollent de la route. Lancaster n'a le temps que d'empoigner le col du blouson de cuir de Storm et de lui tirer la tête vers le siège. Il accélère et d'instinct il tourne le volant en direction de la rambarde couverte de neige pour ne pas subir l'impact de plein fouet. À cette vitesse, la 4 × 4 les tuerait sur le coup.

Ensuite, la première chose qu'il perçoit, c'est qu'il neige de nouveau. La neige est partout ; ils roulent, ils glissent, ils heurtent la terre, la glace, la roche. Un trou apparaît dans le plancher de la voiture sous ses pieds. Storm hurle. Il entrevoit le ciel. Quelque chose heurte le pare-brise, le rend opaque. De la neige est projetée sur ses jambes à travers le trou du plancher.

Puis, tout s'arrête.

Ils se sont immobilisés contre un poteau de palissade, à une quinzaine de mètres de la route. Lancaster a le tournis. Il sent sur son visage du sang poisseux, qui doit couler de son crâne. Il ne se souvient pas du choc. La voiture est ensevelie dans la neige et dans la nuit noire. Le vent, c'est tout ce qu'il entend. Quelque chose ronfle. Le moteur. Autour, le monde se tait.

MERCREDI

[illegible] ent les marques [illegible]
la [illegible] était [illegible] de
St[illegible]
[illegible] dernier [illegible]
la [illegible] d'en fi[illegible]

18

Mercredi, en début d'après-midi, le mal est finalement tombé sur la poitrine de Brandon, et sa toux s'est changée en une sorte d'aboiement rauque. Pneumonie, pense-t-il. Carabinée. Peut-être cancer des poumons. Il allume une cigarette ; après quelques bouffées, la toux cesse.

La salle de réunion a été entièrement dédiée à l'affaire. Des cartes détaillées du comté et de la ville sont épinglées sur l'un des murs, constellées de petites punaises de couleur. Un tableau en liège est orné de photos d'autopsie montrant les marques de ligature sur la gorge de Kevin et le visage à moitié carbonisé de Straw.

Les gars sont en plein déjeuner de travail, constitué de sandwiches achetés au snack d'en face. Julian Kline, portant ses lunettes de luxe rouges et un costume de laine flambant neuf, est assis à un bout de la table de conférences, Ken Barnes et Lou Adamski, à l'autre. Spinner est en train de déballer un énorme sandwich. Brandon est appuyé contre le rebord de la fenêtre, le doigt sur une narine, priant pour que cesse la douleur dans ses sinus.

– T'étais où, Brandon ? demande Lou.

– Je suivais une piste.

Ils ont mis à exécution le mandat de perquisition au

domicile de Lancaster, ce matin ; Brandon n'était pas là. Lou fut, selon ses propres termes, un peu déçu.

– Il fallait que j'aille jusqu'au bout, Lou. Pas le choix. La voix de Brandon est creuse, gutturale.

– T'es sûr que ça va aller ? Tu devrais aller voir un docteur.

– Faudrait aussi que je prenne deux semaines de vacances en Floride, pendant que j'y suis. Qu'est-ce que vous avez trouvé ?

Lou pose sur la table deux fioles de taille moyenne en Pyrex, étroites au goulot, larges en bas.

– Ça vient de la cave de Lancaster. Y en a deux autres comme ça. Les Stups les ont envoyées à Detroit. Ils ont analysé les trois : dans l'une ils ont trouvé des traces d'acrylate de méthyl-éthyl-fentanyl trois-quatre. Les deux autres, des traces de deux substances utilisées pour en fabriquer. Lancaster est mouillé.

– Des empreintes ?

– Seulement de gants en latex, comme la dernière fois.

– En plus, on dirait qu'il s'est fait la malle, dit Kline. On le trouve nulle part. Dans une poubelle à l'étage, on a trouvé un attirail pour teindre les cheveux qui vient de servir.

Le regard de Brandon passe de Kline à Lou et il hoche la tête. Il voit la rougeur monter au visage de Lou.

– Maintenant écoute ça, dit Spinner, un rosbif mayonnaise dégoulinant dans une main, un café dans l'autre. Une collision entre une 4 × 4 et un camion, hier soir vers Flanders, a tué le conducteur de la 4 × 4. Mais quand les secours sont arrivés, y avait plus personne dans la voiture. Tout ce qu'ils ont trouvé, c'est un .45 sur le siège arrière et un petit Spears .25 semi-automatique sous le siège du côté passager. Des empreintes partout. C'était une voiture louée chez Avis, par le docteur Adrian Lancaster.

Ken Barnes s'éclaircit la voix.

– Vous aviez raison, Brandon. Je vous dois des excuses. On aurait dû l'appréhender.

Intérieurement, Brandon rit aux éclats de cette bonne blague de Barnes. Il a envie de lui en dire la chute – *Vous vous plantez. C'est pas Lancaster. Non coupable ! Trois jolies petites fioles avec des traces de drogue, mais pas d'empreintes, pas de drogue, pas d'outillage ? On l'a trouvé avec le corps de Kevin Babcock ? On lui envoie Michael Straw aux Urgences, opportunément défiguré par ses brûlures ?*

Intérieurement, Brandon se gondole. Il va mourir de rire. Mais, à la fenêtre de la salle de réunion, il ne sourit même pas. Il se contente d'un solennel hochement de tête.

Il est arrivé sur les lieux de l'accident quelques secondes à peine après la collision. La 4 × 4 était couchée sur le flanc, un seul phare encore allumé éclairant la route. La tête du conducteur était écrasée sur la roue, une masse de chair ensanglantée à la place du visage. Brandon s'agenouilla et tâta le cou à la recherche d'une pulsation de la carotide qu'il ne trouva pas.

Seth Babcock fit le tour de la 4 × 4 par-derrière. Quand il vit Brandon, il leva les mains, puis se retourna et s'enfuit, marchant au milieu de la route.

Derrière lui, à une cinquantaine de mètres environ, Lancaster avait réussi à revenir dans la neige jusqu'à l'asphalte. Sa face était ensanglantée.

Brandon fit marche arrière en voiture et ouvrit la porte du côté passager.

– Montez.

– Storm, dit Lancaster.

– Il faut filer d'ici tout de suite.

– Aidez-moi à la sortir.

Brandon et Lancaster se frayèrent un chemin dans la neige jusqu'à la voiture. Quand il vit à quel point elle était détruite, Brandon se demanda comment l'un des deux avait pu survivre.

– Storm ?

L'obscurité les empêchait de distinguer la jeune femme.

Ils n'entendaient pas de réponse.

– Storm ?

– J'ai comme l'impression que j'ai raté leurs pneus, dit-elle enfin.

Brandon sentit ses cheveux sur le siège, puis il passa la main sur son visage poisseux.

Lancaster retrouva sa trousse médicale dans la voiture. Sur le chemin du retour, vers Tecumseh, ils achetèrent du sparadrap et de la gaze de rechange, un peu de nourriture et de l'eau minérale.

Dans la chambre du motel, Brandon et Lancaster la soignèrent. Après avoir nettoyé ses blessures, il fallut seulement sept points de suture en bordure du cuir chevelu. Lancaster n'avait pas d'anesthésiant sur lui, et Storm dut serrer les dents.

– Vous aurez une cicatrice, lui dit-il. Je fais juste le minimum pour que ça tienne.

– Un souvenir, dit-elle d'une voix chancelante.

Ensuite, ce fut au tour de Brandon d'examiner Lancaster. Il y avait des coupures ; il y aurait bientôt de belles ecchymoses, mais rien de bien méchant, rien qu'on ne pouvait panser convenablement.

– Vous avez de la chance, dit Brandon.

– Vous appelez ça comme ça ?

Ils passèrent la nuit ensemble dans la chambre du motel, Lancaster et Storm sur l'un des lits, Brandon sur l'autre – sachant que s'il les laissait seuls ils seraient partis à son retour. Et ils étaient tous tellement épuisés qu'ils dormirent sans discontinuer. Brandon voulait se réveiller à huit heures, pour la perquisition chez Lancaster. Mais, quand il s'éveilla enfin, il était plus de onze heures.

Il fallait qu'il fût rentré à une heure pour la réunion. Il fit en sorte qu'ils prissent un petit déjeuner et leur laissa de l'eau. L'un comme l'autre eurent du mal à s'éveiller assez pour manger, ce qui n'était pas plus mal, pensa-t-il. Puis, il les lia l'un à l'autre par des menottes, et lia les menottes par d'autres au montant du lit.

– Désolé, dit-il.

Lancaster hocha la tête, la reposa sur le coussin. Déjà ses yeux se refermaient.

La réunion traîne en longueur. Spinner montre une poignée de miettes de béton qui correspondent aux débris trouvés sur les pneus du cabriolet. Il raconte que, devant un terrain vague servant au stockage de matériel agricole, derrière l'hôtel Washington, sous un toit en surplomb, il s'est mis à gratter ses semelles. Que l'équipement entreposé là appartenait à une entreprise du nom de Abood Contractors, dont le siège était au nord de la ville. Qu'il s'est rendu là-bas, a posé des questions, que finalement un type s'est rappelé avoir vu le cabriolet rouge au même endroit, derrière l'hôtel, samedi soir. Il s'en souvenait parce qu'il venait d'offrir à sa fille le même modèle, mais en bleu.

– On se met à ratisser la zone cet après-midi.

Kline va faire venir un artiste des Stups, pour qu'il trace un portrait-robot d'Arnie Holt à partir du témoignage d'une ou deux serveuses de chez Red's.

Lou dit que le numéro composé par Straw depuis le domicile de Kevin samedi soir a été identifié. Il s'agit d'une chambre dans un petit motel, louée au nom de John Smith à un homme qui a payé en liquide. Ça ne mène donc nulle part.

C'est comme s'il y avait un épais panneau de verre entre Brandon et la clé de l'énigme. Il a beau gratter et frapper, la surface reste intacte.

En plein milieu d'une explication de Lou Adamski, Brandon se lève, comme hypnotisé, et sort de la pièce pour regagner son bureau.

– Frank ! crie Lou derrière lui. Qu'est-ce que ça signifie ?

C'est une journée grisâtre, et le soleil pâlot de ce début d'après-midi n'y fait rien, mais Brandon préfère la pénombre à la lumière artificielle. Il allume une cigarette, qui cette fois déclenche une quinte de toux.

Puis, on frappe à sa porte. Kline.

– On peut se parler ?

– Je vous écoute.

Brandon tousse un bon coup dans son mouchoir, puis renifle. Ses yeux pleurent.

– Vous devriez vraiment vous soigner.

– Qui tire les ficelles ?

– Qui ? Mais vous…

– Je sais que vous faisiez filer Lancaster. On m'en a pas informé. Lou est au courant ?

Kline hoche la tête.

– Et Barnes ?

C'est oui.

– Pourquoi ils me tiennent à l'écart ?

– Faudrait leur demander.

– C'est à vous que je le demande. Je veux pas leur demander à eux.

– J'en sais rien, dit Kline, en passant la main sur son visage. Je crois qu'ils voulaient simplement une seconde source, quelqu'un d'extérieur, d'indépendant. Un outsider.

– Lancaster a vu la voiture de vos sbires devant chez les Babcock avant l'arrivée des adjoints. Une Ford noire, conduite par un type en costard. Et vous n'avez débarqué que le lendemain.

Kline croise les jambes, puis les décroise.

– D'accord. On suit cette drogue depuis deux mois. On est à Morgantown depuis une quinzaine de jours.

– Straw ?

– C'est lui qui nous a conduits ici, oui. Mais écoutez-moi : j'arrive pas à percer le truc, Brandon. Je vous jure, j'arrive pas à remonter à la source. Je suis bluffé. J'ai suggéré à Lou et à Ken de rester aussi discrets que possible sur notre présence ici, pour ne pas troubler le jeu. Les choses sortent mieux comme ça. Vous le savez bien.

– C'est quand même mon enquête.

Kline hausse les épaules.

– La présence des fédéraux influe sur le comportement des gens. Je voulais que ni vous ni les trafiquants ne changent de méthode.

Brandon hoche la tête.

– On a vraiment perdu Lancaster hier soir, dit Kline. Brandon détourne le regard, contemple par la fenêtre le toit des boutiques d'en face ; il plisse les yeux.

– S'il refait surface, Brandon, c'est vers vous qu'il ira. Brandon sort la Camel de sa bouche ; il observe cet agent des Stups un peu trop cool à travers la fumée.

– Possible, dit-il.

– On a besoin de lui.

– Dommage pour vous qu'on collabore pas sur cette affaire, hein ?

– Frank !

Mets-le dans la confidence, lui dit une voix. *Donne-lui les détails qu'il n'a pas. Collabore : dis-lui, pour Lancaster…*

Mais c'est non. Brandon prend soudain conscience du fait que le jeu n'est plus celui dont il a l'habitude, celui de la cible mouvante : c'est une devinette où l'information passe sous la table et derrière son dos. Il ne s'agit pas de drogue. Il ne s'agit pas de meurtre. Il s'agit de connaissance. Et la règle numéro un est de bien préserver celle que l'on a acquise.

Il faut qu'il retourne à Tecumseh, au motel, mais avant qu'il ait pu sortir on lui transmet un appel. Ellen Byers, lui dit le standard ; il le prend.

– Vous ne rappelez pas, quand on vous laisse un message ?

– J'étais sorti, désolé.

– Bon. Parce que j'ai quelque chose que vous avez besoin de savoir. L'empreinte sur la lampe de poche. Je me demandais si ça nous mènerait quelque part. Maintenant, je me demande si ça va pas nous mener trop loin.

– Vous l'avez identifiée ?

– Mon labo a commencé par le casier de Straw et tous les noms qui s'y trouvaient, suivant votre suggestion. Ensuite, ils ont étendu la recherche à toute la liste des arrestations autour du Fang. Toujours rien. Alors je suis allée à la pêche. Vous connaissez le SAMAD, bien sûr ?

Le Système automatique du Michigan pour l'analyse des empreintes digitales constitue peu à peu une base de données destinée à contenir la totalité des fiches d'empreintes du département de la Justice – plus de cinq millions – et toutes celles à venir. Cela veut dire que toute personne dont on a pris les empreintes dans l'État au cours des vingt dernières années, ou dans l'avenir, pourra être identifiée en quelques heures par l'ordinateur à partir d'une seule empreinte relevée. Une technologie formidable, quand elle fonctionnera à plein, songe Brandon. La dernière fois qu'on lui en a parlé, c'était pour dire qu'elle ne serait pas vraiment opérationnelle avant deux ans.

– Je savais pas qu'on s'en servait déjà.

– Ils ont entré un quart environ des empreintes de l'État, dit-elle. Et ils ont pas encore éliminé tous les virus du programme. Mais je me suis dit que même une faible chance de réussite, ça vaut mieux que rien. Non ?

– Bien sûr.

– Mais voilà le hic. Ils se servent aussi du programme pour mettre en ordre les jeux d'empreintes en dehors des affaires criminelles – ceux des fonctionnaires, du personnel de la police, etc.

– Ils sont tous classés dans le même dossier que pour les enquêtes criminelles ?

– C'est une autre base de données, mais j'imagine

que tout ce qui se trouve dans le système est accessible à n'importe quelle demande. Donc, ouvrez grandes vos oreilles : l'empreinte sur la lampe de poche a trouvé sa petite sœur.

– Celle d'un fonctionnaire ?

– Oui.

– Un fédéral des Stups ?

– Il s'agit des dossiers de l'État, Brandon. Pas du gouvernement fédéral.

– Je vois pas…

– Quelqu'un dans la catégorie des employés du gouverneur.

Brandon sent ses cheveux sur sa nuque se dresser.

– Qui ?

– Cherchez du côté du chef de cabinet.

– Le Seure, dit Brandon. Je comprendrais qu'il ait fait filer son beau-frère par quelqu'un. Mais que lui-même aille…

– Je me penche sur la question, dit-elle d'un ton neutre. Décidément, il se passe des choses intéressantes, chez vous.

En roulant vers Tecumseh, Brandon commence à se sentir parano. Il regarde sans cesse dans le rétroviseur, fait plusieurs détours inutiles, s'arrête pour voir qui le suit. Mais il n'y a personne.

Il est plus de quatre heures quand il arrive enfin. Il achète des sandwiches au poulet enveloppés dans de la Cellophane et d'autres bouteilles d'eau avant de se rendre au motel.

Dans la chambre, il découvre Lancaster éveillé, les yeux fixés sur le plafond.

Storm, sans sa perruque blonde, vêtue seulement d'une veste en cuir et d'une culotte, dort à côté de lui. Le blouson qu'elle portait est retroussé au-dessus des menottes. Brandon est frappé par sa fragilité apparente, par la minceur de ses bras, de ses mollets, de ses cuisses, de son ventre.

– C'est bon, dit-il en les libérant.

Lancaster se redresse et se frotte les poignets.

– Quelle façon dégueulasse de traiter les gens, dit-il.

– Appelez la police.

Brandon sourit et tourne la chaise du bureau vers le pied du lit.

– Je vous écoute.

– Allez vous faire voir, dit Lancaster.

Storm entrouvre les yeux et se tourne vers lui.

– Dis-lui, Adrian. Dis-lui ce que tu m'as dit. Et je voudrais bien une cigarette, si possible.

– J'ai le choix, dit Brandon en envoyant une Camel et son briquet à Storm. Soit je vous embarque, soit je vous laisse filer. Quand vous aurez parlé, je déciderai. La cour, c'est moi ; alors je vous conseille d'être bons.

Brandon dépose les sandwiches et l'eau sur le lit. Il attend.

– Alors pourquoi vous nous avez laissé un sursis hier soir ?

– Pour que vous puissiez vous blanchir à mes yeux, dit Brandon. Si vous êtes réglo, j'aurai besoin de votre aide. Y a du grabuge en perspective et je fais feu de tout bois. Le Fang, vous connaissez ?

Lancaster hoche la tête.

– Vous serez heureux d'apprendre que mes hommes sont allés chez vous ce matin. Dans la cave ils ont trouvé trois fioles de verre contenant des traces de cette drogue. Même votre copain Ken Barnes veut votre peau, maintenant. Il s'est couvert de ridicule, et il vous en tient responsable. Il sait pas si vous êtes acheteur, vendeur ou fabricant, mais il est furieux, et il va vous tomber dessus.

– Alors pourquoi vous m'arrêtez pas, tout simplement ?

– Je pense que Ken Barnes est un con. Et puis, quoi que je puisse penser de vous, je sais que vous êtes pas si bête. La merde où vous vous êtes mis avec Straw et Kevin, et maintenant vous vous tirez, mais en laissant opportunément trois fioles avec des traces de drogue chez vous ? Je peux pas avaler un truc pareil.

– Vous me croyez.

– En tout cas, je crois que là, on vous a piégé. Autrefois, vous avez peut-être fait des choses pas recommandables. Mais c'est pas mes affaires. Alors, il faut qu'on parle, conclut Brandon. Commençons par le commencement.

Une partie de lui-même attend encore – et presque espère que ce docteur camé va refuser ou se trahir, montrer qu'il est, cette fois encore, coupable d'un crime, justifier que Brandon lui passe les menottes. Mais la curiosité l'emporte : il veut savoir enfin où se trouve la source de tout ce chaos. Et il sait qu'il en est plus près qu'il ne l'a jamais été depuis que tout a commencé.

Lancaster déballe un sandwich et se met à manger. Il mâche lentement, exprès, sans rien dire, fixant des yeux la moquette bon marché. Quand le sandwich est fini, il lève les yeux vers Brandon, hoche la tête et prend la parole.

Il parle longuement.

19

Lancaster raconte la même histoire qu'à Storm. C'est une bonne histoire, parce qu'elle est vraie ; il sent qu'elle fait impression. Brandon reste silencieux une minute quand Lancaster arrive au bout.

Enfin, il hoche la tête.

– C'est un début, dit-il. Maintenant parlons du présent.

– Je veux qu'elle se repose, dit Lancaster. Elle a reçu un choc. Il faut qu'elle récupère un peu.

Il fait les gros yeux à Brandon ; il voit dans ceux de l'inspecteur, d'un bleu liquide, qu'il comprend ce qu'il essaie de lui suggérer : il y a des choses dont il préfère parler en privé, en l'absence de Storm.

– Bien sûr, dit Brandon.

– Restez ici, dit Storm. Je veux entendre ce que vous avez à dire.

Lancaster sort de sa trousse médicale l'enveloppe où sont restées les six pilules de Méprospan qu'il s'est fait donner à la pharmacie après l'appel de Holt, en prend une, la tend à Storm. Elle l'avale avec un peu d'eau de la bouteille. Puis, il s'enferme dans la salle de bains et se regarde dans la glace. Il a d'abord un choc en voyant la chevelure. Il l'avait oubliée. Il se tourne à gauche, à droite, s'aperçoit qu'il a changé, mais pas seulement à cause des cheveux. Il y a quelque chose d'autre, quelque chose dans les yeux et la bouche, un désespoir qui n'était pas monté à la surface depuis longtemps. Le désespoir d'un homme qui a un besoin vital d'une chose dont il n'est pas certain qu'il l'obtiendra jamais.

Il ne sait pas quoi faire. Il n'a échappé au danger que pour se retrouver embarqué avec une fille inquiétante, un flic qui semble n'obéir qu'à ses propres règles et se les inventer au fur et à mesure. Il faut qu'il échappe à ces gens. Il se trompait en croyant qu'il pourrait s'orienter dans le labyrinthe en partant de Morgantown, qu'il pourrait trouver ici même la solution de l'énigme. Elle n'a rien à voir avec cet endroit. C'est lui-même qu'il doit découvrir, et personne ne peut plus l'aider.

Ses mains se sont remises à trembler. La peur panique qu'il a ressentie chez Kevin, puis après le coup de fil de Holt, en recevant sa lettre, et encore quand Seth les a abordés dans le parking de Red's, s'empare de lui une nouvelle fois. L'accident de la veille lui revient, avec sa violence, des images de victimes de carambolage mises en pièces, la chance incroyable qu'ils ont eue, Storm et lui, d'en sortir vivants, et l'idée que la prochaine fois, qu'il s'agisse d'une voiture, d'une arme à feu ou d'une chute du cinquième étage, il aura sûrement moins de veine. Et il ne fait guère de doute qu'autre chose va lui arriver. La violence règne là où il va, parmi les gens qu'il doit essayer de trouver. La violence est le seul langage universel.

Il faut qu'il regagne tout son calme. Il faut qu'il ne cède plus à la panique. Il ne doit pas trembler. Il doit se rendre capable de trouver ce dont il a si grand besoin, et de le regarder en face, aussi horrible que cela puisse être.

Une fois de plus, il sort deux des pilules et les contemple sur la paume de sa main. Cela fait six ans qu'il ne s'est pas permis de prendre le moindre narcotique, six ans qu'il ne s'est pas drogué. Mais il n'est plus capable de faire face tout seul.

Ensuite, je m'arrêterai de nouveau, se dit-il. *Ce ne sont que des pilules, pour survivre à cette journée.*

Les pilules sont maintenant dans sa bouche, sèches et pâteuses ; il prend de l'eau au robinet, l'approche de ses lèvres, avale.

C'est si facile, pense-t-il. En un clin d'œil, rompre ainsi sa résolution, son abstinence, la promesse qu'il s'est faite.

– J'en ai besoin, murmure-t-il au visage hagard qui l'observe dans la glace. Maintenant seulement. Et plus jamais.

Quand il ouvre la porte, Brandon a enfilé son manteau et l'attend. Storm s'est rendormie.

Brandon laisse Lancaster conduire. Le soleil se couche.

– Donc, le présent, dit Brandon.

– La nuit où Petie est mort, juste après que j'ai fait le constat de décès, Arnie Holt m'a appelé aux Urgences.

Brandon ne dit rien.

– Plus tard, j'ai transcrit tout ce que Je me rappelais de la conversation.

Il tend à Brandon une enveloppe.

– Et puis, quand je suis rentré chez moi à l'aube, un coursier a sonné. Il m'a remis cette lettre tapée. Vous pouvez vérifier avec vos services, mais je suis certain que ça mène nulle part.

– Sûrement, dit Brandon tout en lisant.

– Unité 451, confidentiel, dit une voix dans le récepteur.

– J'ai un appel, dit Brandon. Il y a une station-service un peu plus loin. Ils ont une cabine.

Lancaster se gare et regarde Brandon courir vers le téléphone, faire un numéro, écouter, puis faire un second numéro.

Il remonte dans la voiture.

– Si on prenait un verre ?

– D'accord.

– Reprenez la direction de la ville, par l'autoroute de la Frontière. On va dans un bar qui s'appelle Spike's. Voir un type qui s'appelle Shirley.

En s'éclairant d'une lampe de poche, Brandon reprend sa lecture. Il lit chacun des deux documents trois fois de suite. Enfin, il lève les yeux vers Lancaster.

– Vous devez bien avoir votre idée.

– Je vous jure que non.

– Un plan ?

– Y retourner.

– Qu'est-ce qui s'est passé avec Seth, hier soir ?

– Comme tout le monde, il croit que je sais quelque chose.

– Pourquoi vous êtes allé là-bas ?

– Je cherchais Holt. J'ai trouvé Seth. Ou bien c'est lui qui m'a trouvé. Je sais pas très bien comment ça s'est goupillé.

Le bruit que font les clients éméchés de Spike's empêche presque Lancaster d'épier la conversation entre Brandon et l'énorme barman nommé Shirley. Il s'efforce d'écouter.

Ils sont assis côte à côte au bar. Brandon se penche en

avant de sorte que son nez touche presque celui de Shirley. Un mégot pend aux lèvres de Brandon tandis que le Tiparillo de Shirley se consume dans le cendrier. Lancaster est impressionné par le nombre de cigarettes qu'écrase Brandon. Il doit dépasser les deux paquets par jour.

Shirley tire sur son Tiparillo.

– Écoute bien. Petie était leur commis. Tu sais qu'ils exportaient ?

Brandon hoche la tête.

– Petie faisait une livraison sur le pont quand il s'est fait buter. Quand Kevin a eu son compte, Petie a voulu faire un dernier coup avant de quitter la ville. Il aurait mieux fait de se tirer quand il le sentait. Enfin bref, c'était Seth qui devait le retrouver après la livraison, et je sais que c'est pas lui qui a descendu Petie. Même si Petie le doublait, il lui aurait juste botté le cul.

« Maintenant, il paraît que la mort de Petie et Kevin a ralenti le trafic, et qu'ils étaient prêts à se lancer dans le commerce en gros. Mon petit doigt me dit qu'il y aura au moins un dernier rendez-vous, si les acheteurs veulent toujours leur came. Et je parierais que oui.

– Sur le pont ?

– Tu choisirais encore cet endroit, toi ?

Brandon secoue la tête.

– Eh ben, ils sont pas plus débiles que toi. Y aura un nouveau point de rencontre. Il te reste qu'à deviner où.

– Et toi, t'as une intuition très développée.

– Peut-être bien.

– Shirley chéri.

– J'ai des soucis. Y a une Hog de 59 qui m'a tapé dans l'œil ; c'est un ami à moi qui la vend, à Montpelier. Sa meuf est un peu toquée, tu vois, et elle lui a dit qu'il doit s'en séparer, qu'un père de famille peut pas avoir de bécane. Ça lui fait mal aux seins, le pauvre, mais je lui ai dit que je l'en débarrasserais...

– Cinquante dollars, ça t'aiderait ?

– Ça me ferait pas de mal, vieux. Mais faut que je paie l'information moi-même, tu vois. Je suis que l'intermédiaire, là.

– Cent ?

Shirley hoche la tête.

– Putain, t'as intérêt que ce soit du premier choix, sinon faudra que tu me files des tuyaux gratos un bout de temps.

Brandon pose cinq billets de vingt sur le bar et attend que Shirley les ait pliés serré pour les glisser dans son jean. Puis, Shirley dit :

– Maintenant faut attendre.

– Attendre quoi ?

– Un coup de fil, dit-il en versant du bourbon dans le verre de Brandon et du scotch dans celui de Lancaster. On va m'appeler.

Lancaster boit une gorgée de scotch glacé en observant Brandon.

– Comment va votre femme ? finit-il par demander.

Brandon le regarde.

– D'après vous ?

Lancaster hoche la tête.

– Je peux vous demander un truc ? dit Brandon.

– Bien sûr.

– Quelqu'un comme elle, dans son état, vous pensez qu'elle serait mieux dans une institution ?

– Je connais pas son état.

– Elle a des problèmes respiratoires, de grosses

congestions. On fait venir un thérapeute trois fois par semaine.

– Et ça marche ?

– Plus ou moins.

– Vous êtes seul avec elle ?

– D'habitude, oui. Quelquefois elle est livrée à elle-même.

– Comme maintenant ?

– J'ai une fille qui veille un peu sur elle.

Lancaster boit une autre gorgée de scotch et regarde droit devant lui, les yeux vagues.

– Vous pouvez pas répondre, hein ? dit Brandon.

– C'est le genre de décision que vous seul pouvez prendre. Si vous voulez que je l'examine…

– Non non. Je vous demandais pas ça.

– Bon.

– Je trouverai une solution.

Ils attendent une bonne demi-heure avant que le téléphone sonne. Shirley écoute, raccroche, puis à nouveau se penche par-dessus le bar vers Brandon.

– Vous vous baladez jamais derrière le terrain d'aviation, là-bas, sur cette voie de garage ?

– Si si.

C'est un lieu de rendez-vous traditionnel pour les lycéens du coin. Quand Brandon était simple flic, il y a longtemps de cela, sa ronde était passée par là, pour disperser ces gosses le vendredi soir. On le taquinait en disant qu'il faisait mieux que tout le monde, dans le comté, en matière de contrôle des naissances.

– T'auras peut-être envie de traîner par là ce soir, après le coucher du soleil ?

Il est déjà plus de six heures.

– Le soleil vient de se coucher.

– Tu t'attendais à quoi ? Ils montent le coup et donnent le mot le plus tard possible. C'est déjà incroyable que j'aie pu avoir le tuyau. Tu devrais me remercier.

– Putain, Shirley, est-ce que je peux compter dessus, au moins ? La livraison a lieu en ce moment ?

Shirley sourit et reprend son cigare.

– Seth Babcock te salue.

Il a donc fini par établir le contact.

– Autre chose, Brandon. Je sais que tu te demandes comment quelqu'un a pu savoir que toi et Tommy vous vous rencardiez dans les gogues, comment quelqu'un a pu viser aussi bien. Mais ça se savait. Tommy cachait pas bien son jeu. Même les gros bonnets étaient au courant, mon vieux.

– Les féds ?

– Eh ouais.

– Qui ?

– Tommy voulait pas le dire. Je crois pas qu'il savait qui c'était. Il savait juste qu'ils le filaient.

Brandon regarde Lancaster fixement.

– Vous voulez venir ? C'est vous qui décidez.

– Je viens, dit Lancaster.

20

Ils roulent. Le coucher de soleil, qui imprégnait le ciel d'orange et de rose, s'est estompé. Les routes sont plongées dans la pénombre mais luisantes, mouillées par la glace fondue au soleil, et qui va maintenant regeler. Brandon saisit l'émetteur et demande au standard de lui passer une ligne extérieure pour qu'il puisse prévenir Lou et Kline. Mais, quand le gardien du motel lui passe la chambre de Kline, personne ne répond ; quant à la fille de Lou, qui a quinze ans, elle lui dit que ses parents sont sortis dîner, mais qu'elle ne sait pas où. Enfin, Brandon réussit à joindre la femme de Spinner, qui lui dit qu'il est allé faire une course. Il sera rentré dans vingt minutes. Brandon lui demande de noter ce qu'il va lui dire, puis il résume la situation. Il ajoute qu'il faut que Spinner vienne garder la sortie ouest de la voie de garage pour que lui-même puisse prendre par l'est. Spinner doit aussi faire venir du renfort le plus vite possible.

Ils s'arrêtent à quelques centaines de mètres de l'entrée est de la voie de garage, sur une bretelle de campagne de la Blair Highway où les maisons sont construites à bonne distance les unes des autres. Dans son coffre, Brandon a toujours un ou deux gilets pare-balles. Il en passe un à Lancaster, enfile l'autre sous son pardessus. Il vérifie que le .38 Spécial de série qu'il a sous le bras est en état de marche. Puis, il sort d'une vieille boîte verte de munitions militaires son pistolet de secours, un .44 Magnum modifié de la fin des années cinquante, un chargeur de rechange rapide, et une douzaine de douilles chargées chacune d'une balle à cœur de mercure de 225 grains à demi blindée et de 22 grains de poudre Hercule 2400. Il loge six des douilles dans le chargeur de rechange rapide et le glisse dans la poche de son manteau. Des six autres il charge le barillet.

Un armurier de ses amis, du nom d'Erv Orrison, a fait les modifications nécessaires : il a pratiqué une ouverture dans le pistolet pour qu'il puisse recevoir le chargeur de rechange rapide, ajouté un nouveau jeu de dents en caoutchouc, et conçu le chargement pour qu'il convienne à Brandon – un simple geste, aucune hésitation possible.

Un jour, Orrison l'a emmené en forêt et a tiré dans une bûche avec un .38 ordinaire. Certes, il a fait un trou en entrant dans le bois. Mais rien n'est ressorti.

Puis, il tira avec l'un de ses .44. La détonation explosive fit sursauter Brandon ; on aurait dit que la foudre était tombée juste derrière lui. Le contrecoup rejeta le bras d'Orrison par-dessus sa tête et le fit reculer d'un pas. Comme après le coup précédent, la bûche était percée d'un petit trou à l'entrée de la balle. Cette fois, elle était aussi ressortie, mais Brandon ne distinguait pas de trou à proprement parler, parce qu'une bonne partie de la bûche, derrière, était purement et simplement anéantie. Il fit quelques pas dans la direction du tir pour regarder la sciure, qui s'étalait sur une bonne trentaine de mètres.

– Vise un homme à l'épaule, ça lui emportera le

bras, lui dit Orrison. Vise-le au genou, plus de jambe. Vise-le n'importe où à l'abdomen ou au thorax…

Brandon remonte son col et s'avance vers ce qu'il espère être un rendez-vous avec Seth Babcock et l'inconnu qui remplace Petie Boncaro et Kevin. Lancaster le suit.

La voie de garage décrit une large courbe à quatre-vingt-dix degrés, plein est à partir de Blair Highway et finalement plein nord du côté de Sampson Highway. Elle atteint presque deux kilomètres de longueur : beaucoup trop pour que deux hommes la surveillent. Brandon, qui enrage de se trouver là en chaussures de ville, costume trois pièces et pardessus au lieu de vêtements chauds et pratiques, progresse discrètement le long de la route en gravier encombrée de neige jusqu'à ce qu'il estime la moitié du chemin. À leur gauche, il y a une haute barrière en barbelés, puis le terrain d'aviation, maintenant plongé dans l'obscurité, à l'exception des lumières bleu sombre qui éclairent la piste nord-sud. À gauche, un épais maquis de broussaille impénétrable s'étend sur au moins cent mètres avant de donner sur les champs enneigés. Brandon trouve un bon poste d'observation en bordure de la route, une butte d'où l'on peut voir les environs. Comme s'il pouvait abolir le hasard, Brandon y réfléchit. Il fait nuit, à présent, il est mal armé, et pour ainsi dire seul. Le docteur, il s'en rend compte maintenant, lui est plus à charge qu'utile.

Lancaster sautille d'un pied sur l'autre en soufflant sur ses mains.

– Envoyez un signal d'alarme, pendant que vous y êtes.

– Vous savez ce que vous faites ? Vous avez un plan, au moins ? répond Lancaster d'un ton sarcastique.

Bonne question. Brandon imagine la façon dont il aurait mené l'opération s'il avait eu le tuyau plus tôt – vêtements de chasse, bottes isolées, thermos de café, cinq ou six hommes de confiance postés par intervalles. Il s'agenouille près des pieds de Lancaster, perdu dans sa rêverie, les orteils déjà engourdis par le froid, d'humeur à dire : « laissons tomber » et à rentrer chez lui.

C'est alors que Lancaster lui effleure l'épaule.

– Là-bas.

Une lumière. La rencontre a lieu.

Il est d'abord décontenancé. Il s'attendait à ce qu'ils arrivent par l'une ou l'autre extrémité de la voie de garage. Or, cette lumière, jetée par un seul phare, balaie le champ vide vers le sud. Ils distinguent maintenant le gémissement aigu d'un moteur.

– Un chasse-neige, dit Lancaster.

Spinner, où es-tu ?

La voiture chasse-neige ralentit en arrivant à la limite des taillis et trouve son chemin dans un sentier que le conducteur paraît bien connaître. Pendant quelques secondes, Brandon craint qu'elle s'approche assez pour découvrir leur cachette. Mais le phare se détourne et regagne la route à une cinquantaine de mètres de leur butte.

L'engin se colle à la barrière et s'arrête, les phares braqués sur eux, le moteur encore en marche. Quelqu'un descend et fait le tour dans la lumière.

– Rapprochons-nous, murmure Brandon.

La neige a vingt-cinq centimètres d'épaisseur et n'a pas encore trop gelé, de sorte que leurs pas sont étouffés. Il guide Lancaster à travers les arbustes et la broussaille le long de la route. Parfois, il perd de vue la lumière ; il doit à un moment se mettre à quatre pattes pour passer sous une branche ; mais désormais le froid, les accrocs de son manteau, les doigts et les orteils gelés, tout cela n'existe plus.

Ils parviennent à une clairière, un large cercle d'herbe couchée qui a l'air d'un repaire de cerfs, à une douzaine de mètres seulement de la voiture chasse-neige et à quelques mètres de la route. Brandon rampe jusqu'au bord, se frayant un passage entre un taillis et un tronc d'arbre abattu. Lancaster se faufile à côté de lui.

– Dites-moi si vous les connaissez, chuchote Brandon.

Il y a deux hommes, l'un accroupi, l'autre debout, devant le chasse-neige, tous deux en pleine lumière. L'homme accroupi, en face du phare et donc tournant le dos à Brandon, fume une cigarette. Brandon sent la fumée que le vent ramène vers lui. Mais celui qui est debout se retourne. Il porte un chapeau de chasseur orange et une barbe noire, des pantalons militaires et des lunettes rondes.

– Holt, dit Brandon.

Lancaster laisse échapper un grognement étranglé et se lève, prêt à courir vers le galure orange. Brandon l'attrape par le col et lui écrase le visage dans la neige.

L'homme accroupi s'interrompt et regarde dans leur direction. Il tend l'oreille quelques secondes, puis jette sa cigarette et reprend la conversation.

Brandon approche les lèvres de l'oreille de Lancaster.

– Un seul bruit et on est cuits. Gardez… votre… calme. Compris ?

Il respire l'odeur des produits dont Lancaster s'est servi pour teindre ses cheveux. Enfin, après un long moment de silence et de tension, Lancaster se laisse tomber près de lui, et Brandon desserre son emprise.

À présent, l'homme accroupi parle fort, d'un ton furieux. Brandon distingue les mots : « Fils de pute… laisse tomber… » Puis, il entend toute une phrase : « Mon frère s'est fait descendre par ces salauds, oublie pas ça ! »

– Babcock, dit Brandon. Holt et Seth Babcock.

Où sont les hommes de Kline ? se demande Brandon. À la fin de leur discussion, ce matin, Kline lui a dit qu'ils allaient faire filer Babcock, pour être présents quoi qu'il arrive. Mais ces nuls ont dû se faire semer comme par Lancaster.

C'est Holt qui parle, maintenant, mais trop bas pour qu'ils comprennent.

Par la gauche parvient soudain le bruit d'un moteur plus puissant. Brandon attrape de nouveau Lancaster et replonge avec lui dans la broussaille une seconde avant que les phares ne balaient leur poste d'observation. Le cœur de Brandon s'emballe ; une décharge d'adrénaline enflamme son esprit.

Qu'est-ce que fout Spinner ?

Une grosse camionnette trapue, avec des pneus énormes, s'arrête pile devant Brandon et Lancaster ; ses feux rencontrent l'unique phare du chasse-neige. Un homme sort de l'habitacle. Brandon s'avance encore un peu en rampant pour le voir. La camionnette lui bouche la vue, même lorsqu'il s'approche ; en faisant signe à Lancaster de rester en arrière, il sort donc du taillis et rampe jusqu'au bord de la route, pour se poster derrière la roue avant droite.

Le nouveau venu est en combinaison de chasse ; lorsqu'il se tourne un instant, Brandon voit qu'il porte une cagoule noire.

Je ne pouvais pas distinguer les traits de son visage, a écrit Holt à propos du meurtrier de Petie, *car l'homme portait une cagoule noire.*

Cet homme tourne le dos à Brandon. Seth est debout, il lui fait face tandis que Rolt remonte dans le chasse-neige.

Donc, la transaction commence.

Brandon n'arrive pas à distinguer tout ce qui se dit. C'est surtout Seth et l'homme qui parlent. Une minute plus tard, Holt se redresse, soulève le siège de la voiture, sort un paquet qu'il lance à Seth, lequel à son tour le tend à l'homme.

C'est un gros paquet, lourd, emballé dans du plastique et du chatterton argenté. Au moins un kilo de came.

L'homme à la cagoule lève la main, puis s'avance vers la camionnette et commence à s'éloigner avec le paquet.

– Pose-le bien en évidence, dit Seth.

L'homme pose donc le paquet dans la neige et continue à marcher vers le camion.

Brandon roule sur le côté, en direction du taillis, et se laisse tomber du bord de la route dans la neige, à l'abri des regards. Il entend l'homme à la cagoule faire le tour de la camionnette, ouvrir la porte arrière, la refermer. Ensuite, l'homme s'avance de nouveau dans la lumière.

Dès qu'il est passé, Brandon se relève sur ses genoux. Lancaster est maintenant à ses côtés.

– Qu'est-ce qu'ils font ?

– Chut !

– J'ai quelque chose pour vous, crie l'homme en direction de Seth et Holt.

Il porte une mallette. Et, sanglé sur son dos, visible seulement du point de vue de Brandon et de Lancaster, un fusil de calibre 12 à canon scié, à manche de pistolet, qui ne s'y trouvait pas auparavant. À son côté, dans l'arc des phares, gît le paquet d'un kilo.

L'homme lance la mallette à Seth, qui retire un gant pour l'ouvrir.

Brandon, revenu se placer derrière la roue de la camionnette, tire le .38 du fourreau qu'il porte à l'épaule et le tend à Lancaster.

– Restez à couvert, dit-il. Tirez seulement pour vous défendre. S'il arrive quelque chose, foutez le camp d'ici.

Puis, il sort le .44 de la poche de son manteau et il en débloque le chien.

Holt fait démarrer le chasse-neige.

Seth montre la mallette ouverte, vide.

– C'est quoi ce bordel ? gémit-il.

Brandon entend la peur dans sa voix. *Vas-y, petit*, pense-t-il. *C'est le moment.* Seth laisse tomber la mallette et fouille dans sa veste à la recherche d'une arme, au moment où il voit le fusil d'assaut que l'homme à la cagoule pointe vers lui.

– Non ! crie Babcock.

Lorsqu'il lève les mains pour se protéger, l'homme tire et atteint Seth au milieu du corps ; la balle déchire son manteau et lui crève le ventre. Des plumes et une gerbe de gouttelettes rouges flottent un instant en l'air entre le chasse-neige et la camionnette.

Brandon tire une balle de son .44 en direction du ciel ; un coup de canon assourdissant fige tout le monde un instant.

Puis, Holt met les gaz et saisit le levier de vitesses du chasse-neige.

L'homme regarde Holt, puis se retourne vers Brandon.

Le chasse-neige fonce dans les taillis et coupe à travers champs en décrivant une courbe extravagante. Arnie Holt a réussi à s'échapper.

Brandon s'appuie sur le capot de la camionnette, les deux mains tendues brandissant le .44.

– Police ! hurle-t-il.

Mais l'homme à la cagoule ne prend même pas une seconde pour réfléchir. Il tire. Le coup fait gicler la neige devant le camion, jusque dans les yeux de Brandon. Brandon tire à son tour ; le pistolet semble exploser de nouveau et rejette ses bras en arrière. Mais la neige l'a distrait. Il a senti qu'il visait mal.

Alors, un goût amer remonte dans sa gorge et un frisson brûlant, effrayant, le traverse. Sa tête se vide. Son esprit tourbillonne et ralentit. Il voit les lumières rouges et bleues approcher depuis la sortie nord de la voie de garage. Deux paires. Spinner et Lou. Puis, il s'aperçoit que le coup de fusil a détruit le paquet d'un kilo. Et qu'avec la neige, du Fang en poudre a été projeté en l'air jusqu'à son visage.

La drogue, le Fang, est en lui.

Il perd connaissance.

L'homme au fusil d'assaut le regarde. En rêve, Brandon s'éloigne de la camionnette. Le .44 tombe avec un bruit sourd sur le capot et glisse dans la neige.

L'homme à la cagoule noire tire de nouveau.

JEUDI

21

Ann Arbor, archétype de la ville universitaire du Middle West, est en fleurs même au cœur de l'hiver le plus rigoureux : les maisons anciennes et les vastes pelouses, le long de Washetenaw Avenue lorsqu'on sort de l'autoroute, sont toujours pimpantes, bien que la plupart soient devenues des Fraternités ou des bureaux ; dans le centre-ville les étudiants qui vont en cours ou en reviennent peuplent en permanence les squares et les trottoirs. Les vitrines sont pleines de vêtements, de disques, de posters exotiques ou de bijoux ; malgré le froid il y a des musiciens de rue.

Cela fait douze heures maintenant que Lancaster a pris la fuite pour la seconde fois, mais en dépit du Méprospan – dont il a avalé deux autres pilules en s'installant dans cette chambre – il est encore dans tous ses états.

C'est quand il était encore allongé dans la broussaille et la neige en bordure de la voie de garage, quand il a entendu les détonations et les cris, que les tremblements ont commencé – dans ses jambes, son torse, son visage. Tout s'est mis à vibrer. Il plongea la tête dans la neige et se mit à hurler. Il y eut une autre détonation. Lorsqu'il leva les yeux, Brandon gisait à ses côtés dans le taillis.

Il se tut. Il était certain que l'homme à la cagoule et au fusil d'assaut allait venir pour le tuer lui aussi. Mais il remonta dans sa camionnette et partit.

Malgré le gilet pare-balles, Lancaster savait que Brandon pouvait bien être mort. Dominant sa panique et son tremblement, il se ressaisit, se redressa sur les genoux et déchira le manteau de Brandon pour l'examiner. Là, sertie dans le gilet, se trouvait une boule aplatie, une seule masse de métal au lieu d'une douzaine de petits plombs. Presque à bout portant, la force du choc, en kilos/mètre, avait dû être énorme, suffisante même pour arrêter le cœur à travers le gilet.

Mais Brandon essaya de dire quelque chose. Cela ressemblait à *Partez.*

Lancaster hésita tandis que les sirènes se rapprochaient sur la voie de garage. Ses tremblements se firent plus violents : tout son corps était pris de spasmes irrépressibles. Il pouvait à peine commander à ses mains.

Partez.

Il fit les poches de Brandon pour y prendre les clés, se mit à courir, heurtant sans les voir les buissons et les congères jusqu'au champ. Il trébucha dans un sillon gelé, creusé l'automne précédent, glissa quand son pied fit céder la croûte de glace d'une flaque, atterrit le visage contre terre en s'écorchant, se releva comme il put, se remit à courir.

En plein milieu du champ, à mi-chemin entre le début de la broussaille et un petit bois lointain, il vit qu'un projecteur balayait le sol dans sa direction. Il plongea dans un sillon, répandit frénétiquement de la neige sur son pantalon sombre, couvrit sa tête aussi en agitant les bras, priant pour qu'il se fonde dans le décor.

Quand la lumière s'éloigna, il reprit sa course éperdue.

Arrivé au bois, il coupa vers l'ouest, reprenant la direction de Blair Highway. La voiture était restée là où ils l'avaient garée. Lancaster courut le long de la rambarde de sécurité, ouvrit du côté passager, monta. Il se glissa au volant. Puis, dans le rétroviseur, il vit des phares, une voiture de patrouille qui roulait à tombeau ouvert dans sa direction. Il se baissa sur son siège, attendit.

Il entendit la voiture de patrouille approcher, ralentir, s'arrêter. La lumière d'une lampe de poche traversa les deux fenêtres de la voiture pour se perdre dans la nuit. Il retint son souffle et leva les yeux vers le rayon blanc à quelques centimètres au-dessus de son nez. Il distinguait le grésillement de l'émetteur-récepteur, les voix des deux flics.

Puis, la lumière s'éteignit. La voiture de patrouille redémarra en trombe. Il se redressa, la regarda tourner pour s'engager dans la voie de garage.

Il mit en marche la voiture de Brandon, fit un tête-à-queue, et fonça.

Il se trouve dans un motel d'Ann Arbor non loin du stade de football Wolverine, au sud du centre-ville. Il contemple son visage dans la glace ; son front est contusionné ; une écorchure de trois centimètres suit l'arête de son nez ; sa joue gauche pulse sous l'effet d'un tic nerveux ; ses narines enflent à chaque inspiration, comme s'il avait la fièvre.

Il s'imagine à son travail, penché sur un corps mutilé, la main sûre, la pensée claire et vive. Puis, il rit de l'image qu'il offre à présent, de cette mauviette hystérique qu'il est devenu en quelques jours. Mais comparer n'a aucun sens. Son travail concerne la vie des autres et les catastrophes qui l'affectent. Cette vie-là est la sienne, ce qui change tout.

Il a trouvé un paquet de Marlboro légères appartenant à Storm, la seule trace qu'elle lui ait laissée, dans la poche de son manteau. Il en allume une, la repose dans un cendrier, contemple la fumée qui s'élève en volutes.

Sur la table bon marché recouverte de Vinyle qu'il a en face de lui, il dépose le .38 Spécial de Brandon, le .357 de son père et le gramme d'héroïne ordinaire qu'il a acheté chez Red's. Les pilules de Méprospan n'agissent guère. Il a besoin d'autre chose. S'il ne trouve pas un moyen de les maîtriser, pense-t-il, ses nerfs le tueront. Les tremblements sont devenus insupportables, et la peur qui s'est emparée de lui, qui l'a conduit dans cette chambre et ne l'en laissera pas sortir. Trop de choses dépendent de sa capacité de raisonner, d'être opérationnel.

Il sait bien ce que cela veut dire. Et la seule solution, ici et maintenant, réside tout entière dans ce gramme de mauvaise came.

Il s'attendait à devoir prendre une décision difficile. Il s'attendait à devoir lutter contre soi et à sentir le goût amer de la défaite. Or, il n'y a aucune lutte. Il s'est déjà rendu ; il s'est avoué vaincu dès qu'il a pris ces pilules. C'est un fait accompli ; il l'a déjà admis. Il ne ressent ni remords, ni peur, ni doute : seulement du manque.

Il s'est vendu à la Drogue il ya longtemps maintenant ; une fois vendu, il ne pouvait plus se racheter. Voilà ce qu'on lui avait appris à Royal Oak : on ne pourrait faire davantage que de rester vigilant jour après jour. L'éviter à tout prix. Trouver du secours si l'on sentait revenir le besoin. N'oublier jamais que la Drogue vous possède.

Mais à présent le temps est venu de Lui revenir, de Lui confesser sa faiblesse et son manque. En échange la Drogue promet la force, la pensée claire. Il lui faudra payer de nouveau pour cette chute ; le prix en sera plus cher qu'il a jamais été. En vérité, il le sait, il pourrait bien ne pas revenir. Mais il n'y a pas de choix, pas de « ou bien… ou bien ». C'est cela ou mourir dans la crainte et le tremblement au fond d'une chambre minable.

Il place sur la table un plateau de plastique noir trouvé dans la cuisine. À l'aide d'un scalpel, il ouvre le sachet d'un gramme.

La poudre se répand sur le plateau. Il la rassemble avec la lame du scalpel, l'observe, l'écoute lui parler, sans l'entendre assez clairement encore.

Il doit commencer lentement, faiblement, parce qu'il n'a plus guère de tolérance. Avec la pointe du scalpel, il soulève une toute petite partie de la drogue jusqu'à son nez ; il l'aspire. Quoi que dise Ralph le dealer sur la qualité remarquable de cette dose, Lancaster reconnaît qu'elle a été beaucoup coupée. Mais la Drogue est présente. Il sent le feu courir depuis son visage jusqu'à ses doigts et ses pieds. Ses poumons s'ouvrent, sa migraine disparaît, ses paupières se font lourdes. Comme une vieille maîtresse, songe-t-il. C'est si bon.

Il approche la lame de son autre narine, aspire de nouveau. Puis, il se laisse tomber sur le lit pour voir ce qui arrive. La Drogue peut être traîtresse ; il ne doit pas en faire trop. Mais il sent que ça marche.

Quelques minutes plus tard, il tient sa main devant

ses yeux, au-dessus de son ventre. Stable comme un roc.

Le terrain, dans l'un des quartiers ouest d'Ann Arbor, se fait accidenté ; certaines des maisons bâties à flanc de colline, avec leur haute véranda soutenue par de fines colonnes pareilles à des pilotis, ont un petit air exotique. Dans l'un des pâtés de maisons, coincé entre deux de ces bâtisses, il retrouve un duplex décrépi, dont l'escalier gris, sur l'un des côtés, tombe en ruine. Lancaster gare sa petite voiture nouvellement louée et vérifie, par acquit de conscience, l'adresse. Il a reconnu la maison.

La femme qui lui ouvre la porte, au sommet de l'escalier, semble avoir une cinquantaine d'années, quoiqu'elle n'ait que trente-quatre ans, l'âge même de Lancaster. Son sourire plisse tout le haut de son visage. Puis, le sourire disparaît, remplacé par la surprise, le choc de le revoir. Sa bouche se tord, se crispe ; ses yeux deviennent très froids.

– Toi ! dit-elle.

Elle s'appelle Sandra Lear. C'est l'ancienne revendeuse de Bobby, la copine de Denise. Une mèche folle de sa chevelure sale et grisonnante pend sur sa joue. Sa bouche est fine et dure ; ses yeux, noirs. Des yeux d'animal, disait-il souvent à Denise. Denise en riait, parce que c'était vrai. Sandra avait les yeux d'un blaireau ou d'une fouine. De quelque chose qui vit sous terre.

– J'ai besoin de te parler. Je suis désolé, dit Lancaster.

Elle regarde alentour, plus bas dans la rue, plus haut, comme si elle voulait appeler quelqu'un à l'aide, ou fuir. Puis, elle tourne les talons et disparaît à l'intérieur. Il la suit dans le désordre au sein duquel elle vit, le même que la dernière fois, en 1983. La vaisselle sale et les verres à moitié vides encombrent les tables. Une planche à repasser est appuyée au mur. Le divan est couvert de vêtements qu'elle est sans cesse en train de plier ; un panier à linge sale est renversé, vide, sur le sol. Une cigarette brûle dans un cendrier déjà plein.

– Le gosse va bientôt rentrer.

– Je ne serai pas long, dit-il.

– Quelque chose à boire ?

– Non. Je veux juste apprendre certaines choses que j'aurais dû savoir.

Ça la fait rire.

– Tu m'as fait peur. Je croyais qu'il y avait quelque chose de sérieux.

– C'est très sérieux.

Il lui fait un tableau rapide de la situation, et conclut ainsi :

– Je ne voulais pas croire que ça a quelque chose à voir avec…

Il lève les deux mains, montrant ses paumes.

– … avec ça. Avec nous. Mais tout est en train de recommencer. Je me suis fait complètement piéger. Je risque d'être poursuivi pour meurtre !

Elle se lève d'un bond et s'en va, comme si elle ne pouvait plus supporter sa vue. Il la suit le long d'un étroit couloir couvert de moquette jusqu'à la cuisine, à l'arrière de la maison.

Il se rappelle cette pièce. Denise y venait souvent. Elles formaient un couple d'amies assez improbable : Sandra, fugueuse ayant quitté l'école à quinze ans, deux fois divorcée à vingt-trois, et Denise, avec ses diplômes et sa classe. Mais Denise avait besoin d'elle. Lancaster avait toujours pensé que Sandra lui rappelait les gens qu'elle connaissait dans le Kentucky, d'où elle était venue. Il pensait aussi que c'était Sandra, et non Bobby, qui avait poussé Denise à prendre de l'héroïne.

Sandra lui lance un regard dur.

– Qu'est-ce que tu viens foutre chez moi ? Je veux pas de toi ici.

– Qu'est-ce qui s'est passé après qu'on m'a arrêté ?

– Tu l'as vue.

– En désinto. Mais quand on m'a relâché je suis rentré à la maison et ses affaires avaient disparu. Et elle aussi. Et toi aussi. Je retrouvais personne.

– Tu as pas beaucoup essayé.

Il va jusqu'à l'évier et regarde, par la fenêtre, le jardinet et l'arrière des immeubles du pâté de maisons suivant.

– Parce que j'aurais dû ? J'ai pensé que c'est ce que vous vouliez tous, qu'elle voulait plus me voir. Sinon, elle aurait au moins laissé un mot. Et puis j'ai pensé que c'était peut-être mieux comme ça. L'avocat m'a dit qu'elle était à Seattle.

– Il a dit plein de choses. Elle le payait pour ça.

– Ça veux dire quoi ?

– Adrian !

Quand il se retourne vers elle, elle a les yeux pleins de larmes. Elle s'assied et prend une serviette en papier sur la table pour l'appliquer sur son visage.

– Elle m'a quittée moi aussi, tu sais, mais elle est jamais allée dans l'Ouest. Elle est allée nulle part. Elle est morte ici, Adrian. Elle était morte avant même que tu sois sorti, peut-être une semaine après la dernière visite qu'elle t'a faite.

Lancaster s'appuie sur l'évier et se met à vomir. Son estomac a des soubresauts, mais comme il n'a rien mangé depuis presque vingt-quatre heures, il n'en sort rien. C'est un réflexe qui suit le choc.

– Je me suis enfuie, c'est tout, dit Sandra. Je pouvais plus voir personne, ici. J'ai fini par aller à ses funérailles en voiture, dans le Kentucky. Elle repose auprès de sa famille. Il y a un petit cimetière de campagne. J'ai rencontré sa sœur, là-bas.

Il s'appuie contre l'évier, essaie de reprendre son souffle.

– Elle parlait jamais de sa famille. Comme si elle existait pas.

– Il y a beaucoup de choses que tu ignorais sur elle, des choses qu'elle voulait pas que tu saches. Même sa mort.

– Pourquoi ?

– Je sais pas. Elle disait qu'il lui suffisait que tu l'aimes. Elle t'admirait. Elle m'a dit un jour que ta carrière médicale était un noble sacrifice. C'est le mot qu'elle a employé.

– Un sacrifice ?

– Que tu consacrais ta vie, tes études à secourir des gens l'un après l'autre. Tu sais, Adrian, j'ai jamais rencontré quelqu'un comme elle. Denise avait un esprit tellement… je sais pas le mot.

Conceptuel, pense-t-il.

– Pas brillant, dit Sandra. Ici, à l'université, on peut trouver plein de gens brillants. Des centaines, sûrement. Denise était pas comme eux. Elle avait vraiment du génie. Je suis pas sûre que tu le savais. Je crois que c'est ça qui lui a attiré tellement d'ennuis.

– Mais qu'est-ce que c'est que toutes ces histoires d'ennuis et de mort ? Qu'est-ce qui se passait, à la fin ?

– Je sais pas exactement. Je crois que personne savait. Mais ça concernait son travail ici.

– À l'université ?

Quand ils vivaient à Detroit, pendant que lui faisait son internat, elle faisait l'aller et retour à Ann Arbor pour travailler à son PhD. Elle avait déjà un doctorat en pharmacie de l'Université de l'Ohio. Ici, elle terminait ses recherches en vue d'une sorte de postdiplôme interdisciplinaire en pharmacie et chimie organique, dans un domaine qu'on appelle la chimie médicinale et qui concerne la conception de nouveaux médicaments par l'altération de molécules existantes ou la synthèse de nouvelles. Elle était forte, en plus, et il le savait, bien qu'elle ne parlât guère de son travail. Très forte, même. Elle avait commencé à publier des articles régulièrement et lui avait montré certains de ceux auxquels elle avait collaboré.

– Non, je l'aurais su, reprend-il.

– Pas à l'université. Il y avait d'autres choses qu'elle faisait tout pour te cacher. Elle disait que c'était toi qui faisais le vrai boulot, et que ce serait injuste de te gêner.

– Je ne comprends rien.

– Tu comprends pas que tu étais aussi impliqué qu'elle dans ce que vous faisiez ? Que tu étais complice de ce qu'elle faisait ici ? Tu étais pas meilleur qu'un autre. Un docteur et une pharmacologue qui injectent des drogues ordinaires à la demande ! C'est trop facile de croire qu'on est complètement protégé entre ces mains-là, que c'est inoffensif. Et même que c'est une chose bien.

– On a jamais encouragé personne. On a juste aidé ceux qui en avaient besoin.

– Écoute, j'y étais, tu sais ? Je me camais. Je sais ce que ça faisait, comme impression. Une bonne impression, Adrian. Que ce soit un docteur qui vous pique. Ça avait l'air… légal.

– J'étais pas encore docteur. Et ils… vous l'auriez fait de toute façon. Et puis d'ailleurs, Sandra, tu avais tout fait pour me convaincre : t'as oublié ? J'avais refusé jusqu'à ce que vous me fassiez faire la grande tournée des trous à rats où on se shootait. Notre méthode allait juste être plus hygiénique. Personne ne mourrait de surdose ou à cause de seringues infectées.

Il s'interrompt, gêné par cette rhétorique à laquelle il ne croit plus depuis des années.

– Ça me paraît absurde, aujourd'hui. Mais à ce moment-là on n'y voyait pas de mal.

– Je reconnais mes torts. J'étais plutôt détraquée, à l'époque. Mais vous, vous auriez dû y voir plus clair. Vous faisiez continuer des gens qui auraient pu décrocher. Vous étiez deux criminels pleins de bonne conscience.

– Attends. On s'est arrêtés. C'était des années avant que je sois inculpé. Des années avant sa mort. À Detroit tout était fini. On s'est seulement fourni l'un l'autre, plus quelques amis qui avaient besoin d'aide.

– Elle s'est jamais arrêtée, Adrian. C'est ça que j'essaie de te faire comprendre. Elle t'a juste laissé hors du coup. C'est bien pour entendre ça que t'es venu, non ?

– Quoi ?

– Qu'elle a continué de travailler avec Bobby comme avant. Ils ont importé et exporté plein de marchandise ici quand vous viviez à Detroit. Elle a trempé dedans jusqu'à la fin. Elle venait pas ici juste pour son PhD !

Lancaster n'en croit pas ses oreilles. Il est impossible qu'elle ait continué à dealer sans qu'il l'ait su. Il ferme les yeux et fait tous les efforts du monde pour ne pas perdre contenance.

– Vous trempiez dedans jusqu'au cou, tous les deux !

Pourtant, il se rend compte, non seulement qu'il n'aurait pas été difficile pour elle de continuer le deal avec Bobby, comme tout se passait à Ann Arbor, loin de lui, mais qu'elle était bien capable de le faire sans jamais rien lui dire. Elle avait ce pouvoir, cette capacité de garder au fond de soi beaucoup de choses, de les enfermer à clé, de vivre jour après jour comme si elles n'existaient pas. C'est elle qui fournissait l'héroïne qu'ils consommaient à Detroit. Elle s'était contentée de lui dire qu'elle l'achetait à quelqu'un de sûr. Même s'il lui était arrivé d'en douter, il n'avait jamais abordé la question. Il n'aimait guère l'idée qu'elle maintenait des relations avec un dealer, mais il savait qu'il leur fallait un approvisionnement. Que le dealer ait été Bobby Karnowski ne le choque pas. Mais qu'elle ait continué de travailler pour lui l'horrifie. Il se demande surtout pourquoi. Elle détestait Bobby et son trafic. Pourquoi donc retourner là-bas et travailler pour lui ? Pourquoi courir un tel risque, alors qu'elle était sur le point d'obtenir son diplôme ?

Icare et Dédale. La dernière fois qu'il a vu Denise, lors de sa seconde visite à l'hôpital de Royal Oak, elle lui a dit qu'ils leur ressemblaient. Ils avaient volé trop près du soleil, et maintenant l'un d'eux était tombé dans les eaux du malheur. Elle semblait parler de lui, mais elle pensait en fait à elle-même. Icare, c'était elle. C'est elle qui a fondu, qui a péri. Lui n'était que celui qui reste, qui souffre.

– Alors, il faut que je voie Bobby, dit-il.

– Il veut pas te voir.

– Mais moi je veux le voir. Et je veux pas qu'il apprenne que je suis dans les parages et trouve que c'est le moment de prendre quelques semaines de vacances, compris ?

Elle décroche le téléphone, fait un numéro, attend.

– Pas chez lui.

– Je reste dans le coin. Je veux le voir. Mais tu as pas besoin de lui dire ça. D'accord ?

– Bon, bon.

– Contacte-le, seulement. Donne-moi son emploi du temps.

– Qu'est-ce que tu vas lui faire ?

– Juste lui parler, Sandra. Comme avec toi. Tu as pas de nouvelles de Harpo Epstein ?

Epstein est l'avocat que Denise avait engagé pour les tirer d'affaire.

– Je crois qu'il exerce toujours à Detroit. J'entends son nom de temps en temps. Il y a beaucoup d'articles sur les causes qu'il défend.

– Ça m'étonne pas.

– Mon Dieu, Adrian. Je croyais que tu t'en étais sorti.

– Je m'en suis sorti, dit-il. Mais maintenant, je replonge.

Le soir même, dans un strip-tease près de la nationale 23 à la limite est d'Ann Arbor, dans l'arrière-salle de Piscadero's Lounge, Lancaster est assis seul à une table et sirote un scotch. Les gens qu'il connaissait ici ont disparu depuis longtemps, mais l'endroit n'a changé ni d'apparence ni de fonction. Il n'est pas assis depuis vingt minutes qu'il sait déjà à qui il devra s'adresser.

L'homme a l'air jeune, la vingtaine. Il est mince et musclé, l'air malin malgré sa barbe clairsemée légèrement ridicule. Lancaster lui glisse qu'il aimerait s'entretenir avec lui. L'homme le suit discrètement et s'assied.

Très calmement, Lancaster dépose sur la table son badge d'identité de l'hôpital et son permis de conduire. Même les flics ne peuvent pas falsifier ces cartes.

– J'en veux pour mon argent. Deux grammes.

L'homme se lève et sort du bar.

Quelques minutes plus tard un autre homme, plus costaud, avec des fentes entourées de bourrelets à la place des yeux, entre, regarde Lancaster, puis va aux chiottes. Quand il en ressort, il s'assied à sa table.

– Salut, associé.

Lancaster glisse un billet de cent dollars sous une serviette en papier. Le type chiffonne la serviette et la fourre dans sa poche. Il se lève.

– Deuxième box, dit-il en partant.

Dans le deuxième box, coincé entre la chasse d'eau et le mur, se trouve un sac en papier brun. Dans le sac deux minuscules sachets en plastique à glissière, remplis d'héroïne blanche, en principe un gramme dans chacun, sans doute un peu moins.

Lorsque Lancaster repart, aucun des deux hommes n'est dans le bar. Il sait qu'ils le surveillent, cachés quelque part. Quand ils le verront s'en aller, ils reviendront. Il est devenu pour eux l'étranger de passage ; ils doivent prendre leurs précautions.

22

Quand la douleur remonte, elle part de ses pieds. Sa porte est entrouverte, et il aperçoit une horloge dans le couloir stérile éclairé au néon ; il est plus d'une heure du matin, mais ses pieds brûlent comme s'ils étaient encore gelés. Il se rappelle la neige, et son joli costume fichu. Il se rappelle avoir tiré. Mais pas ce qui s'est passé.

Sa chambre est plongée dans l'obscurité, à l'exception de la lueur verdâtre d'un moniteur fixé au-dessus du lit. Il ne le voit pas ; il entend juste le bip régulier ; il finit par comprendre que c'est son cœur dont on mesure le rythme. Sa main gauche est immobilisée. Il lève la droite pour tâter les pansements et les fils attachés à son torse. Il y sent un bandage, aussi, et une douleur quand il appuie dessus. Il se demande s'il a reçu une balle. Pourtant, il n'y a ni tubes ni respiration artificielle. Il essaie d'inspirer profondément, pour voir, se met à tousser, et cette fois la douleur le surprend, envoie des décharges dans son ventre, le long de sa poitrine et jusqu'aux bras. Il gémit.

Une infirmière entre dans la chambre.

– Inspecteur ?

Il voit son visage dans la lumière glauque.

– Qu'est-ce qui m'est arrivé ?

Sa voix n'est qu'un faible murmure.

– Le gilet vous a sauvé la vie, mais vous avez trois côtes cassées et un poumon comprimé. En plus, vous avez absorbé une dose importante de narcotique. Il semble que vous l'ayez aspiré quand un sac s'est déchiré.

Le Fang.

– Vous souffrez ?

Il hoche la tête.

– Je vais voir ce que je peux faire, dit-elle. Les médecins tiennent à s'assurer que les doses sont redescendues dans votre sang avant de vous donner un analgésique. Le labo a fait un prélèvement il y a une demi-heure. On devrait bientôt avoir les résultats. Tâchez de vous reposer, en attendant.

Il ne comprend pas grand-chose à ce qu'elle lui dit. Elle ajuste quelque chose sur le moniteur au-dessus de sa tête, puis s'en va ; ses chaussures à semelles de crêpe font sur le sol un petit bruit de ventouse.

Un peu plus tard, il se souvient de Lancaster dans le motel de Tecumseh. Il se rappelle qu'il a gardé cela pour lui, n'en a même rien dit à Spinner. Il se souvient de Shirley, d'une conversation chez Spike's, après quoi il fait comme un saut et revoit les derniers instants.

Il gisait dans la neige, en pleine broussaille, contemplant à travers les branches d'un arbre le ciel noir constellé. On eût dit que des années passaient. Il ne savait plus où il était. Il avait froid et beaucoup de mal à respirer.

Quand les phares du chasse-neige et de la camionnette s'étaient éloignés, la nuit, le calme avaient gagné. Mais tout à coup la lumière revenait. Des voix s'élevaient. Des récepteurs crépitaient. Des projecteurs de couleurs tourbillonnaient. C'était beau.

Cependant, le vertige était devenu trop fort. Sa langue devint insensible. Son souffle s'évanouit ; il était englouti dans un monde d'air, de neige, de lumière.

Il se rappelle avoir levé les yeux vers la voûte illuminée, où les étoiles resplendissaient. À mesure qu'il les regardait, elles s'étaient mises à s'estomper, à s'éloigner, à rétrécir. Puis, elles disparurent, tandis que l'obscurité se reformait, que la neige durcie où il gisait tiédissait autour de sa tête.

Il essaie de remonter le cours de ses pensées, de reconstituer précisément la chronologie, mais sa poitrine lui fait si mal qu'il respire avec peine.

Lorsqu'on vient enfin, une heure plus tard, il est trempé de sueur et il geint à chaque expiration.

– Dix milligrammes, dit quelqu'un.

Une infirmière enfonce la seringue dans sa cuisse. Quand elle commence à appuyer sur le poussoir, il se met à suivre les tours de la trotteuse sur l'horloge du couloir. Il n'a pas compté dix minutes quand le sommeil l'envahit.

Il fait encore nuit quand il se réveille. L'hôpital est plongé dans le silence. Sur le mur qui lui fait face, il remarque un crucifix dont il n'avait pas noté la présence plus tôt : faveur que l'hôpital accorde à ses patients catholiques. Les yeux du Christ, dans l'agonie, sont presque révulsés, levés au ciel. *Je suis catholique*, songe Brandon. *Susan a dû leur dire*. Ça lui paraît étrange. Cela fait tant d'années qu'il n'a pas assisté à une messe. Avec Lorraine, il y emmenait leurs filles chaque semaine quand elles étaient petites, mais à leur puberté elles ont perdu la foi, et Brandon ne parut avoir ni le temps ni l'envie de continuer à pratiquer. Cela fait bien dix ans qu'il n'a pas prié.

Mais, à présent, il joint les mains sur sa poitrine endolorie et ferme les yeux.

Veillez sur ma famille, murmure-t-il. *Ne vous faites pas de souci pour moi. Merci quand même pour ce sursis. Je sais que j'étais à deux doigts*.

Le matin, en ouvrant les yeux, il découvre sa fille assise auprès de lui.

– Tu n'as rien dit à ta mère ?

Il continue de poser des questions de ce genre quoiqu'il ne croie plus que Lorraine puisse vraiment comprendre.

Susan fond en larmes de le voir éveillé et capable de parler.

– Non, Papa. Elle sait que quelque chose va pas parce que j'ai fait venir une infirmière. Et que tu es pas là. Mais elle va bien.

Il repose sa tête sur l'oreiller et ferme les yeux. Sa respiration est rauque ; il a reçu une balle, mais sa bronchite ne le laisse pas en paix pour autant.

– Tu as eu de la chance, Papa.

Il se rappelle avoir dit la même chose idiote à Lancaster un jour ou deux plus tôt.

– Ne me laisse pas l'oublier, dit-il.

– J'ai menti, dit-elle. J'ai pas appelé l'infirmière.

– Où elle est ?

Susan reste assise, le poing sur la bouche.

– Qu'est-ce que tu as fait d'elle ?

– Je t'ai dit qu'un endroit venait d'ouvrir.

– Tu l'as mise à l'hospice ? J'ai pas mon mot à dire ?

– Les dernières places allaient être prises. Et toi, tu étais à l'hôpital. Ils m'ont dit que je pouvais avoir une place maintenant. Quand tu sortiras, si tu veux la reprendre, tu peux la ramener. Mais maintenant il faut bien que quelqu'un s'occupe d'elle.

– Ça fait seulement douze heures que je suis ici.

– Elle y est allée ce matin. Rick est rentré. Je peux plus rester dormir.

Bizarrement, sa colère ne monte pas à cette annonce.

– Écoute, ma petite fille, dit-il. J'ai beaucoup de travail à faire. Alors, quand je vais sortir d'ici je vais peut-être pas la reprendre tout de suite. Mais dès que ce sera fini, elle reviendra à la maison, où est sa place.

– Comme tu voudras, Papa.

– Ne l'oublie pas, Sue.

Après le déjeuner arrivent Lou, Kline et Spinner. Brandon joue les amnésiques, bien que maintenant il se souvienne de presque tout, du moins jusqu'à la balle qui a éventré Seth et à sa chute dans la lumière des phares. Il ne se rappelle toujours pas avoir reçu une balle lui-même.

– Qui est mort ? demande-t-il.

– Babcock, dit Lou. Il a pris une décharge de fusil d'assaut juste sous la cage thoracique. Sa mère va enterrer ses deux fils dans la même semaine de merde.

– Comment une cartouche de fusil a pu me casser trois côtes ?

– T'as pris une douille, dit Spinner.

– Le type a rien laissé au hasard, dit Lou. Il a dû prévoir qu'il viserait moins bien aux deux premiers coups, puis qu'il ferait mouche. Je connais des chasseurs qui chargent leur fusil comme ça. Comment tu t'es retrouvé là-bas, Brandon ?

– Je me souviens plus. J'ai eu un tuyau quelque part. Peut-être un coup de fil.

– Pourquoi tu y es allé tout seul ?

– C'était en train de se passer, juste à ce moment-là. Je vous ai appelés, toi et Kline, et puis Spinner. C'est arrivé trop vite, c'est tout.

Il se tourne vers Kline.

– Qui est-ce qui filait Babcock ?

– J'avais deux hommes derrière lui.

– Les mêmes crétins qui ont perdu Lancaster ?

– On les a piégés. Une deuxième voiture leur a coupé la route. Babcock s'est foutu de vous dès le début. Il avait pris des dispositions. Il a été aidé pour semer l'escorte.

– Dommage pour lui.

Mais Brandon sait la vérité. Ce n'était pas de « nous » qu'il ne voulait pas. C'était des féds. Il voulait Brandon seul. C'est à lui qu'il avait donné sa parole.

– D'autre part, on me rappelle à Detroit pour une réunion. Désolé.

– Je me demande ce qu'on ferait ici, sans votre compétence.

– Écoutez, Brandon, je sais que vous êtes blessé. C'est pas mon genre d'engueuler un type sur son lit d'hôpital, mais j'en ai marre de votre attitude.

– Et moi j'en ai marre de vos foirades. Marre de prendre du plomb dans le gilet.

– Vous auriez pas dû y aller.

– Ah non ? J'aurais mieux fait de rester sur ma chaise à me gratter le cul, comme vous ?

– Espèce de…

– Ça suffit, dit Lou entre ses dents.

Mais Brandon retombe sur le lit, la poitrine prise de spasmes, en feu. L'un des moniteurs reliés à lui s'interrompt dans un grésillement suraigu qui alerte une infirmière. Elle entre en courant, met fin à l'entretien.

Dès qu'il s'est un peu calmé, une autre des infirmières ramène une seringue et pique à nouveau sa cuisse. Il l'observe tandis qu'elle introduit l'aiguille et lui injecte un liquide translucide. Il rejette la tête en arrière, ferme les yeux. Il se détend. Son souffle devient plus régulier. La douleur s'estompe.

Avant de s'endormir, Brandon analyse la sensation que lui procure le narcotique. Ce devait être comme ça, pense-t-il, ce cocon factice dont Lancaster avait besoin. S'il se laisse un peu aller, il parvient presque à comprendre ses raisons. Mieux que l'alcool, qui est violent et perturbant. Cela, c'est la séduction pure et simple. C'est une maîtresse.

Il se rendort.

Dans la soirée, en s'éveillant d'un somme léger, il trouve une femme qu'il ne connaît pas debout à son chevet, qui l'observe pardessus ses lunettes.

– J'ai entendu à la radio qu'on vous avait tiré dessus. Vous savez qu'on a parlé de vous dans tout l'État ?

Sa voix, calme, ferme, profonde, lui est familière.

– Cette affaire fait du bruit, et vous devenez célèbre.

Peut-être est-elle journaliste. Il ne s'est guère préoccupé de l'aspect médiatique des choses, jusqu'ici. Il a seulement compris que Lou se fait beaucoup réprimander par le District Attorney et le maire, qui préféreraient étouffer l'affaire.

– Et les premières nouvelles étaient terriblement

vagues, Frank. On savait pas si vous étiez encore en vie…

– Vous êtes Ellen Byers, dit-il.

Elle lui fait un demi-sourire, et déjà elle lui plaît. Mais elle le déconcerte. Il s'était fait une image d'elle en forte femme, peut-être un peu enveloppée pour correspondre à la voix, le genre matronne autoritaire. Mais Ellen Byers, qui a la quarantaine, n'a rien d'hommasse. Elle a l'air douce, au contraire, et même délicate. Son visage est charmant, étonnamment expressif. Les émotions passent à sa surface, surtout par ses yeux, et ne le quittent pas sans un signe avant-coureur. Ses cheveux, marron avec des mèches un peu plus claires, sont coupés courts et droits à hauteur du menton. Elle s'approche de l'idée que se faisait Brandon d'une institutrice, surtout par sa manière de jeter des coups d'œil par-dessus ses lunettes, plus que de celle d'un flic aux Stups de Motown.

– Vous êtes la première femme gradée que je rencontre.

– Dommage, hein ? Mais le monde change. Bientôt on sera partout.

Il rit un peu, puis fait une grimace de douleur.

– Il ne fallait pas vous donner la peine de venir jusqu'ici pour me saluer, dit-il dans un souffle.

– Je voulais faire votre connaissance. Et puis, nous avons du travail à faire ensemble.

– À une condition, dit-il. Juste vous et moi : tout ce qu'on se dit reste entre nous. Point. Vous laissez vos supérieurs hors du coup pour l'instant. Pareil pour les miens. Personne des Stups, personne. Sinon, vous pouvez repasser la porte et rentrer chez vous tout de suite.

– Qu'est-ce qui vous tracasse ?
– Plein de choses. Si on est d'accord, asseyez-vous.

Il lui dit tout ce qu'il sait. Peut-être est-ce à cause de sa faiblesse, due aux blessures et aux drogues. Peut-être est-ce à cause de la solitude qu'il ressent, parce qu'il n'a personne à qui se confier, ne fait même plus confiance à ses collègues. Mais, une fois qu'il a commencé, il n'arrive plus à rien garder pour lui.

– Le Seure, conclut-il, a dû venir ici pour sortir son pauvre type de beau-frère d'un nouveau merdier. Il est juste arrivé trop tard.

– Peut-être, dit-elle. Sûrement. Mais j'ai fait ma petite enquête, moi aussi, depuis que j'ai reçu cette empreinte. J'ai trouvé quelque chose qui va beaucoup vous intéresser, je crois. Mais d'abord, il faut que je vous explique le contexte.

Le Seure a travaillé aux Stups de 66 à 84, jusqu'à l'élection de Jovanovich. Il travaillait déjà comme conseiller de Jovanovich pendant sa campagne, à peu près dix-huit mois avant le scrutin.

– À quel titre ?... demande Brandon.

Mais elle lève la main pour l'interrompre et de nouveau baisse la tête pour le regarder par-dessus ses lunettes.

– Écoutez d'abord ce que j'ai à vous dire. Jovanovich savait que l'un des principaux thèmes de son programme serait la lutte contre la drogue. Le Seure a probablement été choisi pour organiser ça. Et de fait, ses premières fonctions après les élections de 84, ça a été de diriger un comité spécial-drogue créé par le gouverneur.

– Comment il a grimpé de ce poste à celui de chef de cabinet ?

– Je sais pas. Vous allez m'écouter, maintenant ? Bon. Jovanovich a dû surmonter un obstacle énorme, parce qu'il est un indépendant. Ça voulait dire qu'il devait attirer beaucoup de suffrages du côté des opposants conservateurs, et des libéraux en même temps. Vous me suivez ?

Brandon hoche la tête. Il a commencé à se sentir mieux, mais il a dû se fatiguer sans s'en rendre compte, parce que sa poitrine se remet à le brûler ; chaque inspiration accroît sa douleur.

– Sa base était en dehors de Detroit, dit Ellen. Chez les conservateurs. D'abord, le candidat républicain, à cette élection, était médiocre. Le démocrate, le lieutenant gouverneur Charles Johnson, était meilleur, mais sa base était diffuse, dispersée, au lieu de se concentrer dans la machine politique de Detroit. Jovanovich a vu qu'il avait un créneau et il s'est attaqué d'abord à la ville. Il a recruté des démocrates de Detroit solides et respectables ; Le Seure en faisait partie. Les autres étaient des pontes de la société civile, du tissu associatif, des dirigeants syndicaux, des gens comme ça.

– Ils ont pris un gros risque en soutenant un indépendant.

– Et ils ont gagné gros. Vous êtes sûr que ça va ?

Il hoche la tête.

– Passez-moi cette serviette.

Elle la ramasse, la plie et lui éponge le front. Il s'est mis à transpirer soudain.

– Je devrais peut-être appeler quelqu'un.

– Racontez-moi la suite, dit-il.

– Je connaissais un journaliste du *Free Press* qui a

couvert la campagne. Je l'ai retrouvé et je lui ai dit que je m'intéressais à James Le Seure. Il m'a dit qu'il avait jamais rien publié sur lui, mais qu'il avait fait des papiers que ses supérieurs ont gardés sous le coude. Il me les a faxés.

Elle tend à Brandon le tapuscrit d'un article inédit daté de juin 1983. Il en lit le premier paragraphe, qui raconte les débuts de Le Seure dans la répression du trafic et son recrutement par Jovanovich pour sa campagne. Mais Brandon n'arrive pas accommoder. Il pose la page sur le lit.

– Dites-moi ce que ça dit.

– Le père et l'oncle de Le Seure étaient des promoteurs avec des appuis politiques. Subventions gouvernementales, abattements fiscaux et compagnie. Ils ont fait fortune avec les logements sociaux après l'exode vers les banlieues de la fin des années 60. Puis, en 75, ils ont été inculpés pour violation des règles de construction, fausses factures, fraude fiscale, détournement de fonds publics.

– Détournement de fonds publics ?

– Ils travaillaient avec un autre promoteur qui leur fournissait aussi des matériaux. Des matériaux bon marché, de mauvaise qualité, qu'ils payaient au prix fort. Avec de l'argent de l'État. Vous me suivez ?

– Je vois. Et alors ? Ils jouaient au renvoi d'ascenseur.

– C'est ça. Et ce fournisseur leur procurait aussi leur main-d'œuvre, sans protection sociale, etc. Devinez qui c'était, le fournisseur ? Allez.

Brandon ferme les yeux, tant sa poitrine lui fait mal. Il a besoin d'une piqûre ; il appuie sur le bouton d'appel de l'infirmière.

– Louie Papalanos.

Il ouvre grands les yeux et la regarde.

– Le Seure connaissait Papalanos ?

– Forcément, si son père était l'un des associés de Fat Louie.

– Nom de Dieu ! Vous pouvez m'appeler une infirmière ?

Brandon appuie sur le bouton encore et encore, jusqu'à ce qu'une infirmière de garde pointe son nez.

– Un problème ? Vous avez un spasme dans le doigt, peut-être ?

– Il souffre beaucoup, dit Ellen.

– Dites-lui donc qu'il suffit d'appuyer une fois sur le bouton, mon chou. On arrive.

– D'accord, mon chou, dit Ellen. Maintenant, vous voulez bien faire quelque chose ?

L'infirmière regarde sa montre.

– Oui, oui. Il est juste à l'heure.

Elle revient une minute plus tard avec la seringue, et peu après Brandon contemple le visage d'Ellen tout en glissant dans le sommeil.

Elle est encore là quand il se réveille. Il fait noir dehors, désormais. Sa poitrine lui fait moins mal, mais la tête lui tourne.

– Vous devriez rentrer chez vous, dit-il.

– C'est ce que je vais faire. Mais je veux qu'on termine. Vous pouvez parler, maintenant ?

– Ouais. On en était où ?

– On pense que Le Seure connaissait Papalanos. On sait aussi que Papalanos a distribué le Fang, même si on n'a pas de preuve.

– Et vous le savez comment ?

– Un indic. Fin 84, quand les Stups se sont attaqués sérieusement à cette drogue, un type s'est mis à table. C'était un chef de secteur dans le trafic. Un jour, il était allé prendre une livraison, et son fournisseur était soûl. Il s'était mis à parler à tort et à travers, lui avait dit que le Fang venait de Louie Papalanos et de ses fils. Ils le coupaient même pas, ils faisaient monter les prix au plus haut et le vendaient tel quel. Le fournisseur devait donc l'amortir un maximum. Pendant cette livraison, ce type, notre indic, avait même pu parler au transporteur, qui était grec. Il a dit qu'il avait jamais parlé avec un Grec avant. Vous me suivez ?

– Sans problème. Continuez.

– Vous voyez, ça paraît plausible, parce que Papalanos avait de gros problèmes d'argent, à l'époque. Il était presque ruiné. Le Fang a fait son apparition dans les rues en avril 83. Je m'en souviens parce que c'était le mois de la grande tornade de Pâques. La maison de ma mère a été balayée. Je courais à droite et à gauche, entre les estimations d'assurance que j'essayais d'obtenir pour elle et les échantillons de cette nouvelle came dont on venait d'entendre parler. Ça faisait seulement six mois que j'étais aux Stups. Enfin bref, à la fin de l'été, quatre mois plus tard environ, Papalanos était tiré d'affaire. De grosses traites étaient honorées, de nouveaux chantiers démarraient ; il a même renouvelé presque toute sa flotte de camions.

– D'accord, dit Brandon. Admettons que vous avez raison, que Papalanos faisait le grossiste, pour cette dope. Et admettons que vous avez aussi raison pour Le Seure, qu'il l'avait rencontré avant par son père. Bon. Qu'est-ce que ça prouve ?

– Maintenant le beau-frère de Le Seure se fait tuer ici, des années plus tard, avec la même came sur lui. Une drogue qui n'est jamais réapparue nulle part. Jamais, vous entendez ? Et on découvre que Papalanos est une vieille connaissance de la famille Le Seure ? Coïncidence ?

– Vous accusez Le Seure d'être un dealer ? Un dirigeant des Stups ?

Elle hausse les épaules.

– Non. Je dis juste que ça fait un peu beaucoup. Le Seure et Papalanos avaient de vieilles attaches. Maintenant le beau-frère de Le Seure débarque avec la drogue dont Papalanos avait l'exclusivité. Et Le Seure lui-même laisse une empreinte sur les lieux d'un meurtre commis par son beau-frère la nuit même. Je dis juste qu'il y a plein de recoupements là-dedans qui me troublent. Et que ça vaut la peine de fouiller un peu plus. Quand est-ce que vous serez sur pieds ?

– Demain. Je me signe un bon de sortie.

– Avec une douleur pareille ? Brandon !

– Je m'en fous. Ils peuvent me donner des pilules. Je vais pas traîner couché un jour de plus. Je serai peut-être pas en pleine forme, mais je serai sorti d'ici.

– J'allais vous proposer de venir passer un jour ou deux chez moi.

– Peut-être. Ça reste entre nous, hein ? Comme on a dit ?

– Un peu de confiance, dit-elle en lui serrant la main. Et reposez-vous.

– Dites, vous pourriez me glisser un paquet de Camel avant de partir ?

Elle rit et lui donne une petite tape sur le haut de son crâne dégarni.

– Méchant garçon, dit-elle. Mais vous êtes mignon. Je vous appelle demain.

VENDREDI

23

Lancaster retrouve assez facilement le numéro du cabinet d'avocats Greene, Epstein, Sawyer & Simpkins ; mais, quand il appelle, on lui répond que Harpo Epstein est en salle d'audience toute la journée et ne repassera pas dans son bureau.

Alors, il appelle les renseignements. À partir d'une liste qu'il a faite des banlieues les plus chic – Grosse Ile, Saint Clair Shores, Rochester Hills, Troy, Birmingham, Farmington Hills –, il récolte quatre numéros au nom de H. Epstein. Au troisième essai, un numéro à Blommfield Village, petit patelin très riche à l'ouest de Birmingham, loin de la ville au nord-est, il fait mouche.

– Harpo est au bureau, lui dit la femme. Vous êtes quoi, un représentant ?

L'immeuble où il vivait quand il a rencontré Denise et Bobby est toujours debout, dans Nixon Road, au nord du Centre médical, dans le quartier nord-est de la ville, au-delà de l'Huron. Il a toujours l'air d'une cage à lapins pour étudiants, ce qu'il est bien, mais en un peu meilleur état qu'à l'époque où il y habitait. On l'a renforcé par de l'aluminium, déjà : plus de peinture qui s'écaille en permanence et de bois pourri qui affleure. Des volets noirs ont été mis aux fenêtres. Mais la neige de l'allée n'est toujours pas balayée, des carcasses de voitures encombrent toujours la cour. La grande porte extérieure penche toujours bizarrement, selon le même angle que le jour où il est parti, il y a huit ans. Ça lui fait un drôle d'effet.

Lancaster se gare contre le trottoir d'en face et observe un plein car d'étudiants débarquer et s'engouffrer en file indienne dans l'immeuble.

Quand Denise a traversé le couloir pour la dernière fois, elle n'avait pas seulement le nez en sang et quelques coupures. Bobby lui avait cassé le nez et la clavicule gauche. Son menton était si lacéré que Lancaster apercevait l'os quand il l'a nettoyé. La première chose qu'elle lui a dite, c'est qu'elle ne mettrait plus jamais les pieds dans l'appartement de Bobby. Et ensuite, qu'elle n'irait pas non plus aux Urgences.

Il a d'abord recousu le menton. Pour le nez, il lui donna une suspension de cocaïne liquide comme anesthésiant et répara la fracture lui-même, sur place, sur le canapé du salon. Il se souvient très bien de son absence de réaction quand il remit d'un geste brusque l'os et le cartilage nasal en place. Ses yeux étaient vitreux. Il n'avait jamais vu quelqu'un subir ça sans broncher ; pourtant, il traînait aux Urgences aussi souvent que possible, quoique encore simple étudiant, et avait observé un grand nombre de cas semblables. Après coup, il s'était dit qu'il aurait même pu le faire sans anesthésie, qu'elle était insensible à tout parce que déjà droguée. Finalement, il s'était demandé si c'était par un pur effort de sa volonté qu'elle ne sentait pas la douleur.

L'os du menton exigea un bandage renforcé pendant la cicatrisation. Il s'arrangerait pour faire une radio en douce le lendemain, afin de vérifier qu'il n'y avait pas de fracture. Il mit un sac de glace sur son visage, l'allongea sur le canapé, lui dit de dormir. Puis, il éteignit les lumières et se mit au lit, sans croire vraiment à son serment, ne croyant pas même qu'elle serait là à son réveil.

Cependant, quand il sortit de sa chambre au matin, elle était assise à la table de la cuisine, les yeux au beurre noir, le visage enflé, etc. ; elle écrivait dans un cahier. Une casserole de café chaud était posée sur le réchaud, une cigarette brûlait dans le cendrier.

– Comment tu vas ?

– Très bien, dit-elle. Tu arrêtes de travailler pour Bobby à partir d'aujourd'hui. On déménage.

– Ah oui ?

– Tu auras fini les cours dans quelques semaines. Bobby déménage ce mois-ci. Je vais nous trouver un appart en ville, et je ferai l'aller et retour.

– Nous ? Toi et Bobby ?

– Toi et moi. Et je veux même plus entendre prononcer son nom.

– D'accord. Ça va être une histoire platonique, ou bien on vit ensemble au sens où on dit « vivre ensemble » ?

– Tu me poses vraiment la question ?

– Je sais ce que je ressens. La question que je pose, c'est : est-ce que toi tu es, d'une manière ou d'une autre, amoureuse de moi ?

– Tu voudrais que je le sois ?

– Ce sera bien seulement si on essaie vraiment. Je veux pas qu'on se retrouve dans quelques mois avec des aventures à droite et à gauche, comme si on était frère et sœur. Je veux pas que tu me fasses ce que t'as fait à Bobby.

– Tu sais rien sur mes relations avec Bobby. T'en as aucune idée, alors n'en parle pas, d'accord ?

– Vous couchiez ensemble.

– Qu'est-ce que ça change ?

– Rien, peut-être. C'est ça que tu veux dire ? Il avait quelque chose dont tu avais besoin, et toi tu lui donnais quelque chose en échange ? C'est ça ?

– C'est dit très méchamment.

– Je veux pas être le prochain, Denise, c'est tout.

Elle réfléchit une minute en fumant.

– Adrian, est-ce que tu crois qu'on peut seulement aimer un tout petit nombre de personnes, dans une vie ?

Il n'en savait rien.

– Moi, je crois que l'amour est une chose qu'on fait pousser, comme une plante, dit-elle. Ça peut commencer n'importe où, mais il faut le cultiver, quelle que soit la personne en question. Tu sais ce qui fait que les gens continuent de s'aimer, ce qui fait qu'ils sont de plus en plus amoureux ?

– Je t'écoute.

– Le désir d'être amoureux. Si on veut être amoureux, on l'est. Si on veut rester amoureux, on le reste.

– Tu veux dire qu'on peut se forcer.

– Je dis exactement le contraire. Si je t'aimais pas, je ferais pas l'amour avec toi. Je serais pas ici. Je me serais pas fait tabasser hier soir.

– Il t'a frappée à cause de moi ?

– Laisse tomber, dit-elle.

– Non. Je veux savoir. Il t'a frappée parce que tu t'es mise à me voir ?

– C'est pas si simple. Il m'a frappée pour plein de raisons, dont certaines te concernent, oui. C'est pas de la jalousie ordinaire. Pas son genre. Et puis, ça n'a plus d'importance. Je t'aime, maintenant. Je t'aime comme j'ai jamais aimé personne, et Bobby moins que les autres. J'ai jamais voulu l'aimer ; j'ai toujours souhaité qu'on se soit jamais rencontrés. Mais j'ai risqué gros pour ça, pour toi. Et tout ce que j'essaie de te dire, c'est qu'au fil du temps je serai de plus en plus amoureuse de toi parce que je *veux* être amoureuse de toi, je veux rester amoureuse de toi. Et tu seras de plus en plus amoureux de moi. Si on fait attention, et si c'est ce qu'on veut tous les deux.

Il s'est demandé si c'était l'aveu le plus rusé ou bien le plus sincère qu'il eût entendu, mais il l'a crue.

Et il se trouve qu'elle disait vrai.

En début d'après-midi, il arrive à joindre Sandra.

– Je comprends pas, dit-elle. J'essaie d'appeler depuis ton départ, hier. Pas de réponse. Mais Bobby part jamais très loin, et il découche jamais. Il a trop peur qu'il arrive quelque chose. Je sais pas ce qui se passe.

– J'arrive. Tu me conduiras chez lui.

– Je viens de te dire qu'il y est pas.

– Non : tu as dit qu'il répond pas. Je suis là dans un quart d'heure.

Elle le conduit dans une résidence qu'il n'a jamais vue, tout un village d'immeubles à deux étages identiques, beige, dans le style des motels, où les appartements donnent directement dehors sur une coursive, sans hall central. Toutes les portes sont rouges.

Ils se garent derrière, passent un portail en métal noir non verrouillé, entrent dans la cour, vide à part une piscine recouverte pour l'hiver d'une bâche en plastique bleue.

Il la suit dans un escalier et sur le balcon du second étage, jusqu'à l'appartement 242, devant lequel elle s'arrête.

Elle frappe. Personne ne répond.

– Il est où ? demande Lancaster.

– Il peut être n'importe où. Je sais pas. Eh, regarde ça ! Avec ce froid…

La fenêtre à droite de la porte est grande ouverte. Lancaster essaie de regarder à l'intérieur. Un store baissé lui bouche la vue, mais il sent une odeur étrange qui le met mal à l'aise.

– Essaie la porte, dit-il.

– Pourquoi ?

– Essaie.

– Mais pourquoi ?

– On l'attendra à l'intérieur.

– Bon Dieu. T'es cinglé.

Il l'écarte du bras et essaie de tourner lui-même la poignée. La porte s'ouvre. Il la pousse, fait un pas, ressort, referme la porte.

– Allons-nous-en.

– Qu'est-ce que t'as vu ?

– Allez, viens.

Il la prend par le bras et l'entraîne dans l'escalier.

– Quoi ? dit-elle en se libérant et en courant vers l'appartement.

Son hurlement se propage bien dans l'air glacé de janvier, au-dessus et en dessous du balcon, comme pour alerter tout le monde. Quand elle passe au second hurlement, plus fort encore que le premier, Lancaster entre à son tour et ferme la porte pour contenir le bruit.

Ils se retrouvent seuls tous les trois : Lancaster, Sandra, et le cadavre bouffi, pourrissant, de Bobby

Karnowski. Sa gorge tranchée leur sourit, découvrant le cartilage blanc de la trachée. De grosses croûtes de sang maculent sa chemise et le sol autour de sa tête. L'une de ses jambes est tordue vers l'extérieur au niveau du genou.

Malgré l'odeur pestilentielle, Lancaster s'accroupit près du corps, dans la flaque de sang gluant où il baigne. Il y a de larges entailles aux phalanges et aux mains, preuve évidente qu'il a tenté de se défendre, attaqué au couteau. Il note maintenant d'autres blessures : une perforation de la joue gauche, si profonde que les molaires apparaissent à travers, de sérieuses coupures à l'abdomen et au thorax, des éraflures transversales à la gorge, au-dessus et au-dessous de la plaie principale.

Du sang giclé a séché sur les murs, sur les meubles.

– Ç'a dû être une vraie bataille, dit-il.

Puis il remarque autre chose. Sur le ventre nu de Bobby se trouve une enveloppe transparente pleine d'une poudre beige.

Sandra s'est repliée en position fœtale dans un coin, près de la porte ; elle frissonne. Il la remet sur pieds.

– Doucement, dit-il en posant le doigt sur ses lèvres. On va juste s'en aller.

– Et Bobby ?

– Ça fera pas une grande différence, pour lui. Viens.

Dehors, le balcon est toujours désert. Il essuie le bouton de la porte, puis la ramène dans l'escalier, hors de la cour, jusqu'à la voiture. Elle sanglote sans bruit. Lancaster lui prend les clés et la reconduit chez elle.

– Tu vas prévenir la police ? demande-t-elle au bout d'un moment.

– Oh non.

– Et pourquoi ?

– Si tu veux que ton nom soit mêlé à cette merde, t'as qu'à appeler.

– Non, dit-elle.

– Quelqu'un va le trouver. Fais juste comme si rien de tout ça s'était passé. Et si par hasard on t'en parle, dis pas un mot sur moi, compris ? Dans ton intérêt comme dans le mien.

Ils sont presque arrivés chez elle.

– Si j'étais toi, Adrian, je mettrais les bouts. Je partirais aussi vite et aussi loin que possible. On vit dans un grand pays.

– Je peux pas faire ça. J'ai ma vie.

– Justement.

– Merci de ton aide. Désolé de t'avoir entraînée là-dedans.

– Fais-moi plaisir. À partir de maintenant, tu reviens plus me voir. On se contentera de nos bons souvenirs, d'accord ?

À cinq heures, il compose de nouveau le numéro de l'avocat. Cette fois, c'est une jeune fille qui lui répond et lui demande de patienter.

Il entend le bruit de fond, la voix fluette qui appelle : « Papa ! Téléphone ! » Et puis une voix familière, comme surgie du passé, qui jadis signifiait rien moins que le salut, et cette voix qui lui a dit : « On s'est occupés de tout. Vous pourrez poursuivre votre carrière. Vous serez tiré d'affaire dans quelques mois », lui dit seulement :

– Oui ?

Lancaster retrouve sa propre voix enfouie dans sa poitrine.

– Harpo, c'est Adrian Lancaster.

Silence au bout du fil, un raclement de gorge.

– J'attendais votre appel.

– Vous êtes au courant de ce qui se passe ?

– Non.

Il lui dit tout dans un souffle. Le meurtre de Straw, le guet-apens de Babcock, les enveloppes de fentanyl, les filatures, les fusillades, et maintenant le corps de Bobby Karnowski…

– Adrian, calmez-vous.

– Vous ne saviez rien de tout ça ?

– Non.

– Vous disiez que vous attendiez mon appel.

– Depuis des années. Elle m'avait dit que vous reviendriez un jour, soit pour chercher de l'aide, soit pour savoir ce qui s'était vraiment passé. Elle m'a demandé de vous aider le moment venu.

Lancaster saupoudre de l'héroïne sur sa table, puis la pousse et la tasse avec une carte de crédit pour former une ligne fine et bien droite.

– Comment pouvait-elle savoir ?

– Elle m'a payé une avance, à l'époque, dix mille dollars, pour faire ce dont vous auriez besoin. On a beaucoup de choses à se dire. Vous êtes en sécurité ?

– Je suis en cavale, Harpo. Je vous appelle d'un hôtel d'Ann Arbor où je suis inscrit sous un faux nom. Je sais qu'il y a un mandat contre moi. J'ai semé des flics il y a deux jours.

– Venez à mon bureau demain matin. Il n'y a personne le week-end. J'aurai quelque chose pour vous.

– Quelque chose d'elle ?

– Quelque chose qu'elle vous a laissé.

– Pourquoi vous me l'avez pas donné à ce moment-là ?

– C'était entendu comme ça, Adrian. Ses instructions étaient de ne rien vous dire avant un an. Et puis, quand vous reviendriez, si vous le faisiez jamais, de vous le remettre.

– Vous auriez pu m'appeler.

– Je n'en avais pas le droit.

– Mais Harpo, moi j'ai cru qu'elle avait déménagé dans l'Ouest et qu'elle avait été emportée par une hépatite. C'est une vieille amie à elle qui vient de me dire qu'elle était morte avant même que je sois sorti de désinto.

– C'étaient ses volontés. Tout ça faisait partie des dispositions qu'elle avait prises. Je vous expliquerai ce que je sais.

– Elle est morte tout de suite ?

Silence.

– On en parlera demain. Tenez-vous tranquille d'ici là. Ne parlez à personne.

Lancaster se penche et aspire la poudre à l'aide d'une paille de MacDonald coupée en deux.

– Adrian ?

– Oui, oui. D'accord.

– Demain matin ? Disons, neuf heures.

– Bon.

– Alors à demain. Ne vous énervez pas.

Lancaster se laisse tomber sur le lit défait, et pour la première fois depuis le début du cauchemar, il y a presque une semaine, il pleure.

Un peu plus tard, il gît sur le lit du motel dans le noir. Il se souvient d'une soirée d'automne à Detroit, peu après leur déménagement. Il n'y avait pas de douche dans leur appartement, seulement une baignoire ancienne posée sur quatre pieds en forme de pattes. Il avait toujours détesté les bains, si bien qu'il en ressortait aussi vite que possible. Mais, ce soir-là, Denise a empli la baignoire d'eau très chaude mêlée d'aromates et l'a convaincu d'y entrer avec elle. C'était autre chose. Ils y tenaient à peine ensemble. Elle s'est logée entre ses jambes, son dos contre son torse, et ils restèrent longtemps comme ça. Il voulut lui faire l'amour dans l'eau chaude savonneuse ; elle refusa. À la fin, elle lui ordonna de sortir et de courir se mettre dans le lit, comme ça, sans se rincer ni se sécher.

– Vas-y !

Et il y alla. L'air était glacé, ce soir-là : il était trempé, gelé quand il se jeta sous les draps et se retourna vers la porte. Elle le suivit, ruisselante, le corps luisant de savon, la poitrine lourde, les poils du pubis collés par l'eau.

Il la voit ainsi dans l'embrasure de la porte, riant, le corps resplendissant à jamais comme il resplendit ce soir-là. Dans la réalité, elle s'avança vers lui, monta mouillée sur le lit, l'entoura de tout son corps, les réchauffa tous les deux. Et pourtant, à présent, dans son souvenir à demi rêvé, elle demeure immobile, suspendue dans sa course vers lui. Elle donne l'illusion du mouvement : elle n'arrive jamais.

24

Les journalistes ont afflué à Morgantown : ceux de Toledo et Detroit, mais aussi des grosses agences régionales et même d'un quotidien de Chicago. L'affaire, d'abord présentée comme un cas de meurtres en série, est maintenant rangée sous la rubrique « Guerre de la drogue » ; elle commence à susciter l'intérêt de tout le pays. Chez ceux qui s'en occupent, cela ne plaît à personne.

À Morgantown même, le titre du jeudi soir couvrait toute la moitié supérieure de la une : UN POLICIER VÉTÉRAN ABATTU LORS D'UNE FUSILLADE ENTRE TRAFIQUANTS, *IL SURVIT À SA BLESSURE ET À UNE SURDOSE ACCIDENTELLE*.

Ken Barnes se trouve dans le bureau de Lou Adamski. Il l'engueule, sans doute parce qu'un notable quelconque l'a engueulé lui-même. La dispute porte sur l'éventualité de confier toute l'affaire à la Brigade fédérale des stupéfiants en leur donnant les pleins pouvoirs. C'est ce que souhaite Barnes. Mais, en dernier ressort, la décision relève du chef de la police.

Alors, la porte s'ouvre : Brandon fait irruption dans le bureau, mesurant son souffle et son pas. Comme pour prouver qu'il est encore en pleine possession de ses moyens, il a choisi un de ses accoutrements les plus voyants : cravate en soie noire avec danseuse imprimée, veste rayée noir et blanc, chemise de flanelle noire, pantalon brun.

– Qui a lancé cette putain de discussion sans moi ? dit-il. Il fait les gros yeux à Lou, puis à Barnes.

– Va te reposer, dit Lou.

– Commence pas, dit Brandon. Je préférerais crever que de rester au lit toute la semaine.

Puis, il reprend son souffle et il perd l'équilibre. Barnes se précipite vers lui, l'aide à s'asseoir.

Quand il est installé, Lou regarde Barnes et hoche la tête.

– Ils m'ont retiré l'affaire, dit Brandon.

Lui et Spinner sont dans un box au fond de la salle du Shu Fong Yu, dans South Main Street. Spinner dévore une énorme platée de bœuf à l'orange accompagnée de crêpes aux oignons ; Brandon, lui, n'est capable d'avaler qu'une soupe. Son estomac refuse presque toute nourriture solide depuis la fusillade. Sa poitrine le fait souffrir en permanence, et la douleur diffuse maintenant jusque dans le dos.

– Cela dit, j'ai largement de quoi occuper mes vacances.

– Mais oui, c'est toi qui as les meilleurs tuyaux, dit Spinner. Laisse-les fouiner.

– Ils trouvent des choses ?

– Et comment. Ils ont reconstitué le chemin du chasse-neige à partir de l'endroit où on t'a tiré dessus. Quelqu'un l'a chargé sur un camion deux kilomètres plus loin. Ils ont même réussi à déterminer que c'était un Yamaha 300 fabriqué entre 82 et 86. Je sais pas ce qu'on ferait sans eux.

Brandon rit.

– Et toi ?

– Toujours ces chambres d'hôtel, au Washington. On a recueilli des témoignages, on a vérifié le registre. Sur les trente-deux chambres de l'immeuble, vingt-quatre sont louées. On a demandé la liste des occupants et on s'est mis à poser des questions, par élimination. D'abord, deux sont des femmes, d'âge mûr toutes les deux, quarante-cinq et cinquante-deux ans. Ça nous laisse vingt-deux noms. Bon, c'est pas très scientifique, mais voilà comment j'ai procédé. J'ai regardé les nouveaux arrivants de la liste, en me disant que si quelqu'un s'est servi de cet endroit comme base pour commettre ces crimes récents, il doit pas y être depuis longtemps.

– D'accord.

– Y en a sept qui sont là depuis moins de deux mois. On les a tous trouvés. Aucun correspond à la description de Holt. Aucun a reconnu le portrait-robot. Au fait, il est arrivé de chez les féds, hier.

Il sort une photocopie couleur de sa veste, et un visage surgit de sous la table : chapeau orange, barbiche noire, petits yeux derrière des lunettes rondes, pommettes saillantes, dents de devant légèrement proéminentes. Arnie Holt.

– Trois personnes chez Red's se souvenaient de lui. Faut dire qu'il a pas une tête qu'on oublie.

– On dirait un rat, dit Brandon.

– Un peu. Enfin bref, la piste de l'hôtel donne rien. J'ai voulu montrer le portrait à tous les occupants et aussi aux membres du personnel – à tout le monde, quoi – mais Lou m'a dit que ça ferait fuir Holt s'il apprenait que sa tête était partout.

– Lou a raison. Seulement maintenant on a plus le choix. Alors fais-le, mais sans lui dire.

Brandon repose sa cuillère, s'appuie contre le dossier de la banquette et frotte la zone brûlante et douloureuse à gauche de son torse.

– Les empreintes du calibre .25 trouvé dans la carcasse de cette voiture louée appartiennent pas à Lancaster. Jimmy pense que c'est celles d'une femme.

Brandon allume une cigarette, dont il rejette la fumée sans l'avaler.

– J'ai quelque chose pour toi, dit-il. Tu sais que je voulais coincer Lancaster. Eh bien, plus j'en apprends, plus j'ai l'impression qu'il s'est fait piéger.

– Et qu'est-ce que tu fais des fioles découvertes chez lui ? Et de l'accident de voiture ?

– Me pose pas de questions. Fais-moi confiance. Je sais ce qui s'est passé cette nuit-là.

– Putain, Brandon, on dirait que t'es passé de l'autre côté, sur cette affaire.

– C'est devenu un peu personnel. En tout cas, j'ai eu le temps de réfléchir, à l'hôpital, et j'ai tiré une conclusion. Ceux qui lui font ça savent des choses sur Lancaster : où il travaille, où il sera à telle heure, etc. Quelqu'un a eu des informations de l'inténeur.

– À l'hôpital ?

– Ou bien au Dispensaire. Tu te rappelles que Lancaster et cette fille, Storm, se sont connus au Dispensaire, et que c'est là aussi que Kevin a été traité. Il a dû s'y faire des amis. Alors j'ai passé quelques coups de fil, ce matin, j'ai demandé quelques petits services. J'ai eu des gens aux Urgences, et puis j'ai mis la main sur une infirmière que je connais au Dispensaire. Ils sont pas censés dévoiler des informations sur leurs patients, mais j'ai menti, je lui ai dit que j'allais avoir un mandat.

Écoute ça : l'année dernière Petie Boncaro a été traité là-bas. Tommy Winter aussi.

– Tiens tiens.

– En fait, c'est une piste qu'on a presque pas suivie pour l'instant, et c'est ma faute. Ç'a commencé avec Lancaster, Kevin Babcock et Storm, qui sont tous liés au Dispensaire. Et nous, on n'est même pas allés voir.

– Tu veux que je m'y mette ?

– Plutôt, oui. Ouvre les tiroirs. Parle aux gens. Demande des mandats si nécessaire. Mais sois discret.

– Pas de problème.

– Si tu veux du renfort pour l'hôtel, je m'en charge. Je connais des types qui t'aideront à vérifier les casiers de tout le monde et qui garderont le secret au poste.

– Je veux bien. Sacrée corvée.

– C'est comme si c'était fait. Mais garde-le pour toi. Si t'as besoin de quoi que ce soit, je vais te donner un nom. Mais personne, personne, t'entends ? doit savoir. Si on te demande, tu sais rien. Et ensuite, tu m'appelles.

– Pigé.

Brandon gribouille le nom d'Ellen Byers et son numéro sur une serviette en papier, puis la passe à Spinner, qui conclut :

– Drôle de merdier, cette affaire, hein ?

Puis, il rote et il glisse la serviette dans sa poche.

Emerald, Michigan, est un village tranquille fait de maisons cossues, qui vont du pavillon – trois chambres et salon dans le style colonial en briques rouges – au petit château de style variable – classique à colonnes du Vieux Sud, ou bien contemporain à dépendances. Même pour un pavillon, songe Brandon, il lui faudrait deux fois son salaire. La demeure de Le Seure est le comble du chic : trois étages en planches à clin blanches avec des volets verts, ce qui fait probablement quatre chambres, pense Brandon, et en tout cas un bon quart de million de dollars. La longue allée mène à un garage séparé à trois boxes ; une Peugeot neuve est garée à mi-chemin.

C'est Sarah qui lui ouvre la porte. Elle est surprise de le voir ici, bien entendu, mais elle le reçoit avec grâce, comme se doit de le faire la maîtresse d'une maison si élégante. La tension qu'il avait remarquée à l'hôpital est maintenant bien cachée.

– Le journal ne disait pas que vous aviez reçu une balle ?

– Les nouvelles vont vite.

– Mais vous avez l'air en pleine forme. Vous étonnez tout le monde, inspecteur. Même mon mari parle de vous.

– En bien, j'espère.

– Je crains que non. Il vous traite soit d'incompétent, soit de plouc. Mais il ne parle que des gens qui l'impressionnent. Il faut peut-être le prendre comme un compliment.

– Je tâcherai de m'en souvenir. Mais comment sait-il le peu que je fais ?

Elle le regarde et lui sourit : le premier sourire qu'il lui voit. Ses yeux sont toujours aussi verts, aussi féroces, mais le sourire les fait encore plus beaux.

Une petite fille d'une dizaine d'années, brune et timide, qu'elle lui présente comme sa fille Rachel, le salue et puis disparaît. Elle le conduit au salon, à l'arrière de la maison ; c'est une pièce en boiserie qui domine une piscine privée.

– J'essaie de reconstituer le puzzle, dit-il. Michael,

comme vous savez, est soupçonné du meurtre de Kevin Babcock.

– Et tous les autres ? À lire les journaux, on a l'impression que c'est un vrai bain de sang.

– Je crois que c'est en train de se calmer. Les tombeurs se mettent à tomber, si vous voyez ce que je veux dire. À propos, je vous ai amené ça.

De la poche de son manteau, il sort un sac en plastique à indices et le dépose sur la table, entre eux deux. À l'intérieur se trouve la chaînette en or et la médaille de saint Christophe de son frère.

– On a dû envoyer les vêtements ailleurs, alors c'est resté à part. L'hôpital me l'a restituée ce matin. Ils auraient dû le faire plus tôt, mais chez eux c'est souvent la panique.

Elle ramasse la chaînette, la fait glisser entre ses doigts. On voit qu'elle n'a pas beaucoup dormi.

– Merci.

– Sarah, quel rôle joue votre mari, dans tout ça ?

Elle lève les yeux vers lui, décontenancée. Puis, elle reprend son air tranquille.

– Je sais qu'il était à Morgantown. Je sais qu'il était chez Kevin Babcock à peu près au moment où il s'est fait tuer. Je sais que les Stups sont sur l'affaire, ct j'arrive pas à croire qu'il y a pas encore mis son grain de sel. Tout ce que je veux, c'est savoir ce qu'il y a derrière.

– Il y avait Michael, voilà tout, dit-elle, les yeux plongés dans le vide au-delà des grandes baies vitrées. On voulait le faire revenir. Quand on a su qu'il était là-bas, mêlé à quelque chose de louche, Jim a fait ce qu'il pouvait. Il a appelé ses amis. Il y est allé lui-même. Mais ils sont arrivés trop tard.

– Ça cache autre chose.

– Pas que je sache, inspecteur. Je voudrais vous donner quelque chose en échange de ça. Pouvez-vous m'attendre une minute ?

– Naturellement.

Quand elle a quitté la pièce, il met la main sur sa côte pansée et regarde par la porte de derrière quelques instants. Puis, il s'approche du mur du fond, recouvert de photos encadrées de toutes tailles. Sarah et Michael adolescents. James, Sarah et Rachel en famille prospère. La maison, les animaux domestiques. Le Seure à son bureau ; avec le gouverneur ; avec des sénateurs ; et même en compagnie du président Reagan.

Puis, tout à fait au bord, il remarque une photo du *Detroit Free Press* encadrée avec sa légende. Elle est ancienne, jaunie. On y voit un James Le Seure sans cheveux blancs aux côtés d'Irving Jovanovich, alors simple sénateur. Le Seure a un large sourire, l'air de quelqu'un qui pense avoir trouvé le moyen de gravir un échelon. La légende dit : « Jovanovich, candidat indépendant au poste de gouverneur, et son tout nouveau conseiller, James Le Seure, de la police fédérale, chef de disctrict de la Brigade des stupéfiants. » La date, en haut, est celle du 5 avril 1983, un an et demi avant les élections.

Avril 83… Brandon se frotte l'arête du nez et ferme les yeux. Le mois d'avril, en 1983, fut celui de la fameuse tornade de Pâques ; ce fut aussi, selon Ellen, le mois de l'arrivée du Fang dans les rues de Detroit. L'article qui faisait le lien entre Le Seure et Papalanos datait de quelques mois plus tard. À la fin de cet été-là, Papalanos était tiré d'affaire financièrement. Un printemps chargé pour Louie Papalanos, qui se mit à commercialiser le Fang et à payer d'énormes dettes, et pour James Le Seure, qui entama sa carrière politique. Tout avait commencé le même mois.

Byers a raison, songe-t-il. Ça fait un peu trop de coïncidences à avaler.

– Vous avez trouvé ma petite galerie, dit Sarah. Je prends tout en photo. Voilà ce que je voulais vous donner.

Elle lui tend la photo d'un garçon qui semble avoir quatorze ou quinze ans. Ses cheveux bouclés pendent sur ses oreilles et sa nuque. Il est assis sur un divan et il fait la grimace.

– Mikey pendant sa première année de lycée. Vous voyez quel garçon normal c'était ?

Brandon hoche la tête.

– C'est tout. Il était simplement normal. Je ne sais pas ce qui est arrivé.

– Il est arrivé ce qu'il arrive à tous les junkies. Ce que leur font toutes les ordures qui vendent cette saloperie. Vous y pensez jamais ?

– Qu'est-ce que vous voulez dire ? Il hausse les épaules.

– Vous avez jamais entendu le nom de Louie Papalanos ?

– Non, dit-elle, un peu trop vite.

– C'est bizarre, votre beau-père était en affaires avec lui. Il a eu toutes sortes d'ennuis. Un habitué des enquêtes fédérales.

– Pourquoi est-ce que je devrais savoir ces choses-là ?

– On s'attendrait seulement à ce que son nom soit prononcé de temps en temps. Votre mari le connaît forcément.

– C'est possible. Mais je ne vois pas ce que…

– Il se trouve seulement que Papalanos fait partie de ces ordures dont je parlais, l'un de ces types qui répandent de la came dans les rues pour que des pauvres types en crèvent. Sauf que Papalanos a répandu une drogue spéciale, une héroïne synthétique qu'on appelle le Fang. Ça vous dit rien ?

– Pourquoi me demandez-vous ça, inspecteur ?

– Une enveloppe pleine de Fang est arrivée aux Urgences de Morgantown. Elle était dans la poche de votre frère. Ce qu'il y a d'étrange, c'est que personne n'a entendu parler de cette came depuis six ans. La dernière fois qu'on en a vu, c'était à Detroit fin 84. Juste à l'époque où le patron de votre mari s'est fait élire gouverneur.

– Qu'est-ce que vous insinuez ?

– Rien. Rien du tout. Ça paraît trop absurde, non ? dit Brandon en riant. Excusez ma grossièreté. C'est que je suis coincé. Il y a une relation entre tout ça et je vous jure que je la trouve pas. J'y croyais pas vraiment jusqu'à il y a une minute, quand j'ai vu une certaine photo, là, sur votre mur. Tout à coup, ça faisait trop, toutes ces relations. Tout colle un tout petit peu trop bien.

– De quoi voulez-vous parler ?

– Je sais pas. Parce que, vraiment, pourquoi votre mari serait mêlé à ça ? C'est le grand pourfendeur de la drogue, non ? Il sauve des vies ; il les prend pas. Il a essayé de sauver la vie de votre frère, non ?

Elle sait quelque chose, il le sent. Peut-être très peu, mais quelque chose.

– Ou est-ce que je me trompe ? Parce que enfin, quand je vous ai vus, vous et votre mari, à l'hôpital, en train de faire le nécessaire pour qu'on ramène le corps ici, vous lui en vouliez. Je pensais que c'était juste à cause de l'histoire des relations publiques, de sa réputation, etc. Mais maintenant j'en suis plus si sûr.

Le visage de Sarah Le Seure a changé. Un peu de la colère que Brandon a remarquée à l'hôpital s'y est insinuée de nouveau ; mais elle a pâli en même temps, comme si quelque chose l'effrayait soudain. Elle s'assied sur l'un des divans et noue ses mains sur ses genoux.

– Est-ce que votre frère est mort à cause d'une histoire où votre mari l'a entraîné ?

Brandon n'a aucune idée de ce qu'il doit attendre d'elle. Va-t-elle hurler, l'insulter, le chasser, ou bien le menacer ? Il n'en sait rien.

– Dites-moi ce que vous pensez, dit-elle froidement.

– Je sais vraiment pas, répond-il en s'asseyant en face d'elle. Je sais que Papalanos a fait venir le Fang à Detroit à partir d'avril 83. Comment il a eu cette drogue, comment il a su où la vendre, comment il a pris contact avec les gens qu'il fallait, je sais pas. Mais je sais que votre mari a été choisi par le futur gouverneur le même mois, en avril 83.

Brandon se lève et décroche la photo du mur ; il la lui tend.

– Je sais que la drogue a disparu juste avant les élections l'année suivante. Je sais que votre mari connaissait Papalanos, que les deux familles avaient beaucoup travaillé ensemble. Je sais que la semaine dernière votre frère avait sur lui, aux Urgences de Morgantown, une des premières doses de cette drogue qu'on ait vues depuis six ans. Je sais que votre mari était sur les lieux du meurtre de Kevin Babcock. Vous voyez toutes ces corrélations ? C'est incroyable. Mais j'ai pas trouvé l'explication.

– Tout ça ne prouve rien.

– Vous avez raison. Ça ne prouve absolument rien. Mais je suis un vieux flic, Sarah. Je fais ce boulot depuis très longtemps. Et je sais à quel point une vraie coïncidence est rare. Vous savez à quel point ? C'est simple : y en a jamais. De ma vie j'ai jamais vu une coïncidence innocente dans une affaire de meurtre. Ah, les gens aiment répandre cette rumeur. « Les circonstances. » « Je me trouvais là par hasard. » Mais c'est jamais vrai. Quand les mêmes noms, les mêmes dates, les mêmes lieux se mettent à réapparaître encore et encore, vous pouvez mettre votre main à couper qu'ils sont liés entre eux d'une façon pertinente pour ce qui concerne l'affaire. Il vous reste seulement à en trouver la preuve.

« La question qui se pose, en l'occurrence, c'est : combien de types doivent se faire tuer avant que je puisse prouver quelque chose ? On a cinq morts, et un sixième dont la vie ne tient qu'à un fil. Combien encore ?...

– Louie Papalanos est venu chez nous, dit-elle.

Brandon se tait et la regarde.

– On vivait à Allen Park, à l'époque. Il est venu quelquefois ; une fois il est resté dîner. On l'appelait Fat Louie, mais il avait déjà perdu du poids.

– C'était quand ?

– À ce moment-là, début 83, un mois ou deux avant que Jovanovich choisisse Jim.

– Vous n'aviez jamais vu Papalanos auparavant ?

– Ni depuis.

– Mais vous n'avez rien entendu de ce qu'ils se disaient ?

– Non, bien sûr que non.

Puis elle lâche la deuxième bombe.

– Michael était présent.

– Il faisait partie de la réunion ?

– Oui.

Elle semble si distante, à présent, qu'il n'est même pas sûr qu'elle a conscience de sa présence. Sa voix s'est faite frêle et calme. Ses yeux sont fixés sur les photographies de l'autre côté de la pièce, mais il sait qu'elle ne voit que le passé.

– Michael Straw, James Le Seure et Louis Papalanos se sont rencontrés chez vous début 83 ?

– Oui. Un jour ils se sont trouvés là tous les trois. Jim avait un bureau au sous-sol. Ils y ont passé plus d'une heure. Je sais que c'était cette année-là, parce que Jim était en pourparlers avec Jovanovich en même temps.

« Je ne sais rien d'autre. Je ne peux vous dire que de relire les journaux de l'époque. Il y eu une énorme rafle à Detroit contre le trafic d'héroïne, quelque chose qu'ils préparaient depuis longtemps. Ça a été un des grands coups de Jim. La quantité de drogue sur le marché de la ville a baissé de peut-être vingt ou trente pour cent. Vous comprenez ?

– Ça a fait un vide, dit Brandon. Donc, si quelqu'un le savait d'avance, avait des informations de l'intérieur des services, et s'il attendait d'entrer sur le marché avec un stock, mettons, d'héroïne synthétique supérieure, cet individu se ferait une petite fortune rapidement. Mais enfin... pourquoi me raconter ça ?

– Vous raconter quoi, inspecteur ? Et ne me demandez pas de répéter quoi que ce soit, ni de témoigner, ni même de confirmer que nous avons eu cet entretien.

Pourquoi les gens finissent-ils par parler ? C'est un vieux mystère. Brandon pense que la réponse doit être très simple ; par exemple, qu'ils n'en peuvent plus de porter ce fardeau tout seuls. Et finalement, le pourquoi n'a guère d'importance.

En se levant pour prendre congé, il lui tend la photo de son frère.

– Gardez-la, si vous le voulez bien, dit-elle. Je voudrais que ce soit la dernière image que vous ayez de lui. Et si quelqu'un vous demande comment commencent les junkies, montrez-la. Dites qu'ils commencent comme tout le monde, par l'espoir et le désarroi.

Au moment où Brandon fait marche arrière dans l'allée, un coupé BMW débouche à vive allure. Il pile, évitant de justesse la collision.

Le coupé recule dans la rue et Brandon sort à sa suite. Dans son rétroviseur il distingue la chevelure luisante et le visage mince du conducteur, James Le Seure.

Ils se toisent. Brandon hoche la tête. Le Seure soutient son regard un instant ; puis, avec une expression de profond désintérêt, il détourne le visage.

LE SECOND SAMEDI

25

La chevelure de Harpo Epstein a changé, depuis la dernière fois que l'a vu Lancaster : blanchie sur les côtés, comme le milieu de la barbe noire coupée court qu'il portait déjà. Il a plus de quarante-cinq ans, maintenant, songe Lancaster ; il approche de l'âge mûr. Mais, à part les cheveux blancs et quelque rides de plus, il a bonne mine – peau saine et bronzée, yeux d'un bleu acier toujours aussi intense, costume de laine marine à chevrons, certainement taillé sur mesure.

Harpo est assis sur un siège de cuir rouge derrière son bureau, tournant le dos à la grande baie vitrée qui domine le cœur du centre-ville, plus loin le Renaissance Center au bord du fleuve Detroit, plus loin encore la cime basse des arbres de Windsor, Ontario.

– Jolie vue, dit Lancaster, qui s'est assis juste en face du bureau. C'est mieux que là où vous étiez.

– Pour des avocats qui s'obstinent à rester dans une ville en pleine décadence, dit Harpo, on s'en tire pas trop mal. Il faut dire que la moitié de nos affaires, en ce moment, viennent d'ailleurs dans le pays.

– Vous vous occupez toujours de litiges financiers ?

– Presque exclusivement. J'ai une équipe de trois autres spécialistes en droit des affaires sous ma direction. C'est tout ce qu'on a pour continuer de travailler. Et encore, la plupart des dossiers sont du côté des entreprises, des retombées de poursuites déjà engagées par des confrères. J'aime bien m'attaquer à une belle affaire criminelle, comme avant, mais je le fais beaucoup moins souvent. Et vous ?

Lancaster sourit.

– Ça allait très bien jusqu'à il y a peu. Toujours en traumato. Je suis l'un des chefs des Urgences au Morgantown County Hospital. J'ai assez de boulot pour m'occuper, mais c'est plus l'état de guerre qu'il y avait ici. J'ai eu ma dose de cette folie.

– Je vous écoute.

Ils s'observent un instant, puis Lancaster se lance.

– Vous avez fait beaucoup plus que de m'éviter la prison, non ?

Harpo acquiesce.

– Vos petits ennuis n'étaient que la partie émergée de ses problèmes à elle.

– Eh bien, voilà ma question.

– Je n'en sais qu'une petite partie. Elle ne m'a pas fait entrer dans la confidence non plus, à propos de certaines choses. Je sais qu'il y avait, et qu'il y a encore, des royalties payées pour un ou deux brevets de médicaments déposés par elle.

– Des produits de synthèse qu'elle a inventés ?

– Oui.

– Je savais qu'elle travaillait sur certaines choses, en collaboration avec d'autres. Elle disait qu'ils allaient déposer des brevets, mais j'ignorais qu'ils en étaient déjà à toucher des royalties.

– La chimie médicinale, les molécules de synthèse, sont, à ce qu'on m'a dit, un champ en pleine effervescence. La conception pharmaceutique génère des profits importants. Il y a une demande potentielle infinie de nouveaux produits. Elle et son groupe étaient à l'avant-garde, d'après ce que je sais. Dans un domaine très pointu, elle était une sorte de star. Et on attendait beaucoup d'elle.

– Ça, je le savais. Enfin, peut-être pas que c'était une star. Elle me l'aurait jamais dit. Mais j'ai lu les articles qu'elle publiait. J'ai lu les commentaires. Je savais qu'elle était très forte. Ses collaborateurs n'étaient pas des étudiants comme elle, vous savez. C'était des professeurs en chaire, et ils suivaient ses intuitions. J'avais toujours peur qu'elle ne se rende pas compte de son talent, qu'elle laisse les autres profiter d'elle.

– Oh, elle savait, croyez-moi. Elle assurait ses arrières. Personne ne s'attribuait le fruit de ses recherches.

– Vous étiez son avocat pour les brevets ?

– Non. C'était un autre cabinet qui s'en occupait. Ils la protégeaient bien, je crois. C'est eux qui gèrent toutes les royalties qui tombent maintenant. Elle choisissait très bien ceux à qui elle donnait des informations, Adrian, et elle spécifiait parfaitement quel usage elle voulait qu'on fasse d'elles. Elle était beaucoup plus calculatrice, je crois, que vous l'avez jamais soupçonné.

– Ces royalties se montent à combien ?

– Il faut bien voir qu'elle déposait des brevets pour des produits très pointus. Des substances d'une application très limitée. Et elle a dû tout partager avec l'université. Malgré cela, je pense que ça s'élève à cinquante mille dollars par an. Mais je ne pense pas que les gros profits étaient là. Ses royalties constituaient un revenu officiel, légal. Denise avait d'autres activités, comme vous semblez le découvrir. Illégales, et très lucratives.

– Elle continuait à dealer. Pour Bobby Karnowski, à ce qu'on m'a dit.

– Pas à dealer, exactement. Elle concevait. Elle inventait de nouvelles substances, ou de nouveaux dérivés de substances connues. Réfléchissez un peu. Vous avez tous les éléments. Allez…

– Mon Dieu ! Le méthyl-éthyl-fentanyl trois-quatre !

– C'était l'une des ses drogues, en effet. Une puissance extraordinaire, et un temps d'action plus long que la plupart des autres.

Lancaster ne peut plus tenir en place sur son siège. Il se lève.

– Elle fabriquait cette saloperie, Harpo ? Et elle la vendait ?

Il marche, comme hypnotisé, jusqu'à la grande baie vitrée, et se tient au bord du vingtième étage, le regard presque à la verticale.

– Elle fabriquait des fentanyls en douce pour que Bobby Karnowski puisse les vendre ? C'est pas possible.

Tout concorde si bien qu'il est obligé de se rendre à l'évidence. Il rit.

– Nom d'un chien, ce qu'on peut être aveugle !

– Évidemment, même à moi elle n'a pas donné les détails. Mais il fallait que j'en sache un peu.

– Pourquoi ?

– Pourquoi elle a dû venir me voir ? Pour sauver sa peau, Adrian. Et surtout pour sauver la vôtre.

– Elle était menacée par les gens à qui elle vendait ?

– Pas vraiment, même s'il est vrai qu'au bout du compte ils sont devenus ses pires ennemis. Mais la drogue était si forte, si incroyablement concentrée, qu'un jour ou l'autre des doses mal coupées devaient inonder la rue. Et quand c'est arrivé, des gens sont morts. Une trentaine en un mois. Tous de surdose.

Lancaster se détourne de la fenêtre et fait face à Harpo.

– J'ai eu certains de ces cas à l'hôpital Henry Ford. Je m'en souviens. L'un des gosses avait dix-sept ans. J'ai pu que constater la mort.

Il a un goût âcre, métallique, dans la bouche.

– Elle a fini par craquer. Elle pouvait plus laisser les gens mourir. C'est à ce moment-là qu'elle est venue me voir. Elle s'est aperçue de l'erreur énorme qu'elle avait faite, pas seulement à cause de ces morts, mais à cause de toute sa collaboration avec ces gens-là. Et du danger qu'elle vous faisait courir, Adrian. Elle m'a parlé de l'affaire que vous aviez montée quelques années plus tôt à Ann Arbor. Et de votre intoxication ; et de la sienne.

« Elle voulait arrêter de façon aussi propre que possible, et elle voulait que vous arrêtiez aussi. Elle s'inquiétait plus de votre santé et de votre carrière que des siennes, en fait. Elle se serait sacrifiée pour vous sauver. En vérité, c'est peut-être bien ce qu'elle a fait.

« Bref, on a mis au point un plan. On devait aller voir la police, et tout leur dire. Seulement, vous vous en souvenez peut-être, vous aviez du mal à vous payer votre drogue à l'époque, parce qu'elle avait arrêté toute fabrication. Pendant la dernière année où vous étiez ensemble, vous n'avez presque jamais pris d'héroïne naturelle, vous savez.

– Du Fang ?

– Non, je ne pense pas qu'elle en ait pris elle-même, ou qu'elle vous en ait donné. Ce n'était pas son seul dérivé du fentanyl ; elle en avait inventé toute une série.

Le Fang avait l'avantage commercial, parce qu'une quantité infime suffisait pour en produire beaucoup au bout de la chaîne. Mais elle en connaissait le danger. Vous avez pris un autre de ses produits de synthèse, moins puissant. Elle contrôlait mieux les choses comme ça, disait-elle : les effets étaient meilleurs, plus nets, plus forts, qu'avec la came naturelle. Elle n'avait aucune confiance en ce qu'on pouvait acheter dans la rue. Elle était parano…

– La morphine, dit Lancaster.

C'est parce qu'elle avait épuisé son stock qu'il avait volé de la morphine.

– Vous vous en souvenez ?

– Évidemment, dit-il. J'avais pas fait le rapprochement. J'avais pas pensé à son stock. Je pensais simplement que son dealer s'était fait embarquer. C'est ce qu'elle m'avait dit.

– En fait, elle avait arrêté de synthétiser.

– Alors je me suis mis à piquer des flacons à l'hôpital pour nous approvisionner.

– Et on vous a pris. Ce qu'elle craignait le plus au monde. Mais ça nous a forcés à agir vite. En plus de sauver d'autres vies, il fallait qu'elle vous sauve, vous. J'ai appelé les autorités fédérales, vos supérieurs, les bureaucrates de la santé, et on a fait une réunion. Elle leur a tout dit. Tout, Adrian. Et on a fait un marché : les administrateurs de l'hôpital Henry Ford et les fonctionnaires de l'État ont promis que si vous alliez en désinto et si vous faisiez des travaux d'utilité publique, sans essayer de cacher l'histoire ensuite, ils retireraient leur plainte. Denise devait disparaître. En échange, elle donnerait aux Stups tous les noms et toutes les relations qu'elle avait, et même certaines qu'elle n'avait pas. Les acheteurs et les revendeurs, tout le réseau, y compris ceux qui le chapeautaient. C'est surtout eux que les féds voulaient. Ils se fichaient des intermédiaires. Ils voulaient les gros bonnets qui étaient derrière toute l'organisation. C'était une très grosse affaire. Les Stups estimaient que les produits fournis par le groupe de Denise avaient rapporté, au niveau des revendeurs de rue, quelque chose comme quarante millions de dollars pendant les quinze derniers mois. Et ça continuait de grossir. Il y avait des informations selon lesquelles les acheteurs du quartier de Hammtramck avaient l'intention d'approvisionner Cleveland, Chicago, Colombus. Ils avaient peut-être même préparé le terrain dans des villes de la Côte Est.

Lancaster prend une longue bouffée d'air pour s'éclaircir les idées, se tourne à nouveau vers la fenêtre, regarde en direction du fleuve.

– Alors, qu'est-ce qui lui est arrivé ?

– C'est là que ça s'embrouille. Elle leur a donné tout ce qu'elle avait – notes, archives, photos, livres de comptes. Mais ils voulaient plus. Et c'est tout ce qu'elle avait. Alors elle a accepté de se balader avec un micro. L'idée, c'était qu'elle organiserait des rendez-vous avec les chefs, ceux que les Stups voulaient avoir. Et ensuite, juste après ces rendez-vous, quel que soit le résultat, utilisable ou non, on la ferait disparaître et réapparaître ailleurs, avec une nouvelle identité. Il y a eu plusieurs rencontres. Elle a fourni plein de preuves très précieuses. C'est juste avant la dernière, avec le grand patron, que je l'ai vue pour la dernière fois. J'ai jamais su exactement ce qui s'est passé. Certains pontes des services m'ont dit ensuite que tout avait marché et qu'elle avait quitté la région.

– Pour Seattle.

– Quelque chose comme ça, oui. Mais je n'ai plus jamais eu de nouvelles d'elle. Rien, pas un coup de fil, pas un mot. J'étais certain qu'elle reprendrait contact au moins une fois. Et puis la rumeur s'est répandue qu'elle était morte. J'ai rappelé les fédéraux. Ils m'ont dit que c'était une ruse, pour effacer les traces. Qu'elle était quelque part en sécurité.

Harpo fixe Lancaster des yeux et pince les lèvres.

– Peut-être qu'elle n'est pas sortie vivante de cette rencontre, Adrian. Peut-être qu'on l'a démasquée et tuée tout de suite, on en sait rien. Ça ne changeait rien, de toute façon.

– Ça ne changeait rien ?

– Au contrat qu'on avait passé, aux instructions qu'elle m'avait laissées. La procédure légale était terminée. J'avais les mains liées. On n'a aucun moyen de jamais savoir ce qui est arrivé exactement. Mais je sais qu'elle n'a pas été enterrée dans sa tombe.

– Quoi ?

Lancaster revient à sa chaise et s'assied.

– J'étais là quand ils ont scellé le cercueil. Vide. Les funérailles étaient une mascarade, comme cette histoire d'hépatite. Elle l'avait préparée à l'avance, pour effacer ses traces. Au cas où.

– Elle est vivante, dit-il. C'est elle qui fait tout ça. Personne d'autre serait capable de manigancer un truc pareil. Les mêmes produits que ceux qu'elle a inventés – personne d'autre saurait les refaire. Elle est vivante, Harpo.

– J'en sais rien. Mais si elle l'est, vous pouvez expliquer pourquoi elle ferait une chose pareille ? Pourquoi elle vous mêlerait à tout ça ? Pourquoi elle commettrait des meurtres ?

– Je peux pas l'expliquer. Mais elle, elle le peut. Et puis, c'est peut-être quelqu'un d'autre qui a tué ces gens.

Harpo se lève de son siège et traverse le vaste bureau pour ouvrir un placard d'archives dissimulé derrière une porte coulissante en acajou. Il ouvre avec une clé le tiroir du bas, en sort une chemise cartonnée.

– C'est pour vous, dit-il. Je vous ai dit hier pourquoi je n'avais pas le droit de vous appeler. Elle a insisté, dans ses instructions, pour que j'attende un an, et que vous veniez vous-même me poser des questions sur elle. Pour vous dire la vérité, je pensais que vous m'auriez contacté il y a longtemps.

– J'ai continué mon chemin. C'était ce qu'elle voulait, manifestement, et cela semblait absurde de regarder en arrière. Si j'avais su qu'elle avait laissé quelque chose…

– Bon. Enfin, je crois qu'il s'agit surtout de choses personnelles, de toute façon, bien que je n'aie rien lu.

Il lui tend la chemise.

– La solution est peut-être là.

Lancaster se lève, les jambes flageolantes.

– Harpo, est-ce que vous savez qui était vraiment derrière tout ça ?

– Pas vraiment. C'était une affaire entre elle et les autorités. Une fois qu'on a été arrivés à un accord qui vous protégeait elle et vous, ils tenaient à ce que je n'assiste pas à son témoignage. Je le comprenais fort bien. Rien de ce qu'elle pouvait dire ne risquait plus de lui nuire légalement. Je sais quand même que la drogue parvenait à un gang du quartier grec.

Harpo tapote son menton des doigts.

– Ceux qui revendaient étaient en tout cas basés là-bas. Des gens m'ont dit que cette organisation s'est retirée du trafic quand tout ça est arrivé. Ils ont gagné leur argent, s'en sont sortis indemnes, et ne s'y sont jamais remis.

– Merci, dit Adrian en lui serrant la main.

– Si par hasard vous trouvez quelque chose, ça risque de mal tourner. Vous vous en rendez bien compte ?

– Oui.

– Moi, j'ai déjà été payé. Quand ce sera fini, ne parlez à personne avant de m'appeler. Je serai là.

Le quartier grec de Detroit : à une quinzaine de minutes à pied du cabinet de Harpo. N'attendant que de lire, et attiré dans cette direction par les circonstances, Lancaster se trouve un box vide dans le coin d'un restaurant familial de Kovach Street nommé L'Athénien, et il commande une salade grecque, des souvlakis et une bouteille de résiné. Il se sent un peu bête de venir ici, mais, en dehors du fait qu'il y a dans son passé un magnat grec de la drogue, il aime bien cet endroit, apprécie la nourriture et l'ambiance de bazar méditerranéen. Et puis, il n'a pas de meilleure idée pour tuer le temps tout en lisant un morceau de sa propre histoire, et de celle qu'il aimait, qui lui a été caché.

Avant de se mettre à lire, il goûte le vin. Fort et doux, il se laisse boire. Après quelques verres, les plats arrivent ; il mange. Quand il a fini, il s'y met enfin. Il soulève la feuille de papier jauni qui recouvre le tout, et il lit :

Le 8 octobre 1984

Cher Adrian,

Longtemps après que tout sera terminé, tu liras peut-être ceci. Je l'espère, comme j'espère que tu m'auras depuis longtemps pardonné tout le mal que j'ai pu te faire. Même si ce n'est que la moitié du mal que me fait notre séparation, je ne m'excuserai jamais assez, et donc je n'essaierai même pas. J'espère seulement que tu sais, ou que tu as appris, que tout ce que j'ai fait, je l'ai fait par amour et par obligation. Il y a beaucoup de choses que tu ignores sur moi, des choses qu'il valait mieux que tu saches pas, et tu peux me reprocher de ne pas avoir partagé toute ma vie avec toi. Mais, là encore, c'est parce que je voulais te protéger, et pas te mentir. Peut-être que j'ai eu tort. Je me suis trompée sur tant de choses.

Lancaster s'interrompt, reprend son souffle, se verse un autre verre. C'est bien sa voix, aucun doute : elle le transperce, lui donne l'impression qu'elle est plus proche que jamais. L'idée qu'elle est encore vivante se confirme à ses yeux.

Je veux que tu gardes certaines choses, surtout des choses à moi, à nous. D'abord, des lettres que tu m'as écrites. Ce sont de très belles lettres ; tu les as peut-être oubliées, moi pas. Quand tu n'es pas là, je les ressors et je les relis. Leur état te dira si je l'ai beaucoup fait.

Il y a une photo de moi avec ma famille, il y a longtemps de cela, quand nous étions encore tous en vie. C'est mon existence en dehors de toi, avant toi, avant Ann Arbor.

Sur la photo, c'est une fille beaucoup plus jeune que celle qu'il a connue, une lycéenne, debout, les bras sur les épaules de sa mère et de son père, avec une sœur cadette accroupie entre eux. Elle n'a pas une fois prononcé le nom de ces gens devant lui. Il n'a jamais rencontré aucun d'entre eux, il ne savait rien d'eux. Il se demande, maintenant, pourquoi elle ne pouvait lui parler d'eux, s'ils comptaient assez à ses yeux pour qu'elle lui laisse cette photo.

> Il y a aussi une photo prise par un étudiant en médecine la fois où je t'ai ramené la tarte aux pommes de chez Madame Tong, la pâtisserie de State Street, celle à dix dollars que tu adorais mais que tu ne pensais jamais pouvoir te payer. Tu avais potassé trois jours de suite et tu avais l'air malade tellement tu avais peu mangé et peu dormi.

C'est une photo de lui enfermé à la bibliothèque, en chaussettes, les pieds sur une table, un gros manuel ouvert sur ses genoux. Elle s'était introduite avec la tarte et un thermos de café, mais elle avait oublié les couverts, et ils s'étaient donc enfermés dans un box vide pour dévorer la tarte à pleines mains. Ils l'avaient mangée en entier. Il sent encore sa mâchoire endolorie d'avoir tant salivé, et le plaisir mêlé de nausée qu'il avait ressenti après cet apport massif de sucre.

> Je sais bien que tu te souviens de tout ça, mais ça me fait plaisir de le voir écrit sur le papier. Ça m'aide à m'en souvenir mieux encore.
>
> Enfin, il y a la clé d'un coffre de la banque du Michigan United Trust, dans la succursale de West Woodward Avenue. Le coffre est enregistré à nos deux

noms, indifféremment. Il est réservé pour dix ans à partir d'aujourd'hui. Si une décennie n'a pas passé, tu y trouveras quelques réponses à tes questions.

Je t'embrasse,
Denise.

Woodward Avenue n'est pas loin, pense-t-il. Puis, il se rappelle qu'on est samedi. Il trouve une cabine au fond du restaurant, appelle la banque. Ils restent ouverts jusqu'à une heure, mais il est déjà plus de midi. Il met donc un billet de vingt dollars sur la table et court vers le garage où il a laissé sa voiture.

26

Samedi matin, Brandon prend la route de Detroit pour rejoindre Ellen. Mais au lieu de se rendre directement chez elle, il fait un détour par le sous-sol de l'immeuble principal de la bibliothèque Wayne, au centre-ville de Detroit, où il retrouve les articles dont Sarah lui a parlé, concernant le coup de filet dans le milieu du trafic d'héroïne début 83. Cela s'est passé pendant la dernière semaine de mars.

Puis, il tombe sur la photo datée du 5 avril qu'il a vue au mur chez Sarah. Il tourne les pages jusqu'aux rubriques municipales. Dans le numéro du 12 avril, il voit la drogue mentionnée pour la première fois. « Des doses d'un type nouveau et très puissant de fentanyl, une forme d'héroïne, sont apparues depuis quelques semaines, principalement dans le quartier de Hammtramck. Les hôpitaux des environs ont déjà constaté trois surdoses dues à cette drogue, et les autorités mettent en garde les toxicomanes contre sa concentration inhabituelle. Les laboratoires de la police pratiquent des analyses pour déterminer sa composition exacte. »

Quelques semaines plus tard, quand on a reconnu dans le Fang de l'acrylate de méthyl-éthyl-fentanyl trois-quatre, un éditorialiste de la rubrique municipale fait un commentaire désabusé sur l'échec de la répression en matière de drogue : « On dirait qu'aussitôt qu'une voie d'approvisionnement a été coupée une autre voie s'ouvre. Le vide créé par les récentes arrestations semble déjà rempli par ce nouveau substitut, encore plus dangereux. »

Brandon glisse des pièces dans la machine pour photocopier tous ces articles. Puis, il se dépêche. Il doit retrouver Ellen pour le déjeuner.

À son arrivée, elle se dresse sur la pointe des pieds, colle sa joue à la sienne, dit :

– Je suis contente que vous soyez venu.

Ils restent ainsi quelques instants ; sa poitrine lui fait mal tellement son cœur bat fort.

– Je suis content d'avoir pu me sortir du lit pour venir, dit-il en s'asseyant.

– Vous vous sentez bien ?

– J'irais pas jusque-là. Mais je peux marcher et respirer. Que demander de plus ?

Les yeux d'Ellen croisent les siens un instant ; il sent de nouveau son cœur dans sa poitrine meurtrie.

– En tout cas, dit-elle, vous avez bonne mine. Vraiment. Quand il a terminé de lui faire son rapport sur ses dernières trouvailles, elle balance une tranche de tomate au bout de la fourchette dont elle se sert pour confectionner sa salade.

– Rien que des hypothèses, mais drôlement séduisantes, non ? Comme à son habitude, elle le regarde par-dessus ses lunettes.

– Le Seure peut fournir à Papalanos le moyen de regagner tout son argent en un rien de temps, dit Brandon. Il sait que le marché de l'héroïne va se vider. La famille peut en introduire, la vendre en gros très vite, sans même se donner la peine de la couper, de l'emballer ou de la diviser en doses. Il leur faut juste trouver une nouvelle source.

« Celle qu'ils trouvent, c'est les synthétiques haut de gamme. Sûrs, rapides, concentrés. Et qui peut faire les livraisons mieux que Michael Straw, vieux drogué de la vieille et canard boiteux de la famille, donc aussi sûr et contrôlable que possible ? Et rappelez-vous qu'il avait travaillé avec Bobby Karnowski, qui a été arrêté en 84 dans la rafle du Fang.

Ellen reprend.

– Le Seure offrait à Papalanos un gain sans aucune perte : le renseignement concernant la chute du stock d'héroïne en ville, sa protection, et le moyen de constituer un nouveau stock à partir de rien.

« Reste la question principale : pourquoi ? Le Seure veut faire une carrière politique. Pourquoi la risquer en aidant un vieil associé de son promoteur de père à vendre de la dope ? On a aucune preuve contre lui, mais si on trouvait la réponse à cette question, ça rendrait notre théorie moins fragile.

– Il y a forcément une raison, dit Brandon.

Elle lui sourit et hoche la tête.

Dans l'après-midi, il se retrouve dans un autre sous-sol, celui d'une archive de la police. Ellen l'a fait entrer en douce. Sur un bureau isolé dans un coin, il y a un téléphone et des piles de dossiers concernant l'enquête de 83-84 sur le Fang : coupures de presse et photos, rapports d'inspecteurs, mandats, indices notés, minutes d'audiences et même le rapport d'un chimiste privé consulté pour l'occasion.

Il s'agit presque exclusivement de la série d'arrestations et de poursuites contre des gens à un niveau assez bas, ce qui ne lui sert à rien. Il trouve pourtant une photo sans légende, prise d'assez loin par la fenêtre entrebâillée d'une chambre d'hôtel. On dirait qu'on l'a prise de la fenêtre d'un autre immeuble, de l'autre côté d'une allée ou d'une cour.

On distingue six personnes à l'intérieur de la chambre. Au centre est une femme assise à une table de conférence circulaire. Son visage est frappant, mais à cette distance ses yeux sont pareils à ceux d'un cadavre. Un homme est assis sur un canapé de l'autre côté de la pièce, face à la fenêtre. Un deuxième se tient dans l'encadrement de la porte, une cigarette aux lèvres. Deux autres hommes et une femme sont assis à la table. Ils ont tous l'air d'écouter très attentivement ce qu'elle dit.

Brandon appelle le bureau d'Ellen et lui décrit la photo.

– Oui, je me souviens, dit-elle. Il y avait un informateur de haut niveau, celui qui a révélé toute l'affaire. Son identité n'a été révélée qu'à un très petit nombre de gradés, tous des fédéraux. Mais par hasard l'une de nos équipes de surveillance s'est retrouvée là où elle aurait pas dû être, et a pris la photo. Si les féds l'avaient su, ils auraient exigé le négatif et tous les tirages. Alors on leur a jamais dit.

27

Lancaster arrive à la banque dix minutes avant la fermeture. Il persuade le directeur de lui donner accès au coffre, jure qu'il ne lui faut que quelques secondes, le temps d'emporter son contenu. Pour y accéder, il doit montrer une pièce d'identité, ce qui le rend un peu nerveux, mais impossible d'y couper.

Il trouve une cassette enregistrée, une petite enveloppe cachetée à son nom de la main de Denise, et un gros dossier entouré d'un élastique.

Il est temps de changer de motel ; le plus commode, un Howard Johnson, se trouve au carrefour de la route 696 et de Woodward Avenue, qu'on appelle aussi la nationale 1 et qui est le principal axe nord-ouest/sud-est reliant Pontiac à Detroit. Lancaster paie la chambre pour deux nuits en liquide, et s'inscrit de nouveau sous un faux nom.

Avant de commencer, il fait un saut dans un magasin pour acheter un lecteur de cassettes.

Puis, il s'installe. Il épingle les photos de Denise au mur, au-dessus de l'étroit bureau de sa chambre, dispose devant lui le dossier et le magnétophone. Il est deux heures trente de l'après-midi.

Le dossier contient des dizaines de lettres personnelles, pour la plupart de sa famille, quelques-unes de lui, et des coupures de journaux qu'elle a simplement amoncelées pour les mettre dans le coffre. Au fur et à mesure qu'il les feuillette, il est de plus en plus déconcerté par le peu qu'il sait d'elle.

Certaines feuilles semblent souligner mieux que d'autres les grandes lignes de sa vie. Il les place côte à côte sur le lit pour pouvoir les embrasser du regard, en commençant par un article jauni :

> *Lexington Gazette*
> 30 novembre 1977
>
> Martha Gelles Richards, 48 ans, a été tuée hier lors d'une collision entre sa voiture et une moissonneuse-batteuse qui l'a projetée hors de la route, au carrefour Glann Road/Redding Avenue. Ce carrefour a déjà fait l'objet de débats au conseil municipal, en raison de la fatalité qui semble y multiplier les accidents (voir rappel des faits page 3).
>
> Mme Richards, assistante administrative au Lexington Memorial Hospital, rentrait à son domicile lorsque a eu lieu l'accident. Elle laisse un veuf, Jeremy Richards, 51 ans, chef d'une entreprise de plomberie, et deux filles, Denise, 25 ans, étudiante à l'université de l'Ohio, et Elizabeth, 14 ans, élève au lycée de Glen Ridge.
>
> La famille a demandé que les dons soient faits au Fonds d'aide pour les enfants du Lexington Memorial Hospital. L'enterrement aura lieu dans la plus stricte intimité demain dans le cimetière d'Ottumwa Ridge.

Il avait appris que sa mère était décédée par une allusion de Sandra, mais il était loin de penser qu'elle était morte si violemment et si récemment, quatre ans seulement avant qu'il rencontrât Denise. Ce qui le stupéfie, c'est qu'elle n'a jamais éprouvé le besoin de le lui dire, de lui en parler.

Ensuite vient une série de lettres :

Tampon de la poste de Lexington Kentucky, 15 mars 1981

Chère Denise,

Comme tu l'avais prévu, j'ai eu le rôle ! Kattrin dans *Mère Courage !* J'arrive pas à y croire ! Ils m'ont dit que c'est la première fois qu'une lycéenne décroche un rôle dans une si grosse production. Maintenant j'ai très peur.

J'aimerais vraiment que tu puisses venir. Essaie, je t'en prie !

Je t'embrasse,
Liz

Lexington, Kentucky.
Juillet 1981

Chère Denise,

Tu peux vraiment être fière de ta sœur. Nous venons d'apprendre que l'État de l'Ohio lui accorde une bourse permanente pour faire des études de théâtre. Elle est folle de joie.

Depuis que ta mère nous a quittés et que tu es partie, je me suis un peu inquiété pour elle, car je ne sais pas très bien comment faire pour encourager et conseiller une jeune fille. Je sais que tu lui as souvent écrit, et sache que je t'en suis reconnaissant. Ton influence a été décisive.

Affectueusement,
Ton Père

Les lettres à la main, il va jusqu'à la fenêtre, contemple le parking du motel et une nouvelle version du ciel du Michigan, grisaille compacte, opaque, sans la moindre percée du soleil.

Bien sûr, il lui avait posé des questions sur sa famille peu après leur rencontre. Elle les esquivait toujours, répondait sans répondre, de sorte qu'il avait fini pas se convaincre qu'elle s'était éloignée d'eux pour une raison qu'elle préférait garder pour elle. Il se rend compte qu'il n'en était rien. Ils lui écrivaient ; elle devait bien les voir de temps à autre. Comment avait-elle pu ne rien lui dire ? Il a un rire amer. Mais qu'est-ce qu'il était donc pour elle ?

Tampon de la poste de Lexington, Kentucky, octobre 1982

Chère Denise,

Je sais que je devrais continuer, mais papa est si malade, le diagnostic est si mauvais, que je dois rester à la maison. Je retournerai à l'école quand ce sera fini.

Et puis, jouer me paraît moins important qu'avant. Je vais peut-être m'orienter vers les sciences, maintenant : infirmière, pharmacienne ou assistante médicale. Comme toi. Ou bien je vais juste essayer de trouver un travail. De m'occuper de lui tout le temps, ça a changé beaucoup de choses pour moi.

J'aurais voulu en parler avec toi, mais c'est plus facile de l'écrire.

Je t'embrasse,
Liz

Tampon de la poste de Lexington, Kentucky, décembre 1982

Chère Denise,

Tu sais comme c'était important pour lui que tu sois là. Il est parti en paix, il a rejoint maman. Ça m'a fait plaisir de te parler, et je suis très touchée que tu me croies tellement douée pour le théâtre. Mais tu te trompes. Je n'ai pas le talent qu'il faut pour réussir. Et puis, je n'arrive pas à penser à l'école, en ce moment. Je ne sais pas ce que je vais faire.

Je t'embrasse,
Liz

Plus incroyable encore que son ignorance de tout cela, il y a le fait que cela s'est passé lorsqu'ils étaient ensemble, au moment même où ils tombaient amoureux. Son père était mort l'automne où Lancaster avait entamé son internat à l'hôpital Henry Ford ; son agonie avait duré tout l'été pendant lequel ils avaient déménagé, quand ils commençaient à vivre ensemble. Et elle ne lui avait rien dit. Rien, pas un signe, pas même une dépression sans raison apparente. Elle avait brièvement voyagé cette année-là, mais, disait-elle, pour raisons universitaires – colloques, symposiums. En fait, elle retournait chez elle voir son père.

La première réaction de Lancaster est de ne pas y croire. Elle a dû inventer tout ça pour le troubler, pour l'éloigner d'elle, au moment où elle partait. Les lettres doivent être des faux.

Ou bien, si elles sont vraies, elle devait le haïr. Ou pire encore, ne pas se soucier de lui. Peut-être qu'elle n'était avec lui que par commodité, qu'elle n'avait aucun désir de partager sa vraie vie avec lui.

Mais il n'y croit pas vraiment. Alors, il se met en colère ; il voudrait qu'elle soit là pour pouvoir crier, lui demander pourquoi elle ne lui a pas parlé.

Finalement, il se demande si ce n'était pas sa faute, s'il n'était pas tellement préoccupé de lui-même qu'elle ne trouvait pas le moyen d'aborder avec lui le reste de son existence. Cette éventualité l'effraie plus que les autres.

Sans date, manuscrit

Chère Denise,

Sorti pour une longue séance de travail, donc pas rentré avant tard ce soir. Ne m'attends pas. J'aurai du mal à potasser tellement je penserai à toi. Après ces derniers exams, je serai libre, toi aussi. En avant pour Detroit. Pour une nouvelle vie.

Pour la vie ensemble.

Je t'aime plus que je ne peux le dire.

Ton
Adrian

Enfin, il y a une série de reçus, datés tous les deux mois de mars 83 à septembre 84.

Institut McGivvons
17 West Reynolds Highway
Lexington, Kentucky, 43875

AVIS DE VIREMENT
22 mars 1983
À : Denise Richards
Concernant : E. Richards, traitement passé et en cours

Dû :	1 290 $
Reçu :	2 500 $
Avance :	1 210 $

Lancaster ouvre l'enveloppe cachetée. Il lit.

10/1/84

Adrian,

Cette cassette contient la liste complète des noms et des renseignements que j'ai fournis aux fédéraux. C'est l'unique copie à part celle qu'ils possèdent. Tu en auras peut-être besoin un jour.

Denise

Il n'a pas entendu sa voix depuis la dernière visite dans sa chambre d'hôpital, en 1984. Il met en marche le magnéto.

« Je sais qu'aucune explication, aucune justification ne pourrait te satisfaire, Adrian, donc je n'essaie même pas. Voilà : j'ai fait des choses que tu auras peut-être un jour besoin de connaître, mais je ne veux pas que tu saches avant que je sois partie depuis longtemps. Je n'en suis ni fière ni honteuse, aujourd'hui. Je suis sonnée. Mais pas au point de ne pas voir ce qui doit arriver.

« J'ai tué des gens ; je suis responsable de plusieurs morts. Il existe une drogue, dont tu as sûrement entendu parler aux Urgences, qu'on appelle le Fang… »

C'est sa voix qui le bouleverse. Il pleure un peu en l'écoutant, pas beaucoup, quelques larmes, sans savoir s'il s'agit de larmes de tristesse, de rage ou d'autre chose. Et pourtant, il ne peut pas dire qu'il ressente encore le vide causé par leur séparation.

Puis, il s'aperçoit qu'il n'a jamais auparavant pleuré pour elle, et il comprend qu'il paie pour les vestiges qu'elle lui a laissés. Ce sont les larmes qu'il lui devait, comme elle, de son côté, lui devait cette explication.

Vers sept heures, il se met à avoir faim ; il traverse en courant Woodward Avenue pour acheter des morceaux de poulet pané un peu gras et des biscuits au Kentucky Fried Chicken. Rapide et nourrissant, c'est tout ce qui compte.

À son retour, il se fait deux lignes d'héroïne, en aspire une, puis s'allonge et ferme les yeux une vingtaine de minutes, jusqu'à ce que passe l'effet sédatif. Il découvre cependant que ça ne le calme pas autant que par le passé. Ses mains se sont remises à trembler. Il devra en reprendre plus tard ; mais pour l'instant il doit en finir avec ça.

À dix heures, la tête encombrée de pensées contradictoires et de questions sans réponses, il est allongé sur le lit. Il tente de dormir, mais le bourdonnement de son esprit le maintient en surface. Il somnole quelques minutes.

Même superficiel, le sommeil lui fait du bien. Le sommeil consolide. Le sommeil vous remet les pieds sur terre.

À son réveil, il prend conscience qu'il est temps de rentrer chez lui. Il est temps de faire le grand saut.

Il écoute la cassette une dernière fois, se refait une ligne pour se donner de l'aplomb, puis décroche le téléphone.

Le poste de Morgantown lui dit que l'inspecteur

Brandon n'est pas joignable ; Lancaster explique qu'il s'agit d'une urgence liée à l'affaire en cours. On le met en attente un bon moment, enfin un homme arrive et se présente comme l'inspecteur Wharton.

– Il faut que je parle à Brandon, tout de suite.

– Qui êtes-vous ?

– Passez-le-moi, c'est tout.

– Il est en déplacement.

– Dites-lui que c'est de la part d'une connaissance de Tecumseh.

Un silence.

– Donnez-moi votre numéro.

– Pas question. Je vous rappelle dans quinze minutes.

– Rappelez le poste. Demandez qu'on vous passe Wharton.

Un quart d'heure plus tard, Wharton lui donne un numéro à Detroit.

Lancaster le compose. Une femme répond.

– Brandon, dit-il.

Elle ne lui pose aucune question. Brandon prend l'appareil.

– Désolé de vous déranger. Je savais pas comment vous alliez.

– Ça va.

– J'ai un dossier. Denise Richards concevait des drogues synthétiques à un très haut niveau. Je savais que c'était son rayon, mais je vous jure que j'avais pas fait le rapprochement. Brandon, c'est elle qui fabriquait le Fang en 83-84. C'est elle qui l'a inventé.

Lancaster entend Brandon éloigner le téléphone de sa bouche et s'adresser à quelqu'un d'autre :

– Il a trouvé le chaînon manquant. Richards était leur chimiste.

Une voix de femme assourdie se fait entendre :

– Elle travaillait pour Karnowski ; Straw la connaissait. Ça colle. Et ça devait même être elle l'informateur des fédéraux !

– C'était elle, dit Lancaster.

– Il dit que c'est le cas, dit Brandon à la femme, avant d'ajouter pour Lancaster : ça nous aide beaucoup, Adrian.

– Des gens mouraient. Elle s'est livrée. Je savais rien de tout ça jusqu'à aujourd'hui.

– Comment vous pouviez l'ignorer ?

– Je sais pas, Brandon, honnêtement. J'étais absorbé dans mon travail à l'hôpital. Elle allait en voiture à Ann Arbor presque tous les jours pour travailler à son PhD, et c'est là-bas que tout se passait. Mais je me demande si je préférais pas ne pas savoir.

– Peut-être bien.

– Elle m'a laissé une cassette où elle donne tous les détails. Bobby Karnowski et Michael Straw étaient ses principaux interlocuteurs : Bobby s'occupait du deal, Straw servait plus ou moins d'intermédiaire pour Detroit.

– Écoutez, y a quelque chose que je vous ai pas dit. Cette fois-ci, la drogue est fabriquée à Morgantown. Kevin était l'homme clé. Elle passait du chimiste à Seth par lui et Petie, puis elle sortait de la ville. C'est ce qu'on a pas compris tout de suite.

– D'une manière ou d'une autre, elle est là, Brandon.

– Vous pensez qu'elle est vivante ?

– Son cercueil était vide…

– C'est elle qui est derrière tout ça ?

– J'en sais rien, dit Lancaster, étendu de tout son long sur le lit, contemplant les lézardes du plafond pourri. Ils se sont servis de moi pour faire pression sur elle. Ils étaient au courant du trafic qu'on faisait dans mon appartement. Ils savaient de quoi elle était capable, qu'elle concevait des substances. Je suppose qu'elle avait breveté de nouvelles molécules importantes. Elle avait aussi fait des narcotiques de synthèse, pour expérimenter. Elle en avait donné à Bobby, qui les avait essayés sur des clients. Après ça, quand moi j'allais passer mon diplôme et que je me préparais à aller à Detroit, il l'a battue salement, un soir. Je l'ai soignée. Elle a dit qu'elle voulait s'installer avec moi, alors on a fait des projets. Mais cette dispute, c'était parce qu'il venait de lui faire une nouvelle proposition : il voulait qu'elle continue à synthétiser pour lui. Il lui a offert un pourcentage sur les bénéfices. Sinon, il nous dénonçait tous les deux. Ça nous aurait coûté notre carrière. Alors elle a continué.

« Et puis, plus tard dans l'année, juste après notre installation, il lui a fait une offre énorme. Elle devait trouver la meilleure héroïne de synthèse possible, et la fabriquer en quantité. En grosse quantité. C'est à ce moment-là qu'elle s'est mise à faire du Fang.

Il songe tout à coup que l'automne 82 est aussi l'époque où son père est mort. Elle avait dû être bouleversée. Lancaster roule sur un côté et ferme les yeux pour essayer de chasser la nausée qu'il ressent.

– Début 83, ils avaient un stock important de cette saloperie. Elle a dit qu'il y avait des gros bras derrière. Il suffit de penser à la quantité de drogue qu'elle a produite. Sa valeur au bout de la chaîne, une fois coupée, faisait un sacré paquet. Des dizaines de millions de dollars.

– Elle savait qui ?

– Non. Mais presque. Elle a fait un marché avec les féds et leur a dit ce qu'elle savait. Ils en voulaient plus. Pour la dernière étape, elle devait essayer d'avoir ceux qui tiraient les ficelles. Elle est retournée voir Karnowski et Straw, et elle a fait semblant de vouloir plus d'argent. Elle voulait voir les responsables. Ils ont arrangé un rendez-vous.

– Et en fait ils savaient.

– Je crois que oui. Soit ils l'ont tuée, soit elle a compris, s'est échappée, et a dû disparaître pour sauver sa peau.

Il est en position fœtale, maintenant, la tête baissée vers ses genoux, les yeux fermés, le téléphone pressé sur l'oreille.

– Pensez à une chose,. Adrian. Comment auraient-ils su que Denise s'était livrée ? Comment ces types-là pouvaient savoir ça ? Il n'y a qu'une explication : les gens qu'elle a rencontrés, les responsables, qui que ce soit…

– Ils faisaient partie des services, dit Lancaster.

– Vous vous rendez compte contre quoi vous vous battez ?

– Vous aussi.

– Moi aussi. Mais je tiens presque le salaud qui est derrière ça.

– Qui ?

– Pas au téléphone.

– Qui est Holt ?

– Aucune idée.

– Écoutez. Je veux bien livrer ces documents, mais uniquement à vous.

– Vous êtes où ?

– À Detroit, moi aussi.

– Vous voulez qu'on se rencontre ?

– Je ne peux pas.

– Alors laissez-les dans un endroit sûr. Appelez à ce numéro demain et dites-moi où. Si c'est la femme qui répond, dites-le-lui.

– D'accord.

– Une dernière chose : j'ai eu un appel d'un autre inspecteur ce soir. Je l'ai envoyé au Dispensaire. Kevin, Winter, Boncaro, Storm et vous étiez liés par ce lieu. On savait que Kevin dirigeait tout. Apparemment il se servait du Dispensaire. À la fin de l'année dernière, quand la drogue a réapparu pour la première fois, il y a eu une série d'appels du Dispensaire au numéro de Straw à Detroit. On aurait dû relever ça plus tôt.

Lancaster s'étire, à présent, s'assied sur le lit, pose les pieds sur le sol.

– Ils ont eu lieu à quel moment précis, ces appels ?

– Entre le 21 octobre et le 15 novembre. Les mardis et les jeudis soir.

– Merci.

– Soyez prudent. Parlez à personne d'autre que moi. Je suis sérieux. Encore une chose : on a eu des nouvelles d'Ann Arbor aujourd'hui. Bobby Karnowski a été trouvé égorgé dans son appartement. Probablement mort depuis une semaine.

– Pauvre Bobby, dit Lancaster.

Il raccroche et compose un numéro de Morgantown. Il pense tomber sur un répondeur, mais à la troisième sonnerie une femme répond.

– C'est moi.
– Adrian ?
– Oui.
– Mon Dieu ! Mais où êtes-vous ? J'espérais tellement vous entendre. Vous avez trouvé quelque chose ?
– Écoutez-moi. Écoutez-moi attentivement. Excusez-moi d'avoir disparu. Il fallait que je fasse ça tout seul. Vous m'en voulez pas ?
– Je comprends. Je suis restée la dernière nuit au motel, puis je suis revenue ici. Je savais pas où aller.
– Je veux que vous partiez de là ce soir. Prenez un petit bagage, et disparaissez. Ne montez pas dans votre voiture. N'allumez aucune lumière. Est-ce qu'il y a une sortie de service que vous pouvez prendre ?
– Il y a une cave. Je peux sortir par là.
– Est-ce qu'il y a un endroit dans le coin qui est encore ouvert ?
Un bar ?
– Oui, pas loin.
– Allez-y. Appelez un taxi. Vous avez de l'argent ?
– Oui.
– Assurez-vous que vous n'êtes pas suivie. Vous connaissez le restaurant Bunnies sur l'autoroute de la Frontière Sud ?
– Un trou à rats.
– C'est ouvert toute la nuit. Allez-y en taxi. Installez-vous à une table isolée, au fond de la salle. Prenez un journal. Commandez quelque chose. Et attendez.
– Adrian, qu'est-ce qui se passe ?
– Allez-y.

Le plus troublant est l'ignorance presque absolue où il a été maintenu à l'égard de la vie et du passé de

Denise. A-t-elle voulu qu'il en soit ainsi ? Non. C'était aussi sa faute. Surtout sa faute, peut-être. Les junkies, se dit-il, sont par principe et par nécessité foncièrement égoïstes. Pour elle comme pour lui, la présence immédiate de l'autre et la satisfaction sensuelle continue de la drogue a étouffé le besoin de vraiment se connaître. Mais cela reste une piètre excuse pour son aveuglement face au traumatisme dont elle avait souffert, dont elle souffrait encore. Au bout du compte, pense-t-il, quoi qu'il soit arrivé, elle a bien fait de partir.

DIMANCHE

28

Tard dans la soirée de samedi, après que Brandon eut répondu à Spinner et à Lancaster, Ellen a reçu un appel personnel. Elle n'a pas voulu lui dire de quoi il s'agissait. Elle s'est contentée de dire : « Il va peut-être y avoir du nouveau. »

Brandon s'est assis sur le sol, dans le salon du pavillon de banlieue, et il a roulé sa tête en arrière pour tenter de soulager sa nuque trop tendue. De plus, les contusions de sa poitrine lui faisaient mal et sa grippe s'était changée en irritation chronique des bronches et en sinusite.

Elle lui prépara un whisky chaud sucré. Puis, il sentit ses mains sur ses épaules, qui le massaient et le frottaient comme Lorraine le faisait jadis.

– Enlevez votre chemise, dit Ellen.

Il le fit, découvrant son torse épais pansé, sa contusion spectaculaire, et elle continua son massage jusqu'à ce qu'il sentît ses muscles se détendre et sa tête s'alourdir de fatigue.

– Vous êtes une femme très douée, dit-il.

– Et vous, vous serez bientôt un homme dans le coma, si vous n'allez pas vous coucher. Vous devriez être encore à l'hôpital.

Ils ouvrirent le canapé-lit ; elle déposa dessus des draps et des couvertures. Quand elle se détourna pour regagner sa chambre à l'étage, il la saisit par le poignet et la retint quelques secondes.

Elle le regarda, lui sourit. Il la relâcha.

Dimanche matin, autour d'un petit déjeuner composé de bagels [1] et de café dans un *deli* [2] du coin, ils reprennent leur conversation.

– Comment ça s'est passé ? demande Brandon. Une fois que les fédéraux ont trouvé leur informateur en 84, comment ça a marché ?

– Eh bien, dit Ellen, nous, les Stups de Detroit, on collaborait avec les fédéraux depuis plus d'un an pour coincer les gros bonnets. Mais une fois qu'ils ont eu leur informateur, dont on sait maintenant que c'était Denise Richards, ils nous ont laissés hors du coup. La rumeur disait qu'ils craignaient une fuite.

– Quelqu'un de chez nous.

– C'est ça. J'ai entendu dire que même à l'intérieur de leurs services un petit nombre seulement avaient accès à ce nouvel informateur, des types au plus haut niveau. Les fédéraux de second rang étaient tenus à l'écart. Ce qui s'est passé, c'est que Le Seure a décidé de faire venir des agents spéciaux d'autres départements.

– D'autres fédéraux ?

– Oui, mais des quatre coins du pays. Des types dont il était sûr. Et ils sont venus incognito. Les gens que je connaissais dans les services ne savaient même pas qui ils étaient. Un truc de super-sécurité.

1. *Bagels*. Petit pains ronds.
2. *Delicatessen*. Bar vendant de la charcuterie.

– Et c'est eux qui se sont occupés de Denise, dit Brandon.

– À ma connaissance, oui.

– Ce qui aurait été parfait à une seule condition. Que Le Seure lui-même ne soit pas la balance.

– Tout juste. Dans ce cas, ç'aurait été simplement un superbe écran de fumée conçu par lui pour encore mieux se dissimuler.

– Ce qu'on sait pas encore, c'est pourquoi il aurait fait ça. Quel bénéfice il en tirait ? J'arrive toujours pas à trouver une logique là-dedans.

– Je vous ai dit hier soir que je travaillais sur quelque chose.

– Vous me faites confiance ?

Il n'est pas encore midi. Ellen est allongée sur le canapé de son salon, les pieds sur un des bras, buvant au goulot du soda à l'orange. Elle regarde sa montre.

Brandon ne répond pas.

– Vous ne faites confiance à personne, hein ?

– Pas entièrement. Pas pour l'instant.

– Ah. Vous ne me faites pas confiance. Vous croyez que je pourrais être la balance ? J'aurais pu être au courant. J'étais là tout le temps que ça a duré.

– C'est pas impossible. Mais alors je suis cuit. Vous m'avez mené par le bout du nez.

– Bon, alors concentrez-vous, Frank, et décidez-vous. Si vous êtes toujours avec moi, sortez et tournez à gauche. Marchez jusqu'à ce que vous soyez sorti du lotissement, face au parking. Restez à l'entrée et prenez un air dégagé.

– Vous êtes sérieuse ?

– Absolument. Mais seulement si vous me faites confiance.

Elle est jolie, couchée ainsi sur le canapé, dans un long pullover et une jupe à fleurs qui est remontée au-dessus de ses genoux. Elle doit avoir quinze ans de moins que lui.

– Vous avez de jolies jambes, dit-il.

– Merci.

– Ça veut pas dire que je vous fais confiance. Mais je perds mes moyens devant une jolie souris.

– Souris ! dit-elle en riant. Ça vous trahit, ça ! Vous êtes démodé, mon vieux.

Il met son manteau et prend le chemin du rendez-vous indiqué. Il a bruiné dans la matinée. Maintenant la bruine s'est changée en vraie pluie, et il fait froid ; il gèle presque. Sa grippe est en train de retomber ; voilà qui va sûrement la raviver. Sa poitrine lui fait mal, à l'intérieur comme à l'extérieur. Il glisse une main dans son manteau et masse la contusion faite par la balle.

Cinq minutes plus tard, une El Dorado flambant neuve tourne devant lui et s'arrête à quelques centimètres de ses pieds. La porte de devant s'ouvre du côté passager et laisse passer un énorme monstre au cou de taureau, qui à son tour ouvre la porte de derrière sans jeter un regard sur lui.

– Monte, dit le monstre.

– Pour aller où ?

– Tu veux faire mumuse ou tu montes ton cul ? Je te donne trois secondes.

Brandon monte. Il est seul à l'arrière. La voiture démarre en trombe et retourne vers la ville, en direction du centre. Quand ils sortent de l'autoroute, vingt minutes plus tard, il reconnaît le coin. Il y est venu il y a des années de cela, avec Lorraine : le quartier grec.

Ils le traversent presque entièrement pour parvenir à une large impasse bordée d'immeubles de cinq ou six étages des années dix, élégants mais décrépits. La plupart ont de hautes fenêtres quadrillées en acier, que l'on a peintes en noir. La voiture s'arrête devant l'un des immeubles, en brique rouge, qui pourrait être un entrepôt ou un garage. Le conducteur sort. Le monstre à côté de lui se retourne vers Brandon et dit : « On y va. » Brandon les suit tandis qu'ils passent une porte de sécurité en acier rouillé cabossée ; ils traversent un hall lépreux et montent dans un ascenseur antique, avec porte à fermeture manuelle et manette en cuivre.

Tandis qu'ils montent, un détecteur électronique apparaît dans la main du conducteur. Il le passe le long du corps de Brandon, sur son dos et son torse, entre ses jambes.

Brandon lui tend son pistolet.

L'homme fait non de la tête.

– Pour les micros, dit-il.

La vitre en verre dépoli, dans la porte du bureau au cinquième étage, annonce JACOB JOSEPH GAMBOLOS, AVOCAT À LA COUR. Le bureau ne paie pas de mine : une petite salle d'attente, où une secrétaire à gros mollets et à moustache s'arrête de taper à la machine pour les introduire, et une pièce un peu sale où l'avocat les attend derrière son bureau.

Brandon est un peu surpris. Il s'attendait à voir un grand gaillard, un Grec aux bras épais, au cou solide, aux cheveux brillantinés, dans un costume à mille dollars. Or, Gambolos est minuscule, moitié moins grand que sa secrétaire, et il est extrêmement vieux. Son visage est un labyrinthe de plis et de crevasses, si nombreux qu'il est impossible d'imaginer à quoi il ressemblait jeune. Ses mains sont toutes petites, avec de longs doigts délicats à peine plus gros que des crayons et coiffés de petits ongles roses. Il déplie ces frêles phalanges et fait signe à Brandon d'entrer, de s'asseoir, de se mettre à l'aise.

L'un de ses doigts-crayons appuie sur un bouton du bureau, et la secrétaire apparaît, portant deux tasses de café et un peu de lait. Gambolos communique avec elle par des mouvements de tête. Elle sort.

– Vous savez qui je suis ?

– Non, dit Brandon.

– Je suis avocat. J'ai un seul client, les Entreprises de travaux publics Papalanos.

La voix semble aussi chiffonnée, usée que le visage, comme un coassement de grenouille loin derrière un étang.

– Je ne peux rien vous dire, Inspecteur. Vous vous en doutez, j'en suis sûr. Je ne peux témoigner de rien concernant mon client. Je ne puis vous donner les clés des énigmes qui vous tourmentent, parce que je ne les connais pas. Néanmoins, certains amis que vous avez en ville ont attiré mon attention sur vous. Ils m'ont fait comprendre qu'ils pourraient exercer des pressions considérables, si besoin était.

– Ellen Byers ?

– Elle pèse plus lourd que vous ne semblez le croire, mon cher monsieur. Elle est sans doute l'un des trois ou quatre agents les mieux informés de la Brigade des stupéfiants. Je vous parlerai volontiers. Je veux d'abord que vous compreniez bien que ce qui arrive préoccupe mon client. Le préoccupe beaucoup, voyez-vous. Son nom a été prononcé dans un contexte pénible : cela lui nuit, nuit à sa réputation, nuit à ses affaires. Il est prêt à faire tout pour y mettre un terme.

– Si vous ne pouvez rien me dire, qu'est-ce que je fais ici ?

– Dites-moi donc ce que vous savez, ce que vous croyez. Peut-être pourrai-je vous mettre sur la voie ?

Brandon n'y va pas par quatre chemins : il expose son hypothèse d'une collusion entre James Le Seure et Louie Papalanos en 1983 et 1984. L'idée que, pour une raison qu'il ignore encore, Le Seure a fait savoir à Papalanos qu'il y aurait une réduction dans l'approvisionnement de la ville en héroïne, et que Papalanos pourrait en profiter en commercialisant des produits de synthèse. Que le beau-frère de Le Seure y a contribué en fournissant directement l'héroïne synthétique à Papalanos. Que Le Seure les a couverts du début à la fin.

Brandon sait bien qu'il ne s'agit que de conjectures, qu'il ne fait qu'essayer de deviner le mécanisme de la transaction et la collusion entre Le Seure et Papalanos ; mais, lorsqu'il voit les mains de l'avocat se poser à plat sur le bureau, qu'il le voit se lever de sa chaise et se pencher pour le regarder de haut, qu'il voit la rage embraser ses joues, il s'aperçoit qu'il a touché un nerf sensible. L'espace d'une seconde, Brandon distingue en lui le jeune homme qu'il fut ; il se représente mieux à quoi il devait ressembler il y a quarante ans.

Il s'interrompt ; Gambolos se rassied, replie ses mains, retrouve son calme et son âge.

– Vous en savez assez sur ce que je crois, maintenant, pour pouvoir m'aider, non ? demande Brandon.

– Le monde est une loge de concierge.

– J'ai donc raison ?

Le vieil homme hausse les épaules et se tourne légèrement pour regarder la bruine par la fenêtre.

– Est-ce que vos clients sont impliqués dans l'affaire d'aujourd'hui ? Est-ce qu'ils sont responsables de la fabrication du Fang ?

– Non.

– Est-ce qu'ils sont mêlés de près ou de loin aux meurtres qui ont entouré cette drogue ? Michael Straw ? Les frères Babcock ? Petie Boncaro ? Les coups de feu tirés sur Tommy Winter ?

– Non.

– Est-ce qu'ils ont quelque chose à craindre de la réapparition de cette substance en particulier ?

Pas de réponse.

– Et James Le Seure ?

– Je ne puis vous le dire. Comment le saurais-je ?

– Est-ce que vos clients entretiennent toujours des relations avec lui ?

– Cela ne vous regarde en rien.

– Ça me regarde énormément. Si c'est le cas, ils deviennent des suspects. Et s'ils deviennent des suspects, je peux obtenir des mandats d'arrêt de mes confrères de la police de Detroit ou de la Brigade des stupéfiants auprès des fédéraux, qui participent eux aussi à l'enquête.

Gambolos secoue la tête et pianote sur le bureau de ses doigts minuscules.

– N'essayez pas de me menacer. Je ne vous ai pas fait venir ici pour entendre des menaces.

– Vous m'avez fait venir ici pour quoi, au juste ?

– Vous n'êtes qu'un goujat, inspecteur. Vous l'a-t-on jamais dit ?

– Non, c'est un titre que l'on ne m'avait pas encore décerné.

– Nous avons ici affaire à un problème complexe, délicat. Or, on ne défait pas un gros nœud en tirant sur les deux bouts, n'est-ce pas ? Il faut de la ruse. Il faut de la finesse, comprenez-vous ?

– La question reste : que pouvez-vous me dire ?

– Posez-moi donc une question à laquelle je puisse répondre.

– Très bien. Dans ma théorie sur le complot Le Seure/Papalanos, il y a un blanc que je n'arrive pas à remplir. Qu'est-ce qui poussait Le Seure ? Pourquoi aurait-il tout risqué à l'aube de sa carrière politique ? Pour l'argent ? Ça ne colle pas.

– À l'aube de sa carrière politique, dites-vous. La réponse se trouve dans votre question. James Le Seure n'était que l'une des personnes pressenties par Jovanovich. Il en avait déjà choisi trois autres. Et savez-vous lesquelles ?

– Oui.

– Avez-vous songé aux raisons de ce choix ?

– C'étaient des gens qui pourraient se révéler utiles.

– Bien entendu. Mais en quoi lui seraient-ils utiles, voilà la question. Quelle est la grande affaire, dans cette ville ? Quel est le vrai pouvoir ?

– L'industrie.

– Et qu'est-ce qui fait que l'industrie fonctionne ?

Brandon hausse les épaules.

– Mettez-vous à la place d'un homme politique. À la recherche de voix. Réfléchissez. Où réside le pouvoir ?

– Dans les centrales syndicales, dit Brandon.

Gambolos s'appuie contre le dossier de sa chaise et

se frotte la moustache. Puis, il ouvre le premier tiroir, dont il sort un paquet de Kent et un cendrier.

– Je suis censé m'être arrêté. Mais je m'en octroie une ou deux par jour.

Il offre une cigarette à Brandon, qui accepte sans se faire prier.

– Les syndicats, dit l'avocat. Voilà ce que Jovanovich se devait d'avoir dans son camp en tant qu'indépendant. Vous n'êtes pas sans savoir que les syndicats ne sont pas des modèles de démocratie. Ils sont tenus par une poignée de personnalités puissantes. Parfois par une seule d'entre elles. Chaque syndicat a ses règles. Pour certains, c'est la mafia traditionnelle. Pour d'autres, c'est une poignée de militants qui se sont hissés au sommet. Pour d'autres encore, ce sont des familles…

Il hausse les épaules.

– Bon, dit Brandon. Ces conseillers étaient donc des gens qui contrôlaient les syndicats.

– Ou du moins qui pouvaient y exercer une influence. Jovanovich avait besoin de vastes groupes d'électeurs bien encadrés. C'est en les lui fournissant que ces prétendus conseillers pouvaient lui être utiles. Mais, comme pour tout, n'est-ce pas, il fallait bien commencer quelque part. Eh bien, quel fut à votre avis le premier syndicat à appuyer sa candidature ?

Brandon hausse les épaules.

– L'AFL ?

– Erreur. Vous n'avez pas assez épluché vos dossiers, inspecteur. Car il s'agit d'une chose de notoriété publique. Vous donnez votre langue au chat ? Le premier syndicat à soutenir officiellement Jovanovich fut l'Union des travailleurs du bâtiment. En deuxième vinrent les métallurgistes et les électriciens.

– Tous les métiers du bâtiment.

– C'est exact. Alors, qui avait ce genre de relations ? Parmi les gros industriels de Detroit, qui dominait l'immobilier ? Qui avait le plus d'influence dans le domaine de la construction ?

Il hoche la tête, anticipant sur la réponse de Brandon. Mais, comme elle ne vient pas, il la donne lui-même.

– Trois hommes, dit-il. Mais le plus puissant, et celui qui contrôlait la plupart de ces syndicats… c'était Louie Papalanos.

– Et voilà, dit Brandon. Nom de Dieu !

– Par la suite, d'autres syndicats se rallièrent, du côté de la confection et de l'automobile. Mais c'est Papalanos qui a lancé le mouvement.

– L'homme qui pourrait ramener Papalanos dans le camp de Jovanovich aurait donc beaucoup de pouvoir sur lui.

– Et beaucoup de pouvoir en général, si Jovanovich était élu. Ce à quoi les syndicats pouvaient largement contribuer.

C'est donc cette carte que Le Seure avait en main. Il est allé voir Papalanos et lui a demandé l'appui des syndicats du bâtiment. S'il les obtenait, il serait choisi à coup sûr par Jovanovich. Celui-ci hériterait non seulement d'un conseiller de campagne auréolé du prestige d'un pourfendeur de la drogue, formé en droit, expert en répression, mais d'un soutien inestimable pour mettre la main sur les électeurs de Detroit. Seulement, les vieux liens de famille ne suffisaient pas pour obtenir ce genre de faveur. Le Seure a dû offrir quelque chose en échange. Et qu'avait-il donc à offrir ? De l'information. De l'information qui pourrait remplir les coffres vides de la famille Papalanos, et en un rien de temps.

– Pourquoi me dites-vous tout cela ?

– Mais je ne vous ai rien dit. Je me suis contenté de vous faire un cours abrégé d'histoire politique locale. Il n'y a rien d'étonnant, ni d'illégal, dans tout cela. De la finesse, n'oubliez pas.

– Vous en voulez à Le Seure, c'est ça ?

Gambolos reste de marbre, les lèvres serrées, les yeux vides.

– Personnellement ? Non. Je suis mécontent que tout cela n'ait pas été mieux mené, que les choses désormais échappent à tout contrôle. Tout le monde en pâtit. Je veux que cela cesse. Peu m'importe comment.

Brandon tire sur sa cigarette ; Gambolos fait de même. Quelques secondes plus tard, Gambolos reprend :

– Les gens que vous poursuivez ont bien des choses à cacher.

Tous autant qu'ils sont. Il faut vous faire à l'idée que toute information recueillie sera réservée à votre usage personnel. Il ne vous sera pas permis de vous en servir pour prouver quoi que ce soit. Il ne vous sera pas permis de dire où vous l'avez obtenue. Ce ne sera pas le genre d'information que l'on peut utiliser lors d'un procès.

– Je comprends.

– Mais comprenez-vous que rien de tout cela n'atteindra jamais une salle d'audience ? Que la justice ne pourra se rendre qu'officieusement ?

– Je ne suis plus sûr de vous suivre.

– Vous n'avez pas affaire à des gens ordinaires. On

ne peut donc pas les confondre selon la procédure ordinaire. On ne peut les arrêter, les faire parler.

Gambolos se penche par-dessus le bureau. Brandon respire son haleine poussiéreuse, enfumée.

– Vous apprenez ce qui est, ce qui n'est pas. Vous apprenez le vrai. Vous agissez en conséquence. Et vous agissez vite. Et vous agissez de façon définitive. Me suivez-vous, maintenant ?

Brandon fixe les yeux noirs du vieillard et s'aperçoit qu'il comprend parfaitement ce qu'on lui dit. Il en comprend même trop. Il ne s'agit pas que d'un avertissement ; il s'agit d'une proposition. On peut l'aider si nécessaire. Bien des choses peuvent être accomplies. Bien des choses.

Puis, Gambolos se rassied et redevient le simple avocat qu'il était.

– Ce sera tout, inspecteur. Suivez les petits cailloux blancs. Je vous souhaite bonne continuation.

Ce n'est que dans l'El Dorado, sur l'autoroute qui le ramène à la banlieue où vit Ellen, qu'il comprend la plaisanterie. Les petits cailloux blancs mènent à une seule destination : la jolie maison toute blanche de James Le Seure.

Lancaster a appelé ; il a laissé à Ellen des indications pour trouver son motel, afin que Brandon passe prendre les notes et la cassette de Denise : il a tout laissé dans le tiroir du bureau, et il a scotché le loquet pour que la porte ne ferme pas à clé. Spinner a aussi appelé pour laisser un message urgent.

Avant toute chose, Brandon s'assied aux côtés d'Ellen et la tient au courant.

– Ils veulent que vous les débarrassiez de Le Seure ! dit-elle. C'est pas croyable.

– Écoutez, dit Brandon. Je veux des tirages de la photo de Denise Richards : d'abord un agrandissement net de son visage, puis des agrandissements de chaque partie de l'image pour qu'on puisse distinguer le visage de tous les gens autour d'elle.

– Pas de problème.

Il décroche le téléphone pour appeler Spinner ; avant qu'il fasse le numéro, elle pose la main sur son bras.

– Frank, ne m'oubliez pas. Quand vous aurez trouvé ce que vous cherchez, avant d'alerter qui que ce soit, appelez-moi. Je serai là. Tout ça est empoisonné. Si on le touche, on meurt. Gardez ça dans un coin de votre tête.

– Vous croyez que je ne vais plus vous parler ?

– Non. Je crois que vous êtes têtu et que vous avez mauvais caractère. Votre pire ennemi, en ce moment, c'est vous-même.

Il joint Spinner chez lui.

– Ah, Brandon ! dit Spinner. Eh ben, il était temps.

– Qu'est-ce qu'il y a ?

– On a finalement tiré quelque chose de l'hôtel Washington. On l'a mis sous surveillance. Aucun de ceux qui entraient ou sortaient ressemblait à cet Arnie Holt. Et je pensais qu'il allait falloir interroger tout le monde. Mais on a fait une dernière tentative, on est monté au sixième étage. Là, j'ai remarqué une vieille femme à qui on avait pas encore parlé qui nous espionnait par sa porte entrouverte. Je l'ai appelée. Elle a fermé la porte, mais j'ai frappé et elle a rouvert. Je lui ai montré le portrait-robot de Holt. Et elle a pointé du doigt.

– Vers où ?

– Elle est sortie dans le couloir, et elle a indiqué la chambre 638.

– Et alors ?

– C'était y a vingt minutes.

– T'es pas entré ?

– Non.

– Le fais pas. Et frappe pas à la porte. Attends-moi. Boucle le rez-de-chaussée. Mets un homme en civil dans le hall. Si y a une chambre vide au même étage, réquisitionne-la et installe-toi. Si quiconque s'approche de cette chambre, tu l'interceptes. J'ai une rapide course à faire et je prends la route. Je veux la priorité là-dessus avant qu'on le signale.

– On a pas besoin d'un mandat ?

– T'inquiète, j'en ai un collé à ma semelle.

29

Elle est allongée sur le lit, les couvertures remontées si haut que seuls ses yeux et ses cheveux noirs apparaissent. Il s'imagine qu'elle sourit – demi-sourire énigmatique qui suit le contentement d'un rêve. Il attend qu'elle s'éveille. Il est assis dans un confortable fauteuil rembourré qu'il a ramené de l'autre côté de la chambre pour se placer à un mètre du lit. Devant le fauteuil, entre elle et lui, il a placé une petite table pliante où est posé le .357 Magnum que son père lui avait offert, un paquet de cigarettes et un cendrier pour elle, une bouteille de Johnnie Walker Black avec deux verres, et l'héroïne.

Elle aura faim quand elle se réveillera, mais ce n'est pas l'heure de manger. C'est d'alcool et de tabac qu'il va la nourrir. Ils resteront enfermés dans cette chambre toute la journée. Ils vont boire et parler. Le monde, la vie n'existent plus. Les responsabilités non plus. Seule compte l'histoire.

Elle s'était postée selon ses instructions, jetant des regards furtifs par-dessus *USA Today*, sirotant un café, l'air angoissée, fatiguée. Elle avait dû passer deux bonnes heures à l'attendre. Il aurait préféré venir plus tôt, mais il voulait faire une copie de la cassette de Denise, et il roula plus d'une heure avant de trouver un drugstore ouvert la nuit où il put acheter un second magnéto et une cassette vierge.

Il entra chez Bunnies et demanda à la fille de la caisse de la monnaie pour le téléphone. Storm l'observait. Il croisa son regard un instant, mais se détourna.

Il attendit dans la voiture louée qu'elle sorte, une minute plus tard. Puis, il fit le tour de l'immeuble et attendit de nouveau qu'elle le rejoigne. Elle portait le châle noir qu'il lui avait vu la dernière fois au Dispensaire.

Elle paraissait contente de le voir. Elle mit ses bras autour de son cou et se serra contre lui.

– J'avais peur pour vous, dit-elle.

– Et moi pour vous, répondit-il. Où est-ce qu'on peut aller ?

– Je connais un endroit. Un ami qui est en voyage. J'ai la clé.

Ce fut leur seule conversation. Elle ne lui posa aucune question pendant le trajet jusqu'à l'appartement de son ami, aucune tandis qu'ils montèrent l'escalier et déposèrent leurs sacs dans le salon. Lancaster prit une douche. Quand il en sortit, Storm s'était déjà endormie sur le lit.

L'appartement se révéla une planque parfaite, dans une cité anonyme de la banlieue ouest, pas très loin de chez lui. Trop parfaite, à vrai dire. Il n'en fut pas surpris.

Elle lui sourit en s'éveillant, puis se relève un peu.

– Salut, dit-il.

– Qu'est-ce que vous faites ?

– Votre mine me plaît.

– Je dois avoir une mine affreuse. Je devrais faire ma toilette.

Elle passe ses doigts dans ses cheveux.

– Non. Ne vous levez pas.

– Adrian ?

Elle se relève davantage et voit le pistolet.

– Pourquoi vous l'avez mis là ?

– Sécurité.

– Ça me rend nerveuse.

Il hoche la tête et aspire une ligne d'héroïne.

– Quelque chose va pas ? demande-t-elle.

Il hoche de nouveau la tête.

– Vous me faites peur.

– Je veux seulement qu'on parle, Storm. Ici.

Il verse un peu de scotch dans un verre, le lui tend.

– Vous plaisantez ?

Il le boit lui-même, en reverse.

– C'est à vous de commencer, lui dit-il. Vous me devez bien ça. Elle se redresse complètement, les jambes croisées sous les couvertures, les bras croisés sur la poitrine.

– Vous croyez savoir quelque chose ?

Il hoche encore la tête.

– Vous voulez que je commence par la fin, ou par le commencement ? demande-t-il.

– Ça suffit, Adrian !

Elle rejette les couvertures et commence à se lever.

– Remontez dans ce putain de lit !

Il saisit l'arme et se tient debout au-dessus d'elle jusqu'à ce qu'elle replie les jambes sous les couvertures.

– Ça va pas être facile, dit-il. Et je veux seulement m'en débarrasser. Ensuite, on pourra continuer ce qu'on voudra continuer. Mais pour l'instant, on va faire ça et pas autre chose. Et si ça doit prendre toute la journée, on bougera pas d'ici.

– Gâchez pas tout, Adrian. Pas maintenant.

Ses yeux ont changé. Il distingue quelque chose qu'il n'avait jamais vu chez elle, une colère, une capacité qu'il n'aurait pas devinée. Et sa voix a changé aussi – à peine, d'une façon qu'il ne saurait définir, comme si un accent nouveau soulignait ses derniers mots.

– Hier soir, avant de vous retrouver, j'ai parlé à Brandon. Il m'a dit que Kevin vendait du Fang fabriqué ici même, à Morgantown. Il m'a dit aussi qu'à partir d'octobre dernier une série d'appels ont été passés du Dispensaire à l'appartement de Straw, à Detroit. Il pensait que c'était Kevin, mais vous savez comme moi que Kevin avait beau être inscrit pour suivre le programme, il venait plus depuis un moment. Les appels étaient passés les mardis ou les jeudis soir. Alors, tôt ce matin, j'ai appelé l'administration pour vérifier.

– Et ils vous ont dit que je venais aider un nouveau groupe ces jours-là. Et après ?

– Vous étiez l'amie de Kevin. Vous étiez assez proche de lui pour connaître les gens qu'il fréquentait. Au minimum, vous devriez savoir qui a passé ces appels, si c'est pas vous.

Lancaster se verse une nouvelle gorgée de Johnnie Walker.

– Vous savez rien du tout, dit-elle.

– Vous allez me laisser boire seul ?

Cette fois-ci, elle accepte le verre qu'il lui tend.

– Donc, poursuit-il, la question est de savoir à quoi on joue. Où est-ce que Kevin se procurait la drogue ? Et quel rôle vous jouiez, exactement ?

– Je l'aidais, c'est tout.

– Mais comment avaler un truc pareil ? Comment a-t-il pu mettre la main sur un dérivé très puissant du fentanyl qui a disparu il y a des années ? Comment une molécule identique, dont je viens d'apprendre qu'elle a été conçue par Denise Richards, a pu tout d'un coup réapparaître entre les mains de Kevin Babcock ?

Elle lui sert un autre verre, une double ration cette fois, et s'en sert un aussi. Ils s'observent, puis vident les verres. Le scotch, à cette heure-ci et à jeun, agit vite et fort. Une bonne chose, pense-t-il. Il remplit de nouveau leurs verres et allume une cigarette pour elle.

– Vous ne voyez pas de réponse logique ? demande-t-elle.

– Logique, je ne sais pas. Mais mon intuition me dit que le fournisseur, c'est vous. Vous êtes soûle, au moins ?

Elle hoche la tête.

– Moi aussi. Si vous êtes venue me voir, c'est pas par hasard, ni simplement parce que je m'étais occupé de Kevin. Vous saviez très bien qui j'étais, et c'est aussi pour ça que vous êtes venue chez moi ensuite. Pas parce que vous aviez peur. Vous saviez qui j'étais bien avant dc m'abordcr.

Elle l'observe, oscillant légèrement.

– Bon. Passons à la réponse logique. Comment est-ce que vous pouviez fournir une drogue inventée par Denise et morte avec elle ?

Elle se laisse retomber en arrière et s'appuie contre le montant du lit ; elle lui laisse répondre lui-même à sa question. Il le fait par une autre question.

– Pourquoi ici, dans ce trou perdu ? Vous auriez pu

le faire n'importe où. Ç'aurait été plus sûr en ville, plus anonyme. Ici, tout se sait.

– Pourquoi, d'après vous ?

– À cause de moi.

Elle sourit gentiment.

– Je voulais voir, dit-elle. Je voulais que vous sachiez ce qui se passait, parce que je pense que vous n'avez jamais su. Je pense que vous avez cru qu'elle vivait toujours quelque part.

– Et c'est pas le cas ?

– Non. Ils l'ont tuée, Adrian.

Son estomac se creuse d'un coup ; c'est la vérité, il le sait. Sa réaction le prend de court, la sensation d'une perte, la fin d'un vague espoir qu'il caressait encore.

– Vous avez vu le corps ?

– Quelle importance ? Elle me disait tout, elle m'envoyait le moindre fragment de sa vie, sur son amour pour vous, sur les ordures pour qui elle travaillait, sur le piège qu'elle leur tendait, sur la façon dont elle allait débusquer la pourriture qui organisait tout et le faire tomber. Mais elle savait bien qu'elle risquait d'y rester, Adrian. La seule chose qu'elle promettait : rentrer à la maison dès que ce serait fini. À part vous, j'étais tout ce qu'elle avait. Et elle a même pas appelé. J'ai su alors qu'ils l'avaient tuée. Ce que j'ai jamais compris, c'est pourquoi les flics des Stups, si elle travaillait avec eux, ont rien fait pour elle. Comment ils ont pu la laisser y aller, voir qu'elle en revenait pas, et rien faire du tout ?

Ce n'est pas seulement la pointe d'accent, du Kentucky, mais la diction. Parfaite, comme avant, mais très légèrement différente.

– Vous êtes une comédienne.

– Oui, je suis une comédienne. Elle me trouvait même bonne, alors après sa mort je suis retournée à l'université de Cincinnati pour passer mon diplôme.

– Pour elle ?

– Pour moi. Et pour la venger. C'est un don qui peut s'avérer très utile. Qu'est-ce que je devais faire d'autre ?

– Combien d'argent elle a laissé ? Des royalties ?

Storm prend furtivement une cigarette sur la table qui est entre eux et l'allume.

– Ça dépend. Cette année, ce sera pas beaucoup : quarante-cinq, cinquante. L'année dernière ça faisait presque soixante-quinze mille.

– Plus ?

– Il y a un compte. Une banque suisse aux Bahamas. Elle m'a laissé un peu moins de huit cent mille dollars.

– Eh ben.

Il repousse sa chaise en arrière et se lève.

– Fâché ? demande-t-elle.

– Non. J'en sais rien.

Seulement stupéfait de nouveau par l'ampleur de ce qu'il ignorait.

– Donc vous avez consacré votre vie à ça. Pourquoi avoir attendu si longtemps ?

– Il fallait que ce soit exactement la même substance. C'était le seul moyen d'enclencher la machine. Elle m'a fait parvenir toutes ses notes juste après votre arrestation, quand elle a su que c'était fini. Elle m'a tout envoyé pour que je l'archive : carnets, diagrammes, enregistrements de conférences. Évidemment, j'étais incapable de comprendre. J'ai donné beaucoup d'argent à un type qui préparait un PhD pour qu'il refasse la synthèse de cette drogue et qu'il garde ça pour lui. Il avait une femme et un gosse à charge. Vous imaginez pas le travail que ça a demandé.

– Je peux tout imaginer, Storm. Ou plutôt Liz ?

Il fait le tour du lit et la contemple.

– Storm, ça sonne bien, non ? dit-elle.

– C'est le nom que je préfère. Vous avez tué qui, jusqu'ici ?

– J'ai tué personne. Vous enregistrez ? Vous avez amené vos copains flics pour qu'ils me mettent en cage quand je sortirai ?

– Il n'y a personne.

– Vous voulez pas vous asseoir ? Vous me mettez mal à l'aise, comme ça.

Il s'enfonce à nouveau dans son fauteuil.

– J'ai pas eu besoin de tuer. Ç'a été ça le plus beau, depuis le début. Tout ce que j'ai eu à faire, c'est faire réapparaître ce poison dans les rues et rester planquée. Je savais que tous ces salauds allaient s'entre-tuer.

– Qui ?

– Michael Straw et Bobby Karnowski, d'abord. Ensuite, je sais pas. Vous allez m'aider à l'apprendre.

Il rit.

– C'est Michael et Bobby qui l'ont emmenée à l'abattoir, vous savez ? Elle m'a appelée avant d'aller chez Bobby. Je me souviens de ce jour-là. Un temps magnifique ; l'automne. Les feuilles venaient de se retourner, l'air avait un parfum spécial. Elle m'a dit que là-bas les dernières feuilles tombaient. Elle pleurait, Adrian.

Storm se redresse sur le lit, soudain agitée par le souvenir de cette journée qui dut être si atroce que Lancaster ne parvient pas à se la représenter. Son visage a de nouveau changé : ses yeux sont grands ouverts, le rouge lui est monté aux joues.

– Elle avait peur. J'ai attendu toute la journée, heure après heure, qu'elle me rappelle. Elle l'a jamais fait. Vous savez comment on peut espérer, espérer encore, et comment l'espoir peu à peu se dérobe. Et pourtant on veut pas s'avouer que c'est terminé. Mais quand la nuit est tombée, j'ai su qu'elle était morte, et qu'ils en étaient responsables, ou qu'au moins ils étaient dans le coup.

Elle le regarde, maintenant, la bouche tordue par l'émotion. Elle ferme les yeux.

– Je me suis juré que ces deux-là allaient payer. Pour Straw, c'est fait.

– Pour Karnowski aussi. Ça fait une semaine qu'il est mort. Égorgé.

– Eh bien, je suis contente.

Elle secoue la tête, avale un autre verre, puis reprend contenance.

– Et Kevin, alors ?

– Une erreur affreuse. C'est lui qui m'a le plus aidée. Quand j'ai réussi à recréer la drogue, il ne s'agissait plus que de l'écouler. Je me suis dit que cet endroit en valait un autre et, comme vous étiez là, que vous le sauriez un jour ou l'autre. Je me suis installée ici, j'ai refait ma vie en faisant semblant d'être accro à la coke, et je me suis inscrite au Dispensaire pour un traitement et une thérapie de groupe.

– C'est là que vous avez rencontré Kevin.

– Vous connaissez une meilleure porte, dans n'importe quelle ville, pour entrer dans le monde souterrain de la drogue ?

– Comment vous avez su, pour son frère ?

– J'ai seulement fait attention à ce qui se passait, sachant que je finirais par trouver quelqu'un. Ç'a pris presque un an avant que je puisse engager les opérations. J'avais fait quelques achats à Seth par Kevin pour voir s'il savait vraiment dealer.

– Et vous avez donc trouvé le moyen de faire sortir la came.

– Oui. J'ai convaincu Kevin de passer un peu d'héro, soi-disant, aux gens qu'il connaissait, y compris Seth et ses copains, évidemment. C'étaient des petits trafiquants minables. Je lui ai dit de leur dire qu'il y en avait encore à la source. Je lui ai dit de leur dire qu'il voulait passer à la vente en gros, que tout le monde ferait fortune s'ils arrivaient à pénétrer le marché de Detroit. S'il y a une chose sur laquelle on peut toujours compter, c'est l'appât du gain. Les associés de Seth à Jackson connaissaient des gens à Detroit. En un rien de temps, la drogue était dans les rues là-bas. Ensuite, y avait plus qu'à attendre que les gens que je visais tombent dessus, reconnaissent ce que c'était et viennent voir ce qui se passait. Ce qui m'a surprise, c'est qu'ils l'aient appris si vite. J'ai écoulé les premières doses fin octobre. Même pas trois mois.

– Kevin savait qui vous étiez ?

– Non. Mais il était le seul à savoir que j'étais la chimiste. Il savait qu'il devait garder le silence sur la vraie source. Il était donc ma couverture. Mais c'était un ami, un vrai. Je l'aimais bien. Ça m'a rendue malade qu'ils s'en prennent à lui.

– Il a aussi replongé. Vous savez qu'à une époque il avait décroché de tout.

– Ça, c'était l'influence de Petie, pas la mienne. Moi, je faisais juste des affaires.

– Des affaires… Vous ne pouviez pas ignorer que plein d'innocents seraient embarqués dans l'histoire. Bon, je vous dois cet hommage : c'était un plan très malin, d'un côté. Mais d'un autre côté ça pouvait pas se passer sans bavures. Sans beaucoup de bavures.

– Y avait pas d'autre moyen.

– Seth est mort, maintenant. L'inspecteur et moi, on est tombés sur une livraison ; Seth et Holt amenaient la marchandise à un type qui a fini par tirer sur Seth avec un fusil d'assaut. Brandon a été touché aussi, mais il s'en est sorti.

– J'ai lu ça.

– Joli, non ? Mais Holt a pu s'échapper. Qui est-ce ? C'est vous qui l'avez engagé ?

– Non. C'est Kevin.

– Vous avez dit qu'il vous a appelée à propos de Kevin. C'est lui qui a monté le coup ? Ou bien vous saviez déjà que Kevin était mort ? Vous me jouiez juste un petit tour ?

– Je savais pas, Adrian. C'est arrivé comme je vous l'ai dit. Holt m'a appelée. C'est vrai que je voulais vous mouiller, mais pas comme ça. Pas vous faire trouver Kevin mort.

– Holt était là quand Petie s'est fait tuer ; il surveillait la livraison. Holt était avec Seth quand il s'est fait tuer. Vous devez bien savoir qui c'est. C'est vous qui fabriquiez cette came. Holt est manifestement de votre côté, Storm.

– J'ai dit à Kevin de se débarrasser de lui ! dit-elle. Mais il le considérait comme son garde du corps. J'ai d'abord cru que c'était une vieille connaissance de Kevin. Plus tard, je me suis rendu compte qu'il l'avait rencontré récemment, par Petie. C'est Holt qui l'a approché, qui l'a convaincu qu'il avait besoin de son soutien. Ça a plu à Kevin, ça, l'idée d'avoir un copain garde du corps. Kevin savait que personne risquait de découvrir que c'était moi qui fournissais, mais ça le rendait nerveux quand même. Il avait l'impression d'être le seul à prendre des risques. Holt lui servait de pare-chocs. Comme il portait toujours une arme, ça lui donnait l'illusion d'être fort et protégé. Holt le suivait partout.

– Il l'a pas assez protégé pour le garder en vie. Holt était au courant, pour vous ?

– Non. Kevin m'a juré qu'il a jamais rien dit. Il savait que sinon, je partirais. Mais Holt me voyait souvent avec Kevin. Il savait quelque chose, mais pas que j'étais la chimiste. Toute la drogue qu'il a trimbalée depuis la mort de Kevin, la livraison que vous avez vue à l'aéroport, a été fabriquée d'avance ; elle était stockée. J'ai rien fourni depuis des semaines. Il s'est juste mis à travailler tout seul avec Petie et Seth.

– Attendez. Juste après que j'ai trouvé Kevin mort, Holt a appelé la police. Il a signalé un meurtre à cette adresse. Pourquoi il aurait appelé à ce moment-là ? Comment il savait que j'étais sur place ?

– Les gens savaient que vous aviez aidé Kevin, dans le passé. Peut-être qu'il vous a suivi…

– Mensonges !

Lancaster donne un grand coup sur la table, le cendrier tombe par terre.

– J'ai été mêlé à tout ça il y a six ans. Maintenant vous me persuadez, comme par hasard, d'aller trouver un cadavre, et comme par hasard Holt me voit ? Vous me prenez pour un con, ou quoi ?

Elle hausse les épaules.

– Peut-être que je lui ai dit que j'allais vous voir.

– Peut-être que vous lui avez parlé de moi avant même de venir me voir. Peut-être que vous vouliez vous protéger. Peut-être que vous vouliez faire croire à Holt que vous étiez juste une petite poule sans cervelle – c'est ce que croyait Seth, apparemment. Alors vous avez mentionné mon nom de façon qu'ils croient que j'étais le chimiste. Y avait pas plus logique, comme hypothèse. J'ai vécu avec elle plus de deux ans. J'ai dealé pour elle. J'étais le médecin de Kevin.

Elle le regarde avec colère. Il reprend.

– Holt vous a bien appelée ce matin-là, pour monter le coup avec vous, pour que vous veniez au Dispensaire et me persuadiez d'aller voir chez Kevin – et peut-être que vous saviez pas qu'il était mort, mais peut-être que si. Holt vous a convaincue de me sacrifier parce qu'il voulait voir si j'étais au courant de ce qui se passait. Même si vous ne le saviez pas, lui il savait que Kevin était mort. Il a appelé les flics pour que je me fasse coincer avec le corps. Mais ça tombait aussi très bien pour vous : ça allait dans votre sens, puisque c'est vous qui lui avez donné mon nom au départ, pour me compromettre. Vous saviez que je reconstituerais le puzzle ensuite, avec Straw et Karnowski.

– Je l'ai fait pour vous.

– Et les rumeurs sur moi ? C'est vous qui les avez lancées. Et les fioles dans ma cave ? Vous êtes la seule à avoir été sur place. J'ai quitté la maison ce jour-là pour essayer de semer les flics. Vous deviez rester quelques minutes, puis sortir par-derrière et me rejoindre plus tard. Et c'est ce que vous avez fait, sauf qu'avant vous vous êtes glissée en bas et vous avez laissé assez d'indices pour que je sois condamné comme fabricant d'héroïne.

Le menton de Storm est appuyé sur sa poitrine, la bouche plissée en une moue butée.

– C'était pour moi, ça aussi ? Merci ! Merci mille fois !

– Vous étiez l'un d'eux ! hurle-t-elle. Vous étiez un de ceux qu'elle fréquentait ! Vous étiez un dealer, merde ! Vous l'avez tuée !

– J'ai jamais rien su sur cette drogue, Storm. Je savais pas ce qu'elle faisait. Quand on a quitté Ann Arbor, c'était fini, pour moi. Tout ce que j'ai fait, c'est me shooter avec elle ; pendant deux ans, tout ce que je savais, c'est qu'on était des junkies. J'étais loin de me douter qu'elle dealait encore. J'étais loin de me douter qu'elle en fabriquait. Je l'ai appris qu'il y a trois jours, quand je suis retourné à Ann Arbor et que j'ai parlé avec une amie à elle.

– Je vous crois pas.

Il place le magnéto sur la petite table et met dedans la copie qu'il a faite de la cassette de Denise. Sa voix remplit la pièce. Elle lui dit toutes ces choses qu'il ignorait, montrant ainsi qu'il n'a jamais été impliqué dans l'affaire du Fang, qu'il n'en savait absolument rien.

À la fin, Storm sanglote.

Lancaster met la main dans sa poche intérieure et en sort une photo, l'une des deux que Denise lui a laissées dans le dossier : celle de sa famille. Storm, répondant à l'époque au nom d'Elizabeth Richards, est une fine jeune fille aux cheveux longs. Elle doit avoir douze ans et porte un appareil dentaire. Elle se tient entre Denise et ses parents ; tous les quatre sourient à la caméra ;

c'est une journée d'été dans le Kentucky. Lancaster la jette sur le lit.

– Je l'ai regardée hier soir, quand je l'ai reçue, et j'ai même pas vu que c'était vous. C'est seulement quand Brandon m'a parlé de ces coups de fil que j'ai recollé les morceaux. C'est drôle comme un petit détail peut servir de catalyseur. Les lettres que vous avez écrites. Tout ce que vous saviez. Votre irruption chez moi ce matin-là. Les fioles dans la cave. Et même la crise de nerfs absurde devant Seth, chez Red's. Tout collait.

« Je pensais que j'étais très fort d'avoir tout deviné. Je pensais que vous perdriez vos moyens, quand je vous le dirais. Mais je suis nul ; même cette conversation et ma prise de conscience font partie de votre plan.

– Plus ou moins, oui. Il fallait que quelqu'un vous montre la vérité.

– Elle ne m'a jamais parlé de vous. Je ne savais même pas qu'elle avait une sœur.

– Elle m'envoyait tout ce qui vous concernait. J'avais un faible pour vous ! dit-elle avec un petit rire tout en s'essuyant les yeux dans le drap. Même la première fois qu'elle vous a rencontré, bien avant que vous soyez ensemble, elle parlait de vous dans ses lettres. Elle vous a aimé avant que vous vous en rendiez compte. Je crois bien qu'elle est tombée amoureuse à la seconde où elle vous a vu. J'avais seize ans, la première fois que j'ai entendu votre nom.

« Je me souviens, on était assises en haut dans ma chambre. Je comprenais pas, parce qu'elle vivait avec Bobby. Mon père était au courant, et ça lui plaisait pas. Mais maintenant elle me parlait de cet autre type, un futur docteur du nom bizarre d'Adrian, qu'elle venait de rencontrer.

« J'ai commencé à vous détester seulement après sa mort. J'avais envie de détester tout le monde, à ce moment-là.

– Mais pourquoi elle ne m'a rien dit sur vous ? demande Lancaster. Sur aucun de vous ? Vous savez que le premier automne où nous avons vécu ensemble, c'était le moment où votre père est mort ? Elle l'a pas mentionné une seule fois. Et c'était juste après qu'elle avait commencé à fabriquer le Fang. Nom de Dieu !

Il entoure son front de ses mains.

– C'est ma faute. Forcément. J'ai dû l'empêcher de parler, d'une façon ou d'une autre...

– Arrêtez, dit Storm. Elle a toujours été comme ça. Tout était compartimenté, pour elle. Elle arrivait pas à faire la synthèse. Je crois qu'elle avait besoin de ces cloisons pour pas exploser. Elle vivait chaque événement trop intensément. Elle gardait des choses pour elle pendant des mois – des choses énormes.

– Non. Ç'aurait pu être différent si j'avais été vraiment présent, si j'avais fait vraiment attention à ce qu'elle ressentait. J'aurais pu lui tirer les vers du nez. Je l'ai encouragée à être comme ça.

– Elle était tellement forte, Adrian. J'ai l'impression que vous vous rendez pas compte à quel point elle était forte. Mes vrais parents, c'était elle, vous savez.

– Quoi ?

– Je veux dire affectivement : c'est elle qui m'a élevée – non, pas élevée, mais formée. C'était la personne forte de la famille, celle qui m'a tout appris. Ma mère, mon père n'étaient pas comme ça, et ils se sont arrangés pour ne pas être avec moi pendant toute mon enfance, de toute façon. Elle, elle était là.

« Quand je suis entrée au collège, ç'a été très dur

parce qu'elle venait de partir pour commencer ses études à l'université. Là, j'étais vraiment seule. J'avais des problèmes avec un garçon, à l'école. Sur le chemin de la maison, tous les jours, il me coinçait et il essayait de me tripoter jusqu'à ce que je me fâche. Ensuite, il me frappait. C'est arrivé plein de fois. Mes parents ont appelé l'école et ont pris rendez-vous avec ses parents. On l'a même exclu de l'école, une fois. Il s'arrêtait quelque temps, mais ensuite il recommençait.

« Ça a pris des proportions telles que j'en faisais des cauchemars.

« Un jour, je suis rentrée à la maison avec des pansements, parce qu'il m'avait fait tomber. Denise venait d'arriver pour passer le week-end avec nous. Elle m'a regardée une seconde, puis elle m'a prise par le bras et m'a entraînée jusqu'à la maison de ce garçon. Il s'appelait Rodney. Il était en train de jouer dans le jardin. Maintenant, tu y vas et tu résous le problème, elle m'a dit.

« J'ai refusé. Je me suis mise à pleurer. Elle m'a dit : "Je partirai pas d'ici tant que tu auras pas fait le nécessaire." Je pleurais tellement que j'en avais des hoquets. Rodney s'est approché pour voir ce qui se passait. Il nous a regardées en faisant une grimace ironique.

« Je me sentais tellement humiliée et en colère, j'en pouvais plus ; mais elle refusait de me laisser partir, et lui restait planté là, ravi. "Sissi !", il m'a dit. Et ç'a été comme si quelque chose explosait. Sans réfléchir je me suis dressée et je lui ai mis mon poing dans la figure. J'avais jamais vu autant de sang. J'étais sûre que je l'avais tué.

« Plus tard, Denise m'a serrée dans ses bras et s'est

excusée plusieurs fois, mais elle m'a dit aussi que c'était le seul moyen d'y mettre un terme.

« Et ça s'est arrêté, figurez-vous. Ce garçon n'a plus jamais élevé la voix ou la main sur moi. Et les cauchemars aussi ont pris fin.

Lancaster se sent vide, comme s'il avait expulsé une partie de lui-même qu'il ne retrouvera plus. Mais ce vide n'est pas entièrement négatif : il lui amène une certaine légèreté, une certaine aise. Ses poumons semblent se dégager. Il respire plus facilement.

Il se lève et prend le pistolet de la table pour le poser par terre. Puis, il éloigne la table du lit, tire la chaise pour la remettre à sa place.

– C'est bon, dit-il. Je vais faire à manger, si vous voulez.

– Venez, dit-elle.

Il s'assied au bord du lit. Elle le serre contre elle, l'enlace et pose la tête sur son épaule.

– Je te connais depuis si longtemps, murmure-t-elle.

– Qu'est-ce que vous faites ?

Elle s'écarte et contemple ses cheveux, ses yeux, son nez. Puis, elle se penche vers lui, vers son visage, jusqu'à atteindre ses lèvres. Ses baisers sont comme ceux d'une enfant, songe-t-il : petits, timides, curieux. Bientôt il commence à les lui rendre. Leurs baisers se font plus profonds, aucun des deux n'ayant envie de revenir en arrière.

Il lui enlève son T-shirt. Ils tombent ensemble sur le flanc et restent allongés sur le lit, le visage d'Adrian contre le ventre nu de Storm. Elle embrasse sa tête. Sa peau est si brûlante qu'il en est d'abord effrayé, pensant qu'elle a la fièvre. Puis, il prend conscience de la rougeur de son propre visage, de la sueur qui l'inonde. Déjà nue, elle s'écarte à nouveau pour le déshabiller.

– Tu es belle, dit-il en effleurant ses seins petits, son ventre, ses hanches.

Il l'attire vers lui et l'allonge sur le dos, soutenant sa tête de ses deux mains, fixant ses yeux, plus noirs, plus ronds, plus ouverts que jamais ; il la pénètre lentement. Elle noue ses jambes autour de sa taille. Elle est trempée, tout est trempé entre eux, de leur ventre à leurs jambes ; quand ils s'embrassent de nouveau, elle s'agrippe à sa nuque.

30

Inutile, cette fois, de faire appel au mandat collé aux semelles de Brandon. Vingt dollars et un sourire ont suffi au réceptionniste ridé de l'hôtel.

La chambre 638 est réservée au nom de Zeke Bade. Le réceptionniste le connaît.

– Une sacrée tête de mule. L'est ici depuis un an, facile. L'est pas là en ce moment. Depuis un mois, je l'ai pas vu. Y reprend la route, de temps en temps.

– On peut jeter un œil ?

Brandon lui glisse le billet de vingt. En échange, le réceptionniste lui tend discrètement un passe.

Le Washington était jadis un hôtel de grand luxe ; désormais, le hall d'entrée sent le renfermé, la plupart des ampoules sont grillées et la moquette pèle. Dans les cages d'escalier – qu'ils sont obligés d'emprunter parce que l'ascenseur est en panne – des flaques d'un liquide non identifié se sont formées, l'éclairage est encore pire que dans le hall, et la puanteur leur donne envie de vomir.

Brandon a les poumons comme desséchés ; il doit s'arrêter plusieurs fois avant d'arriver en haut. Quand ils y parviennent enfin, il a le vertige. Sa poitrine palpite là où ses côtes sont cassées, ses efforts l'irritent encore plus.

Personne ne répond quand ils frappent à la porte

du 638. Le sol ne transmet pas la moindre vibration : Brandon décide donc d'ouvrir.

Spinner entre le premier, et Brandon l'entend s'exclamer.

– Putain de merde !

Le matelas dénudé appuyé contre le mur du fond est recouvert d'une véritable artillerie : un pistolet automatique Glock 23 calibre 40 muni d'un chargeur élargi de vingt-cinq de tour, avec deux cent cinquante disques de cartouches dans leur boîte ; un fusil de chasse Remington semi-automatique 30.06 modèle 740 avec un viseur longue portée Nikon 5X, cinquante disques de douilles pleins et cinquante autres vides ; un fusil à cartouches lacrymogènes et des recharges ; un pistolet paralysant de 150 000 volts.

Les couvertures sont pliées, empilées dans un coin.

De l'autre côté de la pièce, sur le mur, au-dessus d'un petit bureau, sont scotchées des photos de trente sur soixante, prises à moyenne distance, de Bobby Karnowski et de de Mike Straw. Un peu plus bas, juste au-dessus du bureau, s'en trouve une d'Adrian Lancaster.

Des vêtements sont répandus dans la pièce : des pantalons militaires, une combinaison pour conduire un chasse-neige.

Spinner pointe le doigt. Sur le rebord de la fenêtre est déposé le fameux chapeau de chasse orange avec ses oreillettes.

La première réaction de Brandon est de dire :

– Touche à rien. Fais venir Jimmy tout de suite, discrètement. On va investir cette chambre à toute vitesse et la passer au peigne fin. Ensuite tu pourras la signaler à Lou.

Il recule précautionneusement pour sortir de la pièce, entraînant Spinner par le bras.

Jimmy Mendez distribue des gants de chirurgie à tous avant qu'ils entrent de nouveau. D'abord, il fait des photographies de toute la pièce telle quelle. Puis, ils se mettent à inspecter.

On trouve des livres dans le placard : des guides balistiques, des manuels d'entraînement militaire, un exemplaire usé du *Prince* de Machiavel. Parmi les munitions, ils trouvent des grenades à fragmentation. Derrière la caisse de grenades, une autre caisse contient des plaques d'immatriculation volées de six États différents, un appareil Canon 35 mm avec un téléobjectif de 120 mm, un téléphone cellulaire Panasonic et un pot en verre rempli d'une substance gélatineuse.

– Ce salaud préparait une vraie guerre, dit Spinner.

– Un cheveu, dit Jimmy, en levant une paire de pincettes du chapeau de chasse qu'il est en train d'examiner. Plutôt court, fin, noir.

Jimmy répand une poudre blanche spéciale sur le métal des armes, mais il ne recueille guère d'empreintes jusqu'à ce que la détente du fusil 30.06 lui livre un bel échantillon. Il la relève sur une bande adhésive, la met dans une enveloppe qu'il colle, puis nettoie le fusil entier à l'alcool pour effacer toute trace de poudre ou de latex.

– Sors, dit Brandon. Laisse le pot de confiture aux féds. C'est sûrement le napalm. Je vais payer le réceptionniste d'en bas pour qu'il tombe malade et rentre chez lui. Spinner, retrouve-moi la vieille dame et dis-lui bien d'ouvrir sa porte à personne jusqu'à demain. Ensuite, laisse-moi une demi-heure pour rentrer au poste et m'installer avant d'appeler Lou. Dis-lui exactement ce que tu m'as dit quand j'étais à Detroit. Ils vont devoir prendre un mandat et ils vont envahir le coin.

« On y va.

Dès que Brandon pénètre dans le palais de justice, il sent que quelque chose est changé. Il n'est encore que dans le hall, où le sergent de garde lui jette un regard par l'ouverture dans la paroi de verre fumé, mais dans son regard Brandon lit une alarme. Les quelques personnes présentes au rez-de-chaussée, un ou deux flics et un portier, ont l'air aussi mal à l'aise.

Au troisième, ce n'est que hâte, agitation, à une heure où habituellement l'étage se calme avant la nuit. Les gens courent à droite et à gauche ; des manutentionnaires le bloquent en trimbalant un bureau tandis qu'il tente de sortir de l'ascenseur. Il voit une silhouette qu'il connaît, l'interroge sans bruit en levant les sourcils.

Le flic forme une syllabe avec la bouche. Brandon n'arrive pas à lire sur ses lèvres, et le flic recommence.

Féds. Les fédéraux des Stups sont venus en force. La bande à Kline s'installe. Brandon ne ressent ni colère ni humiliation. Ce qu'il ressent le surprend. Il s'en fiche. Aussi étrange que cela paraisse, il se sent plus léger.

Brandon voit des étrangers, hommes et femmes, en uniforme, au moins une demi-douzaine, s'installer derrière une série de bureaux près des fenêtres.

– Lou n'a rien pu faire, lui dit le flic. On raconte qu'il s'est fait taper sur les doigts, aujourd'hui. En plus de Ken Barnes, le maire lui-même, Davies, est venu. Avec deux conseillers municipaux. Et un type du comté. Le ciel nous est tombé sur la tête.

Brandon entre dans le bureau de Lou Adamski. Fidèle à son image de mur de brique, il est assis à son bureau ; Julian Kline, avec encore un nouveau costume, est assis sur le canapé.

– Je reprends du service, dit Brandon.

– Brandon, lui dit Lou. Il y a eu des changements…

– Pas de problème, dit Brandon.

Le visage massif de Lou est traversé par une étrange expression, excuse ou regret, que Brandon ne lui avait jamais vue. Il a presque envie de rire.

– C'est mieux comme ça. Je vais vous dire ce que j'ai trouvé aujourd'hui. Ensuite, je vais rentrer chez moi dormir. Ma poitrine me fait un mal de chien, je suis vanné.

– Après un choc comme ça, il faut du temps pour récupérer, dit Kline.

Brandon hoche la tête et lui jette un dossier avec une cassette.

– Ça vient d'Adrian Lancaster. Je l'ai pas vu, j'ai juste récupéré ça. C'étaient ses conditions. Ça contient des documents que lui a laissés Denise Richards il y a six ans. Des lettres, des listes d'informations et une cassette où elle détaille tout ce qu'elle a dit aux féds, et tout ce qu'elle leur a pas dit. Ça peut servir. Déjà, ça vous donnera une image plus précise de l'organisation de la bande. À part ça, j'y ai pas trouvé grand-chose de passionnant.

Brandon a longuement hésité à livrer cette information. Il s'est décidé à le faire, non à cause de son contenu, qui se trouve déjà presque entièrement dans les dossiers des Stups, mais parce que cela prouve clairement que Lancaster n'avait pas connaissance de la première organisation autour de la fabrication du Fang.

Peut-être que cela établira des bases pour l'innocenter, une fois que tout sera fini.

Brandon regarde Kline.

– Vous auriez une minute ?

Ils traversent ensemble le couloir, pénètrent dans le bureau de Brandon et ferment la porte derrière eux.

– Je me suis dit que vous aimeriez peut-être vous installer ici, pour travailler.

– Je pensais me servir de la salle de réunion.

– Elle sert au groupe. Prenez plutôt mon bureau. J'en aurai pas besoin.

– Vous allez quand même pas nous laisser tomber ?

– Je vais me reposer. Je serai joignable par téléphone. Écoutez, il y a autre chose.

Kline s'assied derrière le bureau dans le siège de Brandon.

– J'ai joué serré, dans cette affaire.

– Mais c'est comme ça qu'il fallait jouer. Vous avez compris ce qui se passait mieux que tout le monde, Brandon. Et depuis le début. Je le savais. Vous pensiez peut-être que je me foutais de vous. Vous pensiez peut-être que je piétinais vos plates-bandes. Mais j'ai vu que vous saviez comment jouer : tout seul, et en fermant votre gueule. Je devais créer le bon environnement pour vous y encourager. On avait raison tous les deux. Un point pour vous : Lancaster vous a contacté après avoir filé, exactement comme je le prévoyais.

« Si vous aviez moins fermé votre gueule, s'il avait eu le moindre soupçon que vous alliez nous livrer cette information, ou que vous léchiez les bottes des féds comme tous les autres clowns d'ici, il aurait jamais lâché le dossier et la cassette. Je me trompe ?

– Non.

– Donc vous aviez mille fois raison. Il faut juste savoir quand donner ce qu'on a récolté.

– Eh bien, je crois que le moment est venu, dit Brandon.

Il se frotte les yeux et réfléchit intensément. L'ampleur de l'affaire est trop grande, à présent. Il a besoin d'aide. Il a besoin d'être soutenu par un pouvoir. Le moment est venu de laisser les grands jouer entre eux.

Mais que faut-il livrer, et que faut-il garder pour soi ? Garder Ellen pour l'instant. Elle sait tout ce qu'il sait. Il pourrait avoir besoin d'elle. Et garder le contact avec Lancaster, bien sûr. Il est la pièce maîtresse.

– Je vous écoute, dit Kline en se penchant en avant.

– C'est James Le Seure. Il dirigeait tout, Julian. C'était lui le cerveau. Et comme il était à la tête des Stups, il contrôlait toutes les facettes. On a jamais pu trouver la solution complète de l'affaire, parce que c'était lui qui aurait dû la trouver.

– Comment vous savez ça ?

Brandon expose sa théorie, en passant sur ses recherches et ses rencontres à Detroit.

– On a creusé du côté de Papalanos, dit Kline. D'après ce que vous me dites, il est hors du coup. Le Seure, par contre…

Brandon hoche la tête.

– Est-ce que quelqu'un d'autre sait ce que vous savez sur lui ?

– Je pense pas. Et vous, vous aviez vraiment aucun soupçon ? Même avec Straw qui réapparaît comme ça ?

Kline acquiesce.

– La version officielle, c’est que Le Seure s’est fait piéger.

– Sans blague ? C’est une hypothèse sérieuse ?

Kline hausse les épaules.

– Oui. Et non. On peut pas accuser comme ça son ancien patron de crimes pareils. On surveille ; on attend ; on rassemble des indices. Et on voit où ça mène. Qui sait ?

Brandon acquiesce de nouveau, il glisse entre ses lèvres une Camel qu’il n’allume pas.

– Vous avez fait du sacré bon boulot, Frank.

De l’autre côté du couloir, il entend sonner le téléphone de Lou. Un instant plus tard, son propre téléphone interne sonne. Kline décroche. Brandon devine, d’après la réaction, que c’est Spinner qui appelle pour annoncer sa découverte à l’hôtel Washington. Brandon sourit en voyant Lou et Kline courir comme des dératés vers l’ascenseur. Puis, il pose ses pieds sur le bureau, et il allume sa clope.

31

Pour la première fois depuis le début de l'hiver, Lancaster a envie qu'il neige. Même en novembre, quand les premières bourrasques vous laissaient dans l'expectative, vous donnaient envie d'en voir plus, comme font tous les changements de saison, il rêvait encore de chaleur, de soleil. Mais, à présent, assis devant la cheminée dans la pénombre du salon, avec le coucher de soleil à sa fenêtre, Storm lovée entre ses jambes, une couverture sur ses épaules, un bon feu qui crépite, il aimerait qu'une profonde, qu'une épaisse neige recouvre le monde, l'assourdisse, le protège. Seulement, dehors, il pleut : une pluie drue, froide qui va changer la neige déjà gelée en gadoue. C'est la même chose chaque mois de février.

L'effet du scotch est à peu près résorbé. Il fera bientôt nuit.

– La clé, c'était Straw, dit Storm. Denise m'a écrit que c'est seulement quand Straw s'est mis à venir les voir plus souvent que Bobby a projeté de synthétiser une drogue en gros, et qu'il a voulu quelque chose de neuf et de vraiment fort. Il disait qu'il avait trouvé l'accès à un marché énorme. Et pourtant, elle a pas tout mis en relation tout de suite. Elle a fabriqué un petit extra ; Bobby en a exigé plus. Elle a refusé. Alors Straw est venu la voir et lui a dit que si elle collaborait pas ils te dénonceraient. Il avait toutes les informations compromettantes sur toi, même des trucs que Bobby pouvait pas savoir. Donc, elle a cédé.

– Elle t'a dit tout ça ?

– À la fin, oui. Et avec tous les détails. Donc je me suis lancée à la recherche de Straw, mais je l'ai pas retrouvé. Pas de numéro dans l'annuaire, pas d'emploi. Pour Karnowski, c'était facile, mais je l'ai pas approché. Je me suis contentée de regarder, et d'attendre.

Elle fume cigarette sur cigarette, en écrase une à moitié consumée, en allume une autre. C'est une boule de nerfs, il le sent bien. Il sent sa tension par le simple contact avec sa peau. C'est comme si son épiderme pouvait à peine contenir l'énergie qu'elle tient en réserve.

– En décembre, des types de Detroit sont venus voir Seth en faisant comme s'ils voulaient faire affaire. Ils lui ont dit qu'ils pouvaient lui payer de très grosses sommes, court-circuiter les intermédiaires, écouler autant qu'il pourrait leur fournir. J'ai dit à Kevin de dire à Seth de leur dire qu'on pouvait discuter. Mais que c'est moi qui établirais le contact.

– Sans que Seth connaisse ton identité ?

– Non, non. Donc ils lui ont donné un numéro, qu'il a repassé à Kevin. Je savais pas où j'appellerais, sauf que c'était à Detroit. Mais j'ai payé quelqu'un pour identifier le numéro et j'ai appris que c'était l'appartement de Michael Straw. À ce moment-là j'ai su que mon plan avait marché. Ils avaient reconnu de quelle drogue il s'agissait, et ils étaient venus voir. Alors j'ai joué le jeu. Appeler, attendre un jour ou deux, les aguicher. Certains de ces coups de fil, c'est ceux que j'ai passés du Dispensaire.

– Ç'aurait pas été plus facile d'utiliser une cabine ?

– Ça m'est arrivé. Mais, au Dispensaire, il y avait toi. C'était encore une façon de te mouiller. Des petits cailloux blancs sur le chemin.

« La première fois, j'ai laissé croire à Straw que je voulais faire affaire. Et puis, je me suis mise à jouer avec lui. J'ai mentionné le nom de Denise. Finalement, je lui ai dit que j'avais parlé à Bobby Karnowski, qu'il m'avait dit ce qui s'était passé, ce qu'ils avaient fait. Ils l'auraient tué tout de suite, mais je l'ai appelé, lui aussi, pour le prévenir. J'ai fini par connaître Karnowski plutôt bien.

– Qu'est-ce que tu lui as dit ?

– Des mensonges. Que j'étais une amie de Denise. Qu'elle m'avait parlé de lui. Ensuite je lui ai demandé s'il savait qu'il y avait du Fang qui se baladait dans la rue et que Straw et sa bande croyaient que c'était lui, Karnowski, qui le fabriquait. Enfin je lui ai dit que j'étais des Stups. Il s'est mis à pleurer. Je lui ai dit qu'on pouvait collaborer, que s'il jouait le jeu on serait réglo. Je voulais des noms. Tu vois, quand j'ai eu parlé de Karnowski à Straw, tout s'est accéléré. C'était il y a moins d'un mois.

– Et tu l'as fait pourquoi ?

– En fait, Karnowski connaissait aucun nom. Il connaissait que Straw. Il était hors du coup, ils le maintenaient dans le brouillard. Mais ça faisait quand même peur à Straw. C'était pour ça. Je versais de l'huile sur le feu. Lui et sa bande savaient qu'ils devaient mettre un terme à tout ça. Donc ils sont venus ici.

« Une rencontre a été organisée. Je savais que ça allait être un bain de sang. J'allais sortir Kevin de là au dernier moment, et laisser s'entre-tuer tous ceux qui viendraient. Mais Straw est venu en avance, il a trouvé Kevin, il a trouvé de la drogue chez lui. J'imagine que ça l'a rendu dingue.

Eux, qui qu' « ils » soient, surveillaient déjà tout le monde, à ce moment-là. Ils savaient où vivait Kevin.

– Mais qui a tué Straw ?

– Je sais pas. Holt, peut-être, mais je sais pas pourquoi.

– Et comme par hasard dans la zone de mon hôpital. Il m'a contacté, tu sais.

– Une chance incroyable. J'aurais jamais pu prévoir ça. Ça s'est fait comme ça. Non seulement Straw est mort, mais tu as été obligé de le voir !

Les lueurs du feu dansent autour de sa tête, formant une sorte d'auréole, comme si elle était un ange. Un ange de la vengeance. Il masse ses épaules et sent une chaleur inconnue le traverser, monter de ses mains à ses épaules et diffuser dans tout son corps.

Il lui reste environ un quart de l'héroïne qu'il a achetée ; il se fait une ligne de temps en temps pour maintenir l'effet.

– Tu es complètement accro, tu sais ? lui dit-elle.

– C'est toi qui m'as rouvert cette porte. Une vengeance de plus ?

– J'imagine. Mais tu comprends que tout ça, toute ta souffrance, avait pour but la connaissance, au moins autant que la vengeance ?

– La connaissance !

– Te piéger, c'était le moyen de t'impliquer, sans risque que tu te défiles. Tu aurais pas d'autre solution que de replonger dans le passé pour apprendre ce qui était vraiment arrivé. C'était la chose la plus importante. Il fallait que tu voies.

– Mais tu me détestais, en plus.

– Oui. À tort, j'avoue. Mais en tout cas, tu devrais arrêter la drogue, maintenant.

– J'en ai besoin pour aller jusqu'au bout de ça. Quand ce sera fini, j'arrêterai. J'en ai pas pris assez pour recréer la dépendance. Je peux décrocher.

– La dépendance physique, dit-elle.

– Quoi ?

– Pas assez pour recréer la dépendance physique. Mais il faut aussi être capable d'y renoncer, Adrian. Dans ta tête, il faut être capable d'arrêter. Tu l'es vraiment ?

Il n'arrive pas à croire que cela lui sera difficile. Il s'en est passé si longtemps. Ce n'est qu'une brève entorse à sa règle, une expérience ponctuelle. Quand ce sera fini, il n'aura même plus envie de continuer.

– Après, je te le promets. Je pourrai m'arrêter.

Un peu plus tard, ils regagnent le lit. Elle s'allonge, le visage sur le torse d'Adrian, l'une de ses jambes posée sur les siennes. La nuit a envahi la chambre, et à part la voix de Storm on n'entend que le crépitement de la pluie glacée sur la vitre.

– Tu peux me parler d'elle ? demande-t-elle. Je veux dire, de la vie avec elle. Elle était facile à vivre ?

– Oui, je peux parler d'elle, dit Lancaster. Non, c'était pas quelqu'un de facile.

– Elle l'a jamais été.

– Mais je cherchais pas quelqu'un de facile. Je cherchais personne, en fait. J'étais jeune, et elle était du genre à vous prendre en charge.

– Oui. C'est exactement ça.

– Si elle te voulait, tu avais pas le choix. Personne t'avait jamais aimé comme ça, avait autant pris soin de toi, t'avait autant fait l'amour, autant choyé, autant donné l'impression d'avoir de la chance. Et quand ça tournait mal, t'avais l'impression que ç'avait été la plus grosse erreur de ta vie de te mettre avec elle.

– Moi, j'avais pas eu le choix. On s'appartenait.

– Oui.

– Tu serais resté avec elle ?

Il se tait un instant.

– Je crois, oui. Je crois qu'on aurait décroché, et que ç'aurait été dur, que ç'aurait pu tout briser. Mais si on s'en était sortis, alors oui, je crois que finalement on aurait continué ensemble.

Il se souvient d'un jour, quand ils vivaient à Ann Arbor et que Denise était encore avec Bobby, un mois ou deux peut-être après qu'elle et Adrian avaient passé leur première nuit ensemble. Ils étaient allés, seuls tous les deux, dans le jardin botanique du quartier ouest. Elle avait amené le déjeuner. Mais quand elle l'avait disposé sur la couverture, il avait été stupéfait par l'idée qu'elle se faisait d'un pique-nique. Il y avait une bouteille de Moët & Chandon, une salade de homard, du pain frais épais acheté le matin même, un plateau de fromages français qu'il n'avait jamais vus auparavant, et des poires d'Anjou fermes et mûres coupées en tranches.

Elle avait ri en voyant sa réaction, puis elle l'avait nourri, bouchée par bouchée, de ses propres doigts.

– Mais ça, c'était au début, dit Storm.

– Justement, dit-il. Elle a jamais arrêté. La dernière année, en 84, alors qu'on était tous les deux débordés et angoissés, on s'était disputés assez violemment, je sais plus à propos de quoi, et juste après j'ai dû prendre mon tour à l'hôpital pour presque quarante-huit heures d'affilée. C'était un week-end d'hiver, plusieurs internes étaient malades, je crois, et un des médecins de l'équipe était resté bloqué dans sa banlieue. Donc j'ai continué à travailler, en faisant des petits sommes de temps en temps, mais jamais plus d'une heure. Et en plus, on a eu droit à tout, ce week-end – des traumas d'accidents de voiture, une électrocution, des attaques cardiaques en pagaille, des surdoses, des membres gelés ou des engelures, un ou deux coups de couteau, une balle de pistolet dans le ventre. Tout ce qu'on veut, ça arrêtait pas de s'entasser dans la salle d'urgences. Et on continuait à travailler. J'avais l'impression de pas avoir relevé la tête pendant tout le week-end. Et quand j'avais enfin pu rentrer, lundi matin tôt, vers six heures, j'étais au-delà de la fatigue, tu vois. On passe à un état d'engourdissement, on sent plus rien.

« Donc je rentre dans l'appartement sans faire de bruit. Je fais attention parce que je me dis qu'elle doit dormir, ou qu'elle se prépare à prendre la route d'Ann Arbor. Mais je vois qu'au milieu du salon, elle a étalé une nappe blanche, et sur la nappe elle a disposé un petit déjeuner complet, du café, des jus de fruit, des beignets, des fraises fraîches. Où elle a pu trouver des fraises fraîches en plein hiver, à Detroit ? Comment elle a su que j'allais rentrer à ce moment-là ?

« Mais c'était super. J'ai mangé un peu, puis elle est restée avec moi jusqu'à ce que je m'endorme. Et je sais qu'elle était fatiguée, stressée. Je me rends compte maintenant que c'était même pire que ce que je pensais, avec Bobby et Straw qui la harcelaient. Mais elle faisait ce genre de choses. Elle avait cet instinct, cette force.

– Elle t'aimait.

Il ramène de la cuisine deux grands verres d'eau glacée pour leurs bouches asséchées par l'alcool, et pour elle des cigarettes avec un cendrier.

– Parle-moi de Holt, dit-il.

Elle se redresse sur le lit, s'allume une cigarette.

– Je crois que Holt a piégé tout le monde pour leur compte. Je crois que c'était une taupe.

– Alors pourquoi il a pas pris Straw vivant ?

– J'en sais rien. On sait pas ce qui s'est passé cette nuit-là.

– Et ça explique pas pourquoi il m'a appelé, pourquoi il m'a écrit une lettre.

– Bien sûr que si. Il essayait de se débarrasser de toi, comme tu l'as dit, parce que j'ai cité ton nom. Il m'avait appelée avant, pensant que je savais peut-être qui était le chimiste. C'est ça qu'il cherchait. Personne comprenait ce qui se passait, Adrian. Il faut se mettre à leur place. Quand cette drogue est ressortie dans la rue, ils ont dû devenir dingues. Ensuite, quand tu t'es fait embarquer et que tu as été mouillé, depuis combien de temps ils savaient que t'étais en fait l'ancien associé de Denise, que t'avais travaillé pour Bobby ? Pas depuis longtemps.

– Tu as raison, dit-il. Holt savait qui était Straw quand il m'a appelé. Il était au courant, pour sa cicatrice, pour notre passé commun. Ça démontre qu'il était lié à eux, qui qu'ils soient.

« Mais la grande question reste : qui sont-“ils” ?

– J'étais sérieuse quand je t'ai dit que tu allais

m'aider à le découvrir. Tu as ta peau à sauver, maintenant. Tu es dans une de ces situations où on peut pas faire machine arrière. Ou bien tu montres qui tire les ficelles, ou tu plonges toi-même.

– Je comprends pas ce que tu attends de moi.

– Va voir Brandon. Dis-lui tout. Dis-lui que je servirai d'appât. Il suffit de me montrer, et ils vont accourir. Exactement comme Denise, sauf que cette fois tu seras là, et la police sera là.

– Mais réfléchis un peu. Denise s'est fait piéger dès le départ. Les types à qui elle s'est livrée, les flics, les féds ou Dieu sait qui, étaient dans le coup. C'est ce que pense Brandon. C'est pas possible que les autres aient su sans qu'il y ait eu une fuite.

Storm ne dit rien un bon moment. Dans la lumière orange où elle tire sur sa cigarette, Lancaster voit des larmes sur ses joues.

– Tu as bien dû t'en douter, non ?

– Oui.

– La semaine dernière, chez moi, tu m'as dit que les Stups filaient Kevin. C'était vrai ?

– Oui et non. Je crois que Petie Boncaro, qui travaillait pour Kevin, et qui était son petit ami, l'avait aussi vendu aux flics.

– Mais pourquoi ?

– C'était un lâche.

– Tu sais ce que je pense ? dit-il. Je pense que tu devrais sortir de tout ça dès maintenant. Tu as fait ce que t'avais l'intention de faire. Tu as fabriqué la drogue, tu l'as écoulée. Le carnage que tu voulais, eh bien, tu l'as eu. Tu as eu ta vengeance.

– Je peux pas, Adrian. Il faut que je sache qui est derrière tout ça.

– Je crois que Brandon le sait.
– C'est qui ?
– Lui le sait, moi pas. Tu veux pas te livrer à lui ?
– À lui tout seul ?
– Oui.
– Tu lui fais confiance ?
– Oui.

Elle pose le menton sur la poitrine d'Adrian, de sorte qu'il sent son souffle sur son visage.

– Appelle d'une cabine. On sait jamais.

32

La maison est trop calme sans Lorraine. Plus d'humidificateur qui ronronne, plus de quintes de toux dans la chambre à coucher. Bien qu'elle fût infirme et incapable de parler, sa seule présence lui épargnait ce calme atroce.

Susan lui a préparé un bon dîner – saucisses, choucroute, pommes de terre bouillies. C'est un repas bien lourd, qui lui fait du bien. Sa seule tâche, ensuite, ce sera de se traîner jusqu'au grand fauteuil incliné du salon. Et plus rien n'aura d'importance.

Mais le téléphone sonne entre sa deuxième et sa troisième platée de choucroute.

– Qui est à l'appareil ?

– Lancaster. J'appelle d'une cabine. Vous avez eu le colis ?

– Oui, oui.

– J'ai d'autres informations. Je peux vous dire d'où la drogue venait. J'ai trouvé le chimiste. Mais j'ai besoin de savoir dès maintenant ce que vous savez : qui tirait les ficelles, à l'époque.

– Ensuite, vous me direz ?

– Pas tout de suite.

– C'est pas très équitable.

– Ça peut pas être autrement.

– Vous pouvez me livrer Holt ?

– Non.

– Alors on a un problème. Là où j'en suis, la drogue, ça m'intéresse plus tellement.

– Chaque chose en son temps.

– Lancaster, je sais pas ce que vous manigancez, ni ce que vous croyez savoir. Mais quoi que ce soit, j'espère que vous faites pas fausse route. Parce qu'il se passe des trucs, ici, qui mettent en branle de grosses machines. Quand on met le pied dans ces portes-là, ça peut faire très mal.

– Le pied de qui, Brandon ?

– Voyons-nous. Vous et moi, personne d'autre. Vous me donnerez vos informations. Je vous donnerai les miennes. Toutes.

– Mais, Brandon, au moment où on se rencontrera, pendant ce bref moment, je serai à découvert. On sait pas très bien ce qui se passe, et on sait pas qui est au courant de quoi. Y a déjà eu des fuites, il pourrait bien y en avoir d'autres. C'est pour ça que je veux savoir dès maintenant qui tire les ficelles. Vous avez dit que vous le saviez.

– J'ai dit que je pouvais rien prouver. Il faudra que vous me croyiez quand je vous dis que je tiens les choses en main. Personne sait que je vous parle. Mais vous ? Je sais pas avec qui vous êtes. Je sais pas qui vous avez vu, à qui vous avez parlé, qui vous a vu.

– Si on se rencontre, ça devra être un endroit sûr, et vraiment seul à seul.

– On va choisir un terrain neutre, isolé, loin de la ville.

Brandon plisse les yeux et regarde par la fenêtre de la cuisine son jardin, adossé à Elmer Creek.

– Là où on a trouvé Straw. Le coin qu'on appelle le Parc des Suicidés. Vous connaissez ?
– Oui.
– Y a rien, là-bas.
– Demain matin, à l'aube. Disons sept heures. Et chacun viendra seul.

Brandon astique son .44 et le charge au maximum. Il se demande, bien sûr, quelle information va lui livrer Lancaster. Il espère qu'elle en vaut la peine. Parce qu'il sait bien que sinon, si elle ne suffit pas à expliquer les choses, alors, malgré le dossier et la cassette qu'il a donnés aux féds aujourd'hui, Lancaster se retrouvera suspect numéro un pour la reprise de la fabrication du Fang. Et de là à être accusé des meurtres, il n'y a qu'un pas.

LUNDI

Plus tard dans [illegible] elle s'est [illegible]. Il la contem- [illegible] a repoussé [illegible] derrière [illegible] le chemin [illegible]

[illegible]

[illegible] trouver [illegible] le contact [illegible]

— [illegible] pour faire [illegible] ?

[illegible] vers le pay[illegible]

[illegible]

33

Plus tard dans la nuit, elle s'est éveillée. Il la contemplait. Elle s'est assise et a repoussé ses cheveux derrière ses oreilles. Le feu dans la cheminée s'était éteint, mais les braises rayonnaient encore dans l'obscurité.

– C'est arrangé.

– Il faut qu'on se donne des points de ralliement, dit-elle. On peut se trouver séparés. Ça peut mal tourner.

– Mais lesquels ?

– On va décider d'un ou deux endroits, avec une heure. Si on peut, on ira à chaque rendez-vous pour faire le point. Si on y est tous les deux, c'est que tout va bien. Si on a besoin de retrouver l'autre, on saura qu'il sera là ou qu'on peut le contacter en lui laissant un message.

– Et si l'un de nous peut faire ni l'un ni l'autre ?

Elle a tendu la main vers le paquet de cigarettes sur la table de nuit et s'en est allumée une. Son bout incandescent a éclairé son visage quand elle a tiré une première bouffée.

– Alors, en venant pas, on aura laissé un message. On aura quand même communiqué quelque chose. D'abord, il y a cet appartement. Je l'ai gardé comme sécurité. J'ai deux clés. Quoi qu'il arrive, il faut pas que quiconque connaisse son existence. C'est notre ultime refuge. Aux autres endroits, si on a besoin d'emmener quelqu'un, on peut.

– Donc quel est le premier rendez-vous ?

– Le restaurant où tu m'as retrouvée hier soir. J'ai remarqué que dans la porte principale, à l'intérieur, il y a une boîte pour les annonces où on peut laisser des messages. Demain après-midi, cinq heures.

– Fixons le second hors de la ville : l'endroit où je dois retrouver Brandon. Le Parc des Suicidés. Le Panorama de la rivière.

– Après-demain, disons midi.

– D'accord.

– Mais je veux aussi être là demain.

– Tu peux voir, mais sans être vue. Si je me souviens bien, il y a un bois. On va y aller très tôt pour que tu puisses te cacher. Mais il faudra pas fumer comme un pompier, là-bas. Ou tu te feras repérer.

– Pour l'instant, laisse-moi fumer, dit-elle. Et puis fais-moi confiance.

Il était quatre heures du matin. Ils pouvaient se rendormir une heure ou deux.

Il s'est fait un bonne dose d'héroïne au réveil. Aujourd'hui, il ne fallait aucun tremblement, aucune hésitation. Pour la première fois depuis qu'il a acheté la dope, il a décidé de se l'injecter. À l'aide d'une seringue hypodermique et d'une aiguille courte, il s'est envoyé une dilution sous la peau de son avant-bras. On était loin d'une vraie dose en intraveineuse, mais cela suffisait à rendre l'effet plus puissant et, il le sentait, plus durable. Il avait besoin que ça tienne.

Ils étaient en avance de plus d'une demi-heure ; il

faisait tellement froid dehors qu'il crut qu'il ne le supporterait pas.

Ce n'était pas seulement pour que Storm puisse se cacher que Lancaster voulait arriver en avance, mais aussi pour inspecter les lieux, voir par où il pourrait s'enfuir si nécessaire. En fait, il n'y avait aucune issue.

Ils prirent la voiture de location. Quand ils arrivèrent à destination il faisait encore nuit. Ils restèrent un moment à regarder dans le vide en direction du lit de la rivière gelée, encore invisible.

– Le bois est à notre gauche, vers l'est, dit-elle. Je suis quelque part là-dedans, au cas où tu as besoin de moi.

Elle portait de nouveau son châle noir à capuche pardessus sa veste rouge, pour être moins repérable.

Il hocha la tête. Il portait le .38 Spécial de Brandon enfoncé dans sa ceinture, sous son pardessus. Elle s'était réservée le .357 avec son canon plus long, parce que, disait-elle, s'il lui fallait tirer ce serait de loin.

– Tu as quelque chose sur toi ? demanda-t-il. Pour les nerfs ?

Elle lui donna deux pilules de Valium. Il les avala toutes les deux.

– Un baiser, dit-elle.

Il l'embrassa une fois, deux fois, puis elle partit.

À 6 h 30 le ciel bleu-gris a commencé de céder à une lueur ascendante à l'est de l'horizon. Les levers de soleil ont toujours émerveillé Lancaster, surtout ces quelques instants qui précèdent le surgissement de la lumière, quand il s'agit plutôt d'un effacement de la nuit – une impression forte et fugace.

À 6 h 45, tandis que la lumière de l'aube devient plus vive, il est déjà gelé ; il a les pieds engourdis, les jambes aussi, jusqu'à mi-cuisses ; ses doigts sont durs comme de la glace. Il souffle de la buée. Brandon n'est pas censé arriver avant quinze minutes.

Soudain, Lancaster entend une voiture qui entre dans l'aire de stationnement. Le moteur s'arrête, une porte s'ouvre, se referme.

Un homme apparaît au sommet du monticule ; cet homme n'est pas Brandon.

L'homme s'avance en titubant vers lui ; ses chaussures de ville le font glisser sur la neige. Il porte un trench-coat en laine et une écharpe en soie ; il ne fait aucun doute que dessous il est en costume-cravate.

Il n'est pas très grand. Il sourit en s'approchant. Lancaster ne connaît pas cet homme, mais il sait que quelque chose cloche.

– Docteur Lancaster ?

– Qui êtes-vous ?

L'homme a des cheveux blonds bouclés ; il continue de sourire. Il porte des lunettes à montures rouges.

– Je remplace Brandon. Il n'a pas pu venir.

– Qu'est-ce que…

– Je m'appelle Kline, agent spécial de la Brigade des stupéfiants. Police fédérale.

Il montre un insigne, qui a tout l'air d'un vrai.

– Il vous a peut-être dit qu'on enquête sur la récente série de meurtres. Il a eu des ennuis ce matin et il m'a demandé de venir vous retrouver, pour vous emmener dans un endroit où vous pourrez parler.

– C'était pas ce qui était prévu. Il m'a trompé ! Est-ce qu'il va bien ?

Kline jette un coup d'œil circulaire à la neige recouverte de glace.

– On peut pas dire qu'il aille très bien, non.
– Qu'est-ce qui s'est passé ?
– Je peux pas vous le dire pour l'instant. On veut que vous soyez placé sous notre garde.
– On lui a tiré dessus ?
– Je peux rien dire. Mais on dirait que toute la pression qu'on a mise commence à produire son effet. Vous allez avoir besoin de notre protection.
– J'ai pas besoin de protection, dit Lancaster. Je lui ai dit que je le verrais seul à seul. Et c'est ce que je ferai, quand ce sera de nouveau possible.
Lancaster se met en marche pour remonter la pente glissante vers le parking.
– Je peux pas vous laisser partir, docteur. J'ai des ordres. Accompagnez-moi et parlons un peu. Je vous invite pour le petit déjeuner.
– C'est non, répond Lancaster par-dessus son épaule.
– Vous voulez m'obliger à vous arrêter ?
Il s'immobilise.
– Je le ferais, vous savez. Je le peux. Vous préférez pas faire les choses de façon civilisée ?
– Je peux conduire ?
– Non. Mais si vous ne voulez pas de notre protection, je vous dépose après qu'on a parlé. Je peux vous promettre ça.
Lancaster se retourne pour faire face à l'homme.
– Vous êtes armé ? demande Kline.
Lancaster ne sait que répondre.
L'homme s'approche de Lancaster, passe derrière lui, le fouille. Il trouve le .38 et le prend.
Est-ce qu'il a le choix ? Tandis que l'homme le fait monter à l'arrière, Lancaster s'arrange pour sortir de sa

poche les clés de la voiture de location et les laisser tomber. Ils démarrent.

Sur la banquette arrière, Lancaster remarque qu'il n'y a pas de poignée aux portes et que les boutons pour le verrouillage des portes ont été enlevés.

C'est donc en train d'arriver. Il le sent : c'est le début de la fin.

En sortant de la route en terre battue, ils prennent la 57 en direction du sud. Pendant le virage, Lancaster se risque à jeter un coup d'œil anodin par-dessus son épaule. À trois cents mètres derrière, la voiture de location suit. Manifestement, sa présence n'échappe pas au flic.

Il conduit lentement, comme pour ne pas semer la suiveuse. Au lieu de prendre la déviation qui évite le centre-ville, ils se dirigent vers ses ruelles étroites et encombrées. On entend un klaxon de temps à autre. Les rues sont pleines de boue.

Ils empruntent un mince passage, entre le Théâtre municipal rénové et une banque, qui mène quelques centaines de mètres plus loin à un parking public. Au milieu du passage, ils se trouvent assez à l'abri des regards indiscrets, entre les immeubles, les arbres, la neige. Kline freine et coupe le moteur, bloquant la voie.

Lancaster se retourne pour voir. Storm s'est engagée avec eux.

Elle voit trop tard qu'elle est tombée dans un piège.

Kline sort, appuie un pistolet muni d'un silencieux sur le toit, met en joue.

Storm plonge sous le tableau de bord. Mais ce n'est pas elle qu'il vise. Le pistolet fait un petit bruit mat. Un pneu éclate à l'avant de la voiture de location.

Il remonte vite et redémarre. Sans bavure.

– Ça va être un interrogatoire ? dit Lancaster. Qu'est-ce que ça veut dire ?

– Vous étiez censé venir seul. C'étaient les termes du marché que vous avez proposé à Brandon.

– Et qu'est-ce que vous savez d'autre ?

Ils reprennent la direction du sud et traversent ainsi toute la ville, puis ils prennent vers l'est, et, au carrefour suivant, de nouveau vers le sud, jusqu'à ce qu'il n'y ait plus devant eux que les champs moissonnés couverts de verglas, le ciel bas et lourd, les taillis lointains sans feuillage qui marquent la limite des exploitations, les ravins, les lits de rivière à sec.

Quelques kilomètres plus loin, ils tournent à nouveau, prenant un sentier étroit couvert de neige à travers champs, et ils s'arrêtent sur le bas-côté devant une vieille ferme en planches isolée tout près du chemin. Derrière elle, une grange branlante décline lentement, inexorablement. Lancaster ne voit aucun signe que l'endroit est habité.

– Un petit déjeuner, hein ? dit Lancaster.

– Le meilleur qui soit, dit Kline.

Il se gare dans l'allée, ferme la porte, conduit Lancaster à la maison.

À l'intérieur se trouve un autre homme, encore beaucoup plus élégant que Kline. Ses cheveux sont argentés, bien coupés. Ses vêtements sont luxueux. Il porte un costume strict et des pantoufles en soie sous un long tablier blanc. Il ne change en rien d'expression à l'arrivée de Lancaster. Il prépare un petit déjeuner pour trois ; à en juger par l'odeur, il semble savoir s'y prendre.

34

C'est bien après huit heures que la voiture de Brandon crisse sur le gravier de l'aire de stationnement, au Panorama, et qu'il voit la voiture de location avec son pneu de rechange à l'avant.

Il ouvre la portière et se met à courir avant même d'avoir coupé le contact.

Tandis qu'il approche de la falaise et descend la pente en direction de la rambarde, la seule silhouette qu'il distingue est celle d'une femme pelotonnée par terre, qui se balance d'avant en arrière, les bras serrés autour du torse. Il ralentit, puis s'arrête et la regarde.

Storm est en larmes. Il s'agenouille près d'elle. Le bleu qu'elle avait au front après son accident s'est estompé. Les points de suture ont disparu.

– Qu'est-ce que vous avez ?

– Je me suis fait mal au genou. Mais ça ira. Ils ont Adrian.

– Qu'est-ce qui s'est passé ?

– Quelqu'un est venu le trouver. Un homme. J'ai tout de suite su que quelque chose clochait. C'est vous qu'il attendait, non ?

– Oui. À quoi ressemblait cet homme ?

– Un petit blond.

– Kline.

– Il a montré un insigne. J'étais dans le bois, là-bas,

cachée. J'ai couru vers eux en leur criant d'arrêter. J'ai glissé sur le verglas, je suis tombée. Il a emmené Adrian à sa voiture, et ils sont partis.

– Venez. Je vais vous aider.

Dans sa maison vide, il trouve des bandages et de la glace pour son genou, puis fait bouillir de l'eau pour le thé. Il l'aide à s'installer dans un fauteuil incliné où elle peut garder le pied en l'air.

– À quelle heure il est arrivé là-bas ?

– C'était l'aube. Je suis restée dans la voiture un moment pour me réchauffer. Puis j'ai voulu faire un tour. Et je suis retombée. Je savais que vous viendriez. Où vous étiez pendant tout ce temps ?

– On m'a crevé deux pneus. Elle réfléchit un instant.

– Vous pensez que…

– Oui.

– Il vous a seulement appelé hier soir. Qui a pu…

Brandon met le doigt devant sa bouche et l'interrompt ; elle comprend.

– Vous étiez avec lui ? demande Brandon.

– Oui.

– Vous étiez tout le temps avec lui.

– Seulement depuis un jour ou deux. Avant, il était parti.

– Pourquoi vous l'aidez ? Qu'est-ce qu'il y a entre vous ?

Elle hausse les épaules.

– Je lui suis pas très utile. Je lui dis des choses dont je me souviens à propos de Kevin. Je suis amoureuse de lui.

– Voilà autre chose.

La bouilloire siffle.

– Qu'est-ce qu'il croyait avoir découvert ? demande-t-il depuis la cuisine.

– Je sais pas. Vous pensez que j'ai dit à quelqu'un d'autre que vous aviez rendez-vous avec lui, c'est ça ? J'aurais pas pu. J'étais avec lui tout le temps.

– C'est vous qui le dites.

– Vous croyez que si je l'avais piégé je serais venue vous attendre dans la neige ?

– J'en sais rien.

Il lui tend une tasse de thé.

Une camionnette approche et se gare sur le trottoir devant la maison ; un homme en pardessus en sort et s'avance vers la porte. Il porte une grosse mallette. Avant qu'il ait atteint le seuil, Brandon a ouvert la porte ; sans qu'ils aient échangé un mot, il entre. Il regarde Storm avec insistance, puis l'intérieur de la maison.

Il sort de la mallette tout un équipement électronique, dont une sorte de baguette rembourrée qu'il insère dans un boîtier de mesure. Puis, il se met en devoir d'arpenter la pièce en approchant la baguette des lampes et des tableaux. Quand il en a terminé avec le salon, il recommence dans les autres pièces.

– C'est moi qui ai fait appel à lui.

Elle hoche la tête.

– On ferait mieux de sortir d'ici. Elle hoche de nouveau la tête.

Il l'emmène avec lui ; ils prennent la direction de la ville. Il ne lui fait pas confiance le moins du monde, mais il aime autant attendre de voir ce que le spécialiste de surveillance va trouver. S'il n'y a pas de micro, alors c'est à coup sûr la fille qui a vendu la mèche. Quoi qu'il en soit, se dit-il, si elle joue double jeu c'est qu'elle sait des choses qu'il a besoin de savoir. Et si elle ne joue pas, elle est la dernière à avoir vu Lancaster, et elle a peut-être entendu quelque chose d'important. Dans les deux cas, elle est sa dernière carte.

D'une cabine il appelle Ellen et laisse un bref message sur son répondeur pour la prévenir que Lancaster s'est fait prendre.

L'arrêt suivant, c'est le palais de justice, avec Storm comme escorte. Il veut être vu avec elle. Si quelqu'un la connaît, s'ils l'ont vue quand ils ont enlevé Lancaster, il veut leur faire croire qu'il est sur une piste, peut-être même les surprendre assez pour qu'ils se coupent.

Mais personne ne fait attention à eux. Kline est sorti ; Lou est pendu au téléphone ; les autres féds sont tout à leurs petites affaires. Il se tourne vers Storm.

– Alors, qu'est-ce que vous voulez faire ? Vous avez un plan ?

– Non.

– Aucune idée pour retrouver Lancaster ?

Elle sort une cigarette et fouille dans son sac à main.

– Tenez, dit-il en allumant son briquet.

Elle aspire, puis expire, avec grâce.

– Ça dépend d'Adrian, s'il sait mentir ou pas, dit-elle. Je pourrais avoir des idées.

– Brandon ! dit Spinner qui sort d'un bureau. J'ai essayé de te joindre.

Il regarde brièvement la fille, puis se retourne vers Brandon.

– Jimmy a obtenu des résultats… vous voulez bien nous excuser ?

– Pas de problème, dit-elle.

Elle s'éloigne en direction de l'ascenseur, où un cendrier est fixé au mur.

– C’est qui, ça ?

– T’inquiète, dit Brandon. Quoi de neuf, alors ?

– Voilà, dit Spinner en lui tendant un rapport. L’empreinte sur la détente du 30.06, au Washington. Jimmy a trouvé à qui elle correspond.

– Ah ouais ?

– C’est bizarre. Je sais pas quoi penser.

– Tu sais qu’on est les seuls à savoir ça, dit Brandon. Toi, moi, et Jimmy.

– Je sais.

– Ça te gêne ?

– Non. Ça devrait ?

– Et Jimmy ?

– Ça lui pose pas de problème. Il fera tout ce que tu lui demanderas, tu sais bien.

– Je vais juste garder ça un petit moment. Ensuite, je le livrerai aux autres.

– Comme tu veux.

– Kline a eu Lancaster.

– Sans blague ? dit Spinner. Qu’est-ce qu’il…

– J’en sais rien. Je crois qu’ils ont foutu des micros chez moi. J’avais un rendez-vous secret ce matin. Quand je suis sorti, mes pneus avant étaient crevés au couteau. Kline s’est pas pointé, ce matin ?

– Pas une fois. J’étais là toute la matinée.

– Alors il séquestre le docteur quelque part. Ça commence à pas me plaire du tout. Ça sent vraiment pas bon.

Brandon fait signe à la fille et s’en va.

35

Tandis que l'homme élancé fait la cuisine, Kline conduit Lancaster dans un salon à peine meublé. Il s'assied sur une chaise en bois de l'autre côté d'une vieille table basse jaune, en face de Lancaster, qui a droit à la chaise longue pliante, un peu plus confortable.

– Je m'appelle Julian, dit-il. Vous êtes le docteur Lancaster. Lancaster ne dit rien.

– N'est-ce pas ?

– Oui.

– Vous êtes avec d'autres à la tête des Urgences du Morgantown County Hospital.

– Ce sont des questions ?

– Oui.

– Ah bon, dit Adrian. Alors, oui.

– Vous avez été arrêté il y a huit ans…

Et cela continue ainsi : l'homme énumère les faits principaux de la vie de Lancaster, qui corrige les menues inexactitudes. Ils repartent de l'époque où il vivait avec Denise – leur petite organisation dans l'appartement de Lancaster, leur consommation de drogue, Karnowski, Straw, le déménagement à Detroit, l'arrestation. Tous les points essentiels. Comme il l'a fait devant Brandon, Lancaster nie avoir jamais su que Denise était impliquée dans la fabrication de drogues synthétiques.

– Bien, dit Kline. Passons au présent. Connaissez-vous Elizabeth Richards ?

Il reste paralysé une seconde.

– C'était la sœur de Denise, dit Lancaster.

– C'était ?

– Je suppose qu'elle vit toujours.

– Vous ne la connaissez pas ?

– Non.

– Vous ne l'avez jamais rencontrée ?

– Non.

– Vous ne l'avez jamais vue ?

– Pour la première fois il y a deux jours.

– Qu'est-ce que vous dites ?

– J'ai trouvé une photo d'elle à l'âge de douze ou treize ans. Je l'avais jamais vue avant. Denise me parlait très peu de sa famille.

– Cette photo, où elle est ?

– Elle est restée… chez moi.

– Qui est-ce qui nous suivait ?

– Elle s'appelle Storm. Une amie, c'est tout.

– Une amie de Kevin Babcock, qui est venue vous voir au Dispensaire.

– En effet.

– Elle prétendait avoir parlé avec un homme nommé Arnie Holt. Plus tard, Holt a pris contact avec vous en salle d'urgences. Vous l'aviez vu auparavant ?

– Jamais, ni depuis.

– Vous lui avez parlé auparavant, ou depuis ?

– Non.

– Mais vous avez reçu une lettre de lui.

– Oui. C'est tout.

Julian Kline s'appuie contre le dossier, joint les mains derrière sa nuque, fixe Lancaster des yeux.

– Mon cul, dit-il.
– Si vous me dites ce que vous cherchez, peut-être que…
– James !
Le cuisinier entre dans la pièce. Lancaster se demande ce qu'il a pu entendre depuis la cuisine. À peu près tout, probablement.
– Tu connais ma théorie, dit James.
– Deux pseudonymes ? dit Kline.
James hoche la tête.
– Maintenant, si je peux vous interrompre, dit-il.
– Prêt ? demande Kline. Alors déjeunons.

Le petit déjeuner est exceptionnel. Porridge, saucisses de veau, pommes frites, œufs mollets, petits pains à la cannelle, jus de fruits frais. James sert des parts énormes et place les assiettes devant eux. Lancaster ne se souvient pas avoir jamais pris un petit déjeuner pareil, et il est frappé par l'incongruité de sa situation : séquestré dans une ferme à l'abandon au beau milieu de la toundra du Michigan, avec devant lui un somptueux repas.
– Même en pleine nature, même dans une planque, la bonne cuisine est une nécessité, dit le cuisinier James. Il faut simplement refuser de s'en passer.
Pendant le repas, Kline ne parle guère, et James ne dit pas un mot. Ils se contentent de manger tous les trois. C'est tout à fait curieux.
Après quoi, Lancaster est reconduit au salon ; cette fois on lui indique la chaise en bois. Kline s'installe en face de lui, James s'assied sur un tabouret de l'autre côté de la pièce.
– Reprenons là où nous nous sommes arrêtés, dit

Kline. Connaissez-vous quelqu'un qui pourrait être Elizabeth Richards ?

– Je vous demande pardon ?

– Quelqu'un qui porte un autre nom mais pourrait en fait être Elizabeth Richards. Peut-être qu'elle, ou lui, ressemble à la vieille photo. Ou peut-être à Denise.

– Non, dit Lancaster. Désolé. Vous pourriez me dire à quoi ça rime ?

Kline plonge la main dans sa veste et en retire un petit calepin.

– Une série de meurtres, liés entre eux à l'évidence. Un tueur, deux à la rigueur. On a accès à un super-ordinateur qui fait des choses sacrément compliquées comme de comparer des empreintes à l'échelle de tout le pays, de chercher des comportements criminels similaires, de faire le lien entre plusieurs types de substances spécifiques, de fibres, de verre, de métaux découverts sur les lieux des crimes dans tout le territoire. Mais cet ordinateur sait aussi faire des choses toutes bêtes qui quelquefois résolvent des affaires. Cette fois-ci, c'est la voie la plus simple qui a payé.

« Votre dossier plein d'informations venu de Denise nous a été transmis par Brandon. De même que la lettre de Holt et les notes que vous avez prises sur votre conversation téléphonique avec lui. On a gardé la liste de tous les noms cités depuis le début.

– Et alors ?

– Alors l'ordinateur a accompli une petite opération qu'il fait toujours sur les noms liés à une série de meurtres. Il les analyse.

– Je ne savais pas qu'on pouvait analyser des noms.

– Leur orthographe, docteur, leurs lettres.

Il s'interrompt, manifestement fier de lui et de sa brillante machine.

– Et donc ?

– Ça va vous paraître un peu tiré par les cheveux, mais essayez de me suivre. Et n'oubliez pas que les gens qui commettent des séries de crimes bizarres ont une mentalité à part. Ils peuvent être extrêmement intelligents et très tarabiscotés dans leur façon de penser.

– Je vous écoute.

– Quand Holt vous a appelé aux Urgences, il a dit des choses étranges. Par exemple : « Arnie Holt est un nom parfait, vous vous en rendrez compte… le nom d'un roi, le nom d'une bête fauve. » Ensuite, son message était signé *Royal Croisé*.

– Un truc comme ça, oui.

– Arnie Holt contient neuf lettres. Des lettres qui peuvent être mises dans un autre ordre pour former des mots. Il se trouve que l'une des anagrammes possibles est l'expression *Lion Heart*. Les deux noms contiennent exactement les mêmes lettres.

Kline envoie un stylo et le calepin à Lancaster.

– Essayez vous-même.

Lancaster a soudain la tête qui tourne.

– Une coïncidence ? demande Kline. Impossible. Les tueurs en série se servent assez couramment de pseudonymes anagrammatiques. On dirait que ça les rassure.

– *Lion Heart*, répète Lancaster.

– Un roi, une bête fauve, dit Kline en se penchant vers lui, souriant. Le roi qui est un *Lion Heart*, un Cœur de Lion, et un croisé. C'était qui ?

– Richard, dit Lancaster.

– Exact. Le roi Richard. Richard Cœur de Lion. La croisade de Richard. Comme dans Denise Richards ? Elizabeth Richards ? On a envoyé les enregistrements de voix à Washington, où les types du labo audio les ont fait passer en boucle dans un appareil très sophistiqué pour les analyser. Ils m'ont dit que la voix a été altérée par un procédé électronique. Et ils pensent que derrière l'écran sonore c'est plutôt une voix de femme.

– Arnie Holt serait Denise Richards ?

– On ne le pense pas. On pense plutôt que Holt est la sœur, Liz. On savait rien sur elle avant de recevoir votre dossier.

Arnie Holt est Elizabeth Richards. L'esprit de Lancaster tourbillonne autour de ce fait, se le répète, repensant à la voix rauque au téléphone, à cet homme étrange que personne n'a jamais vu sauf dans la semi-obscurité d'un bar ou à l'extérieur dans la nuit, mais dont Storm dit qu'elle lui a parlé plusieurs fois. Et Liz Richards était actrice.

Mais Liz Richards est Storm.

Donc Storm est Arnie Holt.

C'est la vérité, il le sait.

– Mon Dieu, murmure Lancaster.

« J'ai eu besoin de tuer personne, lui a-t-elle dit. C'était ça le plus beau. » Mais est-ce qu'Arnie Holt a tué quelqu'un ? Est-ce qu'elle se serait servie du pseudonyme pour se tenir à l'écart des meurtres ? Est-ce qu'elle aurait plusieurs personnalités ? Est-ce qu'elle serait psychotique ?

Samedi soir, juste avant de rentrer, Lancaster a joint l'Institut McGivvons, où, selon les reçus laissés par Denise, Elizabeth Richards était en traitement régulier. Une infirmière de garde a fini par lui dire que l'Institut est un hôpital psychiatrique. La plupart de ses patients sont des cas graves en séjour prolongé.

Elle seule a pu tuer Straw. Et Karnowski. Personne d'autre ne se serait intéressé à eux.

Tout se ramène à ça. Storm veut savoir qui encore est responsable de la mort de sa sœur pour pouvoir les tuer à leur tour.

Mais les autres victimes, Kevin Babcock et Petie Boncaro ? Elle n'avait rien contre eux. Ils écoulaient sa drogue. Ils travaillaient pour elle. Ou encore Tommy Winter, dont Brandon lui a parlé ? Ou Seth Babcock ? Holt, ou Storm, se trouvait sur le chasse-neige ; elle n'a pas tiré.

Lancaster se sent mal. Son visage est trempé de sueur froide. Tremblant, nauséeux, la tête qui tourne, il s'excuse et trouve la salle de bains, où il se lave le visage à l'eau froide et s'assied, la tête dans les mains, pour réfléchir à ce qu'il doit faire. Mais sa tête bourdonne trop.

Un peu plus tard, il entend qu'on frappe à la porte.

– Docteur, dit Kline. Ça fait vingt minutes que vous êtes là-dedans.

Vingt minutes ?

– Je viens d'entrer.

– Regardez votre montre, docteur. Vous êtes entré à neuf heures trente-cinq. Il est presque dix heures.

Il regarde sa montre. C'est flou. Il n'arrive plus à accommoder.

Puis, il comprend. Il revient, chancelant, au salon.

– C'était quoi ?

James lui sourit. Kline est de marbre :

– Asseyez-vous, docteur, dit-il. Parlons encore un peu.

– C'était quoi ?

– Du Triazolam. Ça va juste vous rendre calme et moins hostile. Ensuite, on va vous injecter un peu de sérum de vérité, et on va avoir un petit entretien. Juste pour voir si on tire quelque chose de plus. C'est si facile d'oublier des choses, de les refouler. Je crois que vous savez qui est Liz Richards, consciemment ou non.

Lancaster se laisse tomber sur la chaise. La pièce flotte, dérive. Mais la voix de Kline est presque rassurante, un point de repère dans un océan de confusion.

– Eh bien, vous êtes très fort, dit Lancaster.

Les mots sortent de sa bouche pâteux et indistincts.

– Seulement ce matin je me suis injecté une bonne dose d'héroïne ordinaire et j'ai pris du Valium en plus, alors pour l'instant je suis tellement dopé que mon crâne va exploser.

Et sur ces mots il pique du nez, perdant connaissance, et s'écroule sur le plancher.

En fin d'après-midi il revient à lui. Il est dans une chambre, qui doit être, à en juger par les arbres qu'il aperçoit dans l'angle de la fenêtre, au rez-de-chaussée ; il est ligoté sur le lit. Il a si mal au crâne que lorsqu'il regarde la faible lumière aux fenêtres il voit des couleurs apparaître à chaque battement de cœur.

Ça ne fait pas plus d'une minute ou deux qu'il est éveillé quand ils entrent. Ils doivent avoir une caméra de surveillance. La lumière du plafonnier s'allume, élevant son mal au crâne à un degré supérieur, intolérable.

– Pourquoi vous faites ça ?

– Vous savez qui est Liz Richards ? Où on peut la trouver ?

– Non, je vous l'ai dit.

James prend le bras gauche de Lancaster, qui est déjà immobilisé. Lancaster sent le tampon de gaze froid imprégné d'alcool, à moins que ce ne soit de Bétadine.

– Je vous ai dit que je sais pas qui elle est. J'ai jamais vu Arnie Holt. Qu'est-ce que vous voulez de plus ?

– Je veux explorer votre tête, dit Kline. Vous avez rencontré Liz Richards quelque part. Peut-être que vous mentez, peut-être que vous vous en rendez vraiment pas compte. Mais vous l'avez rencontrée, et je veux savoir où.

Puis, il sent une douleur cinglante : James enfonce maladroitement une aiguille dans la veine.

– C'est inhumain, dit Lancaster.

La pièce commence à tourbillonner, à se brouiller.

– Du Penthotal ? demande-t-il.

– Presque, murmure Kline.

Il s'est accroupi, ses lèvres touchant presque l'oreille de Lancaster.

– Du Surital. Une de nos spécialités…

Lancaster perd à nouveau connaissance.

À l'époque où ils s'aimaient et vivaient ensemble, Lancaster et Denise se sont disputés un soir. Le prétexte de la scène est oublié depuis longtemps. Sa vraie cause était la tension provoquée chez l'un et l'autre par les effets du manque. Ils s'étaient trouvés à court de drogue. Quelle qu'ait été la source où Denise puisait leur héroïne, elle avait tari. Lancaster se sentait nerveux, ce soir-là. Sa peau était bizarre, lui faisait mal, il avait la migraine, il avait froid. Ils s'étaient fait leur dernière dose le matin. Il n'en était pas encore au vrai manque physique. Mais les premiers symptômes se faisaient sentir.

– Je vais m'en occuper moi, si t'en es pas capable, avait-il dit.

Elle l'avait regardé de ses yeux rougis. Elle voulait qu'ils arrêtent. Il y avait un dispensaire avec un programme de méthadone, disait-elle. Ils auraient pu y aller, en prenant une semaine ou deux de vacances. Mais il connaissait l'efficacité de la méthadone. Très limitée. Il connaissait des junkies qui en passaient par là, et c'étaient les plus lamentables. Ils n'avaient même pas le courage de leurs opiacés.

Il rit en aparté de sa petite plaisanterie.

– On dirigera notre propre dispensaire, dit-il. On l'a déjà fait.

– Qu'est-ce que tu vas faire ?

Il ne voulait pas l'embrasser. Il ne voulait pas qu'elle l'approche. Il voulait que rien ne l'approche. Tout son corps le démangeait. Sa peau lui semblait sécher, s'écailler, craquer, comme si de grandes failles sous l'épiderme étaient prêtes à s'ouvrir. Ses bras, ses jambes, son abdomen allaient se fendre en deux et il allait se vider de son sang.

Pourtant, elle essayait de l'approcher, de l'enlacer.

– Qu'est-ce que tu vas fairc ?

Il resta immobile, afin de réduire les sensations, quand elle le déshabilla. Il lui restait deux heures avant de prendre son tour à l'hôpital.

Nu dans l'air glacé, il resta allongé sur le lit, les yeux fixés sur le plafond, sans bouger, essayant de ne pas participer. Elle se mit à aller et venir au-dessus de lui. À aller et venir en lui. Elle le fit tant et si bien qu'il ne put rester impassible. Il agrippa ses cheveux et tira sa tête en arrière en lui mordant la nuque si fort qu'il eut un goût de sang dans la bouche. Elle gémit et se serra davantage contre lui.

Ils roulèrent dans la confusion du plaisir. Elle l'entoura de ses jambes sans relâcher son étreinte, sans le laisser se dégager pour respirer, et s'agita sous lui, s'activa tant qu'il perdit tout contrôle.

Puis, elle le poussa sur le dos, grimpa sur lui et le fit pénétrer en elle.

L'excitation, le désir survolté de cette tigresse qui rugissait en elle et le griffait en secouant sa chevelure la mettait littéralement hors d'elle. Il ressentait tout cela en même temps que les effets atroces du manque, la chair de poule, la migraine, les brûlures d'estomac ; et malgré tout, il ne s'était jamais senti plus puissant, plus sexuel.

Ils attiment de nouveaux sommets. Prêt à monter encore plus haut avec elle, tandis que les dernières traces en eux de la drogue retardaient, empêchaient et donc accentuaient leur jouissance, il crut que ça ne s'arrêterait jamais. Il n'était jamais allé si loin. Il n'avait jamais rien ressenti de pareil.

Néanmoins, ils finirent par se rejoindre dans le plaisir. Au moment de l'orgasme, il s'abandonna complètement. Il cria. Il se mordit les lèvres. Et elle… il se souvient l'avoir étranglée, avoir mis ses mains autour de sa gorge et avoir serré jusqu'à ce que son visage devienne rouge sombre, que ses yeux sortent de leurs orbites, que de la bave vienne à ses lèvres. Et pourtant ils continuèrent leur chevauchée. Puis, il lâcha son cou, éloigna ses mains, la gifla si fort qu'il la fit tomber en arrière, qu'il la fit carrément tomber du lit.

– Continue !

C'est tout ce qu'elle lui dit. Il rampa jusqu'à elle et la finit par terre.

Ce n'est que des années plus tard, en se souvenant de ce jour-là, qu'il comprit ce qu'il avait alors entrevu en lui-même, quel démon il avait aperçu. Il n'avait jamais frappé une femme, auparavant. Il comprit comment des gens pouvaient en tuer d'autres. Ce n'était qu'un petit dérapage. Il comprit même quelque chose, pas grand-chose, mais quelque chose tout de même de Bobby Karnowski. Et il se demanda si lui et Denise auraient jamais pu refaire l'amour après cela.

Il sait bien ce qu'elle répondrait, s'il pouvait lui poser la question : « Toujours. On peut toujours refaire l'amour. Car faire l'amour, c'est autre chose. L'amour peut toujours suivre la violence. Je te montrerai. » C'est sans doute ce qu'elle lui aurait dit. Mais ce soir-là il vola de la morphine et se fit arrêter. Ils furent séparés. Sa vie changea. Il était sauvé. Et il était condamné.

36

Storm et Brandon vont dîner chez Bunnies, comme elle le lui a suggéré. Elle lui a expliqué le rendez-vous prévu. Mais elle ne trouve aucun mot de Lancaster dans la boîte aux lettres.

– Je suis inquiète pour lui, dit-elle.

Et moi donc, songe Brandon. Rien ne permet de prévoir ce que les féds maintenant déchaînés vont lui faire. Tout de même, ce sont des agents au service de la loi. Il y a des limites que même eux ne peuvent franchir dans leur façon de procéder.

– Quel est le prochain rendez-vous ?

– Demain midi à l'endroit où vous m'avez trouvée ce matin. Vous vous retrouvez dans le brouillard, sur ce coup-là, pas vrai ? Vous pouvez compter que sur vous-même.

– Ça m'en a tout l'air.

– Vous voulez me dire ce que vous savez ? Je suis juste curieuse de savoir qui tire les ficelles.

– C'est encore une question sans réponse, dit Brandon. Lancaster vous a parlé de son passé, de Denise Richards ?

– Un peu, oui.

Brandon mate son joli visage, puis allume une clope.

– Tirons-nous d'ici.

Dans le parking, à l'intérieur de sa voiture, il fait une

chose bizarre. Tandis qu'elle boucle sa ceinture de sécurité, il tend la main et prend une mèche de ses cheveux entre ses doigts. Elle sursaute, ne fait plus un geste.

– Plutôt courts, dit-il. Fins. Noirs.

Il laisse retomber sa main sur sa jambe. Ils regardent tous les deux dans le vide, droit devant eux. Le soleil se couche. Quand la main de Brandon se lève de nouveau, elle tient le .44. Il appuie le canon sur la nuque de Storm.

– Les hommes ! dit-elle. Qu'est-ce qu'ils ont, tous ? Dès qu'ils veulent me parler, ils braquent un flingue sur moi.

– La voiture, vendredi soir, après la poursuite avec Seth Babcock. Ça vous évoque rien ?

– Non.

– Y avait un flingue sous le siège passager, un calibre .25 automatique. C'était le vôtre, non ?

– Peut-être bien.

– Vos empreintes étaient partout. Les vôtres et aucune autre.

– Et alors ?

– La chambre 638 de l'hôtel Washington, où vivait Arnie Holt, était remplie de munitions. Sur la détente d'un fusil 30.06 on a trouvé une superbe empreinte d'index. Parfaitement identique à celle du calibre 25, figurez-vous. C'était votre index. C'était celui d'Arnie Holt.

Elle ne dit rien.

– C'est vous.

– Oui. Je savais que vos hommes surveillaient le coin. Vous autres flics, vous êtes tellement prévisibles. Tous autant que vous êtes.

– Maquillage. Fausse barbe.

– Accent, prothèses dentaires. Et un petit rembourrage par-ci par-là.

– Et la voix ? Comment vous avez fait ?

De son sac à main elle sort un petit appareil électronique conçu pour s'emboîter sur un combiné téléphonique.

– Un vocodeur digital. On en trouve des versions plus cheap dans les magasins. C'est pour les femmes qui vivent seules, pour que les correspondants anonymes pensent qu'un homme vit chez elles. Celui-ci est un peu plus perfectionné. Je l'ai acheté à un ingénieur électronicien que je connais.

– C'est parfait pour le téléphone. Mais en tête à tête ?

– À qui je parlais ? Avec qui je traînais ? Kevin. Mais Kevin était au courant. Il m'a aidée à monter le coup. On mettait Holt en avant comme un chimiste mystérieux, qu'on voyait mais qu'on entendait pas, sauf quand on le voulait bien. Je me suis déguisée une fois ou deux pour me montrer au bar avec lui. Il m'a emmenée, on a bu un verre, et je suis partie. On nous a vus. Je dirigeais les opérations, avec Petie et Seth, au téléphone. Plus tard, j'ai passé quelques coups de fil, signalé quelques incidents, parlé à un certain docteur. Et hop, j'avais créé tout un personnage. Vous seriez étonné de voir comme c'est facile.

– Mais vous avez accompagné Seth à l'aéroport.

– Oui. Et en tant que Holt j'ai rencontré Petie et Straw à chaque rendez-vous. C'est les seules fois où j'ai parlé directement avec des gens. Mais les trois fois, c'était la nuit, dehors, sans lumières. Et chaque fois j'avais comme par hasard attrapé un affreux mal de gorge, et je pouvais juste chuchoter. La plupart des gens ont pas assez d'imagination pour douter de ce qu'on leur dit.

– Je pourrais vous emmener dans un coin tranquille et vous tuer.

– Ce serait très bête. Vous vous en sortirez jamais tout seul.

– Vous avez tué qui ?

– Straw et Kamowski.

– C'est tout ?

– Pour l'instant.

– Straw avait tué Kevin ?

– Oui. Je sais pas exactement ce qui s'est passé. Straw a dit que c'est Kevin qui a paniqué et qui s'est attaqué à lui, qu'il avait pas l'intention de le tuer. C'est possible, parce que Kevin leur servait à rien mort. Bref, ils se sont battus, et pendant la bagarre Straw s'est pas contrôlé et il l'a tué. Moi, en tant que Holt, je suis arrivée chez Kevin un moment après, mais Straw était revenu pour essayer de maquiller le meurtre en suicide. J'ai convaincu Straw que je lui en voulais pas, que Kevin me doublait de toute façon, et que maintenant je voulais écouler la drogue moi-même. Évidemment il a cru qu'il allait m'avoir, qu'il allait récupérer la drogue et ensuite me descendre. Évidemment il se trompait.

– Au Panorama vous lui avez mis le feu juste avant l'arrivée de l'adjoint.

– Au moment où sa voiture approchait. Et j'ai mis le napalm que sur sa manche, pour qu'il survive à coup sûr. Même comme ça, vous avez vu comme il a grillé.

– Il était évanoui ?

– À moitié. Je lui ai donné un coup de démonte-pneu. Vous voyez que vous êtes pas au bout de vos peines. Vous pensiez avoir compris un truc, mais il vous reste des meurtres sur les bras, inspecteur. Qui a tué Petie ? Qui a tiré sur Winter ? Et Seth ? Qui est-ce qui a tiré sur vous et sur moi à l'aéroport ?

– Vous le savez ?

– Non. C'était un homme.

– C'est ce qu'on pensait aussi d'Arnie Holt.

– Celui-là c'était vraiment un homme. Le même qui a jeté Petie du haut du pont. Il l'a soulevé sans difficulté.

– C'étaient vos traces de l'autre côté du pont. Qui montaient un peu, puis redescendaient.

– Oui.

– Mais qui vous êtes vraiment, à la fin ?

– Voilà une bonne question.

– Kevin le savait ?

– Non. Il me prenait seulement pour Storm, une chimiste.

– Vous allez me le dire ?

– Si vous me garantissez une chose. Soit vous m'arrêtez – et donc vous vous retrouvez seul, et donc vous échouez et vous mourez –, soit vous me mettez au courant de tout ce que vous savez. De tout. Il faut que je sache tout, et alors seulement je pourrai vous aider. Et seulement alors je pourrai aller jusqu'au bout.

– Ce sera soit l'un, soit l'autre, dit-il. Vous avez ma parole. Maintenant dites-moi.

Il range le pistolet et allume deux nouvelles cigarettes, une pour chacun.

Avant de revenir à la maison, Brandon s'arrête devant une cabine dans une station-service et passe un coup de fil.

– Résultat positif, dit l'homme qui lui répond, celui qui est venu passer le détecteur dans la matinée. Vous étiez sur écoutes. Mais c'est directement sur la ligne, je pense pas qu'ils soient entrés dans la maison. Y a pas de micro à l'intérieur, donc vous pouvez parler tranquillement. Évitez juste le téléphone.

Brandon raccroche.

Donc, non seulement Kline détient Lancaster, mais il espionne Brandon. Et qui d'autre ? Sûrement tous ceux qui sont sur l'affaire. Manifestement, Kline a fait bande à part par rapport à toute la police locale – c'est devenu son affaire. Il essaie de tout contrôler. Reste une question : qui contrôle Kline ?

Storm s'est installée dans la chambre de Susan, elle fait un somme comme si de rien n'était. Il s'est aperçu que son boitement a disparu. La chute dans la neige, le genou foulé, c'était encore une mise en scène.

La maison est plongée dans l'obscurité, à l'exception de la veilleuse dans la cuisine, lorsque Brandon entend un bruit dehors, puis des coups sur la porte.

Il jette un coup d'œil et voit Byers sur le perron.

– Dépêchez-vous, dit-elle, je me gèle.

– Qu'est-ce que vous faites ici ?

– Je vous ai dit que je serais là quand vous auriez besoin de moi.

– Et j'ai besoin de vous ?

– J'ai appelé aujourd'hui. Ils m'ont dit que vous étiez en congé maladie jusqu'à nouvel ordre. J'ai posé des questions sur l'affaire, vu que je suis partie prenante. Ils m'ont dit que ça ne regardait plus que les fédéraux. *Tu parles*, je me suis dit. Vous avez du nouveau ?

Brandon rit.

Ellen et lui s'assoient à la table de la cuisine. Ils parlent d'abord de Lorraine.

– Tout est en train de changer. Je me suis mis à penser qu'elle devrait peut-être rester en institution.

– C'est peut-être le mieux pour vous autant que pour elle. Vous avez le droit de vous décharger un peu de votre fardeau de temps en temps, vous savez. Vous avez suffisament payé.

– C'est aussi à cause de Lancaster, dit-il. Quand je le vois, maintenant, ou quand je pense à lui, je vois qu'un aspect parmi d'autres de la merde dans laquelle on est tous. Rien de plus. Il a sans doute fait plus de bien que la plupart des gens. Plus que moi.

– Il en a fait d'une autre manière, c'est tout, dit Ellen.

Elle tend sa main jusqu'à l'autre bout de la table et la pose sur celle de Brandon.

Ils s'apprêtent à passer en revue les agrandissements de la photo de Denise que Brandon a trouvée dans les archives, quand Storm apparaît dans l'encadrement de la porte.

Brandon regarde Ellen qui regarde Storm. Quelque chose passe dans ses yeux tandis qu'elle contemple cette jeune fille folle. Brandon devine que c'est, pour une bonne part, de l'admiration.

– Ça vous va de regarder des photos ? demande-t-il. Ce sera peut-être pénible.

– Je peux le faire, répond Storm en regardant Ellen. Elle est dans le coup ?

– Jusqu'au cou, dit Brandon.

Ellen sort une chemise en carton de son sac. Elle dépose d'abord un gros plan du visage de Denise sur la table. Storm ne réagit pas ; son visage se durcit quand elle soulève la photo.

– C'est sûrement la dernière image d'elle, dit-elle. J'en veux un tirage.

– Vous pouvez garder celui-là, dit Ellen. J'en ai amené plusieurs.

Storm l'emporte au salon.

– Quoi d'autre ? demande Brandon.

– Attendons qu'elle revienne.

Une minute plus tard, Storm revient ; elle a repris contenance, son visage est de marbre.

– C'est une photo assez exceptionnelle, dit Ellen en guise d'introduction. Elle n'aurait jamais dû être prise, non parce qu'on y voit Denise, mais parce qu'on y voit aussi ceux qui l'interrogeaient.

– Les agents extérieurs top secrets.

Elle sort le tirage d'origine que Brandon connaît.

– Qu'est-ce que vous voulez dire ? demande Storm. Vous pensez que ces agents extérieurs ont vendu Denise ?

– L'un d'eux, oui, dit Ellen. Le Seure était encore aux Stups à l'époque. C'était quelques mois avant les élections. Mais bien sûr il ne se mêlait pas de l'enquête dans ses aspects techniques. Il avait besoin de quelqu'un à l'intérieur des services, quelqu'un qui assiste au témoignage de l'informateur pour étouffer ce qui pourrait concerner la responsabilité de Le Seure dans l'affaire. On sait pas si Denise était au courant ou non, pour Le Seure, mais il voulait sûrement pas courir le risque.

– Donc il a envoyé quelqu'un la tuer.

– Oui. Et, par la cassette qu'elle a laissée à Lancaster, on sait qu'elle était toujours aux ordres de Karnowski et de Michael Straw. C'est eux qui l'ont conduite au dernier rendez-vous. Elle pensait qu'elle allait rencontrer le grand chef, celui qui tirait les ficelles, c'est-à-dire Le Seure. Elle portait un micro. Mais ceux qui le lui avaient mis, ces fédéraux des Stups, ou du moins l'un d'eux, savaient qu'elle en reviendrait pas. Qui l'a tuée ? Karnowski et Straw ? L'agent qui jouait double jeu ? Le Seure ? On le saura sûrement jamais. De mon point de vue, ils l'ont tous tuée.

– Donc, qui était cet agent ? demande Storm.

– C'est pour ça qu'on est là, répond Brandon. Pour les regarder un par un.

– Voilà, dit Ellen. On sait que le type qui se tient dans l'encadrement de la porte est un agent fédéral spécial venu de Chicago.

Elle sort un agrandissement 18 × 30 cm. Brandon est surpris par la netteté du résultat. Il distingue les yeux de l'homme, plissés à cause de la fumée de la cigarette qu'il a entre les doigts. Sa tête est légèrement tournée, comme s'il faisait effort pour entendre ce que dit la jeune femme.

– Il s'appelait Roger Markover. Il est mort six mois après.

– Mort de quoi ?

– Infarctus un peu suspect. Il n'avait pas d'antécédent de maladie cardiaque, aucun symptôme de troubles cardiovasculaires ou d'hypertension. Après une visite médicale, peu avant, on l'avait déclaré en parfaite santé, tension basse, etc.

« Le deuxième homme, sur le canapé, face à l'objectif, est un marshal fédéral, dit-elle en sortant l'agrandissement suivant. Il ne travaillait pas avec une couverture civile. Il a servi d'arbitre, de personnalité extérieure. Pris sa retraite il y a deux ou trois ans. Vit maintenant en Floride, à Key Largo. Je lui ai parlé hier soir. Il dit qu'il ne sait rien. Il a joué son rôle dans l'enquête, puis il en est sorti. N'a eu connaissance de rien d'illégal.

– Il dit la vérité ?

– Probablement, dit Ellen. Il n'y pas de raison d'en douter. Maintenant, les trois qui sont assis côte à côte à la table posent plus problèmes. Impossible de les identifier. Tous étaient là officieusement, probablement des fédéraux, mais on sait pas d'où ils venaient. C'étaient sûrement tous des flics en civil avec une couverture. Aucun moyen de les retrouver, ni à l'époque ni maintenant.

Elle passe leurs photos une par une à Brandon. D'abord, un visage de femme. L'image n'est pas aussi nette que les autres. Elle est en train d'écrire quelque chose ; sa tête penchée n'est pas tournée vers la caméra. Elle a des cheveux blonds noués sur le dessus.

Le deuxième est l'homme le plus proche de la fenêtre. Il observe Denise, le menton appuyé sur sa main. Il perd ses cheveux ; son visage est en partie caché par le reflet de la vitre.

La dernière photo, celle du troisième homme, est peu claire, elle aussi, mais son visage est tourné vers la fenêtre, incliné, près de la table, comme s'il écoutait un son qui sortait du sol. Il porte des lunettes, une barbe et un pull à col roulé. Il a l'air plus jeune que les autres, et plus jeune que maintenant. Brandon reconnaît pourtant son visage élégant et ses cheveux bouclés.

Storm le reconnaît aussi : elle l'a vu au Panorama, près de la rivière du Chagrin.

C'est le visage de Julian Kline.

MARDI

37

L'aube. La chambre est froide. Ou c'est lui qui a froid malgré le chauffage. Ses dents claquent ; ses genoux tremblent. Les sangles serrent. Le cuir brûle ses poignets. La migraine a cessé, Dieu merci. Lancaster éprouve son corps en tirant sur ses liens, tâte ses muscles et ses os. Aucune douleur notable, apparemment rien de cassé ni de déchiré.

Il sent l'odeur d'un nouveau petit déjeuner que l'on prépare. Il se demande ce que ces types ont avec le petit déjeuner. Il lui paraît extravagant qu'ils se donnent la peine de faire venir jusqu'ici toute cette nourriture et prennent le temps de cuisiner. À leur place, il se contenterait de pain et de café. Il appelle :

– Eh !

Kline glisse la tête dans la porte.

– Vous avez faim ? Vous voulez goûter au petit déjeuner de James ?

– Bien sûr, dit Lancaster. Mais cette fois soyez plus discrets dans les dosages.

– Vous saviez qu'on avait mis de la drogue ?

– Qu'est-ce que vous croyez ?

– Sérieusement, vous voulez manger quelque chose ?

– Allez vous faire foutre, dit Lancaster.

Au salon, Lancaster s'assied sur la chaise en bois, les mains liées dans le dos, les pieds attachés. Kline lui lance un regard mauvais, se détourne, lui envoie le dos de sa main dans la bouche. La force du coup le fait basculer avec la chaise sur le côté. Il crache du sang, passe la langue sur la blessure de sa lèvre.

Kline remet la chaise d'aplomb. Le cuisinier James est de nouveau sur le tabouret, à l'autre bout de la pièce ; il regarde.

– On a fouillé votre maison. Y a pas de photo, dit Kline. Et vous en savez plus que vous ne dites. Vous avez vu la livraison près de l'aéroport. Vous avez vu la fusillade. Et Elizabeth Richards est ici. Vous la connaissez.

– Espèce d'ordure, dit Lancaster.

Néanmoins, il se réjouit intérieurement que Kline n'ait pas prononcé le nom de Storm. Même sous l'effet de la drogue, peut-être qu'il n'a donc pas vendu la mèche.

– Vous avez parlé d'un appartement où elle s'est installée. Vous y étiez aussi.

– Elle y est pas.

– Contentez-vous de me dire où c'est.

– Je vous dis qu'elle y est plus. Elle y était seulement avec moi.

– Comment vous savez qu'elle y est pas ?

– Parce que j'ai la seule clé. Pigé ?

Cette fois, Kline lui envoie un uppercut au visage qui renverse la chaise en arrière. Sa tête heurte violemment le sol, et il perd connaissance quelques secondes. Le sang s'écoule de son nez dans sa gorge et le fait hoqueter ; il tourne la tête pour essayer de dégager ses voies respiratoires.

– Attention, dit James depuis son tabouret.

Kline remet à nouveau la chaise debout. Le sang dégouline sur la chemise de Lancaster. Beaucoup de sang. Une belle fracture du nez. Mais la douleur est supportable. Elle diminue. Elle s'affine. Il garde la bouche ouverte pour pouvoir respirer. Il tousse et crache du sang jusque sur la chemise blanche de Kline.

Maintenant, Kline ouvre un couteau à cran d'arrêt.

– J'insiste, docteur Fix. Je veux savoir. Si vous ne me dites pas où je peux trouver cette femme, et tout de suite, je vais me mettre en devoir de vous découper morceau par morceau.

– Elle s'est enfuie. Comment je saurais où elle est ? Comment ?

Kline hoche la tête. Il passe derrière Lancaster. D'un simple et rapide mouvement du poignet, il taille. Lancaster sent un éclair de douleur intense, puis une brûlure atroce à l'oreille, enfin la tiédeur du sang qui coule le long de son cou. Il ne dit rien.

Kline tient en l'air un morceau de chair grisâtre.

– Le lobe de l'oreille. Vous saisissez ? À qui le tour ? À un doigt ? À une paupière ? Au pénis ?

Il n'était pas au rendez-vous, la veille, au restaurant. Elle a dû l'interpréter comme une alerte. Est-ce qu'elle a fait appel à Brandon ? Est-ce que Brandon sait quelque chose ? Est-ce qu'il sait que Kline est un dingue ? Que ces malades sont prêts à tout ?

Tout à coup Lancaster comprend.

– Vous avez tué Denise, dit-il.

Kline s'interrompt une seconde, s'immobilise, puis cherche le regard de James. C'était donc ça.

– Espèce de pourri ! C'est vous qui avez tout fait !

Et maintenant c'est encore vous le tueur ! L'homme à la cagoule noire, c'est vous !

– Ta gueule ! dit Kline.

– C'est vous.

– Ta gueule ! Où elle est ?

– Je t'emmerde.

Kline tourne la chaise de sorte que Lancaster se trouve en face de la fenêtre. Il saisit son index gauche, appuie le pouce sur la dernière phalange et le tord vers le haut jusqu'à ce qu'il craque.

Lancaster hurle.

Kline défait la corde et libère la main de Lancaster.

Son doigt est fichu. Il serre le dos de sa main gauche avec la droite et l'appuie sur sa cuisse. Quand la paume est à plat sur la jambe, le doigt cassé se trouve bizarrement pointé vers le haut.

Il pleure, ensuite, de gros sanglots hoquetant qui remontent de son ventre à sa poitrine et à sa gorge.

En retenant sa respiration, il se force à remettre en place la phalange d'un coup sec. Elle se replace avec un petit craquement.

Puis, il se penche en avant, et il vomit entre ses jambes.

Storm a le Magnum. Storm a les choses en main. Storm a tout déclenché. Storm peut se débrouiller.

Il n'y aurait pas de plus belle vengeance, pour Lancaster, que de la livrer à ces hommes. Ils sont loin de s'imaginer la nature de ce qu'ils lui demandent.

Il se sent plus calme, à présent, bien qu'il n'ait jamais connu de douleur comparable à celle de sa main.

La lame effilée du couteau de Kline remonte vers son visage, s'approche de l'œil gauche.

– Je vais vous le dire. Vous devez me croire.

– Quoi ?

– L'endroit où vous êtes passés me prendre hier.

– Eh bien ?

– Je suis censé y retrouver quelqu'un à midi aujourd'hui. La fille qui s'appelle Storm, celle dont vous avez crevé le pneu. C'est une copine de Liz. Elle devait m'amener jusqu'à elle. Elle sait où elle se cache.

– Vous mentez.

– Je suis pas en position de mentir. J'ai pas envie de perdre autre chose. Et je m'en fous, maintenant. Quelle heure il est ?

Kline regarde James.

– Un peu plus de dix heures.

– Alors allons-y à midi. Si personne vient, j'ai un numéro de téléphone. Vous pouvez le contrôler, obtenir une adresse, retrouver Storm.

– Vous êtes jamais allé chez cette Storm ?

– Non. Je l'ai juste rencontrée une ou deux fois.

– Et elle connaît Liz ?

– Elles sont très proches, d'après ce que je sais.

Kline regarde James de nouveau et James s'avance vers lui. Ils chuchotent.

– D'accord, dit alors Kline. On va essayer. Si vous nous avez menti, vous n'aurez plus l'occasion de regretter quoi que ce soit.

– C'est vous qui le dites, répond Lancaster.

38

I

Sur le Panorama le soleil resplendit comme si l'hiver était fini. Reverbéré sur la neige dure, il baigne le monde d'une lumière scintillante. La rivière coule toujours dans son écrin de glace.

À l'extrémité ouest du parc, en bordure d'un sentier qui traverse un petit bois, Brandon est agenouillé derrière une souche. Le .44 Magnum attend dans la poche de son manteau. Un fusil calibre 12 spécial-police est appuyé contre la souche. Il sait que si Lancaster vient au rendez-vous il s'agira d'un guet-apens. Qu'il ne sera pas seul.

Ellen se trouve à l'autre extrémité du parc, dans l'épaisse forêt dont il est la lisière. Elle porte sous sa veste l'un des gilets en Kevlar de Brandon.

Storm est appuyée à la rambarde au bord de la falaise, bien en vue comme elle souhaitait l'être. Il sait qu'elle a un pistolet enfoncé dans son jean. Ils ont confisqué un véritable arsenal à l'hôtel Washington, et elle s'est encore débrouillée pour mettre la main sur une arme. Elle frissonnait, quand ils sont arrivés – d'impatience, pensa-t-il. Elle porte son autre gilet pare-balles.

Il est midi pile.

II

Lancaster est parfaitement éveillé. L'effet des drogues est passé. Sa main a enflé affreusement : il ne peut la faire entrer dans un gant. James l'a aidé à la panser pour que la fracture cicatrise. Il la garde à l'intérieur de sa veste. Son nez a enflé lui aussi au point de déformer tout son visage. Ses yeux ne sont plus que des fentes, et ils auront bientôt viré au noir. Son oreille brûle. Sa tête est aussi vide que possible. Ce n'est pas son genre de songer à la mort, sinon comme à une force invisible qu'il s'agit de combattre et de vaincre dans les salles d'urgences. De sa propre mort il ne s'est jamais préoccupé. Maintenant, il évite de l'envisager.

Kline est monté à l'arrière avec lui. James conduit.

Une journée magnifique. Lancaster se rappelle la description que fit Storm du jour où Denise est morte, de la beauté de cet automne. C'est drôle de penser que l'homme assis à ses côtés était présent. Peut-être même l'a-t-il tuée. Peut-être étaient-ils tous les deux présents. L'un d'eux a dû être la dernière personne à la toucher vivante.

– Vous vous souvenez d'elle ? demande-t-il.

Kline, qui porte aujourd'hui bottes et jean au lieu de son costume, ne réagit pas.

– Je me demande juste comment ça s'est passé, qui l'a fait. Je me demande juste si elle a compris ce qui l'attendait.

– Vous voulez encore souffrir ? demande Kline. Vous voulez que je vous coupe encore ?

– Non.

– Alors fermez votre gueule.

– C'est la mienne, dit Lancaster en voyant la voiture de location. Elle doit être là.

– Bien, dit Kline. Parfait. Voyons ce que cette fille a à dire.

– Embarque-la, dit James. J'attends ici. Au chaud.

Kline et Lancaster franchissent la limite de la zone de stationnement et descendent la pente enneigée du parc en direction de la rambarde. Une fille en veste trois-quarts rouge les y attend. Elle est du côté des bois, presque au bout de la rambarde, à une cinquantaine de mètres. Elle fait signe à Adrian, puis s'interrompt quand elle remarque la présence de l'autre homme. Elle regarde à gauche et à droite, l'air soudain effrayée de voir qu'il n'est pas venu seul.

Bien joué, se dit-il. *Protège-le au maximum.*

Ils progressent dans la neige vers elle ; ils ont franchi environ la moitié du chemin qui les sépare, quand elle leur crie :

– Arrêtez-vous là.

– Écoute, petite, dit Kline sans ralentir l'allure le moins du monde.

Il avance jusqu'à quelques mètres d'elle, Lancaster à ses côtés.

– Adrian, dit-elle. Qu'est-ce qu'ils vous ont fait ?

– Storm, cet homme est un agent fédéral. Il recherche Liz Richards. Liz et Arnie Holt sont une seule et même personne.

– Je veux que vous nous accompagniez, dit Kline. Nous allons mettre fin à tout cela.

– Il connaissait Denise, dit Lancaster. Il la connaissait vraiment bien, Storm.

– Ferme-la ! dit Kline.

Le .22 et son silencieux apparaît dans sa main, pointé sur Lancaster.

– Et vous, dit-il à Storm, sortez vos mains de vos poches pour que je les voie. Faites vite, ou je le tue.

– Alors vous mourrez, dit-elle.

– Qu'est-ce…

– Kline ! crie Brandon. Baissez votre arme. Écartez-vous d'eux, les mains sur la tête.

Kline, les yeux écarquillés, regarde derrière Lancaster. Brandon le vise avec le fusil d'assaut appuyé sur la souche.

– Reculez et baissez votre arme.

– Vous allez le tuer aussi, si vous tirez avec ce truc, dit Kline.

– Des douilles, crie Brandon. Comme celles que vous aviez à l'aéroport, vous vous rappelez ? Beaucoup plus précis que les plombs.

– Je vais le tuer, si vous le baissez pas.

Kline appuie le canon de son arme sur la tempe de Lancaster.

– Et ensuite moi je vous tuerai, et ce sera un plaisir. Mais si vous reculez vous resterez en vie.

III

En terrain découvert, grâce à la neige durcie, à la froideur de l'air, les sons se propagent aisément. Une légère brise souffle, sifflant aux oreilles de Brandon. Tout le reste est silencieux.

– Vous bluffez ! dit Kline.

– J'ai placé des hommes dans les bois derrière vous.

J'ai appelé des renforts ; ils sont déjà dans leurs voitures. Vous êtes cerné.

– Cerné ? Je suis un agent fédéral, Brandon. Je sais où sont vos hommes, et c'est pas ici.

– Vous êtes un meurtrier, dit Brandon. Vous avez jeté Petie Boncaro du haut du pont. Vous avez tiré sur Tommy Winter. Vous êtes l'homme à la cagoule noire.

– Vous délirez.

– J'ai une vieille photo de vous. D'il y a six ans. C'est vous qui avez monté le coup, pour le compte de…

– C'est exact, entend Brandon.

La voix vient de la gauche, du haut de la colline, vers l'aire de stationnement. Un homme aux cheveux argentés sourit. Il tient un fusil de chasse à lunette, un vrai petit bijou, crosse en bois noir, barillet et détente en métal sombre et mat.

– Nous voici arrivés au dénouement, inspecteur. Je ne raterais ça pour rien au monde.

– Le Seure ! dit Brandon.

Le Seure tire ; la balle traverse la broussaille qui les sépare, atteint Brandon à la poitrine, qui roule en arrière jusqu'au bord du précipice au fond duquel coule la rivière. La neige, les arbres, les rives encaissées renvoient l'écho de la détonation, qui rebondit contre la glace et les rochers pour s'éteindre au loin.

IV

– Brandon… dit Lancaster, mais à voix basse, comme s'il se parlait à lui-même.

– Le Seure ! dit Storm.

Plusieurs choses arrivent en même temps.

Ellen Byers crie depuis son poste d'observation secret :

– Kline, baissez votre arme !

Le Seure, de l'autre côté du parc, saute derrière un arbre et pointe le fusil dans la direction de la voix, prenant appui sur une branche.

Kline regardait Brandon et Le Seure, puis il s'est tourné vers le bois où se cache Ellen. Quand il se retourne, Storm brandit le .357 et vise son visage. L'arme étincelle dans le soleil encore haut de l'après-midi.

– Un geste… dit-elle.

Kline s'immobilise.

– Lâchez le flingue et tournez-vous vers Le Seure, lentement, ou je vous tue tout de suite.

Il obéit.

Lancaster se baisse pour ramasser l'arme de Kline.

– Agenouille-toi derrière moi, Adrian, dit Storm.

Il rampe dans la neige, tenant avec sa main blessée le pistolet de Kline serré sur sa poitrine. Il est encore sous le choc de la torture ; il frissonne tant qu'il n'y voit pas très clair.

Quand Kline se tourne, Storm lui empoigne les cheveux et le tire en arrière vers elle.

Avec Ellen qui les couvre dans le bois et Kline comme bouclier, Storm et Lancaster se trouvent étrangement protégés.

– Dites-lui de pas tirer. S'il bouge, vous êtes mort.

– Mais qui vous êtes ? demande Kline.

– Je suis celle que vous cherchez. Je m'appelle Storm. Je m'appelle Elizabeth Richards. Je m'appelle *Lion Heart*.

– Denise était votre sœur.

– Je m'appelle La Mort ! dit-elle fort pour que sa voix porte jusqu'à Le Seure.

– Tue-le, dit Lancaster. Tue Kline.

Mais elle ne tue pas Kline. C'est à Kline seul qu'ils doivent d'avoir la vie sauve. Ils attendent tous, Kline empêchant Le Seure de leur tirer dessus, Lancaster à genoux dans la neige derrière Storm, elle pointant son Magnum sur la nuque de Kline.

Ils sont à un point mort. À ce point vers lequel chacun d'entre eux tend depuis des années.

– Maintenant vous savez qui je suis, crie-t-elle. Et je sais qui vous êtes, James Le Seure. Denise et son avocat, quand ils se sont rendus aux fédéraux, ne pouvaient pas deviner que leur chef de district était aussi l'homme qui tirait les ficelles, l'homme pour qui elle travaillait.

– Eh oui, dit Le Seure.

– Mais vous aviez quand même besoin d'un fantôme. D'un homme invisible, d'un pervers à l'intérieur des services, qui serait vos yeux et vos oreilles, et qui ferait le sale boulot. Et c'était Julian Kline.

– Vous êtes une petite maline, dit-il.

– Mais qu'est-ce qu'on fout là, nom de Dieu ? crie Kline.

– Nous satisfaisons notre curiosité, dit Le Seure.

– Qu'est-ce que vous lui avez fait ? demande Storm. C'est tout ce que je veux savoir.

– Julian lui a injecté sa propre drogue, répond Le Seure. Une surdose, au cas où il y aurait un pépin et où elle serait retrouvée. Mais tout s'est passé comme prévu. Bobby et Michael lui ont fait un enterrement très correct, une vraie cérémonie familiale, quelque part dans les champs près de Battle Creek.

Lancaster a rampé jusqu'à la rambarde, dont il s'aide pour se relever. Il a un peu repris ses esprits.

– James Le Seure, crie Ellen Byers de sa voix abstraite sortie du bois. Vous n'avez aucune chance. Je vous demande de baisser votre arme immédiatement et de vous rendre.

Le Seure s'écarte légèrement de l'arbre derrière lequel il se cachait et balaie le bois avec sa lunette pour tenter de localiser Ellen.

– C'est ici que j'ai fait brûler Michael Straw, dit Storm.

– C'était un crétin, dit Kline. Babcock aurait pu nous dire tout ce qu'on voulait savoir. Mais Straw a cru résoudre notre problème en le tuant.

– J'ai adoré le voir cramer, dit Storm. J'aurais aimé pouvoir rester et regarder plus longtemps. Il flambait en hurlant.

– Mais il a survécu.

– Seulement parce que je l'ai bien voulu.

– Vous devez être fière de vous.

– Je le serai encore plus quand c'est à vous que je mettrai le feu.

Lancaster est debout, à présent. Il remarque une chose qui échappe aux autres, assez loin, à sa gauche, le long de la rambarde à laquelle il s'appuie. Il lève le pistolet de Kline vers Le Seure et crie pour attirer son attention. Le Seure mord à l'hameçon et met en joue Lancaster, qui attend en tremblant le coup qui doit partir.

Et on entend bien un coup de feu, une puissante déflagration ; seulement elle ne vient ni de Le Seure, ni d'Ellen, ni de Storm, mais de Brandon qui s'est retourné par terre et a sorti de son manteau son

.44 Magnum chargé comme un canon. La balle au mercure atteint le haut du visage soigné de Le Seure. Le cuir chevelu se décolle ; la boîte crânienne éclate ; de la cervelle en bouillie gicle, tache la neige derrière lui. La détonation se répercute sur la falaise et jusqu'à la rivière.

Mais cette diversion profite à Kline. Il frappe le bras de Storm qui lâche son arme, se retourne vers elle et la pousse violemment en arrière. Ils luttent dans la neige, roulent ensemble en direction. de Lancaster, si vite qu'il doit faire un bond pour ne pas être renversé. Alors qu'il essaie de les séparer, il glisse sur un bloc de glace et trébuche en laissant échapper le pistolet de Kline. Il disparaît sous eux.

Puis, Kline la pousse contre la rambarde. Elle appuie sa main nue sur son visage pour l'écarter, réussit à lui rendre ses coups, puis soudain s'arrête et se fige. Il a enfoncé son poing dans son ventre, et à présent Lancaster distingue le couteau. Klein repousse Storm d'un coup, la fait tomber par terre.

Ellen descend la pente à toute allure.

Kline ramasse son propre pistolet et se met à courir vers les bois qui bordent le parc à l'ouest.

Ellen tire une fois en direction de Kline. La balle effleure la rambarde et se perd en sifflant au-dessus de la rivière. Il réplique, puis disparaît entre les arbres.

Ellen se lance à sa poursuite.

Storm lève les yeux vers Adrian, les yeux plein de douleur et de colère.

– Eh bien, vas-y, dit-elle. À toi de finir le travail.

Il retrouve le .357 de son père à l'endroit où elle l'a lâché quand Kline l'a fait tomber ; chancelant, il emboîte le pas d'Ellen et de Kline.

V

Brandon perd son sang dans la neige. Son cou est tordu de telle sorte que, allongé sur le dos, il peut contempler le panorama de la rivière, admirer la beauté paisible du paysage.

Il les a écoutés parlementer, Storm, Le Seure, Kline. Il est heureux d'avoir tout entendu. Il n'avait donc pas fait fausse route. Son instinct ne l'avait pas trompé. Son appréhension intuitive des gens qui vivent ici, de sa ville, avait une fois de plus mis dans le mille. Il ressent une sorte de soulagement. Il est très calme. Il ne souffre pas. La neige le protège.

Il ferme les yeux.

Alors, il ne gît plus au bord du précipice qui donne sur la rivière du Chagrin. Il s'élève dans les airs, il contemple son vieux corps qui saigne. Plus haut sur la pente se trouve le corps de James Le Seure. Storm marche recroquevillée, les mains sur le ventre ; elle suit la rambarde vers l'endroit où son corps est resté.

Il s'envole.

Une ouverture apparaît devant lui, comme une trouée dans l'air. Il se trouve aspiré en elle.

Quelqu'un lui fait un signe, l'appelle, l'encourage à venir. C'est une femme. C'est sa fille cadette, May.

Elle est belle, aussi belle que lorsqu'elle vivait. Elle est jeune. Il est jeune aussi.

VI

Quand Denise est venue rendre sa dernière visite à Lancaster dans le service de désinto de Royal Oak, ils se sont assis à une table dans une petite salle de rencontre sordide. L'unique fenêtre était faite d'épais blocs de verre, en sorte que le soleil transparaissait à peine, faible et grisâtre. Il n'était pas sorti depuis un mois, n'avait guère que jeté un œil dehors une fois ou deux, puisque la plupart des fenêtres, ici, étaient du même genre.

Harpo Epstein avait accompagné Denise, mais il les avait laissés seuls dans la pièce après une minute ou deux. Elle alluma une cigarette et lui en offrit une, qu'il accepta quoi qu'il n'eût pas beaucoup fumé depuis son admission. La plupart des patients, ici, fumaient et buvaient du café compulsivement, car c'étaient là les seules drogues autorisées, les seules armes à disposition pour combattre leurs nerfs. Mais, après deux semaines, après le sevrage, pendant lequel son esprit s'était refermé sur lui-même, les cigarettes s'étaient mises à lui donner la migraine. Avec elle, pourtant, il fuma. Il lui fallait quelque chose pour occuper ses mains, pour l'empêcher de la toucher. Il savait que s'il la touchait il lui serait bien plus difficile d'aller jusqu'au bout de sa cure.

Il portait un jean, des pantoufles et un vieux T-shirt. Elle était en robe, avec une veste stricte, comme si elle devait se rendre à un rendez-vous important.

– Je me suis seulement faite belle pour toi, dit-elle.

– Je t'en prie, répondit-il. C'est assez dur comme ça. C'est plus facile si j'ai pas de raisons de penser à toi.

Il s'attendait à ce qu'elle proteste, dise que c'était de la drogue, et non d'elle, qu'il se sevrait ; qu'elle l'attendrait à sa sortie ; qu'elle serait toujours là pour lui. Elle ne dit rien de tel.

Alors il lui vint une pensée qu'il n'avait jamais eue.

– Et toi ? demanda-t-il. Pourquoi tu ne te fais pas soigner ?

– Je vais le faire. Mais pas tout de suite. J'ai des choses à régler.

– Quelles choses ? demanda-t-il. Tu es toujours accro, hein ?

Il tendit la main pour prendre son bras et regarder sous la manche, mais elle le retira.

– N'est-ce pas ?

Elle le regarda.

– Adrian, il faut que je parte quelque temps. Tu ne me verras peut-être pas quand tu seras libéré.

– Où ?

– Je sais pas. Vraiment, j'en sais rien. Mais je te ferai signe. Et tu me rendras visite bientôt. Je te le promets.

– Denise, comment tu fais pour te procurer encore de la drogue ?

– Je t'en prie, parlons pas de ça. Il faut pas que tu en parles. Il faut que tu oublies ça. Ton travail, maintenant, c'est d'oublier.

– Mais pourquoi ? Pourquoi tu suis pas un traitement ?

– Je te le dirai quand on se reverra. C'est une longue histoire.

– Je me suis fait prendre, Denise. Ils m'attendaient dehors, dans le parking. Je l'ai fait pour toi, pour que tu aies pas à souffrir.

Il l'avait déjà fait deux ou trois fois, voler de la morphine parce qu'ils manquaient de drogue.

– Je l'ai fait parce que tu voulais que je le fasse.

– Non, dit-elle.

Et il voyait que ses yeux maintenant se remplissaient de larmes. Elle sortit un mouchoir en papier de son sac.

– Qui leur a dit, Denise ? Comment ils ont pu savoir que je l'avais prise ? J'ai fait attention. J'ai bien suivi la procédure. Je sais m'y prendre, pour voler de la drogue.

Elle lui sourit à travers ses larmes, qui continuaient de couler.

– Comment c'est possible, Denise ?

– Je les ai appelés, mon chéri. C'est moi qui ai appelé.

Il ne répondit rien. Il baissa les yeux vers la table en Formica, vers la cigarette qu'il serrait entre ses doigts, vers la fumée qui montait en volutes dans la petite pièce étriquée. Il tira sur la cigarette, recracha la fumée, puis il hocha la tête.

– Je l'ai fait parce qu'il fallait qu'on y soit obligés, dit-elle. Est-ce que tu comprends ça ? Il fallait que quelqu'un nous fasse arrêter.

– N'essaie pas de t'expliquer. Les mots servent à rien.

– Mais je veux que tu comprennes.

– Je comprends.

Il lui rendit son sourire et tendit la main pour essuyer une larme sur sa joue. Sa peau était douce et chaude au contact de sa main glacée.

– Oui. Je t'aime, moi aussi.

Lancaster a un peu appris à chasser quand il a déménagé de Cleveland avec sa mère pour s'installer dans cette campagne. Des amis l'emmenaient en balade, lui prêtaient un fusil ; il battait les sous-bois, se contentait souvent de les regarder traquer un cerf, puis les aidait à nettoyer, à ranger les affaires. La tranquillité de ce bois lui rappelle ces chasses, et les efforts pour progresser sans bruit, pour entendre le moindre craquement de brindille, le moindre pas dans la neige gelée.

Le seul son qu'il distingue, c'est au-dessus de lui la brise qui joue dans les hautes branches.

Puis, il l'entend : un bruit qui semble venir de plusieurs directions à la fois, mais proche. Le sifflement d'une branche qui fouette l'air, le frou-frou d'un corps imposant qui court dans les fourrés.

Il entend une détonation, puis en retour le souffle aigu du .22 muni de son silencieux. La neige et les arbres étouffent les sons.

Après avoir suivi les empreintes de pas à travers un épais taillis de ronces, d'arbustes et d'herbe séchée, il atteint une longue trouée d'un mètre de large et d'une hauteur d'un mètre cinquante environ. Il y a là des traces de chasse-neige, et au milieu de fraîches empreintes de bottes.

Ellen est étendue en travers des traces, appuyée contre un tronc d'arbre, la tête plongée dans la neige, les jambes écartées.

Lancaster la retourne.

– Fuyez ! dit-elle. Il est là.

Son épaule gauche est déchirée par la balle ; sa tête saigne à l'endroit où elle a heurté le sol.

Puis, une pointe de plomb s'enfonce dans le tronc, et ensuite vient le sifflement mat, répugnant, de l'arme à silencieux. Il se laisse tomber, roule sur lui-même, atterrissant sur sa main cassée. La douleur l'étourdit, mais il relève les yeux à temps pour voir Kline courir, le vise avec le Magnum, tire quatre coups.

Kline disparaît dans un tournant bordé de hautes congères.

Lancaster rampe le long de la piste, puis se redresse un peu pour courir accroupi. Quand il parvient à l'angle que fait la piste, il se colle au bord, à l'intérieur du tournant, s'arrête, fait un pas, regarde. À ses pieds, il voit du sang dans la neige. Du sang noir, celui des veines : pas une blessure mortelle.

– Kline ! crie-t-il.

Un gémissement aigu passe tout près de son oreille gauche, encore douloureuse et sanguinolente, puis de nouveau le bruit du pistolet de Kline suit comme un écho étouffé.

Au lieu de progresser dans la courbe de la piste, Lancaster plonge dans le sous-bois. Des arbustes et des rameaux fouettent son visage. Il se sent coincé, piégé bêtement, incapable de courir. Puis, à travers les arbres, il distingue une couleur en mouvement, lève son arme, vise, et tire deux fois.

Aucun bruit ne suit : ni chute d'un corps ni fuite.

Il se fraie de nouveau un chemin pour regagner la piste, avance à quatre pattes pour voir au-delà du tournant. Sa respiration se bloque dans sa gorge. Kline est revenu le chercher. Ils se trouvent nez à nez, à moins de deux mètres de distance.

L'un et l'autre ont leurs pistolets pointés devant eux.

– Vous êtez désarmé, dit Kline. Il y avait six balles dans le barillet. Faites le compte.

Lancaster presse la détente. Le percuteur frappe une chambre vide.

Kline abaisse son arme et le regarde.

De nouveau Lancaster croit tirer, et de nouveau c'est le son creux, inoffensif du métal heurtant le métal.

À son tour, il abaisse son arme.

Ça n'a plus aucune importance. C'est terminé, il le voit bien. Du sang vermillon coule par-dessous le manteau de Kline, le long de ses jambes, et imprègne la neige à ses pieds.

Julian Kline fait encore un pas, puis il tombe raide mort.

Le pilote pose l'hélico à la perfection sur le parking enneigé, du côté opposé à celui où se trouvent garées les deux voitures. Il ne ramène aucun spécialiste des Urgences, aucune infirmière volante, selon les vœux de Lancaster. Le médecin du vol, leur a-t-il dit, ce serait lui. Il a beaucoup de monde à transporter ; il n'y aura de place pour personne d'autre.

Quand Lancaster est ressorti du bois, Storm avait posé la tête de Brandon sur ses genoux.

– Quelqu'un a appelé une ambulance ? a-t-il demandé.

– Non.

Il appela de la voiture de Kline. Quand il les a rejoints de nouveau, il a examiné Brandon, qui avait cessé de respirer. La cartouche de fusil l'avait atteint au bas de la poitrine à droite, avait perforé le poumon, avec son importante irrigation sanguine, et sans doute le foie. En ressortant, elle avait laissé une plaie effrayante dans le dos. Avec le matériel idoine, il aurait pu tenter de refermer la plaie et d'introduire un tube pulmonaire pour le regonfler, mais Brandon avait déjà perdu beaucoup de son sang. Lancaster leva les yeux vers Storm et secoua la tête.

Le cran d'arrêt de Kline avait bien amoché Storm, mais le gilet pare-balles avait fait dévier la lame et ses vêtements épais l'avaient empêchée de pénétrer trop profondément. La pointe avait atteint le bas de l'abdomen. Il faudrait nettoyer et recoudre la plaie, mais elle ne courait pas de danger immédiat.

Le shérif Donner, ses adjoints et la police de Morgantown ont commencé d'arriver. Spinner Wharton est là ; il contemple stupéfait la neige ensanglantée du parc.

Il regarde Brandon sur son brancard. Il regarde Lancaster, son visage noir et enflé, son oreille sanguinolente, sa main bandée ; il regarde Ellen et Storm, que l'on installe sur des civières.

– Le bois, dit Lancaster en pointant le doigt. Kline est là-bas. Mort.

Bientôt Lou Adamski arrive ; il s'effondre en voyant Brandon.

Puis, un second hélico atterrit ; c'est l'équipe de secours de l'hôpital Sainte-Rita d'Ann Arbor, qui se trouvait dans la région pour transporter un malade.

– On nous a prévenus que vous aviez un gros pépin, crie le médecin volant à Lancaster. Mais nom de Dieu…

Ellen, qui n'a pas perdu connaissance, mais saigne beaucoup, demande à voir Brandon. On lui a dit qu'il ne s'en sortirait pas. De son brancard elle tend le bras et prend sa main. Elle dit quelque chose que Lancaster ne distingue pas, puis ramène la main de Brandon jusqu'à sa joue. L'hélico d'Ann Arbor ne prend qu'elle, parce que c'est elle qui a le plus besoin de premiers soins. Il décolle sept minutes seulement après s'être posé, et prend le chemin de Morgantown.

– Nous, on va avec vous, dit Lancaster à son pilote. Brandon, Storm et moi.

Le pilote appuie sur un bouton, et les pales se mettent à tourner, brassant l'air autour d'eux.

Dès que Brandon et Storm sont sanglés sur les couchettes, Lancaster lève les deux pouces et le pilote les fait décoller. Mais une fois en vol, Storm défait ses sangles et s'assied.

– Brandon ? demande-t-elle.

– Fini, dit Lancaster. Il n'avait aucune chance.

– Je suis désolée, Adrian.

Lancaster ouvre la caisse de métal rouge qui sert de trousse de secours à bord et contient les produits et les instruments nécessaires pour les situations critiques.

Il en sort le flacon de morphine, la seringue et l'aiguille dans leur sachet stérile.

– Tu n'as plus le droit, dit Storm. C'est terminé. Tu as promis que tu arrêterais.

– Je peux pas, dit-il. Juste une dernière…

Puis, il s'entend lui-même comme pour la première fois, comme s'il n'avait pas entendu les autres prononcer mille fois les mêmes mots creux et mensongers, comme s'il ne s'était pas entendu lui-même cent fois. Il l'entend maintenant dans sa voix : il entend le mensonge. *Je peux m'arrêter*. Ce fut toujours un mensonge, toujours une phrase vide de sens, parce qu'on peut se convaincre de tout lorsque l'on est en manque. Et rien n'est vrai, rien n'a la moindre signification, rien ne compte que la prochaine dose.

Il pose un regard vide sur la Terre, sur les routes et sur les voitures.

– J'en ai besoin, dit-il.

– C'est maintenant, dit-elle. C'est maintenant qu'il faut affronter la vérité.

– Je peux pas m'arrêter comme ça.

– C'est pas grave. Mais alors impose-toi des règles. Continue pas à te planter une aiguille dans le bras. Parce que cette fois tu en reviendras plus.

– Ce sera plus dur qu'avant.

– Promets-le-moi : tu vas attendre d'être rentré, puis tu vas appeler quelqu'un. Tu auras ta dose, mais il y aura quelqu'un avec toi, quelqu'un qui pourra t'aider. Et chaque fois que tu en prendras, tu seras pas seul.

– Je le ferai.

– N'oublie pas.

Il hoche la tête.

– Tu me donnes ça, maintenant ? demande-t-elle.

– J'ai rien pris depuis hier matin. J'ai mal.

– Je sais.

Il ouvre la main et la lui tend. Elle prend le flacon de morphine et le glisse dans la poche de sa veste.

– Qu'est-ce que tu vas faire ? dit-il enfin. Tu vas rester ?

– C'est ce que tu veux ?

– Oui.

– Je passerais les trente prochaines années en prison, si je restais.

Il acquiesce.

– Pourquoi tu pars pas avec moi ? demande-t-elle.

Il se rend compte que c'est une bonne question. Pendant un court instant, il se représente la chose : être libres, vivre de ses royalties et des intérêts, tous les deux. C'est une idée folle, séduisante, cette liberté qu'il imagine. Storm tient tout son pouvoir de cela. Il le comprend parfaitement. Mais aussi vite que son imagination lui a découvert cette vie, elle se referme. Ici et maintenant, personne ne peut faire le travail à sa place. On a besoin de lui. Il tient son propre pouvoir de cela. Il le contraint. Et il sait que c'est bien ainsi.

– Je peux pas, dit-il.

– C'est fini, maintenant.

– Tellement de destruction, dit-il.

– Tu auras qu'à leur dire que je t'ai menacé, que j'ai détourné ton hélicoptère. Tu risques aucun ennui.

– Tu as besoin d'aide ?

– Pour ça ? dit-elle en indiquant son ventre. Je m'en occupe.

– C'est pas ce que je voulais dire. Je suis au courant, pour l'Institut MacGivvons. Je sais que tu suivais un traitement. C'était pour quoi ?

– Profonde dépression chronique, ils disaient. Ça a commencé après la mort de Papa, mais j'y étais seulement en consultation.

– Jusqu'à la mort de Denise. Tu avais pas de famille, à part eux ?

– Non. Ma famille, c'était elle. Ils m'ont internée à ce moment-là.

– Et tu y as passé combien de temps ?

– Presque trois ans, l'un dans l'autre. Je faisais de brèves sorties, je reprenais mes études pendant un semestre. J'ai fait quatre tentatives de suicide, dont une presque réussie. J'ai passé deux semaines sous respiration artificielle en unité de soins intensifs. Pilules et whisky. Mais j'ai pas besoin d'aide, maintenant. Plus maintenant.

Il contemple ses jolis yeux et se demande s'il les reverra jamais.

Comme si elle avait lu dans ses pensées, elle dit :

– Un jour, peut-être.

Il hausse les épaules, puis se penche en avant et tape sur l'épaule du pilote.

– Vous pouvez vous poser une seconde ? On repartira tout de suite.

– Qu'est-ce qui se passe ?

– Faites-le, c'est tout. Je vous dirai après.

Le pilote acquiesce, fait décrire à l'appareil une spirale étroite et le pose sur un champ enneigé. À quelques centaines de mètres à l'est se trouve la nationale 57. Lancaster la montre du doigt.

– Va voir un médecin. Ça va s'infecter.

– Te fais pas de souci pour moi, dit Storm.

– Je m'en fais aucun.

– Denise te dit merci, dit-elle. Où qu'elle soit, elle sait.

Storm se penche et l'embrasse sur la joue, puis la porte s'ouvre, le vent et la neige s'engouffrent, elle se met à courir. Comme à son habitude, songe-t-il, elle ne se retourne pas.

Elle s'éloigne rapidement tandis qu'ils redécollent, et il ne voit bientôt plus que le nylon rouge de sa veste, une tache maintenant minuscule qui approche de la route où elle replongera dans l'anonymat.

Lancaster lève la main et prend celle de Brandon, froide et dure comme la pierre. Quand il ne voit plus Storm, il regarde droit devant lui.

Morgantown apparaît ; ils seront bientôt rentrés.

Table des matières

Composition et mise en pages : FACOMPO, LISIEUX

Achevé d'imprimer en mars 2008
par Novoprint (Barcelone)

Dépôt légal : mars 2008
Imprimé en Espagne